Elisabeth Klar

Wasser atmen

Elisabeth Klar

Wasser atmen

Roman

Residenz Verlag

Die Arbeit an diesem Roman wurde durch ein Stipendium
des Bundesministeriums für Kunst und Kultur unterstützt.

Der Verlag dankt für die Unterstützung
WIEN KULTUR

Bibliografische Information der Deutschen Nationalbibliothek
Die Deutsche Nationalbibliothek verzeichnet diese Publikation in der Deutschen Nationalbibliografie; detaillierte bibliografische Daten sind im Internet über http://dnb.dnb.de abrufbar.

www.residenzverlag.at

Umschlaggestaltung: BoutiqueBrutal.com
unter Verwendung eines Fotos von Sandra Vollmar
Typografische Gestaltung, Satz: Ekke Wolf, typic.at
Lektorat: Jessica Beer
Gesamtherstellung: CPI books GmbH, Leck
ISBN 978 3 7017 1679 1

Gewidmet Sebastian Gärtner,
der neunzehn Tage lang
ein Wachtelei in seiner Hand ausgebrütet hat

I

1.

Zwischen dem Interview mit der Studentin und dem Aikido-Training bleibt nicht mehr viel Zeit. Es reicht, um das Wasser für die Instantnudeln aufzustellen. Es reicht, um die Trainingskleidung in den Rucksack zu stopfen, Erikas Brust brennt. Und was, wenn du heute nicht gehst? Du musst am Montag die Lehrveranstaltung halten, du kannst es dir nicht leisten, dann verletzt zu sein. Erika zieht ihre Waffentasche zwischen den Regalen hervor, wirft sie zum Rucksack auf das Sofa, nimmt die schmutzigen Kuchenteller und bringt sie in die Küche. Natürlich werde ich gehen. Was, wenn Juri heute Koshinage macht? Dann wird er eben Koshinage machen. Das heißt dann, auf der Hüfte des anderen zu hängen, kopfüber und ausgesetzt, nach dem Kragen des Partners zu greifen, und da fällt sie schon, kopfüber dem Boden entgegen, kann nicht anders, als die Augen zuzupressen, nur das Kinn zur Brust! Wenn sie einen Fehler macht, flach auf den Rücken fällt, und alles vibriert, denkt sie: liegen und atmen. Sie will das nicht. Wieso sollte sie sich wieder darauf einlassen. Sie sieht es nicht ein.

Du hast später noch genug Zeit, Angst zu haben, Erika. Die Tassen in die Küche bringen, das Wasser für die Instantnudeln kocht schon fast.

Als sie das Haus verlässt, mit dem Rucksack und der Waffentasche über der Schulter, bleibt sie kurz stehen, weil sie weit oben den Specht hört. Er klopft wieder auf das Metallrohr, wahrscheinlich einen Sendemast, weithin hörbar über die Gassen hinweg. Dieser Baum verhilft dir zu keinen Würmern, Specht, aber zu einem großen Revier. Hört mich, all das hier gehört mir, mir, mir. Er übertönt die Singvögel im Park nebenan mit Leichtigkeit. Was hat sie eigentlich in dem Interview gesagt? Auch etwas über Raum. Sie kann sich kaum mehr erinnern. Sie hätte die Studentin auf ihren Metallrohr-Specht hinweisen können. Ihr Specht, der nicht ihr gehört.

Als sie in der Umkleide ankommt, hört sie am Geräusch des Aufschlagens aus dem Turnsaal, dass noch Matten hergeräumt werden. Wenn es schlägt, weiß sie immer, ob sie zu spät ist oder nicht, denn das Schlagen der Matten auf den Boden und das Schnappen der Menschen auf die Matten, wenn sie von anderen geworfen werden, ist leicht zu unterscheiden. Nur Stille ist verdächtig und lässt Erika auf die Uhr blicken. Es könnte noch niemand im Turnsaal sein. Es könnten alle bereits in einer Reihe knien, langsam ein- und ausatmen, die Hände im Schoß, den Alltag loszulassen versuchen, sich freimachen für den Kampf: Hier musst du zur Gänze anwesend sein.

Sie bindet den Hosenrock, schlüpft in die Sandalen, nimmt ihre Waffentasche. Sie tritt in den Turnsaal, verbeugt sich, es werden gerade die letzten zwei Matten aufgelegt. Waffentasche hinlegen und öffnen, Holzschwert, Stab und Holzdolch bereitlegen, zu den Matten gehen und sich umdrehen, aus den Sandalen auf die Matten schlüpfen, sich umdrehen, verbeugen, sich hinsetzen in die Reihe. Viele sind sie heute nicht. Cécil, Christian und ein paar Anfänger. Und da ist schon Juri, tritt auf die Matte, setzt sich vor sie in die Mitte, legt die Hände in den Schoß, die anderen tun es ihm gleich.

Den Alltag loslassen, sie denkt an das Interview, ja, auch Wale können an Taucherkrankheit sterben. Das hätte sie so nicht formulieren sollen, so vereinfacht könnte es die Studentin auch in einer Zeitschrift lesen, und vielleicht schreibt sie das dann so in ihre Arbeit und dann! Ein- und ausatmen, aus damit, sie hat nicht mehr viel Zeit. Sie weiß nie, wie lange Juri sie sitzen lassen wird, bevor er aufsteht, bevor er die erste Technik vorzeigt. Sie muss das Interview loslassen, sie muss bald ganz anwesend sein. Bist du nicht aufmerksam, reagierst du langsam oder falsch, und wenn der andere deine Gelenkshebel versperrt, tust du dir weh. Da nickt Juri schon Cécil zu, steht auf und streckt Cécil die Hand entgegen, der wiederum auf Juri zukommt und dessen Hand greift. Aihanmi Katatedori: Die linke Hand greift die linke Hand. Erster Angriff.

Nach dem Aikido-Training wollen alle noch etwas trinken und Erika geht mit. Jetzt ist ihre Brust frei, und wie immer weiß sie nicht mehr, was die Brust vor dem Training so eng gemacht hat. Sie hat es ja doch wieder überlebt. Juri hat zwar wieder einmal eine Technik mit ihr vorgezeigt, hat sie geworfen, aber auch das ist nicht weiter schlimm gewesen. Sie hat sich wieder einmal nicht das Genick gebrochen, nicht die Schulter ausgekugelt, nicht das Kreuzband gerissen, sie kommt ja doch jedes Mal heil davon. Was ihr die Brust eng macht, weiß sie immer, ist nur um die Ecke, immer ganz nah. Was macht es schon. Sie ist trotzdem zum Training gegangen, ist das nicht das Einzige, was zählt? Wiederholung, trotzdem Ja sagen. Annehmen, was der andere dir gibt, die Zukunft vergessen. Jedes Mal wieder. Und jetzt ist ihr Körper rechtschaffen müde, und sie gehen durch die nächtlichen Gassen zum nächsten Wirt.

Wie so oft sind sie die einzigen Gäste, stapeln Rucksäcke und Waffensäcke in eine Ecke, zerren die Stühle aus ihrer Umklammerung mit anderen Stühlen. Der Gastraum ist halbdunkel, Juri wendet sich gleich an einen der Anfänger, dessen Namen Erika sich noch nicht gemerkt hat, beugt sich weit über den Tisch, verwickelt ihn in ein Gespräch über den kommenden Lehrgang.

»Die Musikstudentin war übrigens heute da«, meint Erika zu Cécil neben ihr, der ihr, gemeinsam mit Karo, die besagte Studentin schließlich aufgehalst hat.

»Ah, Judith Lackner«, sagt er. »Und?«

»Was soll schon gewesen sein. Etwas konfus in ihren Fragen war sie. Ich habe das Thema ihrer Diplomarbeit nicht so richtig verstanden.«

Was bringt man in der Musikwissenschaft den Studierenden über wissenschaftliches Arbeiten eigentlich bei? Erika ist sich nicht sicher, es ist ein geisteswissenschaftliches Studium, so richtig forschen werden die dort wohl nicht. Dann denkt sie, sei nicht dumm, was würde Karo sagen, wenn du solche Gedanken aussprichst? Naturwissenschaftliche Borniertheit, würde sie sagen. So eng darf man Forschung nicht sehen.

»Sie sucht noch«, sagt Cécil, als wäre das Suchen nach einem Thema mehr als ein Jahr nach dem Beginn der Diplomarbeit vollkommen legitim.

»Sie sollte auch mal was finden«, sagt Erika. »Sie sollte das hinter sich bringen, ihren Titel abholen und sich für die Dissertation dann ernsthaft etwas überlegen. Sie verzettelt sich.«

»Weil wir, wir würden uns nie verzetteln, schon gar nicht bei der Diplomarbeit, würde uns nie einfallen.«

Kein Grund, sarkastisch zu werden, Cécil. Er grinst sie an, mit dem Grinsen sagt er: Du bist überheblich, Erika. Als wärst du nie Judith Lackner gewesen.

»Judith hat mir jedenfalls gefallen. Ich habe ihre Fragen gemocht, und wenn man nur ein bisschen nachhakt, kriegt man so einiges mit. Wenn ich ehrlich sein muss, sie hat mich ein bisschen an dich erinnert«, meint Cécil.

Wenn ich ehrlich sein muss. Erika fragt sich, wann sie Cécil gezwungen hat, ehrlich zu sein, und ob sie seine Aussage nun als Kompliment oder Kritik auffassen soll.

»Ich weiß, dass ich zu viele Interessen habe«, sagt sie.

»Ich sagte doch, Judith Lackner hat mir gefallen«, sagt Cécil. »Und du machst deine Forschung sicher systematischer als sie.«

»Schön, dass du mich für systematischer als Judith Lackner hältst.«

»Das meinte ich doch nicht so.«

»Wie hast du es dann gemeint?«

»Schwer zu sagen«, sagt Cécil und zuckt mit den Schultern. »Als ich sie gesehen habe, habe ich einfach sofort an dich gedacht. Noch so ein stilles Wasser. Und weißt du, sie wollte sich in ein bestimmtes Café nicht setzen, die Wände haben ihr dort zu sehr gehallt.«

»Und?«

Cécil lacht.

»Ich weiß nicht. Auf so was würdest sonst nur du kommen.«

»Ich weiß nicht, Cécil.«

Erika weiß nicht, nein. Hallende Cafés sind nicht nur bei Akustikern unbeliebt. Die Idee, sie zu vermeiden, könnten eine ganze Menge Menschen haben. Sie mag es ohnehin nicht, wie er ihre Überempfindlichkeit manchmal betont. Welches Bild von ihr will er hier zeichnen? Erika Wawracek mit den besonders sensiblen Ohren? Sie hat bei allen Hörtests vollkommen durchschnittlich abgeschnitten.

Später geht Erika heim, horcht auf ihre Schritte und überlegt, ob sie nicht doch die Kritik annehmen sollte, die in Cécils Kommentar versteckt gewesen sein könnte. Weil sie immer Gefahr läuft, sich zu zerfasern, zwischen den Forschungsreisen, dem Aikido, zwischen Kongressen und Wochenenden, an denen sie nur ins Schwimmbad will, von einer Seite zur anderen tauchen, jenen Wochenenden, an denen sie die Pressluftflaschen an den Rücken schnallt und noch tiefer geht, jenen Wochenenden, an denen sie in der Uni vor dem Computer sitzt und Daten eingibt, rechnet, sich nicht einmal gerne von dort wegbewegt, um sich ein Glas Wasser zu holen. Sie weiß das und auch, dass man ihr jederzeit vorwerfen könnte, vermutlich mit Recht, sich immer zu wenig auf eine Sache zu konzentrieren.

Gut, an alldem ist Cécil ebenso schuld. Mitschuld, korrigiert Erika sich, legt zu Hause ihren Mantel ab, sie hätte nicht darauf einsteigen müssen. Sie zieht sich aus, in der Dusche denkt sie, sie steigt auf Cécils Vorschläge recht häufig ein. Das fällt ihr auf. Vielleicht sollte sie ihr Urteilsvermögen gründlicher hinterfragen. Sie dreht das Wasser auf. Sie schließt die

Augen, weil sie das wenige Bier trotzdem spürt. Sogar hier ein Leichtgewicht.

Du machst wohl nichts, Erika, ohne es dir dreimal zu überlegen.

Cécil hat gesagt, geh dort hin, und sie hat ihn damals kaum gekannt, und ist dennoch hingegangen. Sie hat es sich vorher dreimal überlegt.

Cécil ist neben ihr in der Statistik-Vorlesung gesessen, drahtig und lang, und neben ihm ist der dünne, lange Sack gestanden. Deswegen hat sie ihn angesprochen.

»Nur Holz«, antwortete er auf ihre Frage.

»Nur Holz?«

»Bokken, Jo und Tanto. Habe ich aber nur aus Werbegründen dabei.«

»Was?«

»Du weißt schon, Aufmerksamkeit erregen, Fragen provozieren.«

Er lachte, gab zu, dass er die Waffen für das Training später brauchte, und erzählte ihr von dieser japanischen Kampfkunstart Aikido, bei der man niemandem wehtun will und in der es vor allem um Hebel geht. Und dann beugte er sich vor und wollte wissen, wer sie denn eigentlich sei.

Ein paar Wochen später war sie in dem niedrigen Trainingsraum gekniet. Matten bedeckten beinahe den gesamten Boden, die Matten selbst waren rau von unzähligen winzigen, aber genau quadratischen Hügelchen – Rutschschutz. Und schon allein aus diesem Grund hatte sie sich hierher gesetzt, wegen dieser von Matten vollständig bedeckten Fläche in all den Videos über Kampfsportvorführungen. All die Leute in Weiß, die durch die Luft springen und fallen, als wären sie Fächer, die man schwenkt. Das Geräusch, wenn sie auf die Matte aufprallen, ist immer ein Schnappen: hell. Es war so weit weg von ihr, dieses Geworfenwerden, Aufschlagen, sofort Aufstehen. Sie saß dort, im selben Raum, aber das hatte gar nichts mit jemandem wie ihr zu tun, davon war sie vollkommen überzeugt. Der Lehrer machte da vorne etwas mit Cécil, und Cécil flog, schlug auf die Matte, stand wieder auf, aber mit ihr zu tun hatte das nichts.

Der Lehrer sagte ein Wort, das Erika nicht verstand, und meinte, dass sie das jetzt doch alle ausprobieren sollten. Sie verbeugte sich, wie es die anderen taten, stand auf, verbeugte sich vor dem Mann, der zu ihr getreten war, etwas wollte er also von ihr: mit ihr trainieren.

Außerdem sagte er, er heiße Christian.

»Willst du angreifen oder lieber angegriffen werden?«, fragte Christian.

Was für eine Frage.

Die anderen um sie herum bewegten sich schon, drehten sich umeinander, ein Tanz? Es sah ein wenig so aus, dann traf einer auf dem Boden auf. Also doch nicht. Aber müssten die nicht alle zusammenstoßen, auf ihr Genick fallen, sich die Füße verdrehen, mit den Zehen in den Mattenspalten hängen bleiben? Sie hörte das Schaben, wenn steife Kleidung über steife Kleidung strich, hin und wieder ein Schlagen auf den Mattenboden, Cécils Lachen. Manche ganz in Weiß gekleidet, manche in blauen Hosenröcken, die sich auffalteten im Flug, das waren die Fortgeschrittenen, das hatte sie schon verstanden. Sie selbst noch in T-Shirt und Trainingshose griff Christians Jacke, wie er es ihr zeigte. Wie viel weicher der Stoff ihrer eigenen Kleidung war! Wenn er sie anfasste, dachte er sich dann: Diese Neue gibt mir noch nicht einmal über ihre Kleidung Widerstand? Die anderen, meinte sie plötzlich, trugen ihre Trainingskleidung wie eine Rüstung, die sie nicht hatte.

Später lernte sie, dass all diese Kleidungsstücke Namen hatten, Gi, Hakama, all die Holzwaffen, Jo, Bokken, Tanto, all die Techniken, Shihonage, Koshinage, Ikkyo. Du trittst ein in einen Raum, legst deine Straßenkleidung ab, du legst fremde Namen an und akzeptierst damit bereits neue Regeln: wann sich verbeugen, wann still sein und zusehen, wann selbst ausprobieren. Juri kommt vorbei und schiebt deine Hand an den Platz, an den sie eigentlich gehört.

Sie hat trotzdem ein Jahr gewartet, bis sie sich Trainingskleidung gekauft hat, um sicherzugehen: Sie wird bleiben.

2.

Wie kann ein so winziger Mensch so riesig sein, fragt Judith sich, als sie das Stiegenhaus hinuntergeht, und denkt: fast, als liefe ich vor ihr weg. Unsinn, aber Erika Wawracek ist nur wenig älter als sie und hat schon viel zu viel geschafft? Wie soll Judith das nachholen? Der Kalender anderer Menschen hat Raum für alles, für Kampfsport, Tauchen, Wissenschaft: Ja, ich habe mich dann schon auf Meeressäuger spezialisiert, aber begonnen hat es mit Vögeln. Von Vögeln zu Walen, wie kann sie einfach so springen, aber sie springt dennoch, schnell, über diese glitschigen Steine: akademische Glaubwürdigkeit.

Judith stolpert, fällt fast.

Sie tritt auf die Straße, die Tür schlägt ihr in den Rücken, jammern bringt nichts, nimm dir stattdessen ein Vorbild. Dr. Wawracek läuft schnell und ohne sich umzusehen, ein ständiges Rennen, Dr. Wawracek springt, rennt an der Spitze.

Rennt an der Spitze wohin? Aber Judith verwechselt mal wieder alles, Dr. Wawracek ist nicht Teil des Problems, sondern dessen, was einmal eine Lösung hätte sein können, bevor es zu spät war: Erika Wawracek steht wie ein Baum an der Klippe und blickt hinunter, sagt, ab hier geht es abwärts. Zumindest weist sie hin auf das Problem der Übersäuerung der Ozeane. Säure, die an den Wänden der Korallen kratzt, sie entfärbt und tötet, die Mikroorganismen langsam zersetzt.

Ein Schlagen auf Metall, Judith bleibt stehen. Links von ihr das Rauschen, Holpern von Autos, aber über ihr schlägt jemand auf hohles Metall. Sie dreht sich herum, sieht nichts, aber sie ist sich sicher. Ein regelmäßiges Schlagen, es hallt.

Zu Hause, als Judith ihren Computer aufdreht und ihre Notizen zur Diplomarbeit durchgeht, erkennt sie, sie hat die Hälfte der Fragen nicht gestellt, aber dafür die falschen. Hätte sie den Fragebogen nicht außerdem mit ihrer Betreuerin absprechen sollen? Sie schlägt ihr Buch mit den Interviewnotizen auf, sieht, wie ihre runde, raumgreifende Schrift in den Zeilen abrutscht, Schnörkel macht, die niemand braucht. Dazwischen, wie Einschnitte, Dr. Wawraceks kleine, zusammengedrückte Schrift, wenn sie für Judith einen Artikel oder eine Website notiert hat. Dr. Wawraceks Schrift drückt sich fast durch das Papier, und Judiths? Sie ist sich auf einmal nicht mehr sicher, was besser ist. Ist auch nicht wichtig – sie hält sich mit Kleinigkeiten auf. Dabei verrinnt die Zeit. Schau in deinen Kalender, deine Abgabetermine drücken schon überall auf dich ein.

Dr. Wawraceks Wohnung ist klein und Dr. Wawracek darin noch kleiner, in ihrem Arbeitszimmer stehen Kisten auf dem Boden, eine offene Kiste mit herausbrechenden Wänden geht über vor Kabelsalat. Alle anderen Kisten sind aus Holz, sie halten sich an ihre Begrenzungen, nur diese eine aus dickem, gefalteten Karton, der an den Ecken durch Plastiknieten zusammengehalten wird. Aber eine der Nieten hat sich gelöst, und so ist die Kistenwand herausgebrochen, die Kartonfaltung öffnet sich, kann endlich ihrer Spannung nachgeben. Trotzdem steht die Kiste da mitten in Dr. Wawraceks Arbeitszimmer, nicht weggeworfen. Dr. Wawracek braucht diese Kabel wohl ständig, um dieses an jenes anzuschließen, braucht dies und das, hat sich nicht die Mühe gemacht, für den Besuch aufzuräumen, ihre Pappkiste zu ersetzen. In den Bücherregalen liegen die Bücher übereinandergestapelt in mehreren Reihen, zwischen zwei Regale ist eine längliche Stofftasche geklemmt. Eine Wohnung in Benutzung, eine Wohnung gefüllt mit Gegenständen, die dazu dienen, etwas zu tun. Auf der Straße vor Dr. Wawraceks Haus hallt es metallisch, Schlag auf Schlag, woher?

Judith dreht ihren Sessel, blickt in ihr eigenes Zimmer. Wenn sie jemanden hierher einladen würde – was würde er dann über sie erfahren? Sie kann es nicht sagen. Da hinten, das Regal, in dem sie früher ihre Schallplatten abgestellt hat, ist jetzt leer. Der Staub hatte die Platten bedeckt, bedeckt jetzt noch Wände und Boden. Die Platten ist sie losgeworden, ihren Staub nicht? Über den Plattenspieler hat sie ein Tuch gebreitet, dabei würde sie ihn gerne einmal wieder verwenden, wie er dort steht, fest auf seinen Gummifüßen, sie findet: unerschütterlich. Aber was auflegen? Kaum etwas ist mehr ungefährlich. Retroromantik, würde Karo zu dem Plattenspieler sagen, wir können nicht einfach in die Siebziger zurückkehren, bloß weil wir es uns wünschen. Nein, das geht nicht, es geht nur immer vorwärts. Schneller, schneller, um die Erste zu sein. An die Wände hat sie weiße Plakate gehängt, für Notizen. Zu weiß, stattdessen sollten hier Tücher hängen, aber besser Plakate als Postkarten. Die Postkarten mussten weg, sie hat diese ständige Lüge nicht mehr ausgehalten. Reinen Tisch machen. Im Grunde müsste sie neu ausmalen. Sie sieht die Plakate an, sieht ihre eigene Schrift überall, wie sich die Os überall nach vorne drängen. Sie sollte sich eine andere Schrift angewöhnen. Diese hier hält sie bloß zurück.

Das Wasser gluckst wieder in den Wänden – dort drüben, wo die Wand so warm ist. Bald nachdem Judith eingezogen ist, hat sie das gemerkt, diese eine Stelle, hinter der das Wasser gluckst. Ton auf Ton hinunter. Aber da würde niemand hingreifen, man kommt doch nur zum Kaffee, man tastet deshalb nicht gleich alles ab. Auch wenn es in der Wohnung zu oft gluckst, man ist zu höflich, um nachzufragen: Ist etwas nicht in Ordnung? In der Küche sieht man, dass sie den Boden zu selten aufwischt. Die Türstöcke, die unten abblättern: Die Zeit wohnt die Wohnung für dich ab. Zu wenige Teller in den Kästen: Hier kommt zu selten jemand zu

Besuch. Der Kühlschrank ist zu leer: Man sieht, dass sie die Supermärkte meidet, man sieht das sofort. Dass das Zimmer zu leer ist, hört man schon am ersten Schritt – früher hat sie die Wahrheit noch gepolstert, heute fallen ihre eigenen Worte und die Worte der Stimme wieder und wieder auf sie zurück. Und überall sind viel zu wenige Bücher, Bücherregale fehlen an jedem Fleck. Sie hat sich dabei immer für jemanden gehalten, der liest. Was sagt das schon. Es reicht nicht, sich für jemanden zu halten, man muss dieses Versprechen auch wahrmachen gegenüber sich selbst.

Sie blickt den Klarinettenkoffer an, der zwischen Kleiderkasten und Wand gedrängt steht, ganz wie Dr. Wawraceks dünne, längliche Tasche zwischen Bücherregal und Bücherregal geklemmt war, die Tasche, von der Judith nicht weiß, was sich darin verbirgt. Eine Ähnlichkeit. Aber wenn man Judith zu ihrer Tasche fragen würde, was müsste sie sagen?

Ich spiele die Klarinette nicht mehr.

Es ist peinlich, sie hier noch stehen zu haben, was sollen die Leute denken? Sie sollte sie loswerden.

Wieso, es ist eine Erinnerung. Früher hat Judith gern gespielt. Über die Donau, zur Musikschule. Über die Donau, zurück. Das Ruckeln der U-Bahn. Die leeren Konzertsäle, bevor die Leute kommen. Sessel werden verschoben. Selbst die schweren Vorhänge vor den Fenstern hört man, wenn sie über das Parkett schleifen, aber jeder Ton ist satt, jeder Gedanke klar, alles genau umrissen. Die Kanten sind da, aber nicht scharf genug, um sich zu schneiden.

Und ist das denn ein Grund? Außerdem ist es vorbei. Sie wäre schon ganz aus der Übung. Sie hat sich für jemanden gehalten, der Klarinette spielt, aber dann hat sie es eben doch nicht mehr getan. Manches ist eben nur eine Phase, und die Klarinette provoziert Fragen.

Wenn die Klarinette wenigstens nicht so laut wäre, sich hier nicht so aufschaukeln würde, denkt Judith, und steht auf.

3.

»Und?«, fragte Cécil.

Cécil Fournet, der Student, den Erika in der Statistik-Vorlesung kennengelernt hatte, hatte nach diesem ersten Aikido-Training mit ihr in das Caféhaus gegenüber gehen wollen, dessen vergilbte, bestickte Vorhänge den Blick auf die Straße verdeckten. Die Tischtücher hatten kleine Brandlöcher, außer ihnen war da nur ein alter Mann mit einem halb leeren Glas Bier, die Haube lag neben ihm auf dem Tisch, der Gehstock lehnte daran. In der Ecke stand ein Spielautomat, Erika hätte sich allein hier nicht hineingesetzt, warum nicht? Was hinderte sie daran?

»Was sagst du dazu?«

Als hätte ihr Urteil Gewicht, dachte sie, rührte im Milchschaum, der sich schnell auflöste, der Kaffee würde bitter sein und schal, wieso ließ sie sich von einem Spielautomaten abhalten, sich allein in ein Café zu setzen? Lächerlich. Dabei, erinnerte sie sich, hatte sie dieses Café schon öfter von außen beobachtet, war nach anderen Uni-Sportkursen daran vorbeigegangen, hatte sich gefragt, wie es drin wohl aussehen würde. Cécil hatte die Türen ohne Zögern aufgestoßen, es ärgerte sie, dass das alles so war, wie es war. Als der Aikido-Lehrer ihnen erklärt hatte, wie man vorwärtsrollt, war sie dagesessen, die Hand so auf den Boden gestützt, wie man es ihr sagte, über diesen Arm sollte sie nun rollen, rund machen sollte sie ihn, er musste ihr Gewicht nehmen. Sie hatte sich vorgebeugt, sich gesagt: Los, jetzt, vorwärts! Sie hatte sich nicht vom Boden abgestoßen. Sie hatte sich wieder zurückgelehnt.

Es ging nicht. Es konnte nicht gehen.

»Ich glaube, ich kann noch nicht viel dazu sagen.«

»Aber was ist dein erster Eindruck?«, sagte Cécil. »Das würde mich wirklich interessieren, gerade bei dir.«

Gerade bei ihr. Es würde ihn wahnsinnig interessieren, ihn, der durch die Luft flog wie ein Fächer, der sich aufklappte, wieder zusammenklappte, mit einem Schnappen, sofort wieder stand. Manchmal hatte es ausgesehen wie ein Tanz, aber ein Tanz war es nicht gewesen. Gerade bei ihr. Er kannte sie nicht, das ergab keinen Sinn. Er hatte sie nicht einmal zum Vorwärtsrollen überreden können. Oder wollte er zuerst einmal Komplimente machen, der Kleinen den Eindruck geben, dass sie wichtig war, ernst genommen wurde, dann schauen, was geht? Erika nahm einen Schluck Kaffee, der besser war als erwartet, sie mochte es nicht, immer wieder so zu denken, sie hatte gelernt, es trotzdem zu tun. Es war so, und sie ärgerte sich darüber. Ob sich da etwas ändern würde, nach ein paar Jahren rollen und hebeln und geworfen werden? Ob sie Cécil dann ansehen und stattdessen denken würde: Hier und dort kann ich dich zum Stolpern bringen?

Aber was auf seine Frage antworten? Sie dachte an das Geräusch der Fallenden auf den Matten, an den festen Stoff der Jacke unter ihren Fingern. Und dann hatte Christian ihren Arm genommen und etwas damit gemacht, sie wusste nicht was, und plötzlich war nur noch eine Richtung gut gewesen, und dann war schon der Boden dagewesen. Sie hatte nicht gewusst, wohin, aber dann hatte es ohnehin nur noch einen Weg gegeben.

»Gut«, sagte sie und kam sich dumm dabei vor, »der erste Eindruck war gut. Es ist spannend, dass man so viel Kontrolle über den anderen hat …«

Wenn man die Technik konnte.

»Das Rollen, das bringe ich nicht zusammen. Da bin ich echt unfähig.«

Cécil lachte: »Glaub mir, du hast genug Zeit, um das Rollen zu lernen.«

Auch das hatte Juri gesagt. Er hatte gesagt, wenn man Aikido macht, macht man das nicht für ein paar Jahre. Man macht es für ein paar Jahrzehnte.

Und dieser Gedanke war fast erleichternd, sie wusste nicht wieso.

»Stimmt«, sagte sie, »ich kann es wieder versuchen.«

»Viele, viele Male.«

Und Erika lehnte sich zurück in den Stuhl. Still war dieses Café, schlecht besucht. Der Kaffee dunkel und kräftig. Vielleicht würde sie öfter hierherkommen, und sei es nur aus Trotz.

Sie wollte sich nicht mehr hindern lassen. Sie sah es einfach nicht mehr ein.

»Danke«, fügte Cécil dann hinzu, und Erika fragte sich, wofür.

4.

Am Wochenende bereitet Erika ihre nächste Lehrveranstaltung vor, Evolution versus kulturelles Lernen bei Buckelwalen, sucht wieder Cécils E-Mail hervor, noch einer seiner Vorschläge. »Hallo Erika, lass mal das Tippen und schau dir das an. Ich habe Köhler schon gut von dir reden hören. Und die Acoustic Release-Sache, das ist ja nun echt nicht das erste Mal, dass du das machst. Ich glaube, du müsstest ihn nur anschreiben. Du kennst ihn doch eh.«

Ja, Erika kennt Köhler, jeder kennt Köhler, wenn nicht als Leiter des Johann-Werner-Instituts, dann von den Konferenzen, bei denen er immer über dasselbe Thema spricht, die Eisbewegungen in der Antarktis. Wenigstens ein interessantes Thema, nur kennt sie sich zu wenig damit aus.

Sie hört stattdessen den Schiffen und Ölbohrstationen zu, die jedes Jahr zahlreicher und damit lauter werden und die Rufe und Gesänge der Wale immer mehr verstecken, verdrängen. Sich nicht hören, heißt, sich nicht finden. Sich nicht finden, heißt, zugrunde gehen als Spezies. Aber all das ist wohlbekannt.

Sie liest den Absatz zum Acoustic Release System noch einmal durch und sieht bald, Cécil hat recht, gerade mit dieser Variante hat sie tatsächlich Erfahrung. Die Mikrofone in schwere Gerüste sperren, sie hinunter bis zum Meeresboden senken, sie dort zurücklassen. Und dann kommt man wieder, Monate später, und ruft: Bist du da? Und wenn man Glück hat, hört das Acoustic Release System den Ruf, schickt einen Ruf zurück, löst den Schwimmer aus seiner Verankerung, der dann auftaucht zwischen den Wellen: Ich bin da und genau hier musst du ziehen, um mich vor dem Meer zu retten.

Sie denkt an das Projekt an der irischen Küste, die Gerüste, die sie in Zementkübeln versenkt haben, und dann im Meer. Leon, der sich davor an den Gerüsten hochzieht, der Bootsführer, der sagt, passen Sie auf, Sie werden auf Deck noch verweht. Sie ist nicht verweht worden.

Trotzdem, was soll sie dort unten? Und ein ganzes Jahr.

Du weißt, was das für eine Gelegenheit ist. Ja, Erika weiß es. Die Wale kommen dorthin, um Krill oder Robben zu verschlingen, und werden dabei aufgenommen.

Ein ganzes Jahr: mehrere Monate ohne Tageslicht.

Brauchst du Licht?

Du willst doch nur, dass ich die nächste Aikido-Prüfung verschieben muss, genau wie du, schreibt sie zurück.

Cécil schlägt etwas vor, Cécil nimmt sie mit zum Training, zum Tauchen, in die Antarktis, wenn es sein muss, als müsste sie überall sein, wo er auch ist. Glücksbringer, Schlüsselanhänger? Sie steigt auf Cécils Vorschläge häufig ein, sie ist auch damals Woche für Woche wieder ins Dojo gegangen, hat sich von Cécil die Vorwärtsrolle erklären lassen, in dem Café mit dem Spielautomaten und den spärlichen Besuchern sprachen sie jetzt statt über Kampfsport über Korallenriffe. Sie lernte langsam, aber doch: Er wollte, wenn etwas, dann zumindest keinen Sex von ihr, keine Beziehung. Hätten wir das auch geklärt, kein weiterer Thomas auf ihrer Lebensliste, und dann war es vielleicht auch in Ordnung, dass er sie von hinten umarmte, wenn sie es nicht erwartete, dass er ständig nach ihrer Meinung bohrte, über Studien, Lehrveranstaltungsleiterinnen, den neuesten Kinofilm, außerdem hatte er diese Sozialanthropologin kennengelernt, Karoline Bates, »die musst du unbedingt treffen, die wäscht dir den Kopf, so schnell kannst du gar nicht schauen«. Nach dem Training blieb er noch länger, um mit ihr das Fallen zu üben, gegen das sie sich wehrte. Versuch es einfach wieder. Vielleicht klappt es diesmal. Vielleicht.

Lass mal das Tippen und schau dir diese Judith Lackner an.

Da sieht sie auch schon ein neues Mail von Judith Lackner, Erika hat es bereits erwartet.

»Sehr geehrte Frau Professor Erika Wawracek, es tut mir leid, Ihre wertvolle Zeit noch einmal in Anspruch nehmen zu müssen, und ich weiß, dass nur meine eigene Nachlässigkeit schuld daran ist, wie immer. Aber wären Sie möglicherweise trotzdem bereit, einem weiteren Interviewtermin zuzustimmen? Ich würde – wenn es Sie nicht stört, ausnahmsweise die Rollen umzudrehen, aber ich verspreche Ihnen, Sie müssen die Aufnahme nachher nicht hören – gerne das Interview diesmal aufnehmen. Wie könnten Sie andererseits vollkommen fremde Tiere abhören und dann nicht einwilligen, in einer kontrollierten Situation aufgezeichnet zu werden? Entschuldigen Sie meine Frechheit, ich würde mich über eine Antwort sehr freuen. Mit freundlichen Grüßen, Judith Lackner.«

Erikas Finger hängen über der Tastatur, legen sich dann darauf, während sie das Mail ein zweites Mal liest. Sehr geehrte Frau Professor. Immer diese übertrieben höflichen Ansprachen. Und: Ich weiß, dass nur meine eigene Nachlässigkeit schuld daran ist, wie immer. Wie immer. Was macht das hier?

Und wieso glaubt Judith Lackner, hier etwas versprechen zu müssen? Wie könnten Sie andererseits vollkommen fremde Tiere abhören und dann nicht einwilligen, in einer kontrollierten Situation aufgezeichnet zu werden? Abhören, als wären die Bioakustiker nur ein weiterer Geheimdienst.

Entschuldigen Sie meine Frechheit.

Erika entschuldigt alles, überlegt, wie sie antworten soll. Cécil würde vielleicht nachfragen, aber es gibt Gründe, warum Erika nicht nachhakt, wie er es tut. Steht es ihr denn zu? Man sollte den Menschen ihren Raum lassen, sie treten dann oft genug von selbst heraus.

Erika sieht auf die Uhr, wenn sie schwimmen will, bevor das Bad schließt, sollte sie jetzt gehen.

Das Wasser lässt sie ein. Es lässt Erika ein und umgibt sie mit scharfem Chlor, ihre Haut wird später rot sein und jucken. Sie schwimmt zuerst ihre Längen, hin und her, das Wasser vor ihr teilen, Wellen zu den anderen Schwimmern schicken. Hier kann sie nirgendwohin fallen, sie hat den Schwimmbadboden verlassen, seine Fliesen, über die das Chlorwasser sich Rinnsale bahnt.

Früher ist sie öfter hierhergekommen, aber seitdem das Aikido ihr Abende abverlangt, sind nur noch manche Wochenenden übrig geblieben, Sonntage, wenn der Nacken von der Computerarbeit schmerzt und ihr die Wohnung ohne Kopfhörer zu leer wird. Oder wenn sie, wie heute, von einer Aufgabe zur anderen springt, als könnten die ihr nichts anhaben, wenn Erika sie nur möglichst kurz berührt.

Cécil hat seinen Kommentar vermutlich doch als Kritik gemeint. Zerteilst du dich nicht, fragt selbst Leon manchmal, mit all dem, was du tust?

Aber Erika weiß nicht einmal, wie sie es sonst tun soll.

Ihr Leben will eingeteilt sein in Beete, von denen jedes genau abgegrenzt ist, zu ihrem Schutz. Hier ist die Zeit, in der ich arbeite, hier ist die Zeit, in der ich Cécil und Christian auf der Matte werfe, hier ist die Zeit, in der ich mit Karo diskutiere, hier ist die Zeit, in der ich mich einsam fühlen darf. Da jeder Moment genau abgegrenzt ist, weiß Erika, er wird ein Ende haben. Dann kommt wieder eine Forschungsreise, und sie muss in fremden Zimmern schlafen, in fremden Sportvereinen trainieren, mit Bootsführern reden. Mit ihrem Assistenten Leon, der sie im Schlauchboot mit dem Smartphone fotografiert, sie mit der Boje im Arm, er hat es ins Internet hinausgeschickt, bevor sie noch etwas sagen konnte. Einspruch erheben konnte. Aber auch das abgegrenzt, dann wieder Wien.

Die Wände dieses Hallenbades sind hoch, das Becken von Stiegen umgeben, die zu den Umkleidekabinen in den oberen Stockwerken führen. Weit über ihr die Glasdecke, wozu braucht es eine so große Halle für das bisschen Beckentiefe? Es scheint unangemessen: Wenn man vom obersten Stockwerk, und es trennt einen dort nur ein Geländer von der Leere, hinab ins Wasser springen würde, es würde einen zerreißen.

Umso mehr hallt es hier, mehr noch als in den Hallenbädern ihrer Kindheit, und schon damals hat sie das gewundert, wie von überall die Stimmen und Geräusche umhergeworfen werden, sie springen von den Wänden ab, kommen zurück, eben hat man sie noch weggestoßen.

Heute weiß sie, Hall ist eine Frage des Materials, weich oder hart, dämpfend oder reflektierend, und besonders laut wird es, wenn der Schall ungebremst im Zickzack durch den Raum springen kann, mit anderen Schallwellen interferiert, Hochschaukelung der Geräusche: Dafür ist es hier vergleichsweise angenehm.

Ganz anders jedenfalls als draußen, wo das Wellenbecken ist und der Strudel, dort verklingt jedes Geräusch ganz schnell, die Schreie der Kinder, das Platschen, wenn sie in die Pools springen. Jeder Laut ist nur ganz kurz und abgehackt, da und gleich wieder fort.

Trotzdem kommt sie immer wieder hierher zurück, nach jeder Reise in dieselbe Wohnung, an die sie sich jedes Mal von Neuem gewöhnen muss, in dasselbe Schwimmbad, das ihr längst vertraut ist. Jedes Mal zieht sie zurück in das Revier des Spechtes. Wie sollte sie es anders machen? Wiederholung ist notwendig, findet sie, und sie weiß nicht, wie sie anders weiterkommen oder auch am selben Fleck bleiben soll als durch die Wiederkehr.

Am Rand des Sportbeckens hält sie sich fest, lässt das Wasser an ihr ziehen, dabei ist es ohnehin fast unbewegt. Hier in den Bädern, ob draußen oder drinnen, ist das Wasser gebleicht, hier ist das Wasser gezähmt. Die Stadt zähmt alles, aber Wasser lässt sich nicht zähmen, auch wenn du es in Becken gießt, auch wenn du es der Maschine überlässt, die Wellen zu schlagen. Im Meer schlagen dich die Wellen gegen die Felsen, einmal, zweimal, damit du auch wirklich zerbrichst.

Sie atmet tief ein. Sie atmet tief aus. Die Lunge mit Luft füllen, ein wenig warten, die Luft zurückschicken in das Hallenbad. Neben ihr schlittern Kinder über die Fliesen, ihr Lachen kehrt wieder, entwischt nirgendwohin. Eine junge Frau steigt dort vorne über die Leiter ins Becken, als könnte sie jederzeit ausrutschen auf den Stufen.

Dann sieht sie, die junge Frau ist Judith Lackner.

Manchmal ärgert es Erika, wie klein Wien ist. Eine Großstadt sollte dich mit Anonymität umhüllen, aber überall kannst du deinen Kollegen begegnen, oder Musikstudentinnen mit irritierenden Formulierungen und Diplomarbeiten im Gepäck. Cécil würde hingehen, sie ansprechen, er würde sich, wäre er hier, an Erika wenden: Wovor hast du Angst? Warum immer Mauern um dich bauen? Und Erika kann sich erinnern, wie das mit ihrer Diplomarbeit war. Du stehst vor dem Ende des Studiums und glaubst, du wirst es nicht darüber hinweg schaffen. Der andere nimmt deine Hand, dreht sie Richtung Boden, und du weißt, du musst springen, und glaubst, du wirst niemals springen können.

Sie will trotzdem nicht erkannt werden. Sie wollte ohnehin die Länge zurücktauchen.

Einatmen, Luft einsperren, und mit den Händen nach vorne taucht sie ein, streckt die Beine nach oben, um schneller den Grund zu erreichen, am Grund ist weniger Widerstand. Und er kommt ihr auch ganz schnell entgegen, schon muss sie sich wieder ein wenig nach oben strecken, sich mit dem Fliesenboden in eine Linie bringen: Du bist mein größter Verbündeter.

Ist es hier still, ganz plötzlich? Das glaubst du zuerst, doch so ist es nicht. Du hörst auch hier, was um dich herum geschieht, nur ist jeder Laut ganz dicht bei dir.

Den ersten Schwimmzug machen, groß. Dann lässt sie sich gleiten, das Gesicht dem Boden zugewandt. Nur ganz knapp über den Fliesen, hier gleitet sie am leichtesten, sie ziehen unter ihr vorbei. Hier wird sie nicht rutschen. Sie hört die Bewegungen der Schwimmer über ihr, das dumpfe Grollen, weil jemand gesprungen ist. Über ihr schwimmt wohl auch Judith Lackner. Weit weg, jetzt.

Wir Säuger, denkt sie, sind doch unwahrscheinlich gut geeignet für das Wasser. Nehmen all die Luft mühelos in die Tiefe, die die Fische erst herausfiltern müssen, können rufen, so weit rufen. In dieser Welt siehst du nicht weit, hörst umso besser. Nachrichten von einer Küste zur anderen schicken, es kommt eine Antwort.

Bist du da?

Ich bin da.

Du bist da und baust Mauern um dich, Erika.

Der zweite Schwimmzug, lass mich, Cécil. Ein helles Klirren, als würde Metall auf die Fliesen fallen. Was könnte das sein? Den Kopf nicht heben, so würde sie langsamer, so würde sie mehr Luft verbrauchen. Sich gleiten lassen, bis der nächste Schwimmzug notwendig ist. Sich nicht mehr bewegen, als notwendig ist. Den Fliesen zusehen, wie sie eine nach der anderen unter ihr verschwinden.

Cécil, nicht jeder kann sein wie du.

Und dann kommt es, das Drängen. Sie hat schon darauf gewartet und begrüßt es, weil sie es kennt: Das Gefühl entfaltet sich tief in ihrem Bauch, macht ihn enger, kriecht dann aufwärts, als drängte es sich ihren Hals hinauf. Auftauchen, auftauchen. Tauche auf!

Sie macht einen weiteren Schwimmzug.

Mit der Bewegung meldet sich auch das Drängen stärker. Jede Bewegung frisst Luft, frisst sie weg, so viel ist gar nicht mehr da. Bald wird es wehtun, weiß sie. Sie will auftauchen. Sie will hier bleiben.

Jedes Mal, wenn sie einen Schwimmzug macht, wird sie schneller, gleitet sie schneller über die Fliesen, dann verlangsamt sich ihr Vorwärtsfließen – wann den nächsten machen?

Ein Schwimmzug.

Wieso nicht bleiben? Es ist, wenn auch nicht still, doch ruhig hier, sie schwebt, sie fließt.

Ein Schwimmzug.

Du wirst ertrinken! Die Fliesen ziehen unter ihr vorbei, als wäre nichts geschehen.

Ein Schwimmzug.

Ein bisschen noch, ein bisschen noch. Sie fühlt dem Brennen nach Luft in ihr nach, es drückt, während sie zusieht, wie die Fliesen weiter und weiter unter ihr durchrutschen, ein steter Messer ihres Fortkommens, und doch weiß sie nicht, wie weit sie nun gekommen ist. Sie könnte noch ganz am Anfang sein. Sie könnte schon fast an der Wand sein. Sie kann es nicht abschätzen. Da blickt sie auf: ein Fehler. Sie sieht die Wasseroberfläche, hinauf, hinauf! Beherrsch dich!

Aber sie strampelt, es tut weh, du ertrinkst!, nur noch ein wenig, sie zerbricht den Spiegel über sich, atmet tief ein, sieht sich um. Die Geräusche des Hallenbads sind zurückgekehrt, von überallher, die schreienden Kinder, das Wasser, das über den Beckenrand tritt und in die Abflüsse fällt, die Schlapfen auf dem Boden. Sie hat nicht einmal die Hälfte des Sportbeckens hinter sich gebracht.

Sie breitet die Arme weit aus, teilt das Wasser vor ihr, das sich beinahe fortschieben lässt, dann doch zurückrinnt zwischen ihren Fingern, schwimmt zum anderen Ende des Beckens. Atmet, spürt, wie das Brennen in ihr verklingt. Spürt nach dem Wasser zwischen ihren Fingern – hier an seiner Außengrenze noch fassbarer als unten. Langsamer atmen. Sie muss wieder ruhig werden, sie muss sich wieder ganz entspannen, bevor sie zurücktauchen kann. Ausatmen, Einatmen.

Der Bademeister kreist um das Becken, zieht seine Schlapfen hinter sich her. Erika sieht: Judith Lackner schwimmt konzentriert ihre Längen, blickt nicht auf und erkennt Erika nicht. Aber die Musikstudentin breitet ihre Arme für die Schwimmzüge auch nicht ganz aus, als dürfte sie sich diesen Raum nicht nehmen. Dabei sind die Kreise, die ihre Wellen ziehen, im Vergleich zu Erikas ohnehin so klein. Unsinn, jede Welle, auch noch so laut, wäre hier von Wänden eingesperrt, man kann nicht in denselben Maßstäben rechnen.

Erika ist an der Kante angekommen, an die sie sich nun wieder lehnt, das andere Ende des Beckens ist weit. Ist sie schon bereit, oder soll sie noch warten? Soll sie riskieren, dass die andere ihr doch zu nahe kommt?

Karo hatte Erika von Judith erzählt, von dem ersten musikwissenschaftlichen Proseminar, in dem Karo gesessen ist, noch unsicher, ob sie das nun wirklich auch noch fertigstudieren soll. Und Judith Lackner sei vorne gestanden und habe im vollen Ernst darüber referiert, warum die Musik von Nine Inch Nails eine beruhigende Wirkung auf Zuhörer habe.

Die These ist doch wahnwitzig, hatte Karo gemeint. Nicht einmal Trent Reznors eigene Aussagen haben ihr da den Rücken gestärkt, und da Nine Inch Nails im Grunde ohnehin nur aus Trent Reznor besteht, hat das schon ein gewisses Gewicht. Katharsis hin oder her, Reznor hat in Interviews gesagt, seine Musik sei geschaffen, um zu schmerzen. Und dann steht dieses blasse Mädchen mit geflochtenen Zöpfen und einem karierten Rock da vorne und argumentiert, warum der Rhythmus in diesem oder jenem Lied Gefühle von Sicherheit vermittle. Hast du jetzt also Zeit, ihr ein bisschen was über Bioakustik zu erzählen oder nicht?

Ist es das, was Cécil an ihr gefunden hat, ist das die Parallele zu Erika – aber was für eine Parallele sollte das überhaupt sein? Erika hat den Gegensatz nicht gesehen, wie Karo es tut, zwischen den Zöpfen und Trent Reznor. Sie hat gefragt: Und war ihre Argumentation gut?

Schwierig, hat Karo gesagt. Aber allein die Idee, es zu versuchen.

Sie sucht noch, hat Cécil gesagt. Cécil sagt, sieh dir Judith Lackner an, Karo sagt, sieh dir Judith Lackner an, alle kommen sie mit Judith Lackner, und Judith Lackner kommt mit: Entschuldigen Sie meine Frechheit.

Und Erika sieht sich Judith an, aus einiger Entfernung, die sie einhalten möchte, denn es gibt einen guten Abstand, und er wird ohnehin oft genug unterschritten.

Erika zerteilt sich vielleicht, weiß sich aber nicht anders zu helfen. Das Leben getrennt in Beete, alle wollen etwas von ihr, sie will selbst zu viel, aber alles hat Grenzen, alles kehrt wieder. Alles wird wieder versucht. Auch der Grund des Beckens kehrt wieder. Sie lässt den Beckenrand los.

Vielleicht dieses Mal. Dieses Mal wird sie weiter kommen.

5.

Manche Wege führen nur in Sackgassen. Wenn Judith beispielsweise »Bioacoustics« auf Youtube eingibt – dann findet sie vor allem Videos über Schlaganfallpatienten, die von ihrem Erfolg mit Geräuschbehandlungen sprechen, oder aber eine Kompilation von Walgesang. Das hätte sie sich denken können, so macht man das auch nicht.

Die Tabs in Judiths Webbrowser vervielfältigen sich schnell, allein die Website eines amerikanischen Bioakustik-Vereins nimmt die Hälfte ein, Judith ist auf Diplomarbeiten gestoßen, überfliegt die Titel, lädt sie herunter, so viel Text, wann soll sie das lesen? Die Tabs vervielfältigen sich, aber der Browser nimmt immer noch mehr auf, er kann sie alle halten. Anders als Dr. Wawraceks Kiste, die in der Mitte des Raumes gestanden ist. Die Plastikniete, die die Kartonwände zusammenhält, hat sich gelöst, die Wand hat sich geöffnet: überquellend vor all dem, was Dr. Wawracek verwenden kann und soll.

Wo soll Judith aber beginnen? Sie stößt auf den »Good Practice Guide For Underwater Noise Measurement«, beginnt zu lesen. Eine halbe Stunde später überlegt sie: Brauche ich diesen Artikel überhaupt? Würde es ihr helfen, zu verstehen, worin der Alltag dieser Forscher genau besteht? Sie kann es sich nicht vorstellen. Die Kopfhörer aufsetzen und was genau hören? Wozu auch, darum geht es nicht. Was genau Dr. Wawracek oder Cécil Fournet mit ihren Bojen und Kisten machen, das kann Judith ganz gleichgültig sein. Man muss sich auf das Wesentliche konzentrieren, das Wesentliche ist ihr schon zu viel. Andere Menschen haben so viel Raum in ihrem Kalender. Aber die Zeit ist kein Raum, sie schreitet bloß voran, von Moment zu Moment, das ist es, was nicht verhindert werden kann. Das Wesentliche muss in ein paar Stunden gezwängt werden, dann muss sie heim, den Käufer empfangen, der ihr die Klarinette abnehmen wird.

Sie sitzt mit Karo in der Bibliothek der Musikwissenschaft, hier in der Auslage, vor den Wänden aus Glas, die hinausgehen auf den Innenhof des Campus, in dem die Studenten von Hörsaalzentrum zu Hörsaalzentrum wandern, auf Bänken und Wiesen liegen und ihre Joghurts auslöffeln. Jederzeit können sie Judith hier beim Lesen zusehen, oder sehen, wie sie über ihren Büchern einschläft: Das merkt man sich. Und wenn sie hierherkommt und erst zu spät bemerkt, sie hat einen Fleck auf ihrem Pullover, Nachlässigkeit, das wird jeder sehen: Das merkt man sich auch.

Jeder hört sie ohnehin, wenn sie durch den Raum geht, zwischen den Bücherregalen herumirrt, alle wissen, dass sie sich wieder einmal die Haare nicht gewaschen hat. Ihre Sohlen kleben auf dem Boden. Einmal versucht sie, den Sessel so unter dem Tisch hervorzuziehen, wie ihn die anderen hervorziehen, aber wie soll das gelingen, wenn sie sich nicht einmal die Haare gewaschen hat?

Die Schritte des Studenten, der aufgestanden ist, kommen näher und entfernen sich wieder, er sucht etwas, kann er es nicht finden? Irgendwann wird er sich wieder hinsetzen und mit dem Stuhl zum Tisch rücken, und dann muss sie wieder erschrecken. Wann? Denk eben an etwas anderes, du bist zum Arbeiten hier. Du bist für die Tabs in deinem Webbrowser da, die sich entfalten wie ein Fächer. Du bist für dein Notizbuch da, für die in das Papier gedrückte Schrift.

Sie beugt sich über ihre Notizen, Dr. Wawraceks Worte zwischen den eigenen. Die Os der eigenen Hand durchgestrichen, besser so, bis sie eine andere Schrift besitzt. Es dauert, sich umzugewöhnen. Dr. Wawraceks r geht über in das n, die Buchstaben sind manchmal kaum voneinander zu unterscheiden. Nachlässig, Dr. Wawracek ist mit dem Inhalt beschäftigt, nicht mit der Form. Fast ungeübt, weil sie inzwischen die Tastatur wohl wesentlich öfter verwendet als den Stift. Das muss Judith erreichen, aber dazu müsste sie auch ein bisschen etwas tun. Die letzten Tage hat sie abgeschrieben, Dr. Wawraceks wenige Worte, untereinander auf ein Blatt Papier, aber sie lernt langsam, sie hat immer schon langsam gelernt. Wer sich früh eine erwachsene Schrift angewöhnt, hat es leicht, wer damit wartet, muss sich plagen. Der Sessel kreischt, verstummt, kreischt, der Student hat sich wieder hingesetzt.

Es gab da dieses Online-Archiv mit Unterwassergeräuschen, erinnert Judith sich jetzt. Judith lädt herunter: Stiller Ozean. Judith lädt herunter: Rossrobbe. Keine repräsentativen Beispiele. Das hilft ihr höchstens für die Einleitung oder die Konklusio: So habe ich die Laute erfahren. Ohne Kontext und Konzept nutzlos. Die Kopfhörer ins Ohr stecken, eine Rossrobbe in ein MP3-File gepresst, sie klickt die Datei an, es beginnt leise. Synthesizer-Musik der Achtziger, denkt Judith. Karo sagt neben ihr: »Also was der Krause zum Lärm in Restaurants schreibt, ist schon kräftig konservative Scheiße«, die Synthesizer-Robbe wird davon übertönt.

Karo schlägt das Great Animal Orchestra zu, in dem sie geblättert hat. »Hätte ich gewusst, dass Bernie Krause einer von denen ist, hätte ich dich wegen dem nicht zu Cécil und Erika geschickt.«

Karo trifft sich mittwochs mit Judith hier, damit Judith sich zumindest einmal pro Woche darum kümmert, was andere Menschen zu ihrem Thema zu sagen haben, einmal pro Woche gibt Karo Judith diese Chance: es endlich richtig zu machen. Judith könnte an diesem Ort viel öfter sitzen, sie findet ja doch immer wieder heraus, dass sie etwas übersehen hat. Judith ist aber faul, es wäre Zeit, dass Judith endlich systematischer liest. Judith sollte sich einen Plan machen, Judith liest stattdessen, was ihr in die Hände fällt. Karo hat Judiths Literaturverzeichnis durchgesehen und gemeint: »Nach welchem System hast du die Sekundärliteratur eigentlich ausgesucht?«

Dein Auswahlkriterium ist, dass du nicht für die Artikel bezahlen musst. Es reicht nicht, vom Stillen Ozean zur Rossrobbe zu springen, das kannst du besser, du willst nur nicht. Ich versuche dir hier zu helfen. Wenn ich sage, Krause ist konservativer Mist, dann hör mir zu.

Judith wehrt sich: »Ich kann ihn irgendwie verstehen«, sagt sie. Irgendwie, was soll das denn heißen, was ist denn das überhaupt für ein Wort? Sie spinnt Wissenschaft aus Gefühlen und wundert sich, dass man sie zerlegen kann.

»Lärm ist Lärm, weil wir ihn dazu machen«, sagt Karo.

Karo hat eine kleine spitze Nase und bereits die Titel, die Judith sich erst verdienen muss, Sozialanthropologie, Verhaltensbiologie, jetzt steckt sie sich zwischendurch noch die Musikwissenschaft in die Tasche, ist ja nicht so ein Aufwand, sagt sie, sie hat später als Judith begonnen und wird früher fertig werden. Sie schreibt über die kulturgeschichtlichen Hintergründe der Unterscheidung zwischen Lärm und Musik, weiß also, wovon sie spricht. An jede Aussage könnte sie drei Fußnoten hängen.

Bringen wird mir das trotzdem nichts, sagt sie, mit zusätzlichen Titeln werden die Verträge nur umso befristeter.

Und was hat Judith dem entgegenzusetzen? Nicht einmal Sozialanthropologie oder ein Grundverständnis für ihren Forschungsgegenstand, aus reinem Zufall hat sie damals zu Bernie Krause gefunden, und was weiter? Sie mag ihn, sie kann ihn irgendwie verstehen. Das ist nun wirklich kein Argument. Als hätte sie nichts dazugelernt.

Aus Zufall – sie ist an ihm hängen geblieben. Sie glaubt, sie findet sich in ihm. Sie findet ihn nicht in den Worten, die sie über ihn schreibt. Er erzählt von einem nordamerikanischen Wasserfall und einem Stamm von Ureinwohnern, der in seiner Nähe siedelt. Aber warte nur, Moment folgt auf Moment, und das Militär schließt die Stahltore eines Staudammes, das Tosen des Wasserfalls verklingt. Dr. Wawracek nickt zu dieser Geschichte und spricht vom Anthropozän, dem Zeitalter, in dem Umweltveränderungen zuallererst auf den Menschen zurückzuführen sind. Heute prägen wir die Welt, sagt sie, es ist unser Zeitalter, was immer das auch für uns bedeuten mag. Sie sagt: Lärm verursacht Stress, Stress verursacht Stressreaktionen. Wale tauchen zu schnell auf, paaren sich nicht, brechen ihre Suche nach Futter ab, gehen anders mit ihren Kälbern um. Was sich nicht anpassen kann, wird vergehen. Wer sich nicht findet, wird sich nicht vermehren. Flexibel muss man sein heutzutage, lebenslanges Lernen, immer bereit zur Flucht. Judith hingegen sitzt in der Bibliothek mit Karo, weiß nicht, warum Karo mit ihr in der Bibliothek sitzt, und kann Karo nichts entgegensetzen, ihrer Stimme, die laut ist und Bernie Krause vom Tisch wischt, denn Lärm ist ein kulturelles Phänomen, und worin man Ordnung findet, kann nicht Bernie Krause bestimmen.

»Ja«, sagt Judith, und es stimmt ja, »aber der Lärm macht unsere Körper auch dann krank, wenn wir uns an ihn gewöhnen. Den anhaltenden Stresslevel kann man mit Geräten messen. Schiffslärm und Tiefseebohrungen senken die Überlebensrate von Jungtieren, verletzen im schlimmsten Fall die Hörorgane, weißt du doch nur zu genau.«

»Ah, jetzt holst du Erika aus dem Ärmel«, sagt Karo, und faltet sich ein, zieht ihre Arme zu sich zurück.

Es tut mir leid, will Judith sagen. Du hast mir deine offene Flanke gezeigt, ich hätte nicht zustechen dürfen.

»Aber Dr. Wawracek hat dir auch recht gegeben«, sagt sie deshalb, streckt ihre Arme zu Karo aus, »sie hat gesagt, dass sich nicht nur einfach die Geräusche verändern, sondern auch die Art und Weise, wie wir sie hören.«

»Seitdem wir glauben, dass der Frühling stummer wird«, sagt Judith, »die Vögel weniger, horchen wir mehr darauf.«

Karo nickt. Und: »Kannst du dich erinnern, wie das mit den Geigerzählern nach Fukushima war?«

6.

Judith hat damals erst viel zu spät von der Kernschmelze erfahren, erst Tage später nämlich, trotz Internet, trotz aller Medien. Dafür hat sie in gewisser Hinsicht selbst Sorge getragen. Zu diesem Zeitpunkt hat sie schon weggesehen von den Schlagzeilen der Gratiszeitungen in den U-Bahnen, hat nicht einmal mehr die Nachrichten im Radio gehört. Das hätte sie nicht tun sollen, jeder erwartet von dir, ein Grundwissen über die Weltpolitik zu besitzen, wie eine täglich zu erneuernde Pflichtübung. Aber es hört ja nie auf. Manchmal braucht man eine Pause, aber man kann tun, was man will, die Dinge hören einfach nicht auf zu geschehen.

Deshalb ist diesmal ein Großereignis an Judith vorbeigerollt, und eine Welle, die Menschen unter sich begraben hat, hat Judith nicht einmal berührt. Das Wasser, das die Kraftwerke und Notstromgeneratoren geflutet hat, hat Judith nicht benetzt. Als sie davon erfuhr, waren die Explosionen in den Reaktorblöcken schon passiert, war das kontaminierte Wasser schon ausgetreten, hatte es radioaktiven Schutt schon auf die Höfe des Fabrikgeländes geregnet, die Reaktoren wurden mit Wasserwerfern gekühlt.

Erst im Nachhinein wurde ihr Kopf in diese Flut eingetaucht, von Karo, die sagte: »Dabei war das noch gar nicht das große Japan-Erdbeben, auf das alle schon so lange warten.«

Auf was wir alles warten – Judith sollte nicht überrascht sein: Ein Moment folgt auf den anderen, auch wenn sie sich von den Schlagzeilen abwendet. Sie denkt an den Tsunami in Thailand, als die Touristen hinausgelaufen sind ins leere Meer, um Muscheln zu sammeln. Das Wasser hatte sich zurückgezogen, um Kraft zu sammeln für den Schlag, der Strand wurde plötzlich lang, die bunten Muscheln lagen alle frei. Das Meer kam dann zurück wie eine Wand.

Auch in Fukushima ist das Meer wie eine Wand gekommen, und als es sich wieder zurückgezogen hatte, war die Kette an Reaktionen schon in Gang. Ursache und Wirkung.

Nein, sie wehrt sich nicht mehr. Sie weiß, sie hat einen Fehler begangen, es wird auf die Liste geschrieben. Karo hat sich damals gedacht: Diese Studentin, die ich meine Freundin nenne, weiß noch nicht einmal, dass in Fukushima die Menschen aus den Häusern gespült worden sind.

»Ein Anzeiger von Gefahr«, sagt Karo jetzt. »So lesen wir es. All diese Internetvideos von Leuten, die in Tokyo mit dem Geigerzähler durch ihr Haus gehen.«

Judith nickt, sie hat diese Videos schließlich lange vor Karo gefunden, hat sich nicht mehr gewehrt. Ruhige Videos, hausgemacht, man sieht bloß eine Hand, die das Messgerät hält, und so geht es durch den Garten. Es kracht nicht laut, nicht ununterbrochen, stattdessen abgehackt, so oft ist es gar nicht. Man könnte es leicht überhören. Nur der Bildschirm sagt dir, dass der Level an Strahlung bereits gefährlich ist. Schalte den Zähler ab, es ist wieder still.

Karo hebt beim Reden wieder einmal ihre Arme und senkt sie, breitet sie aus, öffnet ihren Mund weit. Vielleicht, weil sie vorhin von Dr. Wawraceks Urteil zum Verstummen gebracht worden ist, macht sie sich jetzt umso dringender Luft. Schaut sie Judith an? Ist sie wütend? Judith könnte es nicht sagen. Judith sollte es sagen können. Man muss wissen, wem man sich anvertrauen darf und wem nicht. Judith weiß noch nicht einmal, warum Karo sich mit ihr angefreundet hat, damals.

Sie ist auf diese Freundschaft gestoßen wie aus Zufall, wie auf Bernie Krause, weil Karo sie angesprochen hat nach ihrem Referat in einem der Proseminare, gesagt hat: »Widerspricht dir da nicht Trent Reznor selbst?« Sie wollte mehr von Judith wissen über Nine Inch Nails, mehr und immer mehr, ist ihr die Stiegen hinunter gefolgt und hat noch an der Tür weitergeredet: »Aber endlich mal nicht so ein harmloser Scheiß, endlich wühlt jemand mal den Schlamm auf und macht das Wasser ein bisschen trübe«, und Judith hat sofort an die Forelle von Schubert denken müssen, dann weiter an andere Schubert-Lieder, an die schöne Müllerin, die Winterreise, und da waren die Melodien auch schon alle bei ihr, eng, zu nah, zu unausweichlich, denn anders als Trent Reznor fischt Schubert mit Widerhaken.

Zwischen den Liedern aber Karo, die über Notensysteme sprach, und Takt, und dass man das nicht einfach als gegeben nehmen durfte, all das sei historisch gewachsen und die wissenschaftliche Analyse der Wirkung von Musik auf die Psyche in den allermeisten Fällen bloß eine Rechtfertigung des eigenen Geschmacks.

»Insofern echt geil«, sagte Karo. »Da vorne stehen und sagen, die Musik von Nine Inch Nails entspannt, und das ohne Studien in der Hinterhand. Das muss man sich erst mal trauen, auf diesem Vorgartenzwerg-Institut.«

Judith brauchte lange an diesem Tag, um sich Schuberts Widerhaken aus dem Fleisch zu reißen, nicht mehr ständig die Winterreise und die schöne Müllerin abspulen zu müssen, aber Karo setzte sich bei der nächsten Einheit der Lehrveranstaltung direkt neben sie und wollte wissen, wie Judith mit der Proseminararbeit inzwischen weitergekommen war.

Etwas musste Karo also wohl an Judith interessieren, aber was, kann Judith sich nicht vorstellen, nicht wenn Karo ihre Arbeiten Korrektur liest und darüber schimpft, dass Judith schon wieder nur Zitate aneinanderreiht, »Du musst auch einmal einen Gedanken zu Ende gehen«, sagt Karo dann, »zu einem logischen Schluss kommen, Schritt für Schritt.«

Judith trifft sich mit Karo seit Jahren. Judith weiß nicht, warum Karo sich mit ihr trifft, aber sie weiß: Wer immer Angst hat, abgelehnt zu werden, kann niemals ehrlich sein. Wer sich weit aus dem Fenster beugt, kann fallen. Folgendes muss Judith im Umgang mit anderen immer beachten: natürlich wirken, niemals Schwächen zeigen, dich in niemandes Schuld begeben. Sagt die Stimme, die recht hat und es gut mit ihr meint. Judith steht aber bereits in Karos Schuld, weil Karo all ihre Arbeiten Korrektur gelesen und im Heuhaufen ihres Lebens gekramt hat, bis zwei Namen zum Vorschein kamen: Erika Wawracek und Cécil Fournet. »Das sind Meeresbiologen und Erika ist Bioakustikerin. Wenn du zu Bernie Krause und dem Tierorchester schreiben willst, geh zu denen.«

Jetzt redet sie über das Kernkraftwerk in Japan, krallt ihre Finger dabei in den Tisch, wie sie es oft macht, und warum hat Judith immer noch nicht verstanden, weil sie eine schlechte Freundin ist, unaufmerksam.

»Und weißt du, was die Arbeiter gemacht haben, als sie schon Neutronen-Strahlung in den Kraftwerken gemessen haben, also gewusst haben, die Kernschmelze ist im Gang, jetzt ist alles zu spät, jetzt sollten sie echt weg? Sie sind zu ihren Autos gelaufen, mit denen sie noch hätten fliehen können, haben die Autobatterien ausgebaut und versucht, das Kühlsystem mit Autobatterien wieder zum Laufen zu kriegen! Mit Autobatterien, Judith! Das Kühlsystem eines riesigen Kernkraftwerks mit verdammten Autobatterien!«

Karo lacht laut auf.

»Es gibt rund um Wien dutzende Kernkraftwerke, und stell dir mal vor, was dann passiert«, sagt Karo. »Wir haben im Grunde den Arsch längst offen, allesamt.«

Judith will es sich nicht vorstellen. Judith hat in der Schule »Die Wolke« lesen müssen und weiß, was passieren wird, wenn Temelin beschließt, zu schmelzen. Sie weiß um die Regenwolken, die das schlechte Wasser bringen, sie weiß um die von all den Flüchtlingen überfüllten Straßen, die ausfallenden Haare, und weiß doch, dass das Buch alt ist, und ein Kinderbuch. Man kann Kindern nicht die ganze Wahrheit sagen.

Fukushima ist verlassen worden – wird man Wien ebenso verlassen, den Augarten mit seinen Flaktürmen, diesen Campus? Jetzt ist alles da, und draußen löffeln die Studenten Joghurt, tragen ihre Umhängetaschen über die Wiese. So viele Jahrhunderte lasten auf dieser Stadt. Wir laufen weiter,

Schritt für Schritt, zu unseren logischen Schlüssen, mit Jahrhunderten und Schlagzeilen auf den Schultern.

Karo redet sich ihre Wut vom Leib, ihr ist es egal, wer sie hört, wenn es nur nicht Dr. Wawracek ist, es könnte der Studienprogrammleiter hinter der Ecke stehen. Judith sollte Karo sagen, dass das nicht der richtige Ort für ihre Schimpftiraden ist. Ihr kennt euch seit Jahren, Judith, du solltest inzwischen mit ihr umgehen können, mit ihren Eigenheiten, oder aber dich wehren oder aber Abstand nehmen: Mit dir will ich nicht mehr gesehen werden. Nach alldem, was du für mich getan hast, sind wir geschiedene Leute.

Sie blickt aus den Fenstern zu den Bäumen im Innenhof des Campus, die im Wind rauschen, unter einem von ihnen liegen im Herbst dann Nüsse. *Noyer – Nussbaum. Lärmbaum.* Und laut ist es doch immer.

Wie klein die Welt früher gewesen ist, denkt sie dabei, für die meisten hat sie sich auf ein paar Dörfer und vielleicht auf zwei entfernte Hauptstädte beschränkt. Und was woanders passierte, davon hat nie jemand erfahren. Niemand hat von dir erwartet, dich darum zu kümmern. Irgendwo in Südamerika gab es dann ein Erdbeben und einen Vulkanausbruch, und in Europa war es, als wäre es nie geschehen. Es kommt die Wolke aber auch, wenn du es dir nicht vorstellen kannst.

7.

Judith stellt den Klarinettenkoffer ins Vorzimmer, öffnet die Tür einen Spalt. Sie hört den Käufer das Stiegenhaus hinaufsteigen, seine Schritte klingen hohl. Soll sie sich hinsetzen, bis er kommt? Nein, sie muss sehen, wer es ist, im Notfall die Tür wieder zuschlagen.

Glaubt sie denn, dass das hilft?

Judith hat die Klarinette auf einem Online-Verkaufsportal angeboten, und das ist in Ordnung, so macht man das heute.

Nur gehandelt hat Judith wieder nicht, als hätte sie seit den Schallplatten nichts gelernt. Man muss aber hart bleiben bei Verhandlungen, selbst wenn sie unangenehm sind – damit zeigt man Geschäftssinn und verschafft sich Respekt. Judith kann sich nicht immer von anderen zerdrücken lassen, sie muss auch einmal selbst den Fuß auf den Käfer setzen. Die Schritte kommen näher, der Käufer überspringt die Stufen, merkt Judith, er will die Klarinette schnell an sich reißen. Sie hätte also einen besseren Preis verlangen können, hat sich aber wieder einmal über den Tisch ziehen lassen.

Haben sie sich eigentlich gesiezt am Telefon? Was soll sie überhaupt zu ihm sagen: Hallo, hier ist dein Ding, gib mir dein Geld, auf Wiedersehen? Wo gibt es eine Gebrauchsanleitung für solche Situationen? Da ist er aber schon, auf dem Kopf lauter schwarze Locken, sie öffnet die Tür ganz, er lacht sie an: »Du musst wohl Judith sein.«

»Ja«, sagt sie und stellt den Klarinettenkoffer auf den Gang.

Später liegt sie auf dem Bett und weint, ohne dass sie wüsste wozu. Judith weint immer bloß aus Nostalgie – wegen ihrer Initialen, die sie in den Koffer eingeritzt hat, als sie noch gedacht hat, diese Initialen könnten einmal etwas bedeuten. Sie bedeuten: eine von vielen. Wegen der einen Stelle auf der Innenseite, an der der Samt eingerissen ist. Wegen des leichten Widerstands, bevor die Verschlüsse nachgeben, wegen des Schnappens, mit dem sie dann doch aufschlagen. Nie will sie ablegen, woraus sie längst herausgewachsen ist. Als ob sie nicht jederzeit eine andere Klarinette kaufen könnte, wenn sie doch noch zu diesem obsoleten Hobby zurückkehren sollte.

Judith hängt an allem ohne Grund. Sie ist doch sogar an den Postkarten gehangen, die sie vor einem Monat endlich entsorgt hat, schon längst überfällig. Und welche Erinnerungen sind mit denen schon verbunden gewesen? Eine Sammlung von Gratiskarten aus Lokalen, Schwarz-Weiß-Fotografien von Paaren in Pariser Cafés, Sprüche, I'll love you in good times and in bed times, You are awesome, Buckingham – Backschinken, Hang in there, Ohne dich ist alles doof. Hat sie denn jemals darüber nachgedacht, was diese Sprüche bedeuten, bevor sie die Karten aufgeklebt hat? Nein, nur möglichen Besuchern wollte sie zeigen, dass sie jemand ist, der sie nicht ist: als wäre sie die einzige Studentin in Wien mit nichtssagenden Postkarten an den Wänden.

Judith lügt, Judith sagt: Ich komme herum, ich interessiere mich, ich habe eine deutlich erkennbare Persönlichkeit. Am Ende des Studiums muss man sich aber spätestens gefunden haben – wie viel Schonfrist, denkst du, gibt dir das Leben noch? Judith hat wie in einer Schneekugel gelebt in den letzten Jahren, hat sich dabei für jemanden gehalten, dessen Initialen einmal etwas bedeuten werden, aber sich nur für jemanden zu halten, das reicht nicht. Man müsste auch etwas dafür tun. Es macht keinen Unterschied. Die Welle wird über sie fegen, egal welchen Namen sie trägt.

Die Stimme, die es bloß gut mit ihr meint, ist laut heute, so furchtbar laut, sie muss sich fast die Ohren zuhalten, aber dazwischen leisere Gedanken: Wie das war, ihre Lippen auf dem Holz, wie das war, auszuatmen und zu tönen. Wie das war, die Metalltasten hinunterzudrücken, und das Rohrblatt war ihr das Allerliebste. Es war ihr das Liebste am ganzen Instrument. Die anderen Klarinetten-Schülerinnen hassten das Rohrblatt. Sie sagten: Am Quietschen ist das Rohrblatt schuld, meines hat schon wieder einen Riss, meines ist zu weich geworden, damit kann ich nicht spielen.

Nicht Judith. Das Rohrblatt hat vor ihr gezittert, das Rohrblatt hat für sie geöffnet und geschlossen, geschlossen und geöffnet, oft.

Judith begriff es zwischen den Fingern, das Holzplättchen, an seinem Stamm, und wie es dann dünner wurde, bevor es oben, wo sie die Lippen ansetzte, hauchdünn und rund abschloss. In der Schachtel lagen die Blätter in unterschiedlichen Stärken hintereinander an die Wand gedrückt, von dem gleichen Zugband, das auch ihre Stifte in der Schule in das Federpennal presste. Und genau wie die Stifte warteten auch die Rohrblätter aneinandergepresst auf ihre Verwendung. Manche davon hatte Judith erst ein oder zweimal ausprobiert, noch kaum eingeblasen waren sie, Neulinge in dem Spiel mit der Luft. Andere waren schon so alt, dass sie weicher waren als angegeben. Judiths Lehrerin hat gesagt: Kau nicht immer so auf dem Rohrblatt herum, du weichst es damit auf.

Darum weint Judith jetzt um das Rohrblatt, um ihre Rohrblattschachtel. Die Stimme, die es gut mit ihr meint, sagt dazu: Wenn es einen Grund gibt, nicht zu weinen, dann wenn man eine Rohrblattschachtel verloren hat.

8.

Wolken halten nicht an Landesgrenzen und wir leben nicht in einer Schneekugel. Menschen sterben jeden Tag. Wenn man alle Chancen verpasst, kommen sie deshalb nicht wieder.

Drei Kinder, Elena, Anna, Richard. Elena die Erste und schön wie ein gespannter Bogen, Anna klein, gewitzt und dazwischen, Richard, der Jüngste. Elena geht auf die Universität und findet den Elektrotechniker Theodor, Anna geht auf die Tourismusfachschule und findet den Architekten Simon, Richard geht in die HTL und endet im Konkurs. Manche haben eben auch kein Glück, allerdings ist man immer seines Glückes Schmied. Die Karten, die dir das Leben gibt, spiele gut.

Das schlechte Wasser ist dem Onkel Richard ständig bis zum Hals gestanden, spülen hätte man das Nesthäkchen regelmäßig müssen, damit seine Organe nichts zu Abgestandenes bekommen. Deshalb muss auch Tante Elena das abgestandene Wasser der Schnittblumen in die Spüle leeren und durch neues ersetzen, die Stängel etwas abschneiden dabei, so werden sie immer kürzer. Sonst fangen die Stängel an zu faulen, aber irgendwann muss man sie ja doch wegwerfen, sagt Mama.

Ja, irgendwann. Irgendwann müsste ich auch die Vase wegwerfen, die die Blumen hält, sagt Tante Elena, aber manchmal geht der Krug eben länger zum Brunnen, als er bricht.

Um die Schnittblumen kümmert Tante Elena sich, um sein abgestandenes Wasser in den Nieren hätte sich ihr Bruder selbst kümmern müssen, nicht zu viel trinken, nicht zu wenig, man trocknet aus oder man ersäuft von innen. Richard entscheidet sich fürs Ertrinken, weil er einmal zu durstig war nach der Dialyse, man muss sich eben unter Kontrolle haben. Ach, was red' ich, weint Judiths Mutter, und Tante Elena umarmt sie.

Tante Elena sagt: »So Nierengeschichten sind eben furchtbar kompliziert.«

»Dabei war er Fisch im Sternzeichen«, sagt Mama.

Tante Elena lächelt Judith zu und schenkt ihr Limonade nach. Auf dem Tisch zwischen ihr, Mama und Elena steht ein weiter tiefer Teller, darin nichts als Glassteine.

»Judith, bist du so lieb, bringst du den leeren Krug hinaus, im Kühlschrank steht noch ein voller mit Limonade? Eiswürfel sollten auch da sein.«

Tante Elena umarmt Mama mit der einen Hand, hält Judith den Glaskrug mit der anderen hin. Judith fragt sich, warum Elena gerade sie bittet, nicht ihren Neffen Matthias, nicht ihren Mann Theodor, die auch nur herumsitzen und schweigen, sie nimmt den Krug, selbst leer ist er schwer.

Auch in der Küche sind die Fenster groß und offen, der Wind weht herein, er ist kühl, bewegt die Vorhänge. Am Himmel drängen sich Wolken. So leicht, diese Vorhänge, denkt Judith, im Kühlschrank wartet der volle Krug, mit Minzblättern, Orangen- und Zitronenscheiben darin. Es wartet dort auch ein Tablett mit kleinen Sandwiches, jedes einzelne von ihnen mit einem Zahnstocher durchstoßen. Judith versteht nicht ganz, warum man Sandwiches mit Zahnstochern durchstößt. Judith versteht auch nicht, warum Elena das alles hergerichtet hat, man ist nur hergekommen, um ein bisschen zu heulen, Parten zu schreiben und sich zu entscheiden, verbrennen oder nicht. Bei Elena heulen, weil Elena die Älteste der drei und eine gute Gastgeberin ist, weil sie das Begräbnis schon halb organisiert hat, Judiths Mama zuckt nur mit den Schultern, so war sie immer schon, und wenn sie das denn will.

Wie Elena gesagt hat, ist außerdem im Tiefkühlfach noch Eis. So heiß ist es noch gar nicht, denkt Judith, dass man alles kühlen muss. Elena weiß aber, wie man so etwas macht. Es ist nicht ihre Schuld, dass Judith es nicht versteht.

Judith zieht ein Schneidbrett aus der Halterung, schlägt die Eiswürfeltasse nach unten auf das Brett, es klirrt, als gehörte das Klirren hier gar nicht dazu. Als sie die Tasse wieder hebt, liegen schon ein paar Brocken auf dem Holz, aber als sie sie in die Hand nehmen will, entrutschen sie ihr, schwimmen bereits in ihrer eigenen Lacke. Sie kann das nicht. Sie muss es sich einfacher machen.

Judith kehrt die Würfel in ihre Handfläche, so glatt sind sie, leert sie in den Krug, wo sie knacken. Ein bisschen wehren sie sich also doch gegen das Tauen.

Und wenn Dr. Wawracek hier ein Hydrofon hineinhalten würde? Aber wozu denn. Sie hat Besseres zu tun.

Sie schlägt die Tasse ein zweites Mal auf das Brett, es klirrt, auch ihr, die ihr euch so festhaltet, werdet aus der Form gerüttelt, es hilft nichts, sie schlägt, es klirrt wieder. Als gehörte es hier gar nicht dazu.

Sie sieht auf, auf die Vase, die in der Mitte des Tisches steht. In der Vase vollgesogen Blumen, sie ist angefüllt bis an den Rand und klirrt, wenn man Eiswürfeltassen auf den Tisch schlägt. Also hüpft die Vase ein bisschen? Küchen-Percussion.

»Du hast also den Krug gefunden.«

Elena ist in die Küche gekommen, öffnet den Kühlschrank, holt das Tablett mit den Sandwiches heraus, kommt zu Judith, nimmt ihr den Krug ab, noch bevor Judith alle Eiswürfel hineinschlagen kann.

Du warst wieder zu langsam, Judith, du machst dir unnötig Gedanken. Elena hingegen macht es, wie es sich gehört.

»Verstehst du jetzt, dass ich sie noch behalte?«, meint Elena und zeigt auf die Vase, deren Glas dick ist und bunt. »Echtes Murano-Glas, so etwas kriegt man heute kaum mehr. Es ist eine Erinnerung. Und ich habe sie doch wieder heil bekommen?«

Jetzt fallen Judith auch die dunklen Risse auf, die durch das Glas führen.

»Alles wieder gekittet.«

Elena geht hinaus, auf dem Schneidbrett bleibt die Lacke.

Und der Blumenstrauß sticht aus der Vase heraus, faltet sich oben auseinander, sie stehen im Saft, die Blütenblätter, aber ein Blütenblatt hängt herab, da, mitten durch die Blüte geht ein braunes Rinnsal, nein, eine trockene Stelle. Die Blumen stehen dabei im Wasser, es füllt die Vase bis an den Rand. Fast mag es überrinnen.

Draußen hört Judith Mama wieder weinen und denkt: Wieso gibt es in jeder Schneekugel eine kleine runde Luftblase? Diese Luft kann nicht reichen. Aber sie beugt sich näher zur Vase mit ihren gekitteten Bruchstellen. Zunächst scheint es ihr, als würde die Vase schwitzen, als wäre auch dem bauchigen Glas wider alle Vernunft heiß. Dann sieht sie, wo die Tropfen sitzen, groß und rund, nur an den Rissen. Es rinnt nicht über, aber durch die gekitteten Stellen dringt es, schiebt sich nach außen, all das Wasser in ihr, sie kann es doch nicht halten. Es drängt aus ihr in großen Tropfen, die an ihr hängen, dann loslassen, anfangen zu laufen. Sie sieht erst jetzt, rund um die Vase ist der Tisch schon ganz nass.

Dass Elena das nicht aufgefallen ist, dass die Vase ihr Wasser nicht mehr halten kann.

Das ist nicht gut, du solltest gehen.

Judith traut sich kaum, ihre Hand auf das Glas zu legen, dann will sie es doch. Wenn sie aber ihre Hand an die Kälte legt, muss sie sie auch an diesen dünnen Film Wasser legen, die Spannung der Tropfen zerreißen, sie muss den Film verdrängen, zuerst schieben ihn die Finger fort, aber sie greift so dicht hin, wie sie kann, bis die Haut zwischen Zeigefinger und Daumen, dieses aufgespannte Zeltdach, am Glas zu liegen kommt, das Wasser rinnt teils darunter, an der Handinnenfläche entlang, teils blockiert ihr Körper den Weg der Tropfen, und dann rinnt es über die aufgespannte Haut.

»Von diesen jungen Firmen gehen doch viele ein«, meint Tante Elena später, weil Mama wieder mit dem Bankrott angefangen hat. »Das ist doch ganz normal. Wieso sollte es bei Richards Firma anders sein?«

Der Teller ist leer, die Zahnstocher liegen ungeordnet auf ihm. Judith spürt in sich die Wut wie eine Faust, weil sie so langsam mit den Eiswürfeln war. Sie will gar nicht darüber nachdenken, dass sie auf die Vase gegriffen hat. Die Vase ist bestimmt von Onkel Richard gewesen, und danach war ihre linke Hand ganz nass, sie hat nicht gewusst wohin damit, sie hat sie in ein Küchentuch gewischt, das ist jetzt fleckendunkel und verknittert. Man kann es sehen. Sie weiß, man wird das entdecken. Man wird sie fragen, warum das Küchentuch nass ist. Judith wird die Wahrheit sagen müssen. Elena wird die Vase wegwerfen müssen, weil sie nicht einmal gekittet noch zu etwas nütze ist.

Die Kartonkiste, deren Wand ausbricht. Keiner kann sagen, warum Dr. Wawracek die noch aufbewahrt, wo sie ihr doch nichts mehr nützt. Keiner mag sagen, warum Karo sich noch mit Judith trifft.

»Er war zu zerbrechlich, ein echtes Frühchen«, sagt Mama jetzt. »Die Welt ist schon immer ein großer Schraubstock gewesen. Umso härter muss man sein.«

In Fukushima hat es die Betonwände zerrissen, das Kühlwasser ist durch die Risse ausgetreten.

Judith sieht zu ihrem Bruder Matthias, der mit den Schultern zuckt.

Die Schutzmauer gegen das Meer war nicht hoch genug. Das weiß man jetzt. Wie hoch muss man die Mauer bauen, wie dick?

Vier Meter mehr hätten gereicht, sagt Karo, und hat das recherchiert.

»Und du, Judith?«, fragt Tante Elena. »Weißt du schon, was du nach dem Studium machen wirst? Wann bist du denn jetzt eigentlich fertig?«

9.

»Setz dich schon mal.«

Matthias hat sie aus dem Gespräch gezogen, als man Abgabetermine und Zukunftspläne aus ihr graben wollte, er hat gesagt, er will ihr sein Zimmer im Keller zeigen, sie hat es ja noch nicht gesehen, und es hat Vorhänge an den Fenstern und Poster an den Wänden, und die Kanten des Sofas sind rund. Auf dem Boden liegen Bücher, vor dem Fernseher eine Spielkonsole. Selbst ihre Hände fühlen sich weniger feucht an, hier unten.

Sie sieht sich um, er hat eine eigene Küche, ein eigenes Bad, er muss nicht hinauf zu Onkel und Tante, wenn er nicht will. Er kann hier unten alleine leben.

»Wie ist das Wohnen mit Elena und Theodor?«, fragt sie.

Sie überlegt, das Leben mit Elena, da kann sie sich ein Bild machen, aber Elenas Mann? Sie kennt Theodor kaum, hat ihn nie verstanden.

»Schon in Ordnung«, meint er. »Sie lassen mich hier unten ziemlich in Ruhe.«

Vielleicht hat Matthias auch einen besseren Kontakt zu

Theodor gefunden, was kennt Judith sich schon aus. Sie überlegt, ob die beiden gemeinsame Interessen haben könnten, was Theodor eigentlich arbeitet, ob sie denselben Beruf hätte wählen sollen.

»Und wie lang brauchst du zur Fachhochschule?«, fragt Judith.

»Ist schon okay«, sagt Matthias. »Deshalb habe ich ja jetzt das Auto.«

Sie setzt sich auf sein Bett und fragt sich, ob sie das darf, bekommt keine Antwort. Das ist nicht gut. Sie hätte das mit der Vase nicht machen dürfen. Wenn Elena das nasse Küchentuch bemerkt, ist es vorbei.

»Ist doch selbstverständlich«, hat Elena gesagt, als Mama angefragt hat, »bevor er sich wegen der Fachhochschule eine Wohnung in Eisenstadt suchen muss. Der Junge sollte während des Studiums doch nicht arbeiten müssen.«

»Das ist, weil sie selbst keine Kinder haben«, hat Mama gesagt. »Ich wäre dumm, das nicht anzunehmen.«

Man muss alle Chancen nutzen im täglichen Rennen, Theodor nutzt alle Chancen im Beruf, klettert auf den Rücken der anderen nach oben, zu Hause sitzt er neben Elena und lächelt. Judith sieht zum In-Extremo-Plakat, das an Matthias' Zimmertür hängt und an den Rändern schon eingerissen ist, weil alt. Er hat es umgesiedelt, merkt sie, sie kennt es aus seinem Kinderzimmer. Es war sie, die ihn auf die ersten Konzerte mitgenommen hat. Sie hat sich Ohropax in die Ohren gedrückt, Matthias hat es ihr zuerst gleichgetan und sich später sein Gehör ruiniert, es hat ihn kaum gekümmert, weil er nie davon leben wird müssen. Vielleicht besser so.

Damals hat Judith Matthias an der Hand genommen und ihn tief in die Menge gezogen, wo die Musik von allen Seiten kam, wo die Klänge, die von den Wänden und den Akustikelementen der Hallen zurückgeworfen wurden, sich trafen, ohne sich zu stören.

Schon damals war es notwendig, zu dämpfen, was auf sie einschlug, dann aber war es gut.

Er hat aber damals schon gesagt, lieber nicht dämpfen, lieber Moshpit, einmal hat er sich die Schulter ausgekugelt, aber was soll sie tun? Matthias ist Mama ähnlicher als ihr, auch das soll besser so bleiben. Da sind sich alle einig.

»Wie geht es dir in der FH?«, fragt Judith.

»Ist halt Schule«, meint Matthias, »soll ich Musik auflegen?«

Judith will sagen, nein, dann denkt sie, vielleicht ist es aber in Ordnung, wenn er es tut.

Judith sagt stattdessen, sie habe Angst, die trauernden Erwachsenen zu stören, aber er meint, das Zimmer sei gut isoliert, außerdem gebe es da eine Band, die Judith bestimmt noch nicht kenne.

Judith kennt die Band nicht, hat sich nie wirklich ausgekannt. Nur dass sie die große Schwester gewesen ist, die den kleinen Bruder auf seine ersten Konzerte mitgenommen hat, nur das macht Matthias immer noch denken, sie wisse Bescheid.

»Hör mal, die verwenden auch eine Klarinette zwischendrin.«

»Sicher, kommt schon vor, hin und wieder.«

Nur weil sie früher mit der Klarinette in der Band war – es ist auch zu leicht, jüngere Geschwister zu beeindrucken, wenn man sie zu den Proben mitkommen lässt. Dass er sich immer noch daran erinnert. Ob die anderen noch Musik machen? Ein Haufen Amateure, auf CD gebrannt, schillernde Musik. Vielleicht sind auch alle Aufnahmen schon vernichtet, die CDs schon zerkratzt, wer verwendet das denn noch? Schnell zum Müll, zu einer Kartonkiste, deren Wände ausbrechen, zu ein paar Scherben, einem ertrunkenen Fisch. Zu einer Stadt, die niemand mehr braucht.

Dann fällt ihr ein, dass sie gesagt hat, die Erwachsenen, als gehörte sie nicht dazu. Sie sollte dazugehören. Sie ist alt genug.

Matthias zeigt auf die Konsole.

»Ich habe das alte Silent Hill wieder gekauft, den zweiten Teil. Schon durchgespielt, willst du? Es müsste jetzt was freigeschalten sein.«

So viel unnütz vergeudete Zeit – wie soll er die jemals wiederbekommen? Das ist ihre Schuld. Sie hat ihm das Spiel gezeigt, sie hat gesagt: Horch! – jedes Mal kracht das Radio, wenn die Monster kommen.

Und wir, wir müssen auf den *Lärm* horchen, auf *noise*. Wir sind die *Horcher*, die *noyers*.

Jetzt kommst du wieder mit Französisch, hat Matthias damals gesagt, aber verstanden hat er sie trotzdem, dazu hat er ihre Sprache gut genug gekonnt.

»Nein«, sagt Judith jetzt, und dann, »das könnte ich doch nicht mehr.«

Sie hat ihm die Französisch-Nachhilfestunden gegeben, als er sie damals gebraucht hat, hat gesagt, mit »-er« wird derjenige daraus, der etwas tut. Ihre Regeln haben nicht immer mit denen der Schule übereingestimmt, er hat auf ihre gehört und schlechte Noten geschrieben.

»Da kommst du schon wieder rein.«

Sie hat ihn lange genug aufgehalten.

»Mach leiser«, sagt sie, als er die Musik hochdreht.

Sie hört nicht einmal, woher die Musik kommt. Es ist, als würde sie von überall her kommen oder aber direkt von oben.

10.

»Das hat mit einem Comicheft begonnen.«

»Mit einem Comicheft?«, fragt Judith Lackner.

Erika hat heute keine Lust, unehrlich zu sein. Immer diese Fragen nach dem Anfang jenes Interesses, das in der Folge einen Großteil ihres Lebens einnehmen wird. Immer die Erwartung eines Anfangs, der Sinn ergibt. Normalerweise bleibt Erika vage, und sie ist sich bewusst, dass sie all das später bereuen wird.

Weil die Musikstudentin auch diesmal nur einen MP3-Player dabeihatte, zeichnet stattdessen eines ihrer eigenen Mikrofone Erikas Stimme auf, eines der alten Mikrofone. Sie hat sich kaum Zeit genommen, es zu kalibrieren, es muss nur eine Stimme verständlich speichern. Diese Stimme lässt sich Wort für Wort abtippen, und sie hat schon Schwierigkeiten, ihre eigenen Artikel zu lesen. Und ein Gespräch? All diese unüberlegten Gedanken, die aus ihrem Mund fallen. Ihr tut alles weh nur beim Gedanken daran.

Deshalb das Versprechen der Studentin: Sie müssen die Aufnahme nachher nicht hören? Also doch keine so abwegige Versicherung. Immer wollen wir das Bild, das andere von uns haben, selber zeichnen. Welches Selbstportrait skizziert sie also für die konfuse Studentin, hält es ihr hin, auf dass sie es nehme?

»Ja, es muss bei einem der Comichefte als Extra dabei gewesen sein«, sagt sie trotzdem, »damals sind noch in allen Wohnungen Plattenspieler gestanden.«

Eine schwarze Plastikfolie, nicht einmal rund, sondern quadratisch. Auf dieser Folie waren in Kreisen Rillen eingeritzt wie auf einer Platte, nur nicht so tief, und sie war auch viel kleiner. »Rettet die Wale!«, stand in der Mitte, und darunter: »Die Gesänge der Wale«. Ein Cartoon-Wal war auch darauf gezeichnet, da hat es folglich kein Missverständnis geben können.

»Möchtest du sie auflegen?«, hatte ihr Vater sie gefragt. »Du musst nur eine andere darunterlegen.«

Er öffnete die Abdeckklappe des Plattenspielers, nahm eine Schallplatte aus dem Regal, ließ sie aus der Hülle gleiten, legte sie auf, streckte dann seine Hand nach der Folie aus, lächelte.

Deshalb gab Erika sie ihm, obwohl sie sich fürchtete vor dem Moment, in dem er den Plattenspieler einschalten und die Nadel aufsetzen würde. Die Folie war so dünn und die Nadel so scharf – saß nicht ein Diamant an ihrer Spitze? Der zerschnitt doch Glas! Hunderte kreisrunde Schnitte würde die Nadel reißen!

»Die Nadel hat die Folie natürlich nicht zerschnitten«, sagt Erika jetzt. »Es war dumm von mir, um die Folie zu fürchten. Ich hätte es besser wissen müssen.«

»Ich weiß nicht«, meint Judith Lackner, die heute immerhin mit einem Fragenkatalog im Gepäck angekommen ist. Nicht nur im Schwimmbad, auch hier nimmt sie sich aber zu wenig Raum, duckt sich unter der Tür durch, wartet wie beim ersten Mal, dass Erika sie bittet, sich zu setzen. Und wieder ist sie überrascht, dass Erika zunächst Kaffee macht. Wenn Erika sie nicht unterbrochen hätte, hätte Judith die erste Frage gestellt, noch ohne sich den Mantel auszuziehen. Auch später lässt sie Erika kaum ausreden, arbeitet die Fragen ab, als würde es reichen, sie ausgesprochen zu haben, als würde das auf magische Art und Weise die notwendige Antwort bereits beinhalten.

Glaubt sie, dass sie sich beeilen muss, weil Erika sich keine Zeit für dieses Treffen genommen hat? Dann wäre es doch sinnlos gewesen, überhaupt zuzusagen.

»Letztendlich nützt die Nadel die Platte ab«, sagt Judith Lackner jetzt, »und die Platte umgekehrt die Nadel, insofern hatten Sie schon recht. Ich selbst höre trotzdem lieber LPs als MP3s.«

»Ja, Vinyl kommt wieder in Mode«, sagt Erika und fügt dann hinzu, »ich vermute, Sie wissen, dass das aus audiophiler Hinsicht vollkommener Unsinn ist – außer die Platte wurde besser aufgenommen als die digitale Version.«

Judith Lackner sagt: »Ja, ich weiß.«

Ja, Musikwissenschaftler lernen vermutlich über Treppenfunktionen. Erika hätte sich das sparen können. Aus diesem Grund hasst sie Interviews, die hierarchische Rollenverteilung, all das macht Erika noch besserwisserischer, als sie ohnehin schon ist, all das schärft die Worte. Karo hat recht, manche Probleme sind eben strukturell. Karo hätte wissen müssen, dass Erika die Studentin zurechtstutzen würde, sie kennt Erika doch gut genug. Karo, denkt sie dann, die doch selbst kaum merkt, wenn sie andere verbal ohrfeigt, immer erwartet Erika von ihr, was sie nicht haben kann.

»Aber bei der Platte weiß ich sicher, dass sie ein Ende haben wird.«

Eine merkwürdige Aussage.

»Die Nadel bewegt sich auf der Platte in einer Spirale«, sagt Judith Lackner. »Ich kann das jederzeit nachverfolgen.«

Was natürlich stimmt, aber: »Was ist mit dem Fortschrittsbalken, wenn Sie ein Musikprogramm verwenden?«

»Auf einem Bildschirm hat das weniger Realität, finden Sie nicht?«

Soll Erika hier tatsächlich die Diskussion um Digitalität versus Materialität anreißen? Wenn ich es nicht angreifen kann, ist es dann da? Wenn man aber nur oft genug reist, steigt man trotzdem auf E-Reader um. Materialität lastet auf den Schultern, man muss sorgsam entscheiden, wie viel man braucht.

»Jedenfalls gibt es mir mehr Sicherheit, die Platte anzufassen, die Rillen zu sehen, die Abgrenzung. Ich weiß, ich kann sie jederzeit zerstören.«

Musik als Bedrohung? Warum studiert sie dann nicht etwas anderes? Noch eine unnötige Frage, denkt Erika, gerade du solltest sie nicht stellen. Du versuchst jeden Dienstag aufs Neue, über deine Hand zu springen. Du hast dein Studium aufgrund einer Plastikfolie begonnen. Du folgst Cécil ins Meer, jedes Mal.

»Im Übrigen, diese Folie mit den Walgesängen«, sagt sie, »das ist eben ein Beispiel für das Phänomen der charismatischen Megafauna. Das habe ich vorhin ja erwähnt. Aus einem Wal kann man leicht eine niedliche Zeichnung machen, und deshalb finden sich auch schneller Menschen, die diese

Tiere beschützen wollen, oder erforschen. Andere Tiere, die genauso wichtig für das Ökosystem sind, aber nicht so charmant, haben weniger Glück.«

»Hat diese Zeichnung denn Ihr Interesse gefördert?«

Ist es das gewesen? Hat Erika damals den Wal auf der Folie gesehen, wie er da mit großen Augen und breit lachend Wasser aus seinem Atemloch blies, und sich gesagt: süß? Dieser Herzigkeit will ich nun mein gesamtes restliches Leben widmen?

»Schwer zu sagen.«

Es ist lange her. Erika überlegt, ob dieser Beweggrund ihre derzeitige Tätigkeit infrage stellt oder nicht. Wer aber Delfine nur lange genug beobachtet, weiß, dass sie nicht lächeln.

»Letztendlich geht es um das Filtern, um mehr geht es nicht«, sagt sie.

Judith fragt nicht nach. Das wundert Erika, sie hätte erwartet, so verkürzt, wie sie sich ausgedrückt hat, sich näher erklären zu müssen. Judith Lackner aber wirkt nicht einmal überrascht, nickt bloß, sieht auf ihren Fragenkatalog und zögert.

»Wir waren hier«, meint Erika und zeigt auf die Frage nach der Rolle von ambientem Lärm in der marinen akustischen Landschaft.

11.

»Als Kind habe ich mich gar nicht für das Bestimmen von Tierarten interessiert, das ist mir nur lästig gewesen. Es hat mich nicht interessiert, was das bedeutet, was ich höre. Später habe ich gelernt, dass das nun mal ein notwendiger Schritt ist in einer Reihe von notwendigen Schritten, um zwischendurch das tun zu dürfen, was ich tun will: das Mikrofon einschalten, die Kopfhörer aufsetzen.«

Judith stoppt die Aufnahme, tippt ab, woran sie sich erinnert: Als Kind habe ich mich gar nicht für das Bestimmen von Tierarten interessiert. Judith tippt, spult zurück, kontrolliert, tippt weiter, das ist mir nur lästig gewesen. Es hat mich nicht interessiert, was bedeutet, was ich höre, zurückspulen, sie hat das »das« vergessen. Unangenehm, Dr. Wawraceks Worte immer und immer wieder zurückdrehen zu müssen, die Spirale wieder aufzurollen, dann loszulassen, sie zu zwingen, sich zu wiederholen. Wie eine Spieldose. Sie will, dass die Spieldose zu einem Ende kommt, die Schallplatte, deren Nadel sie immer wieder zurückversetzt. Aber Judith sollte aufpassen, was genau sie sich hier wünscht.

Als Judith dort gewesen ist, in der Wohnung mit den Kisten am Boden, von denen eine aufbricht, und dem Badeanzug, der im Badezimmer einfach quer über der Duschwand gehängt ist, ist es in Ordnung gewesen. Sie ist umdrängt gewesen von den Kisten und dem Badeanzug und dem Computer und Dr. Wawraceks Büchern und Ordnern, die alle sagen: Dr. Wawracek tut so viel, sie ist beständig beschäftigt. Sie hätte nicht so vorlaut sein dürfen, mit ihren Problemen, die für Dr. Wawracek keine Relevanz haben. Dennoch, Erika Wawracek hat nicht gelacht, als Judith gesagt hat: Dann weiß ich, dass die Musik ein Ende hat. Erika Wawracek ist mit Souveränität darüber hinweggestiegen, hat weitergesprochen, von charismatischer Megafauna, von der Rolle der Lautgebung bei der Orientierung im Wasser, hat dann gesagt: Es ist alles eine Frage des Raums. Aber du musst einen Satz nur oft genug zurückspulen, bis er seinen Zweck verliert. »… nun mal ein notwendiger Schritt ist in einer Reihe von notwendigen Schritten, um zwischendurch das tun zu dürfen, was ich tun will: das Mikrofon einschalten, die Kopfhörer aufsetzen.«

Das Mail, das Mail hätte Judith niemals schreiben dürfen, regt sich die Stimme. Der Beweis: Dr. Wawracek hat sie darauf angesprochen. Was hat sie sich dabei gedacht? Gar nichts hat sie sich dabei gedacht.

Eben doch: dass das Interview Erikas Arbeit gleicht.

Judith macht es sich wieder mal zu einfach, sie sollte besser zuhören und selbst weniger reden. »Ich fing mit Vögeln an, ja, einfach, weil ich Vögel hatte, im Gegensatz zu Seerobben und Delfinen. Das hat also ganz praktische Gründe. Vögel waren überall am Weg zur Schule und im Park. Ich hatte so einen Naturführer geschenkt bekommen, ›Was fliegt und singt denn da‹, mit CDs, und dann habe ich halt draußen gehorcht und die Erinnerungen mit den Stimmen auf den CDs verglichen. Nicht gerade die effizienteste Methode.«

Dr. Wawracek tut etwas, im Gegensatz zu Judith, Dr. Wawracek ist praktisch veranlagt, Dr. Wawracek ist proaktiv. Schon als Kind, mit den wenigen Mitteln, die sie zur Verfügung hatte. Nur einen Naturführer zum Erkennen von Vogelarten und ein offenes Ohr. Judith rollt sich nicht einmal früh genug aus dem Bett, um die Vögel zu hören. Ihre Faulheit ist ihr eigentlicher Fehler. Ihre Faulheit und ihr großes Maul.

12.

Ein Naturführer mit 500 Vogelarten. Die Vögel, die fliegen und singen, singen aber nicht immer gleich, passen Lautstärke und Melodie an, ob sie nun in einem Innenhof rufen oder auf der Hauptstraße, wo sie gegen Autos und Straßenbahnen anschreien müssen. Manchmal, wie der Specht mit dem Metallrohr, zweckentfremden sie Verstärker. Was Erika hört, gleicht nicht den Aufnahmen, die den Lehrbüchern mitgeliefert werden, wie soll Erika sich hier zurechtfinden? Aber man lernt, man lernt zu unterscheiden, man lernt Sprachen, man lernt Stimmen, man erkennt beides wieder. Man arbeitet sich weiter von Vogelrufen zu anderen, weniger zugänglichen Lauten.

Erika ist sich nicht mehr sicher, was sie preisgegeben hat, das mit den Vogelgesängen vermutlich schon. Selbstzufriedenes Kindheitsschwelgen, der Aufbau einer Geniepersönlichkeit, wer waren deine Mentoren? Wie hat die Musikstudentin sie dazu gebracht, so viele Dummheiten von sich zu geben? Strukturelle Probleme: Interviewsituation, Lehrerinnen-Schülerinnen-Verhältnis, Hierarchie.

Sie hätte Besseres zu erzählen gehabt. Nur zwischendurch und zu oberflächlich hat sie das Thema des Raums angeschnitten: Raum bedeutet Macht. Erika lehnt sich weg vom Bildschirm, reibt sich die Augen. Wie viel Raum nimmst du dir, mit deiner Wohnung, mit deinem Auto, in der U-Bahn – öffnest du die Beine oder achtest du darauf, nicht mehr als deinen Sitz zu belegen? Dieser Vergleich ist gefährlich, die Studierenden sagen: Entschuldigen Sie, aber was hat das mit Gender-Fragen zu tun? Wie die Verbindung erklären, vielleicht doch beim allgemeinen Problem des Lebensraums bleiben: Wir besiedeln den Ozean nicht, aber wir breiten uns trotzdem darin aus. Selbst an den tiefsten Stellen der Weltmeere hört man noch unsere Schiffe: Wir sind überall. Das hätte sie sagen sollen, nicht mit U-Bahnen kommen, außerdem war das taktlos gegenüber Judith Lackner, die nicht einmal beim Schwimmen ihre Arme ausstreckt. Was, wenn sie da über eine Grenze gestiegen ist? Was hast du angerichtet, schon wieder? Ihre Brust brennt, sie hasst dieses Gefühl. Sie weiß, sie wird das ganze Wochenende über das Interview nachdenken, und sie hat anderes zu tun.

Wie könnten Sie andererseits vollkommen fremde Tiere abhören und dann nicht einwilligen, in einer kontrollierten Situation aufgezeichnet zu werden? Als sie Judith Lackner auf das Mail angesprochen hat, ist die bloß rot im Gesicht geworden. »Manchmal habe ich mich nicht genug unter Kontrolle«, hat sie gesagt. Auch ein bekannter Vorwurf Erikas an sich selbst.

Ist denn der Einwand, Erika müsse den Rollenwechsel akzeptieren, so unberechtigt? Immer wollen wir kontrollieren, welches Bild die anderen von uns haben. Es selbst zeichnen, aber was die anderen darin sehen, entzieht sich uns. Die hierarchische Rollenverteilung des Interviews, denkt Erika, ein strukturelles Problem? Aber Judith Lackner hat die Fragen gestellt und sich selbst bedeckt gehalten. Den anderen in seinem Frieden lassen, du bist hier gar so fremd. Aber von Fremden lässt Erika sich ausloten, erzählt von Schallplatten mit herzigen Walen darauf, lässt sich darauf ein, zum Studienobjekt zu werden, statt zu studieren?

Sie schließt das Browser-Fenster mit dem Artikel zu »Anxious Semiotics of Listening to Birdsong«, den sie Judith Lackner schicken wollte: Der stumme Frühling geht uns nur deshalb so nahe, weil Vogelgesang für uns kulturell den Frühling bedeutet. Und dann hören wir hin und es ist zu still.

Ist das der Grund, warum es Cécil so wichtig war, in Judith etwas, und wenn es nur Ähnlichkeiten mit Erika sein sollten, zu entdecken, etwas, das vor ihm noch niemand entdeckt hat? Statt sich ausforschen zu lassen, lieber den Spieß umdrehen und der erste Mensch im Ozean Judith Lackner werden. Sich wehren gegen die Fragen, denn das bedeutet immer: geprüft werden. Sobald du etwas sagst, kannst du für diese Aussage schließlich auch verurteilt werden.

Erika geht ihre E-Mails durch, Köhler hat ihr geantwortet, solche Machtspielchen sind Cécil durchaus zuzutrauen. Nicht dass er Böses im Schilde führte, oder das Wissen, das er, und nur er, über Erika oder Karo oder Judith besitzt, missbrauchen würde, aber: Seinem Gesicht schenkt man Vertrauen, und so horcht er alle seine Gesprächspartner aus. Er hat doch auch damals bei Erika gefragt, gefragt, gefragt. Sie hat Antworten gegeben. Du baust Mauern um dich, sagt er zu Erika, aber er ist damals über die Mauern hinweggestiegen. Erika hat ihn gelassen.

Wegen der Art, mit der er lächelt, mit der er seinen Körper biegt, wenn er sie anblickt: Ich sehe sehr genau, dass du dich gerade unwohl fühlst. Wegen der Art, mit der er sagt: gerade bei dir.

Aber selbst Erika wüsste, und sie ist in diesen Dingen alles andere als geschickt, wo sie bei Judith anzusetzen hätte:

»Manchmal habe ich mich nicht genug unter Kontrolle.« Und könnte es sich nicht auszahlen? Die Sache mit dem Filtern, die die Studentin sofort verstanden hat. Die Schallplatten, die sie zerstören können will, Nine Inch Nails hört sie zur Entspannung, und hat Karo nicht gesagt, dass Judith früher selbst in einer Industrial Rock Band gewesen ist, noch dazu mit einer Klarinette? Man könnte so manches finden, wenn man nur tief genug tauchte. Wenn man sich locken ließe. Wenn man aber taucht, fasst man besser nichts an. Du bist hier gar so fremd, und was weißt du schon über Cécil, denkt sie dann. Vielleicht ist er einfach nur ein neugieriger Mensch.

Sie schweift ab. Sie hat dabei noch einen Haufen Arbeit. Sie muss all die Daten, die sie in Irland gesammelt hat, zu einem Artikel verdichten. Es ist ein Schritt, er ist notwendig, er ist eine Budgetrechtfertigung, Rechtfertigung von allem, was sie tut.

Marine Bioakustik ist eine Frage des Budgets, das hat sie zu Judith Lackner gesagt, und dazu steht sie. Unter Wasser zu horchen bedeutet vor allem, mehr Geräte zu benötigen, schwerere Geräte, die mehr kosten, die nicht kaputtgehen dürfen, die aber leicht beschädigt werden können vom Meer.

Beim Projekt an der irischen Küste hat Erika die Hydrofone in Gerüste gesperrt. Vier Horcher, denn vier braucht es, um genau zu bestimmen, woher der Ruf kommt, woher das Grollen, und jedes Hydrofon gehalten von einem Gestell aus runden Stangen. Fast wie eine Reihe von Toren sah es am Ende aus. Statt in der Erde steckten die Pfeiler der Metalltore aber in Kübeln. Die Füße mit Zement und darin eingegossenen Bleikugeln beschwert, die nichts durchschlagen sollten, sondern nur das Aufnahmegerät am Meeresgrund halten, damit es von den Strömungen nicht fortgetragen würde. Das Wasser reißt daran, aber es muss bleiben, wo es ist.

Sie haben die Gerüste auf Lastwägen und dann auf das Boot verladen, sind mit dem Boot aufs Meer hinausgefahren, und Erika hat sich überlegt: Und was, wenn alles kippt? Sie hat mehrmals nachgeprüft, ob die See ruhig genug ist für ihr Vorhaben, der Bootsführer hingegen wollte wissen, was ein so schmaler Mensch wie sie mit all diesen Ungetümen mache, und bot ihr und ihrem Assistenten Leon Früchtetee an.

»Ist schon gut, dass Sie da dabei sind«, sagte er zu Leon und drückte ihm den Plastikbecher in die Hand, »sonst kann man da ja gar nicht zusehen.«

Erika widersprach nicht, Leon wog vermutlich mehr als doppelt so viel wie sie. Würde sie mit Leon auf der Matte des Aikido-Dojos stehen, müsste sie genau darauf achten, seinen Angriff nicht zu stoppen, ihn nicht im Griff einrasten zu lassen, sondern ihn mitzunehmen. Was sich bereits bewegt, kann man leichter lenken. Und natürlich konnte man ihm mehr auf die Schultern laden. Sie setzte sich zu ihm auf die Holzbank, die außen an die Kajütenwand geschraubt war, trank ihren Früchtetee.

»Jetzt ist es wirklich so weit«, sagte Leon. »Und du bist sicher, dass das klappt?«

»Nein«, antwortete sie.

Er wirkte enttäuscht, aber was hätte sie sonst sagen sollen? Sie hatten ihre Aufnahmegeräte robust eingepackt und beschwert, aber da unten waren sie allein und dem Meer und, wenn sie Pech hatten, möglicherweise sogar Fischernetzen ausgesetzt, sechs Monate lang. Wer wusste schon, ob sie alle wieder zurückbekommen würden?

Leon stand auf. Er ging nach vorne zu den Metalltoren, umfasste die Streben, zog sich an ihnen hinauf, als könnte ihn ihre Stabilität beruhigen. Das Surren war leise und ganz hoch, aber deutlich, und hatte in dem Moment angefangen, in dem Leon aufgestanden war, da war sie sich sicher. Sie drehte den Kopf, um es besser zu orten.

Daran erinnert sie sich jetzt, während sie überlegt, wie sie aus den Daten und hunderten Stunden von Aufnahmen nun wieder einmal eine Wahrheit ziehen soll, eine Konklusio: Das Surren auf dem Boot hat sie zunächst beunruhigt. Es passte nicht an diesen Ort. Leon hatte es ausgelöst, indem er aufgestanden war, er beendete es, indem er sich wieder niedersetzte.

»Ich weiß nicht«, sagte er.

»Was weißt du nicht?«, fragte Erika.

»Ich habe mich um die Projektstelle am Johann-Werner-Institut beworben«, sagte er. »Aber ich weiß nicht, ich glaube nicht, dass die mich nehmen.«

»Warum denn nicht?«

Noch so ein Selbstzweifler, sie kannte das schon. Wieso suchte er sich auch ausgerechnet bei ihr Bestätigung? Sie hatte ihr Studium wegen einer hauchdünnen Schallplatte begonnen. Sie war kein Vorbild.

»Zumindest kannst du deine Hilfsmittel alleine heben«, sagte sie.

Leon lachte, zeigte auf die Zementkübel, in denen die Füße des Gerüstes standen, »die da nicht«.

Er stand ein zweites Mal auf, ging hin, kontrollierte die Verriegelung, die das Hydrofon in seinem Käfig hielt. Das Surren hatte wieder begonnen, aber Leon schien es nicht zu bemerken. Es ist sein Gewicht, dachte Erika, ich bin zu leicht für diese Bank. Eine Schraube, fiel ihr dann ein, natürlich. Der Schiffsmotor machte das ganze Boot zittern, und eine dieser Schrauben, die die Bank an der Wand fixierten, saß nicht ganz fest, zitterte mit. Leons Gewicht fixierte sie, Erikas reichte dafür nicht aus.

Leon umfasste inzwischen ein zweites Mal die runden Streben, Erika verstand plötzlich sein Bedürfnis, auf ihnen zu klettern. Die Gerüste erinnerten sie nicht mehr an Tore, sie erinnerten sie an die Metallgestelle auf Spielplätzen, deren Farbe immer leicht abgeblättert gewesen war, darunter tiefschwarz. Es war ein kaltes und schweres Metall gewesen, nie ganz glatt, immer voller Schwielen, geformt wie ein doppeltes niedriges Tor. Aber mit Querstreben, als wäre es eigentlich eine Leiter. Wie auf einer Leiter konnte man zum höchsten Punkt des Tors klettern, an den Beinen kopfüber herabbaumeln. Wenn Erika das gemacht hatte, hatte sie immer darauf geachtet, dass niemand in der Nähe Ball spielte, es hätte sie sonst ein Ball treffen können, und dann!

Leon stolperte im Wellengang zur Kajüte, die Metallkäfige hingegen rührten sich nicht. Es stimmte schon, bei dem Gewicht war es im Grunde egal, ob sie oder ihr Assistent sich einen Bruch daran hoben, der Bootsführer hätte seinen Kommentar ruhig sein lassen können. Nachher würden sie den Kran benötigen. Die Käfige würden hochgezogen werden, den Boden verlassen, in der Luft pendeln, so viel Gewicht am stählernen Faden – sie stand auch auf, das Surren der lockeren Schraube wurde dadurch nicht lauter.

In der Kajüte redete der Bootsführer auf Leon ein. Worum es ging, verstand sie nicht sofort, er drehte sich um, als Erika hereinkam, sie dachte: Er fühlt sich von mir gestört.

Trotzdem sagte er, es sei gut, dass sie da sei, »eine Feder wie Sie wird auf Deck noch verweht«, als könne sie daran etwas ändern.

Vielleicht sollte sie von nun an auch über Wasser Gewichte in den Taschen tragen, nicht nur, wenn sie mit den Pressluftflaschen hinunterging.

In der Kajüte stand der Topf mit den letzten Resten Früchtetee in der Abwasch und mit dem halben Dutzend Teesackerln, die ineinander verwickelt und vollgesogen darin lagen. Wie ein Stück Fleisch, dachte sie, erinnerte sich an die Süße des Tees und fragte, wie lange sie denn noch bis zur Ausladestelle bräuchten.

13.

Die Steine sind weich, der Bach hat sie so gemacht, er bricht durch sie durch, schleift sie ab, drückt sie in Formen, hinunter, immer hinunter. Er rauscht bloß, er tost nicht, dazu ist er zu schwach. Auf den Steinen das Moos, eine Decke, die wärmt, sie gehen entlang des Baches hinauf, aber es ist immer nur ein Ersatz. Ersatz für was? Der andere Fluss hat nie ihr gehört. Trotzdem würde Judith gerne die bemoosten Steine wie eine Decke über sich ziehen. Das Wasser würde an ihr reißen, bis es auch sie mitnimmt. Keine Glaswände zwischen ihr und dem, was kommen wird. Sie wird schon wieder sentimental, und das hat noch keinem genützt. Dr. Wawracek würde nicht sentimental werden, Dr. Wawracek würde trennen, Erinnerung von Gegenwart, was vorbei ist, lass hinter dir, schau besser voran in die Katastrophe.

Nichts hier ist tatsächlich weich, nur eine Täuschung, über der Baumgrenze wird die Sonne auf sie herabbrennen, wie sie es schon unten beim Auto versucht hat, der Wald ein Zwischenraum, in dem das Rauschen des Baches lauter wird, weil es in feuchter Luft liegt. Die Sonne fällt durch das Blätterdach, spiegelt sich im Bach, scharf wie eine Klinge.

Judith kann ihren Vater hinter sich lassen, wenn sie will, er ist alt geworden wie ihre Mutter. Einmal ist sie vor ihm weg und wieder zu ihm hin über die Fundamente der Baustelle gelaufen, jetzt hängen seine Schultern herab, ihr rinnt die Zeit davon. Was steht noch zwischen ihnen als die Frage, wie lange er ihre Wohnung weiterzahlen soll? Schau, wie fest andere schon auf ihren Füßen stehen, so viel älter als du sind sie gar nicht, und wurzeln gut, und halten Mikrofone ins Wasser.

Zu Judiths Geburtstag ein Ausflug, damit sie mal herauskommt aus Wien, ihre Schuhe schaben über die Steine, der Bach schnellt hinunter. Schon wieder ein Geburtstag, denkt sie. Auch er fragt: »Und wie weit bist du schon mit der Uni?«, und sie will antworten: »Macht es denn einen Unterschied? Bis zur Wawracek werde ich nicht aufschließen.« Er erzählt von den Niederlanden, dort baut er nun seine Hotels, sie denkt: nicht für die Ewigkeit.

Aber er hat vom Ansteigen des Wassers doch schon früher profitiert. Davon profitieren muss man können.

Sie nimmt seine Hand. Er unterstützt sie doch, oder nicht? Aber worin? Für das, was kommen wird, ist sie gar nicht gebaut, trotz ihrer breiten Handgelenke. Dr. Wawraceks Studien sind wie Nüsse, die von ihr abfallen: Ernte. Wo liegt aber Judiths Wert? Jetzt schon muss man sich bücken, um ihn zu finden. Im Wasser ein glänzender Kiesel, er wird stumpf, sobald man ihn an die Luft holt.

Es kann nicht halten.

»Es ist schön, wie gefragt du bist«, sagt sie.

Er meint: »Man muss sich eben verkaufen können.« Ja, denkt Judith, man muss, wieso hat sie diese Fähigkeit nicht erworben auf ihrem Weg? In all den Referaten hat sie nicht einmal gelernt, sich selbst darzustellen. So viel muss man können, und dann noch all die kleinen Dinge, wie den Dreck von den Fensterbrettern kratzen. Du arbeitest so viel, ich sehe es dir an. Wie viel arbeitest du wegen mir?

»Man darf nicht schüchtern sein.«

Nein, darf man nicht. Aber man muss auch wissen, wann man besser gar nichts sagt. Papa kann beides, trotzdem reiht sich auch für ihn Moment an Moment. Schritt für Schritt zu seinen logischen Schlüssen, und die Lichtklinge des Baches zeigt auf ihn. Oben glaubt Judith schon zu erkennen, wo sie auf die Wiese kommen werden, zwischen den Bäumen wird es heller, die Kuppe zeichnet sich ab. So viele Versäumnisse. Sie sieht zu ihrem Vater und denkt, er wird ja immer größer. Wer braucht ihn noch, wenn man keine Hotels mehr baut? Weil aber die Menschen doch immer nach Herbergen suchen.

14.

Willst du angreifen oder lieber angegriffen werden?

Die Frage kommt ihr, als sie Markus beobachtet, der lacht, dann von seinem Bier trinkt, es leert sich schnell in seinen Händen. Nach so vielen Jahren also endlich einmal ein Klassentreffen. Haben sie es doch einmal geschafft, den Social-Media-Plattformen sei Dank. Erika ist an diesem Tisch ganz umgeben von denen, die früher vermutlich auch nicht so gewesen sind, wie sie sie damals wahrgenommen hat. Also gemeinsam im Keller des Unibräu eine Tafel mieten, weil hier die Biergläser hoch sind und schnell wieder gefüllt werden, Erika ist froh über die Lokalwahl. Die Wände sind holzverkleidet, da wird so mancher Satz weicher, als er gemeint war. Es hätte Melanie ja auch einfallen können, die Ehemaligen zwischen Metall, Fliesen und Glasfenstern zusammenzutreiben, sie hat sich dann doch für etwas entschieden, das einigermaßen auszuhalten war. Markus und Nori sitzen ihr gegenüber. Markus trägt Hemd und Polo, Nori sitzt graublau neben ihm und krümmt sich. Von den anderen hat Erika teilweise die Namen vergessen. Sie hofft, dass sie Namen vermeiden kann. Alles andere wäre wohl zu peinlich. Vielleicht hätte sie sich diesen Termin auch nicht freihalten sollen.

»Was ist denn nun aus dir geworden, Erika?«, fragt Markus sie. »Bist du immer noch hinter den Walgesängen her?«

Sie erwägt kurz, zu widersprechen, nickt dann doch und sagt: »Schon.«

Sie könnte erklären, was sie eigentlich tut, aber ihre Klassenkameraden haben sie gekannt, als sie auf Skikurse Walkuscheltiere mitgenommen, Wal-T-Shirts getragen, Referate über Orkas gehalten, im Unterricht heimlich Romane gelesen hat, in denen junge Mädchen von Fischfängern oder Öldampfern bedrohte Delfine oder Robben retten. Wie soll sie dieses Bild noch geradebiegen?

»So Greenpeace und Sea-World-Bashing und Free Willy, die ganze Partie?«

Es wundert Erika, dass Markus etwas von »Black Fish« gehört hat, vielleicht hat er den Film sogar gesehen? Trotzdem ist es schwierig zu antworten, wenn er ihn offensichtlich nicht verstanden hat.

»Ich bin keine Aktivistin«, sagt sie.

»Keine gelben Warnwesten und die Passanten auf der Straße festhalten, bis sie zahlen?«

Und sie fragt sich wiederum, wie er sich vorstellt, dass sie das machen soll, ausgerechnet sie. Sie, die den Greenpeace-Leuten weiträumig ausweicht. Einer hat sie einmal an der Jacke festgehalten. Sie hat gedacht: Katadori. Ikkyo omote? Das Handgelenk nur etwas drehen, dann könnte sie mit der anderen den Ellbogen packen, und hätte sie einmal den Ellbogen – aber das hier war kein Aikido-Training und sie stand auf keiner Matte, sie hat gelächelt und stattdessen ihre Hände gehoben.

»Nein.«

»Also immer noch sehr tierlieb, aber nicht militant. Und was tut sich bei dir sonst so?«

Es fällt ihr nichts ein. Es fällt ihr nichts ein, was in diesem Raum, in dieser Runde, Bedeutung hätte, und mag die Holzverkleidung die Stimmen auch noch so weich machen. Vor ein paar Tagen ist sie noch auf der Rolltreppe in der U-Bahn-Station gestanden, hat gewusst, wohin, warum, ist stolz gewesen auf ihren schwarzen Gürtel, dass sie über das eigene Handgelenk springen kann, dass sie in die Tiefe gehen kann mit der Pressluftflasche, heute sitzt sie vor Anwälten, Ärzten, die Hälfte von ihnen hat Ehepartner und Kinder mitgeschleppt, denkt: Erika ist das Walmädchen geblieben. Der Hauptgang kommt noch.

»Ich fahre nächsten Monat wieder zu einem Kongress«, sagt Markus auch gleich darauf, weil er, wie Erika, an der Uni geblieben ist, also auch etwas zu rechtfertigen hat.

Erika fragt nach und bekommt etwas von Projekten und renommierten Fachzeitschriften zu hören. Nori will jetzt auch etwas sagen, er bringt seine eigene Projekt-Assistenz ein und steht Erika und Markus damit nach. Dafür liiert. Erika blickt nach hinten zu dem Mann, von dem sie nicht einmal mehr den Namen weiß, aber dass sie einmal verliebt war in seine roten Locken und Sommersprossen, das weiß sie schon.

Später geht Erika heim, ohne den Trumpf erwähnt zu haben, den sie möglicherweise im Ärmel hat – nur, als sich die Runde schon in Kleingruppen aufgelöst hatte, gegenüber Markus. Hat sie ihm das wirklich gesagt, hat sie so viel getrunken? Sie kann sich erinnern, Markus hat gelacht, weil er ihr nicht geglaubt hat oder aus Überraschung?

Bis zum Schluss ist sie sich auch nicht sicher gewesen, ob die anderen betrunkenen, aufstrebenden oder bereits arrivierten Universitäts-Professoren, Anwälte und Architektinnen samt Familien sie ernst genommen hätten. Sie ist sich noch nicht einmal sicher, dass sie sich selbst ernst nimmt, mit ihren Überlegungen, das Angebot anzunehmen. Sie kann so etwas doch gar nicht schaffen. So ist sie nicht, das wissen gerade ihre alten Klassenkameraden nur zu genau.

Du bist noch immer eine langsame Trinkerin, haben sie zu ihr gesagt, weil sie auch beim Hauptgang noch beim ersten Bier war, du hast dich kaum verändert. Nein, nichts hat sich verändert, nicht mal einen Freund kann sie inzwischen vorweisen, und damit war sie damals schon im Verzug. Was will man auch von Klassentreffen, als genauso zu sein, wie man damals auch nicht war? Markus ist einer, der redet zumindest mit ihr. Will sie das denn? Sie weiß es nicht. Sie will Abstand. Was hat er noch einmal gesagt, als Erika gemeint hat, es gäbe da dieses Projekt, sie sei gerade in der Bewerbungsphase?

Es ist nicht wichtig. Es wird etwas gewesen sein, das Erikas Projekt kleiner machen sollte, damit er es leichter in die Ecke stellen und wieder vergessen kann.

Erika würde es selbst gerne kleiner machen und in eine Ecke stellen. An den unteren Rand einer Weltkarte drängen, bis es seine Form verloren hat. Aber sie hat Köhler schon geschrieben, und geantwortet hat er auch.

Dann hat endlich Melanie das Gespräch übernommen und über alte Geschichten auf alten Partys geredet, auf denen Erika nicht gewesen ist. Erika hat sich zurücklehnen können und musste nichts mehr von dem preisgeben, was aus ihrem Mund ohnehin unwahrscheinlich klingt. Als wollte sie ihnen etwas beweisen.

Wer braucht noch einen Beweis nach mehr als fünfzehn Jahren?

Du traust dich nie mit Skiern den Berg hinunter, du hast Angst vor dem Ball, du hast Angst vor der Matte, du hast Angst davor zu sprechen, in der Pause. Du springst nicht von selbst. Du hievst keine Zementsäcke in Lkws, deine Handgelenke brächen dir doch dabei ab. Wieso sollte sie wirklich in die Antarktis fahren? Die Welt ist einfach, wenn du sie in einen Kopfhörer zwängen kannst. Ist sie nicht.

15.

Der Ball will dich immer treffen. Und wenn er dich trifft, tut es immer weh, wie eine Ohrfeige, es brennt. Diese Volleybälle machen auch ein ganz komisches Geräusch, ganz anders als die Basketbälle – die sind hell, wenn sie auf den Boden knallen, hell und glatt, wenn sie die Hand treffen, und brennen auch, aber ganz glatt, selbst wenn sie dir wehtun.

Die Volleybälle hingegen sind rau, fast wie von einer dünnen Samtschicht überzogen, die sich aber ablöst, darunter weich und porös. Wenn sie auf den Boden treffen, klingt es nicht satt genug, ein Ziehen ist darin, sie tun weh. Erika will nicht, dass es ihr wehtut. Sie steht auf ihrer Position, direkt vor dem Volleyballnetz, hält die Hände, wie sie es soll, eine

Hand zur Faust geballt, die andere umschließt diese Faust und macht sie damit auch nicht viel größer. Eine umschlossene Faust, die Arme wie ein V, wenn der Ball über das Netz kommt, musst du dich entscheiden, ob du ihn so zurückschlägst oder aber die Hände öffnest, schnell nach oben. Wenn sie ihn mit offenen Händen zurückschlagen muss, trifft er hart auf ihre Finger, staucht sie zusammen. Sie weiß es ja, sie kann es vorhersehen.

Theresa drüben schlägt an, der Ball fliegt, aber zu niedrig. Er streift das Netz, kommt gerade noch so darüber, Erika muss etwas machen, das weiß sie. Die Arme im V behalten oder aber nach oben strecken? Sie hebt die Hände, als der Ball auf sie zu fällt. Aber er wird ihr wehtun. Sie geht zurück, ohne es zu wollen. Wieso weicht sie dem Ball aus? Sie tut es. Der Ball trifft auf dem Boden auf, Erika weicht zurück vor diesem Geräusch, in dem ein Ziehen ist, ein Punkt für die Gegenmannschaft. »War ja klar«, murmelt Petra hinter ihr, und selbst ihr Murmeln klingt spitz in diesem Raum. Erika ist das schon fast wieder egal. Erika wird ohnehin immer als Letzte in die Mannschaft gewählt.

Entspann dich, denkt Erika. Sei einfach locker. Locker vom Hocker. Sie spürt ihre eigene Anspannung bis in die Schultern hinauf, die Worte, die sie sich zuspricht, ändern nichts, wie sie nie etwas ändern. Locker vom Hocker, sagt sie sich. Nachher in der Garderobe will Melanie wissen, ob Erika auch diesen einen Liebesfilm gesehen habe, es spiele ihn seit ein paar Wochen im Kino: »Der war doch furchtbar traurig, oder?« Sie sagt: »Erika«, um sich zu vergewissern, dass Erika sie auch wirklich hört, weil Erika es nicht gewohnt ist, angesprochen zu werden, und außerdem oft in Gedanken. Erika weiß das, sie weiß ganz genau, warum Melanie so mit ihr spricht, »nein, noch nicht«, sagt sie, und Melanie muss sich zu ihr beugen. Immer ist diese Stimme so leise. Das kommt von dem Ball, den sie nicht zurückgeschlagen hat, der stattdessen auf den Boden getroffen ist, direkt vor ihr, der Klang wieder nicht satt.

Der hat ihre Stimme so leise gemacht. Sie merkt ja auch selbst, ihr Gang auf dem Rückweg zur Klasse ist etwas geduckt. Niemand wirft ihr vor, dass sie den Bällen ausgewichen ist. Erika ist die Kleinste in der Klasse, selbst ungeduckt ein Mädchen in Miniatur. Erika umarmt sich selbst auf dem Korridor, wegen des Schaumstoffballs, mit dem die Burschen spielen, den sie mit dem Fuß von einer Ecke des Gangs in die andere schießen, dumpf schlägt er gegen die Wände. Der kann dir doch gar nicht wehtun, denkt sie sich, der ist doch zu weich. Aber wenn er sie direkt ins Gesicht trifft? Es tut immer weh, und sie will das nicht. Sie will das einfach nicht. Wieso sollte sie das auch zulassen? Sie sieht es nicht ein.

Hier geht es um etwas anderes. Nur Geduld.

»Entspann dich!«, sagt Cécil, weil er in seinen Händen Erikas Hand hält, die Hand weist schon nach unten und sie steht schon ganz schief, wäre ein Buch auf ihrem Kopf gelegen, wäre es wohl längst heruntergefallen.

Juri sagt immer, stellt euch ein Buch vor, das auf dem Kopf des anderen liegt, solange dieses Buch nicht herunterfällt, habt ihr den anderen nicht aus dem Gleichgewicht gebracht, könnt ihr gar nichts machen.

Aikido ist nicht einfach Gelenkshebel, sagt er, Aikido ist Gleichgewichtsbruch.

Immer sagen alle, was Aikido ist oder nicht ist, als wäre es auch so eine Wissenschaft und als müsste man es deshalb ständig neu definieren. Mühsam, wenn man es recht bedenkt.

»Wenn du dich entspannst, wirst du besser springen«, sagt Cécil.

Ja.

Würde sie.

»Du weißt, dass du das kannst.«

Ja, weiß sie. Sie kann das, sie ist schon quer durch den Raum geworfen worden und gut aufgekommen. Und es zieht sie auch nach unten, es tut fast schon weh. Erikas Gelenke sind nichts als ineinandergreifende Hebel, und Cécil kann diese Hebel sperren, bis nur noch eine Bewegungsrichtung schmerzfrei ist.

Diese Bewegung geht nach vorn, nach unten. Sie weiß, dort muss sie hin, sie weiß, das ist der einzig sichere Weg. Sie weiß, zu springen ist vernünftig. Er hat es ihr oft genug erklärt.

Aber da ist der Boden.

Da ist der Boden, und wenn sie springt, Kopf voran dort hinunter, sich um ihre Hand schwingt wie ein Fächer, kommt der Boden auf sie zu. Sie muss springen, Kopf voran, den Kopf aber einziehen, zur Brust ziehen, sonst trifft der Boden ihren Kopf, bricht ihren Hals einfach, denn was sind ihre Halswirbel denn schon gegen ihr Gewicht? Und selbst wenn, dann trifft der Boden ihren Rücken, tut weh, sie kennt das schon, sie kennt das!

Du kannst das, du hast das hundertmal gemacht, spring!

Rund soll sie beim Fallen werden, rund konnte sie anfangs nicht einmal beim Rollen werden. Beim Aufwärmtraining übten sie das Rollen, man kniete da ohnehin schon auf dem Boden, war ihm ganz nah, leichter konnte man es Erika eigentlich nicht machen.

Auf der einen Ferse sitzen, das andere Bein aufstellen, die Hand flach auf den Boden legen, die Finger zeigen in rechtem Winkel von einem weg. Die Hand nicht außerhalb des aufgestellten Beins, innen. Innen und außen, dachte Erika, immer geht es um innen und außen. Den Arm beim Rollen rund machen.

Erika lehnte sich nach vorne und fragte sich, wie das mit dem runden Arm gehen soll. Der Boden war da, war hart trotz Matte, und wie sollte sie da nach vorne, zu ihm, ohne aufzuprallen? Sie stieß sich ab, fiel, zog den Kopf zur Seite, traf mit der Schulter die Matte, fiel zur Seite, richtete sich wieder auf.

»Es wird«, sagte Juri. »Probiere es einfach wieder!«
Nichts wird, dachte Erika.
Es wurde.

Jetzt steht Erika, es zieht sie nach unten, weil Cécil ihre Hand in den seinen hält, ihre Hand verdreht hat, sodass sie nach unten zeigt. Er weist ihr den Weg, sie müsste ihn nur gehen.

Spring, Erika! Sie tut es nicht. Sie ist schon mit diesem Gefühl zum Training gekommen.

»Tut mir leid«, sagt sie. »Aber nein.«

Cécil dreht die Hand etwas mehr zu ihr, und plötzlich zieht es sie nach hinten, kann sie nach hinten fallen. Hinsetzen und abrollen. Den Kopf zur Brust ziehen. Das kennt sie. Das kann sie. Warten, bis Cécil sie loslässt, dann aufstehen, ihn wieder angreifen. Vielleicht dieses Mal. Vielleicht.

16.

Am selben Tag sieht Erika die Musikstudentin wieder im Schwimmbad, sieht sie, sobald sie aus der Umkleide und zum Geländer getreten ist, von dem aus man weit hinunter zum Becken blicken kann. Judith Lackner zieht unten ihre kleinarmigen Runden. Vielleicht hat Cécil das gemeint. Sich ducken.

Erika überlegt zuerst, wieder zu gehen – Judith Lackner wird die blauen Flecken auf meinen Unterarmen sehen. Unsinn, denkt sie dann, du willst schwimmen, also schwimm! Also steigt sie die Stiegen hinunter, nur nicht ausrutschen, steigt ins Becken, versucht diesmal nicht, die gesamte Länge zu tauchen, sie hat sich schon genug getrieben. Manchmal geht es, manchmal tut der Körper noch vom Fallen weh. Manchmal reicht es auch, das Wasser mit den Armen zu teilen, zu spüren, wie es sie trägt.

Juri hat es ihr oft genug gesagt, im Aikido kehren dieselben Probleme immer wieder, nur auf einem anderen Niveau, trotzdem fühlt sie sich zurückversetzt, und die Jahre dazwischen? Schwimmen, die Arme ausbreiten.

Sie und die Studentin gleiten mehrmals aneinander vorbei, und Erika fürchtet zuerst, dass der Blick der anderen an ihr hängenbleiben könnte, warum? Aber der Blick der anderen bleibt nicht an ihr hängen, rutscht stattdessen an ihr ab.

Am Beckenrand lehnt sie sich über die Kante, die die Grenze bedeutet und doch vom Wasser regelmäßig übertreten wird, es umspült ihre Arme und fällt in die Gitter, die um das Becken führen. Der an den Rand gedrückte Kontinent, denkt sie, die weiße Ebene. Sie blickt zur Seite und sieht: Judith Lackner lehnt ebenso schwer an der Beckenwand, nur in die andere Richtung. Sie sieht geradeaus, zum anderen Ende, oder Erika weiß nicht wohin. Wie unfokussiert der Blick wird, wenn man nachdenkt, denkt Erika, und als sie bei mir war, waren ihre Haare so viel. Jetzt kleben sie ihr am Kopf und an den Schultern.

Sie muss in der Sonne gewesen sein, denkt Erika dann, denn ihre Haut ist braun geworden, ein Braun, das sich mit ihren Sommersprossen verwischt. An der Stelle, an der der Badeanzug nicht genau dort aufliegt, wo wohl der andere Träger war, leuchtet Judith Lackners weiße Haut hervor.

Es ist das erste Mal, dass Judith Lackner auf sich hinweist, wenn auch nur über einen Streifen Weiß. Tut sie es denn?

Am anderen Beckenende schreien die Kinder.

In diesem Moment erkennt Erika, in diesem Schwimmbad darf sie alleine bleiben, wenn sie will. Wenn sie selbst nichts sagt, wird die andere sie nicht sehen. Vielleicht, weil sie die Uniprofessorin hier nicht erwarten würde? Wer weiß.

Sie könnte jedenfalls still bleiben, und zwischen Judith Lackner und Erika Wawracek würde sich nichts weiter ergeben als ein paar Interviews und noch ein bisschen E-Mail-Verkehr. Auch Karo und Cécil würden einmal Ruhe geben und nichts müsste sich ändern an ihrer Dreierrunde, die Bier trinkt und über die immer selben Themen nicht spricht.

»Hallo«, sagt sie.

Judith Lackner dreht sich zu ihr um, blinzelt, trägt wohl normalerweise Kontaktlinsen. Vielleicht hat sie vorhin also über gar nichts nachgedacht.

»Erika Wawracek«, sagt Erika.

Judith Lackner sagt zuerst nichts, dann: »Sie hier«, eine Tür schlägt hinten auf und zu.

»Ich habe Sie schon einmal hier gesehen«, sagt Erika. »Sie müssen in der Nähe wohnen.«

Noch im Revier des Spechts?

Judith lacht ein wenig, »ja, stimmt«, klammert sich am Rand des Beckens fest, drüben spricht ein Mann mit einem anderen, die niedrige Decke über ihnen macht es dumpf.

»Wie geht es Ihnen mit der Transkription?«, fragt Erika. »Ist es schon so weit, dass Sie meine Stimme hassen?«

Judith lächelt, sieht umher, als würde sie erwarten, nun auch von anderen Lehrpersonen ertappt zu werden. Ja, sie hasst meine Stimme schon. Auch Judith ist hierhergekommen, um niemanden zu erkennen. Der Vertrag, allein zu sein mit dem Wasser, ist von Erika gebrochen worden.

»Sie sind nicht die Erste, der es so geht«, sagt Erika. »Aber es wird ein Ende haben.«

»Bestimmt«, sagt Judith, sieht umher, sieht hinauf, dreht ihre Schulter weg von Erika, dann lehnt sie sich wieder an.

Erika fragt sich, wie weit sie sich wohl auf diesem Terrain vorwagen darf – Judith ist die Begegnung jetzt schon unangenehm. Wenn man aber immer um rohe Eier tanzt, tanzt man jahrelang nur aneinander vorbei.

»Warum wollen Sie sichergehen, dass die Musik ein Ende hat?«, fragt Erika deshalb.

Erika fragt sich, wie sehr sie Judith gegenüber im Vorteil ist, einfach nur, weil sie ihre Kontaktlinsen trägt und damit die Mimik der anderen lesen kann.

Die andere muss nicht antworten – so einfach ist es aber, weiß Erika, nicht.

»Ich möchte es wirklich gerne wissen«, sagt sie.

17.

»Doch, ich verstehe schon«, hat Erika Wawracek dann gesagt. Judith hatte versucht zu erklären, dass es um das Problem der Erwartung gehe. »Ich habe mich dann viel mit John Cage beschäftigt«, sagte sie, »mit der Music of Changes. Da wird die Tonabfolge per Zufall bestimmt, per Münzwurf.«

»Ja, ich kenne die Music of Changes«, sagte Erika.

Wieso sollte Dr. Wawracek die Music of Changes auch nicht kennen? Judith erzählt nichts Neues, und John Cage war vielleicht in den fünfziger Jahren ein Skandal. Judith sollte sich auf ihn nichts einbilden, bloß weil sie im Gegensatz zum Publikum der Fünfziger nicht mehr voll Angst über ihn lacht. Judith sollte ihren Mund halten, wenn alles, was sie beitragen kann, das verspätete Durchlaufen historischer Kulturrevolutionen ist. Karo hat es schon gesagt: »Dass wir den Großteil der Menschheitsgeschichte verpasst haben, ist keine Entschuldigung für Anachronismus.«

Der Rand des Schwimmbeckens ist mal trocken, mal schwimmen Judiths Arme auf den Wellen, die die Badenden machen. Sie spricht, obwohl sie nicht dürfte, sie merkt, sie gestikuliert sogar dabei, holt aus, wie Karo. Sie ahmt Karo nach, aber Karos Wut erreicht sie nicht. Karos Wut, die eine Schärfe besitzt, durch jedes Milchglas schneidet sie.

Dass sie sich nicht schämt. Judith schämt sich, ist aber in Fahrt. Da stellt sie sich taub gegen sich selbst. Da kann sie noch so viel auf sich einreden.

»Jedenfalls kann man an diese Musik keine Erwartungen haben. Sie ist da, aber verpassen kann man nichts.«

Ton auf Ton, aber keine Überlegung, wie es weitergehen

könnte, denn: Es hat keine Bedeutung. Ist es noch eine Abfolge? Man weiß es nicht. Kein Ton ist abhängig vom anderen, kein Ton verursacht den nächsten. Ein Münzwurf verursacht jeden einzelnen. Der Hörer lässt los, atmet aus: Hier gibt es nichts zu tun.

»Bei melodischer Musik ist man ja immer schon mit dem nächsten Ton beschäftigt, der alte ist noch nicht vorbei. Ton auf Ton, in logischen Schritten. Das Ende ist vorhersehbar.«

Nichts Neues, nur persönliche Empfindsamkeiten. Sie sollten also auch persönlich bleiben, nicht mitgeteilt werden, schon gar keiner Lehrperson, schon gar keiner Lehrperson wie Dr. Wawracek. Dr. Wawracek trennt Wissenschaft von Gefühlen, wurzelt gut. Viel zu harte Fliesen, es hallt, trotzdem ist es angenehm, zu reden. Woher kommt das? Die Fliesen sind hart, aber die Stimmen nicht, selbst Judiths ist gedämpft. Die Glasdecke ist es vielleicht, in Stücke gebrochen, damit sie nicht so sehr schwingt, oder aber die Wasseroberfläche? Dr. Wawracek wüsste es, Dr. Wawracek könnte es erklären. Es nimmt den Klängen jedenfalls die Schärfe, sie kann sich leichter gegen das wehren, was es gut mit ihr meint. Die Kurzsichtigkeit nimmt die Schärfe – als würde sich auch für alle anderen die Sicht auf Judith verwischen, nicht nur umgekehrt. Sie lässt ihre Gesichtszüge gehen und vergisst, dass jeder sie immer noch haargenau betrachten kann.

Dr. Wawracek spielt mit den Gitterstangen, durch die das Wasser fällt, auch diese Gitter brechen die Stimmen in kleinere Stücke, Judith macht die Augen kleiner, um es besser zu sehen. Sie fährt mit den Fingern dazwischen. Wieso? Was ist da unten, was Erika Wawracek will? Das Wasser, das entwischt. Hat sie Angst, das Becken könnte sich leeren? Es gibt doch genug.

»In der Musik führt eben immer eines zum anderen«, sagt Judith, »das Stück beginnt, man muss es zu Ende spielen, bricht man es ab, ist es unvollständig. Was tun die Zuhörer mit ihrer Erwartung? So entstehen Ohrwürmer.«

Eines führt zum anderen, auf einen Schritt folgt der nächste. Es geht weiter, weil es weitergehen muss, weil es weitergezogen wird, fließt hinab, hinab ins Tal: Banalitäten. Bloß weil die Welt für sie ein wenig unscharf geworden ist, spricht sie weiter, weiter, ohne Sinn für Konsequenzen.

»Aber dann haben Sie sich doch gegen John Cage und für Bernie Krause entschieden«, sagt Erika Wawracek.

Jedes Tier braucht seinen Tonraum. Jeder Vogel will gehört werden, also stimmt man sich ab: Du singst, dann ich. Und das interessiert keinen. Glaubt Judith, sie ist die einzige Studentin, die ein Thema gefunden hat, das mehr mit ihr selbst zu tun hat als mit der Welt? Verstummen ist ein Einzelschicksal.

»Sie wollten weg von der Harmonie, also von der Harmonie in der Musik«, sagt Dr. Wawracek, und runzelt sie die Stirn? Judith ist sich nicht sicher. Sie fingert jedenfalls an dem Gitter, und Judith erkennt auch ohne Brillen: Ihr kleiner Finger ist so schmal, dass er, nachdem er zuerst feststak, auf einmal bis zum Ansatz zwischen die Stangen gleitet. »Und stattdessen suchen Sie jetzt eine Harmonie in den Geräuschen der Tiere?«

18.

Wie schwere Wellen, denkt Judith, als sie ihre Wohnung aufsperrt, unten blättert am Türstock die Lackierung ab. Darunter bröselt das Holz.

Judith steigt über die Türschwelle, alles bricht, wenn das Wasser zu sehr drängt. Vielleicht waren nicht einmal die Risse schuld. Oder doch: Man darf nach außen keine Schwächen zeigen.

Sie aber hat die Schwächen aufgezeigt, mit ihrer nassen Hand, dem fleckigen Geschirrtuch. Wurde die Vase schon weggeworfen? Sie hätte es verdient, Muranoglas hin oder her.

Judith bückt sich, öffnet ihre Schnürsenkel langsam, man muss sich Gewicht geben in der Welt, die Vase hat schwer ausgesehen, aber gezittert und geklirrt hat sie, bloß weil Judith die Eiswürfel auf den Tisch geschlagen hat. Wenn man sich kein Gewicht gibt: Man rutscht durch die Löcher im Gitter und wird nicht erwischt. Aber vom Fluss mitgenommen. Blätter schwimmen an der Oberfläche, bevor sie dann auch hinabsinken. Sie hat Kopfweh. Sie schält sich aus dem Mantel, riecht an sich selbst noch das Chlor, das Wasser war auch dem Becken zu viel, das aber sollte so sein. Die Akustikerin hat es gestört? Die kleine Dr. Wawracek, wie sie ihre Finger in das Gitter steckt. Verwaschenes Gesicht, fremd, hätte Judith sie mit Kontaktlinsen denn erkannt? Wieso hat sie Judith Fragen gestellt, etwas wissen wollen? Das sollte nicht so sein, Erika Wawracek sollte sich nicht interessieren, Erika Wawracek sollte in dem Bereich bleiben, den Judith ihr zugestanden hat, in ihrer Wohnung, vielleicht noch in der Universität. In einer anderen Schneekugel.

Man muss aber zu jedem Zeitpunkt damit rechnen, anderen über den Weg zu laufen, und damit, dass alle Wände durchlässig sind. Man muss sich und sein Gesicht unter Kontrolle haben und nicht Wasser und Worte lecken. Grenzen stecken.

Judith geht in ihr Zimmer, setzt sich vor ihren Computer und dreht ihn auf, er war nur im Ruhezustand, er hat auf sie gewartet. Sie ist hungrig – aber sich Essen machen? In Dr. Wawraceks Zimmer steht eine Kiste, deren Wand ihre Haltung verliert – eine Kiste muss länger tragen, als sie bricht. Was wohl Erika von dem Gitter wollte? Sie trennt Lärm von Lauten. Der Computer surrt.

Judith ist wegen der Klarinette auf die Uni gegangen, aber die Klarinette hat sie verkauft. Jeder Moment geht vorbei und es kommt zum nächsten. Wie lange braucht es, um ein Schwimmbad zu füllen? Es macht nichts aus, es füllt sich trotzdem. Egal welches Behältnis, es wird einmal überrinnen. Was dem entgegensetzen? Ein Gitter, das die Stimmen aufbricht, damit ihr weicher *Kern* austritt, ein Gitter, das auffängt, was das Becken nicht halten kann. Immer wollen sie die harte Schale aufbrechen, sehen, was darunter ist. *Noyau*, den *Kern*.

»Karo, ich meine Karoline Bates, eine Kollegin von mir, hat gemeint, Sie haben einmal Klarinette gespielt, sogar in einer Band?«

Das ist lange her.

Karo hätte Erika das nicht erzählen sollen, hätte sich das gar nicht erst merken sollen, Judiths Sätze sollten von den Menschen abrinnen, ohne eine Spur zu hinterlassen. Wenn nur nicht der Ton der Klarinette so furchtbar laut wäre. Instrumente sind nichts für Wohnungen, nicht, wenn die Wände so dünn sind und kahl, der Boden so schlecht.

»Aber Klarinette und Industrial Rock? Wie haben Sie diesen Bogen geschlagen?«

Gar nicht – und alles, was sie spielen kann, zieht sie nur weiter mit: Ton auf Ton. Tag auf Tag. Das Handy vibriert, noch so ein Bioakustiker postet einen Tweet: »Everything around you is music. I am attracted to sound.«

»Und stattdessen suchen Sie Harmonie in den Geräuschen der Tiere?«

Judith legt das Handy zurück auf den Tisch. Musik wie schwere Wellen. Sie widerspricht sich selbst. Sie braucht nur einmal etwas zuzugeben, und schon können Menschen wie Dr. Wawracek jeden einzelnen Widerspruch aus ihren Worten herausziehen, ihr zeigen, auf der offenen Hand.

Die Tweets haben sie zumindest weitergeleitet auf eine Website, die eine Landkarte der Töne anbietet, einen Atlas der Erde mit kleinen Fähnchen dort, wo die Natur aufgenommen, in ein weiteres MP3 gedrückt worden ist. Nicht ganz sinnlos, sich ablenken zu lassen, immer abgelenkt ist sie, nie konzentriert.

Der Tag verrinnt, sie müsste den Artikel zum Verstummen

der Singvögel zusammenfassen, stattdessen klickt sie auf ein Fähnchen, Sonnenaufgang im Regenwald, lässt das Zirpen und Zwitschern abspielen. Krause meint, Akustiker verstünden die Harmonie in Tierklängen nicht, weil sie nie auf das Ganze achteten, sondern die Stimmen immer zerschnitten, weil sie immer einzelne Tiere identifizieren wollten, und hat Erika Wawracek nicht auch vor allem davon geredet? Über die Kalibrierung der Mikrofone, den notwendigen Abgleich der Signale mit den Sichtungen, um sagen zu können: Ja, diese Mutter mit Kind war an diesem Ort tatsächlich mehrmals, zu diesem und jenem Zeitpunkt? »Am Anfang habe ich mich nicht für das Bestimmen von Tierarten interessiert. Aber jetzt.« Erikas Stimme dabei leicht belegt, von einem Schnupfen, und rau, weil unprofessionell, kein Vokal ganz klar, in allem ist ein Schwingen, ein Suchen, Judith kennt diese Stimme inzwischen viel zu gut, hat das Interview abgespielt, wieder und wieder. Erwartet das Kratzen, den Sprung. Judith hat eine Datei in ihrem Ordner namens »Rossrobbe«, eine »Tannenmeise«, eine »Erika Wawracek«, eine »Stiller Ozean«. Inzwischen zirpt es und ruft, nah und fern und ja, es ist, als würde sich, vor allem, wenn Judith die Augen schließt, der versprochene Regenwald vor ihr öffnen. Dann bricht der Laut ab. Die Datei ist zu Ende. Es wird ohnehin überall brandgerodet. »Warum suchen Sie die Harmonie, wenn Sie sie nicht ertragen?«

Einmal war es gut. Einmal hat sie gern Klarinette gespielt. Einmal hat Judith ihren Atem durch Röhren gehen lassen, hat die Röhren verlängert und verkürzt, die Atemluft hat sich in eine Ordnung geschwungen. Einmal hat Judith gerne ihren Bruder an der Hand genommen, hat sich mit ihm in die Menge gedrängt, in die Mitte der Konzerthalle, Trent Reznors Heresy.

»Nicht wegen des Textes«, hat sie im Schwimmbad gesagt. »Alle fürchten sich vor ihm immer wegen seiner Texte, aber seine Texte haben mich nie interessiert. Hören Sie sich das Lied Heresy einmal an – es trägt Sie wie Wellen. Wie schwere

Wellen im Ozean, sie sind lang, sie heben dich und senken dich, sie nehmen sich dafür Zeit.«

Im Bad waren die Wellen klein und nervös, Dr. Wawracek blickte zu ihr, aber weil Judith keine Kontaktlinsen trug, konnte sie Dr. Wawraceks Gesichtsausdruck nicht deuten, horchte stattdessen auf das Suchen in ihrer Stimme.

»Wie Wellen«, sagte Dr. Wawracek, und ihre Stimme sucht, was Judith in Heresy zu finden glaubte.

Aber nicht einmal Paul und Nina, die anderen Bandmitglieder, haben das mit der Ruhe verstanden. Paul hat gemeint: »Wir wollen doch gerade das Gegenteil erreichen.«

Dem gibt es nichts entgegenzusetzen. Bloß weil du eine Assoziation hast, ist sie deshalb noch nicht begründet. Bloß weil du einer Rossrobbe bei ihren Rufen zuhörst und denkst, Synthesizer-Musik der Achtzigerjahre, hat das eine mit dem anderen noch nichts zu tun. Du kannst es argumentieren oder eben nicht. Dr. Wawracek könnte argumentieren, Judiths Gedanken hingegen springen in letzter Zeit von einem Stein zum anderen, und von jedem gleitet sie ab.

So viele Fähnchen auf dieser Landkarte der Musikdateien. Judith verkleinert sie, dreht das Rad auf ihrer Maus, dreht es zu weit, steht auf einmal vor einer Vervielfachung. Der Atlas beginnt an seinem Ende von Neuem und dann wieder von Neuem. Es reiht sich Erde an Erde dicht aneinander auf Judiths Bildschirm. Der Atlas aber eine Illusion – mehrere Chancen gibt es nicht. Der nächste Moment ist immer unausweichlich.

Judith scrollt wieder näher heran, an Frankreich. Es müsste im Süden gewesen sein. Ein großer See, er müsste zu finden sein. Der *Lac Serpençon*. Die Karte ist zusammengeklebt aus Luftaufnahmen, die Schatten fallen einmal in die eine, einmal in die andere Richtung. Ein Scherbenhaufen, eine gekittete Vase. Auch hier sieht man die Ränder der einzelnen Landschaftsstücke. Den *Lac Serpençon* findet sie nicht. Er müsste durch die Risse treten.

Wo man sein Glück einpflanzen will, muss gut überlegt werden, muss früh überlegt sein, bevor der Platz vergeben ist. So groß ist die Welt nicht, sie lässt sich zu einem Mosaik aus Luftaufnahmen und Musikdateien zusammenkleben. Sie wird kleiner werden, wenn noch mehr Kraftwerke lecken und das Wasser steigt. In Papas Hotels in den Niederlanden wird es die Stufen hinaufklettern. Er aber ist dann schon bezahlt. Dann streicht man einfach Ortsnamen. Aus der Landkarte, dem Adressbuch. Das Wasser kommt langsam, gerade deshalb schneller, als man denkt. Onkel Richard hat auch zwischendurch vergessen, dass er eigentlich am Sterben ist. Wenn es schon nicht mehr geht, geht es noch eine Zeit lang. Man läuft ins leere Meer, weil die Welle Kraft sammelt, ist plötzlich der Strand so lang, man hebt die Muscheln auf, aber was bringt es noch? Du hast Muscheln in der Hand, und du denkst, mit diesem Glitzern wirst du sicher sein, aber einen Moment später schon wieder ausgelöscht.

Wieso denkt sie überhaupt an Papa? Er hat sich hochgearbeitet, er hat es geschafft. Judith schafft es noch nicht einmal, in den Supermarkt zu gehen, ohne den ganzen restlichen Nachmittag Supermarktmelodien zu wälzen. In der U-Bahn, in der die einen ihre Beine ausbreiten und andere wie Judith nicht, sagt Dr. Wawracek, muss sie vor den Ziehharmonikaspielern und ihren zerfetzten Liederresten fliehen. Und die Leute haben den *Stausee* gewollt, den *Lac Serpençon,* wollten ihren Ortsnamen ausstreichen. Wollten es unbedingt.

»Wie schwere Wellen«, hat Judith zu Trent Reznors Musik gesagt, und Erika hat wiederholt: »Wie Wellen«, und dann gemeint: »Interessant, jetzt sind wir zurück bei der Musik, und Sie vergleichen es wieder mit einem natürlichen Phänomen.«

Kaum hat Judith die Musik hinter sich gelassen, will sie schon wieder zurück in die Brandung laufen. Als wollte sie sich gern ertränken. Nichts bringt sie konsequent zu Ende, nicht einmal einen Gedanken:

»Hören Sie, ich gebe Ihnen jetzt einen Rat«, hat Dr. Wawracek noch im Schwimmbad gesagt. »Bringen Sie das hier zu einem Abschluss. Ich habe mich damals genauso verzettelt wie Sie, aber glauben Sie mir – sechs Monate, mehr ist die Arbeit nicht wert, mehr sollte man nicht dafür bezahlen.«

Erika Wawracek hat recht, Erika Wawracek hört Judith zu und hört sofort, was faul ist an dieser Person – dass sie hinauszögert, dass sie träge ist, sich nicht entscheiden kann, über die nächste Schwelle zu springen, nach einem Schritt konsequent den nächsten zu tun, zu sehen, die Vase leckt, und sie wegzuwerfen. Was zu viel ist, ist zu viel, und Judiths Gedankenschwall tritt zu gerne über die Ufer, verläuft sich in alle Richtungen, aber kein Fokus, kein Ziel, das Flussbett fehlt.

Glaubt Judith denn, sie kann sich für den Rest ihres Lebens vor dem Arbeitsmarkt verstecken? Lieber gar nicht mitspielen, wenn man nur verlieren kann. Judith ist eine Träumerin. Immer denkt es in ihr und denkt, aber heraus aus ihr bricht kein verkaufbares Produkt, sondern nur eine Flut an zusammenkopierten Worten, sinnlos, Lärm – und Erika Wawracek ist die Horcherin, steht mit beiden Beinen fest am Boden. Im Gegensatz zu Judith mit ihrem Taschenradio, ihrem Geigerzähler, ist sie der echte *noyer*. Links und rechts geht es an ihr vorbei, links zu den blendenden Bergen, rechts zum tosenden Fluss, aber sie steht dort, die Wurzeln in der Erde, die Arme weit ausgestreckt: Sie ist der *Nussbaum* an der Wegscheide. Sie trennt.

Sie sagt: Mehr als sechs Monate ist die Arbeit nicht wert. Sie sagt: Deine Arbeit, Judith, hat ihr Haltbarkeitsdatum überschritten.

Unsinn – was Judith schon wieder denkt. Alles scheint ihr gelegener, als das anzugehen, was sie vielleicht doch noch weiterbringt.

In der Wand gluckst es wieder, immer rinnt Wasser durch diese Wände. Sie hat nie darum gebeten, an einem Strom zu wohnen, und die Stimme redet auch auf sie ein, ohrenbetäubend. Sie hat es verdient, wenn sie auf sich selbst nicht hört.

Also das Interview paraphrasieren, sie kann es nicht einfach nur in den Anhang stellen, wie es ist. Einfach in den Anhang gestellt, ist es wertlos, es muss interpretiert, eingearbeitet werden. Es muss darüber geurteilt werden.

Diese Arbeit ist bestimmt ein Plagiat, Judith richtet sich im Bett auf. Es ist dunkel um sie, hat sie geschlafen? Sie hat die Stimme noch genau im Kopf, diese Arbeit ist bestimmt ein Plagiat. Nächster Absatz: Der Stamm der Ureinwohner hat sich sogar selbst nach dem Tosen des Wasserfalls benannt, *Wy-am, Echo des herabstürzenden Wassers*. Als der Staudamm seine Tore geschlossen hat, ist es still geworden. Und der Name? Eine Erinnerung an ein Geräusch, das einmal das Leben strukturiert hat. Der Name hat die Funktion verloren, Konjunktiv, am Ende siehe soundso Jahreszahl Doppelpunkt Seite bis Seite. Krause aber schreibt, dass der Stamm nordamerikanischer Ureinwohner sogar sich selbst nach dem Tosen des Wasserfalls benannt habe, *Wy-am*, *Echo des herabstürzenden Wassers*. Das sind doch wieder die Worte des anderen. Krause aber erzählt, wie geht es weiter, ohne auch nur eines von Krauses Worten zu berühren? Sie legt sich zurück auf das Bett. Sie ist zu müde, es fällt ihr nicht ein, schlafen! Da kannst du gleich direkt zitieren, kommt nicht gut, zu viele direkte Zitate, da kannst du gleich sagen: Ich kann nicht selber denken. Der Name hat seine Funktion verloren. Der Satz muss anders gehen, Erika nickt ihr Blätterhaupt dazu. So weit streckst du deine Äste aus, du kannst mich noch immer berühren, sagst: Links geht es an mir vorbei und rechts, aber ich trenne. Krause aber erzählt folgende Anekdote. Sie sieht auf den Wecker, es ist nach drei. Es ist schon nach drei, Judith, weißt du eigentlich, wie spät es ist? Alles hat sie schon gesagt: Der Fluss zieht mich mit, Ton auf Ton. Ich aber verlaufe mich ohne Richtung. Als das Militär den Wasserfall geflutet hat, ist es stiller geworden. Und der Name? Früher habe ich mich für John Cage interessiert. Und stattdessen suchen Sie jetzt Ihre Harmonie in –? Krauses Argument ist jedoch –, danach wird sie bestimmt Ruhe haben. Nicht ausgetrocknet, nein, wo ist sie?

Judith weiß, sie ist in ihrem Zimmer, aber es ist, als würde sie in etwas treiben, sich bewegen, gleichzeitig liegt sie doch unter der Decke, sie will sich wieder aufrichten, ihr Kopf liegt wie in einem Strom. Eine Erinnerung an ein Geräusch, das einmal das Leben strukturiert hat, an etwas klammert sie sich gerade, nur an was? Das Zitat hat doch ohnehin seine Funktion verloren – keinen Platz mehr in dem logischen Schritt für Schritt. Hinunter, hinunter, oder es fließt über. Wir leben in einer Schneekugel, und die Wolken halten an den Grenzen. An *noyer, Nussbaum,* kommt nicht alles vorbei: Was keinen Sinn ergibt, wird –. Lesen, was es schon gibt, und dann etwas Neues finden. Und stattdessen gehen Sie zu: bestimmt ein Plagiat. Muscheln und Scherben sammeln im Flussbett, das keines mehr ist. Sogar der Name des Stammes hat das Tosen imitiert: An diese Musik kannst du keine Erwartungen haben. An etwas klammert sie sich, aber gleichzeitig treibt sie fort, lass mich in Ruhe! Ton auf Ton, keine Abfolge. Es nimmt sie mit. Sie richtet sich wieder auf. Was aber. Sie nimmt den Kopf in die Hände, sie begreift ihn, aber er ist weit fort, schwimmt, nur in was, das ist die Frage. Bestimmt ein Plagiat. Hat sie diesen Absatz nicht schon geschrieben? Sie hat geredet, den Mund weit aufgemacht, etwas ist herausgefallen: *Lärm*. Etwas tritt durch die Ritzen. *Noise*. Etwas ist zu viel. Die *Nüsse* fallen fast unbemerkt zu Boden, neben: Krause schreibt, ein Geräusch kann ein ganzes Tal durchschneiden, und dann vergehen. Nicht ausgetrocknet, nein. Etwas anderes ist passiert. Sind das ihre Worte oder die des anderen? Am *Nussbaum, noyer,* kommt nicht einfach alles vorbei: Er trennt. *Lärm* und *Klang, noise* und *ton*. Lesen, was es schon gibt, und dann umschreiben, verstecken, erdrücken, tief, unter Schichten. Lärm ist Lärm, weil wir ihn dazu machen. Ihr Kopf ist dick und gehört nicht ihr selbst. Sie treibt.

Bestimmt ein Plagiat. Judith wacht auf, hat den Wecker überhört. Dabei muss er den gesamten Raum eingenommen haben, vielleicht hat er stattdessen die Nachbarn unten aufgeweckt, sie dreht sich auf die Seite, kommt auf einer Leintuchfalte zu liegen. Nicht ausgetrocknet, nein. Bei jeder Bewegung kracht der Polster unter ihrem Ohr. Sie spürt die Falte genau, wie sie sich unter ihrem Körper entlangzieht. Nein, das war es nicht. Sie krümmt die Zehen, weil überall rund um sie die Diplomarbeit lagert. Der Straßenlärm ist in den Raum gekrochen, der Raum ist quadratisch, und sie liegt in der Mitte, ihr Polster kracht unter ihr, und die Diplomarbeit ist rundherum, bedeckt die Wände und Bücherregale. Die Diplomarbeit ist zu laut. Sie hat zu lange geschlafen. Sie ist schon so im Verzug und verschwendet noch einen Vormittag. Hätte sie in der Nacht doch nur die richtigen Worte gefunden, sie hätte bestimmt gleich nachher schlafen dürfen. Das hätte bestimmt gereicht. Gleich gegenüber vom Bett das Plakat mit ihren Notizen. Es ist groß, und was sie mit dünnem Bleistift darauf geschrieben hat, ist zu blass. Harmonie, anthropogener Lärm, Dissonanz, Biophonie, Klanglandschaften. Die Os drängen sich hervor. Um diese Worte gruppiert sie ihre Gedanken, nein, das hätte sie wohl gerne. Aber nicht einmal um zu schlafen, tut sie etwas anderes, als abzuschreiben.

Judith steht auf, der Boden ist kalt, fühlt sich fast feucht an. Wie soll sie auch in anderen Worten sagen, was Menschen in genau diesen Worten gesagt haben, was auch seinen Grund gehabt haben muss. Sie haben es so gesagt, nicht anders, so hat es geklungen. Geräusche sind im Grunde gar nicht in Worte zu fassen, und ihre Arbeit ist ein Witz. Aber Krauses Anekdote über die Ureinwohner und den Wasserfall passt nicht einmal in diesen Witz, sie ist zu viel. Nur persönliche

Relevanz. Judith geht in die Küche, weil das Wasser im Wasserkocher kocht. Er ist kaputt, dieser Wasserkocher, und würde immer weiter kochen, wenn man ihn nicht ausschaltete, aber als sie in die Küche kommt, hört sie, es ist doch nur die Straßenbahn, die unten vorbeifährt, es ist das Rauschen der Straßenbahn, und sie hat ja noch nicht einmal Wasser zum Kochen aufgesetzt, sollte es aber tun.

Die Sonne fällt in die Küche und schneidet sie in zwei, das Wasser ist weiß und laut, als sie den Hahn aufdreht. Jedes Geräusch nimmt Raum ein, manche einen großen. Die anderen müssen sich unterordnen, nahe einem Fluss rufen Singvögel lauter. Sie selbst hat beim Fluss bestimmt auch lauter gesprochen. Was macht das aus? All diese Kraft, die hinunterdrückt. Die Nüsse des Baums sind daneben fast unbemerkt zu Boden gefallen, schwer, wie sie waren. Aber. Sie holt ein Joghurt aus dem Kühlschrank, reißt es auf. Hohl klingt der Riss. Anthropogene Veränderungen, Schiffe, Unterwasser-Sprengungen, führen zu Veränderungen in der Klanglandschaft. Meistens lassen sie verstummen. Manchmal können Geräusche verletzen. Sie reißt das Joghurt weiter auf. Schiffe senden Sonar aus, Wale können an Taucherkrankheit sterben. Du musst das Leben von Anfang an in den Griff bekommen. Du kriegst dieses Leben nicht in den Griff, indem du Joghurt isst. Judith aber kriegt nicht einmal den Schimmel in den Fugen der Spüle in den Griff. Er breitet sich aus, weil er will. Wer hat das gesagt? Die Wale hören einander nicht mehr zwischen den Ölbohrstationen und den U-Booten, im Ozean ist Hören alles: zu weit die Strecken, viel zu leicht kann man sich verfehlen. *Noise*. Meistens lässt er verstummen, manchmal bringt *Lärm* auch dazu, zu schreien. Verstummen und Schreien, Verflachen, sich Verlieren, Judith trägt dazu bei. Die Horcherin Dr. Wawracek wird, was sie geschrieben hat, in die Hand nehmen und urteilen: Eine weitere geschwätzige Arbeit unter vielen, umso schwieriger sind die guten zu finden. Sie wird sie fallen lassen, zu den anderen Nüssen, die zu ihren Füßen liegen, aufbrechen, Störsignale. Wie einfach es Judith dabei im Grunde hat, sie hat im Grunde nichts zu tun, nur eine Arbeit hat sie abzugeben und die Wohnung halbwegs sauber zu halten. Über alle glatten Flächen einmal wischen, schwierig ist das nicht. Und sie hat sich in Zukunft zurückzuhalten mit ihrer Meinung, sie hat gesehen, wozu das führt: Jedes Jahr steigen die Lärmwellen an, die aus der Schale brechen. Was sprechen die dort unten auf der Straße auch so laut? Die Straße trägt jedes Geräusch zu ihr herauf, sie hört die Schritte der Passanten, kann ihren Gesprächen zuhören, und unten lachen sie jetzt. Wieso auch nicht?

Das Weiß des Herdes ist ihr in der Sonne zu hell, lieber geht sie zurück in ihr Zimmer mit dem Joghurt, das sie auf den Papierstapeln ablegen kann, aufdrehen kann sie den Urwaldmorgen aus dem Online-Tonarchiv, oder doch lieber das Interview, Ton auf Ton. Menschliche Störsignale führen zu Disharmonie im tierischen Orchester, menschliches Maschinenschwätzen zu Verflachung des Klanges – die Musiker sind irritiert und bleiben es lange. Harmonie ist das, was der Musik Relief gibt. Wale brauchen Musik, um sich im Relief des Ozeans zu begegnen, Judiths Arbeit aber bleibt ein Oberflächenphänomen. Zu Ende bringen muss sie das hier trotzdem, das ist nun einmal so. Früher hat sie den Tag mit fremden Melodien begonnen, jetzt mit Worten. Nur Ruhe! Vergiss nicht: Die Endung »-er« zeigt denjenigen an, der handelt, der *noyer* horcht.

Judith dreht den Computer auf, sticht den Löffel in das Joghurt, er lässt sich hineinstechen. Schwachstellen. Der Computer surrt, flackert, sie sollte Sicherheitskopien machen. Sie vergisst es dann jedes Mal. Als würdest du es mit Absicht versauen. Lass das Denken, es kommt nichts dabei heraus, und du hast zu tun.

Das aber hat ihn zu eben jener Erkenntnis geführt: Seit wir wissen, welch große Veränderungen wir in unserer Umwelt verursachen, hören wir auch anders zu. Auf einmal will sie das Joghurt nicht mehr essen, nicht, wenn der Löffel so tief, so widerstandslos in ihm steckt. Sie nimmt den Becher und stellt ihn hinter sich auf den Boden, wo sie ihn nicht mehr ansehen muss. Es wird schon alles wieder leichter werden, wenn sie nur wieder tut, was man ihr sagt.

19.

Von Widerstand kann man eigentlich nicht sprechen. Die Sonne teilt die Welt in scharfen Himmel und verblichenen Grund, ihr ist vor Müdigkeit ganz leicht zumute. Erikas Tag ist eingeteilt wie ein Gemüsebeet, genau umgrenzte Rechtecke, von denen die meisten dazu da sind, sie zu nähren.

Sie holt das Sugo aus dem Kühlschrank, die Türen zum Balkon sind offen, der Wind ist schon kälter geworden, streicht durch die Räume. Die anderen sitzen noch unten im Garten, in Liegestühlen, liegen auf der Steinbank, von der aus man direkt zum Meer sieht, lassen nach dem Training ihre Arme hängen. Juri spielt mit Ivans Hand, die Ivan hängen lässt ganz ohne Training, sie liegen nebeneinander im Garten, und Juri ist bei diesem Lehrgang ungewöhnlich still. Oder vielleicht ist er immer so, wenn sein Freund dabei ist, was weiß Erika schon davon. Was sagt es denn aus, wie man sich auf der Matte verhält? Nichts. Alles.

Christian ist in die Wellen gerannt, Christians Arme sind stark genug, um diese Wellen auch nach drei Stunden Training zu teilen. Spaghetti mit frischen Tomaten und Zucchini, Garnelen als Vorspeise, dazu Schafkäse und Oliven. Kohlenhydrate, Protein. Salat für die Ballaststoffe. Morgen in der Früh Bananen für das Kalium, Joghurt für die Kühle, und Nüsse für alles, was dazwischen verloren geht. Muskelkater, findet Erika, ist eine Frage der Ernährung.

Sie schneidet die Zwiebel und weint, wie zu erwarten. Der Besuch des Lehrgangs ist Vereinssache geworden – man hat gemeinsam den Flug gebucht, man hat gemeinsam ein

Haus gemietet, man teilt sich das Kochen auf. Erika wird im gemeinsamen Kleinbus mitgenommen, und meistens übernimmt einer der anderen das Fahren.

Die Straßen hier sind glatt und aus Parkplatzasphalt gegossen. Sie brechen gerne an den Rändern ab, große und kleine Steine liegen auf ihnen und warten auf die Lenker, darauf, sie aus der Bahn und die Berghänge hinunterzuschleudern. Manchmal überqueren auch Ziegen die Fahrbahn.

Wenn Erika hinten im Auto sitzt, sich tief in die Rückbank drückt, weiß sie genau, sie werden nicht um die Kurve kommen. Die Straßen sind so schlecht: Das Auto wird durch die Leitplanken brechen, schon beim sanften Bremsen quietscht es. Die Felsen ragen neben der Straße auf: Das Auto wird schlittern, sich überschlagen. Drinnen wird Erikas Kopf gegen das Seitenfenster geschleudert werden, das Glas wird splittern, ihr Kopf auch. Wenn dann das Auto gegen den Fels schlagen wird, wird sich das Dach in den Passagierraum zurückziehen, der kleiner werden wird, zu klein. Aber das Auto kommt nicht ab, Kurve um Kurve, obwohl so viele Bremsspuren von der Straße in den Abgrund führen, so viele Wegweiser zu anderen Zielen. Bei jeder Fahrt wird neu gewürfelt. Was soll sie machen, zu Fuß zur Halle gehen? Das wäre zu weit und auch nicht weniger gefährlich.

Das Wasser für die Spaghetti kocht schon, die Hügel rund um das Haus sind voll von wildem Thymian, Rosmarin, der Wind trägt den Geruch bis zu ihr. Ein Meer von Gestrüpp, alles staubtrocken, alles blass, wenn man es durchwatet, wird man fast trunken.

»Wie viel besser das Gemüse hier schmeckt, so frisch vom Markt«, meint Cécil, als sie später gemeinsam um den Tisch sitzen. »Und die Kräuter direkt vor der Haustüre pflücken, das ist das wahre Leben.«

Cécil muss im wahren Leben mit den Zikaden kämpfen, sie schreien mit ihm um die Wette, er holt sich Tomatensalat mit Knoblauch vom spiegelglatten Tablett, Maria bricht das Weißbrot auf, Erika steht auf, um Wein nachzugießen. Cécil nimmt sie flüchtig an der Hand, »danke«, sagt er. Ob dafür, dass sie gekocht hat, oder dafür, dass sie mitgekommen ist auf die Insel, so richtig sagen kann sie es nie. Aber etwas wird sie schon getan haben, das ihm gefällt, und sie drückt die Hand zurück. »Ich bin hier im Urlaub«, rechtfertigt Christian sich, nachdem sie gegessen haben. »Aikido ist schön und gut, aber ich will doch auch fortgehen.«

Er will in die Kleinstadt gehen, in eine der Cocktailbars. Erika widerspricht ihm nicht, der strenge Tagesablauf des Lehrgangs ist ihr trotzdem recht. Ausrichtung, denkt sie, Einteilung des Essens und der Zeit. Ablenkung hat sie daheim schon genug. Das lange Sitzen vor dem Computer in der Uni, das ihren Nacken steif werden lässt. Das Horchen, das Messen, das Rechnen. Das Tippen mit kalten Fingern.

Nach dem Training sind ihre Finger warm. Nach dem Training plaudert sie unter dem schattigen Vordach der Turnhalle, geschützt vor der Sonne, mit Christian oder Juri, Cécil oder Maria. Man überschreitet die Grenze zur ausgebleichten Erde, die Sonne brennt sofort, man geht gemeinsam und dann wieder jede Gruppe ihrer eigenen Wege, man wird sich beim Abendkurs wiedersehen, wiederwerfen.

Jetzt spazieren sie aus dem Haus hinaus in die Abendluft, auf dem Feldweg durch das Meer von Thymian und Rosmarin, der beinahe den Geruch des anderen Meeres überdeckt, hinunter in die Stadt. Cécil referiert über Shihonage, die Technik der vier Richtungen, bewegt dazu seine langen Arme, macht Aikido mit der Luft, weil seine Arme nun mal schon so eingespielt sind, nach Training und Training und Training, und genauso fallen ihm auch die Erklärungen zu dieser oder jener Technik von der Zunge. Er ist schön so, denkt Erika, wenn seine Arme weiche Bewegungen ins Leere schreiben, wie er immer schön ist, wenn er Aikido macht. Sonst stolpert er herum, auf der Matte ist kein Schritt zu wenig oder zu viel. Juri zieht Ivan näher zu sich, Christian will noch von den ganzen anderen Lehrgängen erzählen, auf denen er gewesen ist, das ist wichtig. Die Zikaden sind noch lauter geworden, sie übertönen sich gegenseitig, nicht zu sehen, aber allen Raum nehmen sie ein.

Die Stadt hingegen drückt sich an die Felswand, die zur Küste hin abfällt, richtet sich ganz aus zu diesem Meer, zu dem sie hinabsteigen über Steintreppen. Ob es die Menschen hier nicht stört, dass sie von Insekten derart an den Rand gedrängt werden? Nicht einmal die Autos kommen dagegen an.

Erikas Kleid ist durchlässig für die Kühle und schwingt, Christian will bis zum Strand. Andere Touristen haben sich auch schon aus ihren Häusern gewagt, die Cocktailbars haben die Musik aufgedreht, die kann nicht weit tragen in der trockenen Luft, die den Zikaden gehört. Die Musik hört sich entfernt an, selbst wenn man auf sie zugeht. Am Strand ist sie verschluckt.

Der Strand ist voller Algen, trotzdem will Christian seine Zehen ins Wasser strecken.

Er reibt sich die Schulter, meint, er sei bei einem Fall nicht gut aufgekommen.

»Jetzt kann ich den Arm kaum heben«, sagt er.

»Rund musst du dich machen«, meint Cécil, wendet sich, steigt einen Schritt zurück, hebt dabei das Schwert, das ihm fehlt.

Rund muss man sich machen, wenn man geworfen wird, denkt Erika, als Cécil noch einen Schritt zurück macht, mit dem Schwert schneidet, das er nicht hat, nichts darf im Weg stehen. Der Boden ist dein Verbündeter und schnell da, und manchmal sind es deine Fingerspitzen, die ihn zuerst berühren. Aber diese Fingerspitzen geben den Boden ganz schnell weiter, geben ihn weiter an die Handkante, an den Unterarm, dann den Oberarm, die Schulter, den oberen Rücken, den unteren Rücken, da kommen schon die Füße und treten in die

Matte, als wäre man einen Schritt bloß gegangen. Als ginge man nur einen Schritt und reiche dabei den Boden weiter von Körperteil zu Körperteil wie beim Huttanz. Keines will ihn allzu lang behalten. Wo du eckig bist, bekommst du blaue Flecken. Man kann Rücken und Schulter am nächsten Tag betrachten wie eine präzise korrigierte Hausarbeit.

Erika geht einen Schritt hin zum Wasser, kaum mehr Korrekturstift entdeckt sie an ihrem Körper. Nur dort, wo ihr der Hakama, der blaue Hosenrock, in den Rücken drückt, kann sie es nicht immer vermeiden. Sie zieht wie Christian die Schuhe aus, sinkt in die Kiesel ein, die sich sofort zwischen ihre Zehen drücken – zudringlich.

Wie unterschiedlich Strände sind, denkt sie dabei, dieser Strand in Irland ist so flach gewesen, dass man hunderte Meter gehen musste, nur um sich die Knie umspülen zu lassen. Auf der Rückfahrt von der Expedition mit Leon hat sie ihn entdeckt. Zuerst noch Klippen, an die die Wellen schlugen, dann Hügel und dann die ausladende Bucht, ein breiter Eingang für das Meer, das darin verloren ging.

Sie fuhr von der Hauptstraße ab, Leon fragte sie, warum. »Hast du den Strand nicht gesehen?«, fragte sie. Auf dem Parkplatz neben dem verlassenen Restaurant stellten sie das Auto ab, Leon lief voran. Sie ging hinterher, auf der Wiese wehte es den Sand zwischen die Gräser, dann wurde die Erde lehmig und hart, und dann konnte sie schon die Schuhe ausziehen.

Links und rechts von ihr ging die Bucht weiter und weiter, und bis ins Wasser ging es noch lang. Es breitete sich wie ein Film über das Land, der eilig überallhin strömte, eine dünne Gischt an seinen Rändern, umschlang ihre Füße und floss weiter dem Ufer entgegen, aber so dünn aufgestrichen war er ohne Kraft, wirbelte den Sand unter sich nicht auf, drang kaum in ihn ein. Auch ihre Füße, sah sie, hinterließen bloß einen seichten Abdruck, manchmal meinte sie, sie würde vollkommen spurlos. Sie war schon weit weg vom eigentlichen Ufer, das Restaurant schon ganz klein, aber das Meer war auch noch nicht da, unentschieden, und sie stieg über die zerbrochenen Muscheln.

Ich will doch nehmen, was du mir gibst, sagte das Land und breitete seine Arme weit aus. Das Meer konnte auf so flachem Untergrund keine hohen Wellen schlagen. Es verrann. Nicht einmal der Sand war in seinem Wellenschlag zu hören, sogar der Schlag zerbrach, bevor er Kraft gewinnen konnte.

Und Leon stand weit vorne im Meer, das ihm kaum bis an die Knie ging, sah hinaus und rührte sich nicht, bis Erika zu ihm kam.

Dann drehte er sich um und hatte es eilig, zurück zum Auto zu kommen.

Dort in Irland hat sie ihre Jeans aufgekrempelt, ihre Regenjacke nicht ausgezogen, hier schwingt das Sommerkleid um sie und die Kiesel rutschen unter ihr, geben keinen Halt. Ein unruhiger Ort, denkt sie, bei jeder Welle, sogar dieser kleinen, die nicht einmal ihre Füße erreicht, werden die Kiesel von ihrem Grund gehoben, weitergetragen, schlagen aneinander, hell und kurz treffen sie sich, aber so oft! Hart sind die Wellen hier vom Klackern der Steine.

»Dort drüben kann man tanzen«, sagt Christian jetzt und zeigt auf eines der Restaurants, die ihre Laternen alle auf das Meer richten, als würden sie von dort ihre Kunden locken.

Am nächsten Tag üben sie wieder, sich zu wenden. Eine Frage der Ausrichtung, von Füßen, Hüften, Oberkörper, Kopf. Bloß ein Richtungswechsel, und doch muss er geübt sein, dreh dich, schneide. Stoße die Luft aus, erlaube, dass der Schrei dich verlässt, obwohl ihn die anderen hören. Nicht immer erklingt dein Kiai gleichzeitig mit dem der anderen, die dich verstecken. Manchmal erwartest du, in den Stimmen unterzugehen, dich in den Stimmen zu verlieren, die durch den hohen Raum hallen, und dann aber bist du zu früh, und allein.

Dann drohst du, für ein paar Schritte zu verstummen.

Aber schrei, atme dabei richtig, wende dich dorthin, wo du hinmöchtest, schneide dann mit dem Holzschwert in deiner Hand: Kiai! Schrei! Wenn du überhaupt weißt, wo du hinmöchtest, denkt Erika. Sie weiß, sie werden mit einer Variante des Kokyunage daran anschließen: Dein Partner hält deinen Arm mit seinen beiden Händen, ein Schritt nach vorn, wenden, diesmal aber mach den Schnitt nicht mit dem Holzschwert, sondern mit deinem Übungspartner. Umso schärfer musst du schneiden.

Die Hüfte aber gibt den Anstoß. Sie greift später mit beiden Händen die Hand Cécils, und Cécil dreht sich in die Richtung, in die sie doch auch wollte, führt sie weiter, hebt seinen Arm, den sie noch immer hält, schneidet. Die Hüfte von Cécil stößt sie aus dem Gleichgewicht und sie fällt, oder fliegt. Unterarm, Oberarm, Schulter, Rücken, die Hand neben dir auf die Matte schlagen, kurz bevor du mit dem gesamten Gewicht aufkommst. Die Beine fallen auf die Matte, die Knie schlagen aneinander.

Das hätte besser laufen können, ein Schritt nur soll es sein, gehen sollst du eben. Die Matte ist härter gewesen, als sie erwartet hat, ihre Handfläche brennt, sie spürt das Zittern im Unterarm. Ein kurzer Moment, in dem sie überdenkt – was genau ist geschehen? Dann rollt sie auf den Bauch, steht auf.

Immer wieder zurückkehren, als wüsste man nicht, was kommt.

Am Vortag, im Tanzcafé unter all den Lampen und inmitten der kraftlosen Musik, hat Erika mit Christian über das Problem der Ausrichtung geredet, und Christian hat zu ihr gesagt: »Erika, du siehst das Aikido immer so intellektuell, aber weißt du, auf der Matte, dort findet es statt.«

Gestern stimmte sie ihm zu, fast aus Prinzip. Denn er hat recht, natürlich findet Aikido auf der Matte statt, wo denn auch sonst? Sie hat sich außerdem grundsätzlich in Verdacht, zu viel nachzudenken. Und sie nickt sich selbst und ihrem eigenen Zustimmen im Nachhinein zu, während sie noch auf Cécil zugeht, obwohl sie Christians Meinung schon nicht mehr teilt. Ja, das Aikido findet auf der Matte statt, aber das Überdenken des Trainings verlässt für sie diese Matte nicht. Zehen, Hüften, Oberkörper, Kopf, alles soll auf das Zentrum des anderen zeigen, ich wende mich dir zu, aber ganz, um dich über den Kipppunkt auf den Boden zu bringen.

Von Widerstand kann dabei eigentlich nicht die Rede sein. Wenn Cécil sie angreift, so gibt er ihr doch etwas, und das möchte und soll sie auch nehmen, auch wenn sie es nicht immer kann. Erstarr doch nicht! Nimm eben, was kommt! Aufnehmen und sich wenden. Bloß ein Richtungswechsel, bloß ein Weiterführen. Cécil greift ihre Hand mit seinen beiden, sie weicht zurück, aber nur so weit, wie er ihr noch folgen kann, er soll die Hand trotzdem greifen wollen. Und da wendet sie sich schon dorthin, wo er doch auch hin will, der Ort, dem sie bisher den Rücken zugekehrt hat, dem blicken sie nun beide entgegen. Sie hebt ihre Hand und damit seine Hand und schneidet mit Cécil wie mit einem Schwert. Cécil springt, macht sich rund, rollt über Unterarm, Oberarm, Schulter, Rücken, er steigt mit den Füßen in die Matte, als wäre er einen Schritt bloß gegangen. Kokyunage, denkt sie, ganz frei übersetzt ein Wurf aus dem Atem heraus, und da weiß sie auch, worauf sie vergessen hat: auf das Atmen. Cécil steht auf und kommt zurück.

»Deine Hüfte«, sagt er, »deine Hüfte bleibt hinten. Gib mir auch mit der Hüfte einen Anstoß.«

Sie nickt, aus Prinzip, aber auch, weil sie weiß, dass er recht hat. Auch die Hüfte muss Anstoß geben zum Fall.

20.

Auch an diesem Abend möchten Cécil und Christian und Maria fortgehen und ein bisschen leben.

»Es gibt da diese Stadt, nur ein paar Kilometer von hier«, sagt Maria. »Wunderschön und auch am Meer.«

Juri bleibt mit Ivan zurück, Erika hingegen fährt mit den anderen über das staubige Land, lehnt sich in den Rücksitz, es quietscht noch immer beim Bremsen, die Bremsspuren halten sich immer noch nicht an den Straßenverlauf. So ein Auto lässt sich leicht zusammendrücken, ein Mensch noch leichter. Vorne scherzen Cécil und Maria darüber, was Juri und sein Freund treiben werden, so ganz allein.

Die Pflastersteine in der Stadt am Meer sind groß und glatt, geschliffen von vielen Touristenfüßen, und auf den Plätzen stehen die letzten verwitterten Säulen, die noch in der Erde zu finden gewesen waren.

Die Steine des Kais dagegen weiß und rau, weil noch nicht so viele Touristenfüße über sie gegangen sind, wenn sie sich jetzt auch beeilen, das nachzuholen.

»Das ist genau das Richtige für dich, da gibt es eine Seeorgel«, meint Maria und zeigt zur Spitze des Kais, ganz vorne.

Zuerst versteht Erika nicht, was Maria meint, dann kann sie es schon hören. Töne, hier nicht am rechten Ort.

Es sind tatsächlich Orgelpfeifen, findet sie heraus, in den Steinboden eingelassen. Hier läuft der Kai in eine Treppe aus und die führt ins Meer. Die Pfeifen sind Löcher im Boden, auf die Maria noch einmal extra zeigen muss, damit Erika sie sieht.

»Das Meer bespielt die Pfeifen – na, was sagst du dazu?«

Erika setzt sich hin, auf die Stufen, in denen die kleinen runden Löcher klaffen, die über Metallröhren hinunter ins Wasser führen.

Eine Welle trifft den Kai, die Töne wellen ebenso auf. Zufällig? Das steigende und fallende Wasser drückt die Luft in den Röhren zusammen, lässt ihr dann wieder mehr Platz.

»Interessant«, sagt sie.

Sie denkt, Judith würde das gefallen. Judith, denkt sie, die sich dann doch geöffnet und etwas über sich erzählt hat, über John Cage, über Trent Reznor, über Bernie Krause, als gäbe es zwischen den dreien keinen Abstand, von Jahrzehnten, von Prinzipien.

Wie kann sie zwischen alldem einen Bogen schlagen? Mit der Klarinette im Industrial Rock.

»Wo du doch Bioakustikerin bist«, sagt Maria.

Sie denkt, aber gefiele das Judith wirklich? Sie hört jetzt schon ein Muster, das man sich merken kann. Die Bewegungen des Meeres werden in Bahnen geleitet, die als angenehm empfunden werden können. Zufall? Dann würde sich keine Abfolge, wenn auch gebrochen durch Zwischentöne, zusammenstecken. Man kann sich an ihr weiterhanteln, auch weil sie sich wiederholt. Immer wieder steigen sie, fallen wieder, eine behäbige Melodie, ruhig und alt, wie wir uns das Meer vorstellen, wir dummen Kinder. Das Meer spielt ein Instrument der Menschen, weil der Mensch es hierhingestellt hat. Jemand hat hier einen Raum abgesteckt, genau wurden die Grenzen gezogen, hierhin darf das Meer gehen, hierhin nicht mehr.

Das Meer ist einfach, wenn du es in eine Melodie pressen kannst. Ist es nicht.

»Das ist wohl mehr Kunst als Bioakustik«, sagt Erika und legt sich auf den Stein.

Manchmal, in diesem sanften Auf und Ab, überschlägt sich ein Ton, als wäre der Orgelspieler gestolpert, das merkt Erika sehr wohl. Oder eine der Pfeifen bricht aus dem Orchester, mit ihrer Stimme. Oder ein Boot fährt vorbei, und da ist plötzlich ein ganz neuer, heller Laut.

Dabei hört sie immer noch, und gleichzeitig, das tatsächliche Geplätscher der Wellen. Tiefe und Oberfläche also? Eine Welle ist letztlich immer ein Oberflächenphänomen.

»Schade – ich dachte, dass dir das gefällt«, meint Maria und runzelt die Stirn.

Erika fragt sich, ob Maria sie alle nur wegen ihr, Erika, hierher gebracht hat, aber das wäre doch Unsinn.

Hinter ihnen Seemöwen, für Erika hatten diese Schreie schon immer etwas Bellendes, und dort fährt ein Schiff, man hört es noch am Ufer, die Welle rollt dem Kai entgegen und Erika erwartet ein Stolpern der Orgel, aber sie verhaspelt sich nur kurz, warum?

»Aber es gefällt mir doch, Mary«, sagt sie.

Um sie herum trampeln Menschen, eine Touristenführerin erklärt einer Gruppe, wie die Seeorgel funktioniert, die Melodie hebt sich und senkt sich, taucht ab und auf, dann, ein plötzliches Aufleuchten.

Wieder und wieder, hell.

Erika setzt sich auf.

Die Brandung schlägt auf die Steine und spritzt auf die Stufen, so viel stärker sind die Wellen dabei nicht geworden, nur ihren Rhythmus haben sie ein wenig geändert, und schon schreit hier jemand um Hilfe.

Es braucht Zeit, bis Erika zwischen den Aufschreien wieder die tiefe Grundmelodie ausmachen kann, die die anderen Stimmen beruhigt, sie hinabzieht zu sich. Die Töne ziehen dich hinab bis zum Ende, hat Judith gesagt.

Etwas Metallisches ist den Klängen geblieben, und Erika ärgert sich, vorhin von Kunst und nicht von Bioakustik gesprochen zu haben. Das Meer bespielt dieses Instrument, weil der Mensch es hier hingestellt hat – als wären die Steinstufen der Uferpromenade nicht ebenso Teil des Instruments wie die Bronzeröhren mit ihren Luftsäulen. Würde sie hier ein Mikrofon ins Wasser halten, müsste sie miteinberechnen, dass die Wellen auf den Stufen aufschlagen, das Wasser zurückschicken. Kein leichter Ort für Aufnahmen, Akustik bleibt aber letztlich immer ein unberechenbares System.

Und dann, eine neue, tiefe Stimme.

Selbst Erika sieht den Unterschied auf der Oberfläche kaum oder zumindest hört sie die Veränderung erst, dann kann sie sehen: Stimmt, die Richtung der Wellen hat sich tatsächlich etwas gedreht.

Du übersensibles Gerät, denkt sie, du beschwerst dich über jeden Wechsel.

Wie muss die Orgel im Sturm wohl klingen?

Jemand stößt gegen Erika, sie wendet sich zur Seite und sieht, es ist ein Kind. Es hockt über einem der dunklen Löcher, das T-Shirt ist ihm hochgerutscht und gibt einen Teil seines Rückens der Sonne preis. Dann macht es den Mund auf und spuckt hinein. Warum auch nicht? Nicht weit hinter dem Kind stehen zwei Touristinnen und halten ihr Smartphone mit einem Selfie-Stick von sich weg. Maria, Cécil und Christian sind wohl schon weitergegangen.

Etwas vibriert in ihrer Hosentasche, sie holt ihr Handy heraus, eine Nachricht von Judith. »Frau Dr. Wawracek, bei meinen Recherchen bin ich über Ihr Bild gestolpert. Nehmen Sie es mir nicht übel, dass ich es Ihnen vorhalte. Vielleicht freut es Sie sogar.«

Der Link führt Erika zu einem Tweet, #girlswithtoys, Erika Wawracek, renowned marine biologist and acoustics expert, deploys a sonobuoy. Ein Foto, wie sie im Zodiac sitzt, die längliche metallene Sonarboje in den Ärmchen. Das kommt wohl noch besser an, weil sie eigentlich zu schwach aussieht, um sie zu heben. And people say that girls don't like gadgets.

Sagen die Leute das? Das Foto, das Leon ins Internet gestellt hat, ohne sie zu fragen. Es ist danach offensichtlich seine Kreise gegangen, um endlich bei Judith zu landen, aber der Text stammt vermutlich von ihm: renowned marine biologist. Ja, so würde er das wohl schreiben. Die Boje ist tatsächlich schwer gewesen, vor allem schwer zu bekommen. Ist ein Gadget noch ein Gadget, wenn man es für seine Arbeit braucht? Aber es wird ihr trotzdem hoch angerechnet, mit elektronischen Geräten zu hantieren, und deshalb landet sie hin und wieder in den Nischentweets von Fachkreisen, mehr auch nicht. Über das kann man nur lächeln.

Vielleicht freut es Sie sogar.

Das Verhältnis von Lehrerin zu Schülerin zwischen ihr und Judith, es sind strukturelle Probleme, die Judith Erika immer noch siezen lassen. Judith fängt Erikas Bild auf und wirft es ihr zu, um ihr zu schmeicheln? Nehmen Sie es mir nicht übel, dass ich es Ihnen vorhalte.

Ihr Bild taucht ab und wieder auf. And people say that girls don't like gadgets. Sollte sie Leon darauf ansprechen, was er glaubt, dass dieser Satz bedeutet? Sie sollte für so etwas nicht gelobt werden.

Vielleicht entschuldigt sich Judith deshalb dafür, ihr das Foto zu schicken – sich aber für etwas zu entschuldigen, während man es tut, widerspricht sich selbst.

Leon ist in Ordnung, denkt Erika und packt das Handy weg, im Grunde, manches hat er einfach nur noch nicht begriffen. »Eine Feder wie Sie wird auf Deck noch verweht.« Er macht es so, wie er es am besten weiß. Trotzdem wäre er verletzt, würde sie ihn auf die Formulierung hinweisen, er würde sagen oder sich vielleicht nur denken: Aber ich bin doch auf deiner Seite. Wieso tadelst du mich dafür, auf deiner Seite zu sein? Sie steht auf. #girlswithtoys. Sie wüsste, was Karo dazu sagen würde, aber sie braucht Karo nicht mehr, um sich dasselbe zu denken.

Wo Erika die anderen einholt, sind die Pflastersteine wieder abgegriffen glatt. Christian, Cécil und Maria essen Eis und das Gespräch ist auf Fukushima gekommen.

»Eine Freundin von mir war zu der Zeit in Tokyo«, sagt Christian. »Und die hat da ganz seltsame Geschichten erlebt, und ich meine mit Menschen. Arbeitskollegen, die ihr sagen, es ist in Ordnung, dass du zurück nach Europa gehst, du willst ja noch Kinder bekommen. Und als sie dann wirklich zurück nach Österreich ist, haben ihre Eltern sie am Flughafen abgeholt und gemeint, Japan, das kannst du dir abschminken. Japan, das gibt's nicht mehr.«

Christian lacht, Maria lacht mit ihm.

»Was für eine Aussage«, meint sie.

»Die Menschen sind schon komisch«, meint Christian. »Japan, das gibt's nicht mehr. Aus Österreich ist doch damals auch niemand geflohen.«

Man geht noch in der Stadt herum, dann wird beschlossen, dass es Zeit ist, Wein zu trinken. Erika sieht zu, wie die anderen im Lokal Billard spielen. Ihr Hals tut inzwischen etwas weh, wenn sie den Kopf dreht. Jetzt doch ein Muskelkater, denkt sie, und verrissen habe ich ihn mir auch ein bisschen.

Cécil springt dann schon auf die Tanzfläche, still ist er heute gewesen, denkt Erika, bis auf seine Aikido-Referate. Etwas beschäftigt ihn. Sie selbst ist hängen geblieben an Fukushima, hat wiederum zurückgedacht an Tschernobyl, der Sand musste in den Sandkästen ausgetauscht werden. Jetzt trinkt man keinen japanischen Tee mehr, aber damals hat man weiterhin Pilze gegessen. Wäre es anders gewesen, wären die Menschen damals schon mit Geigerzählern durch die Straßen gegangen? Judith hat so etwas gesagt – gar nicht laut ist es in diesen Videos. Ein leises, gelegentliches Krachen. Nur die Anzeige auf dem Geigerzähler sagt dir, dass es bereits gefährlich ist.

Tschernobyl hat Raum freigeräumt von Menschen, den Raum um das Kraftwerk, so wie jetzt der Raum um Fukushima menschenleer geworden ist. Wildtiere breiten sich dort wieder aus, die Marderhunde, die schon gefährdet gewesen waren, auch das eine vom Menschen verursachte Veränderung: Anthropozän. Wie es jetzt wohl um das Kraftwerk klingen mag? Verschiebung des Lebensraums, unserer wird kleiner. Verschiebung der Macht. Im Meer hingegen.

Christian nimmt sie an der Hand: »Erika, schau nicht so ernst.« Er hat seinen Queue auf dem Billardtisch liegen gelassen, will wie Cécil schon wieder tanzen, anders als Cécil sagt er: »Lach doch mal, selbst du kannst nicht immer grübeln«, und sagt auch schon wieder, dass, wer nicht gerne tanzt, auch kein Aikido macht, und Erika fragt sich wieder, und lässt Fukushima und das Meer und die Lebensräume ziehen, was sie dann eigentlich die ganze Zeit auf der Matte tut.

Sie nickt dabei, Ähnlichkeiten gibt sie schon zu, hat sie ja auch von Anfang an gesehen, nicht einmal schneller als der andere soll man sein, denkt sie, gleichzeitig mit dem anderen soll man sich bewegen. Niemals erstarren, niemals stehen bleiben. Aufnehmen, von Hand zu Hand weitergeben.

»Das geht Hand in Hand«, meint Christian, und zur Musik fühlt sich Erika weiterhin ungelenk.

Den anderen angreifen, seine Hand packen, zum Schlag ausholen, als wüsste man nicht, was kommt. Als wüsste man nicht, was der andere tun wird, welche Technik er verwenden wird, dass man verlieren und fallen wird, dass das von Anfang an so vorgesehen war – als wolle man sich nicht vorbereiten. Jedes einzelne Mal die Zukunft vergessen, den nächsten Ton vergessen.

Eine Musik, in der es keine Abfolge gibt.

»Weißt du«, hat Christian daraufhin gesagt, »du siehst das Aikido so intellektuell.«

Aber im Grunde hat sie keine Ahnung davon, gibt Erika ihm recht. Wie denn auch? Sie macht es nicht einmal gut. Ihre Hüften wollen dem Rest nicht folgen, sind träge, gegen den Fall sträubt Erika sich, der Boden erreicht sie zu schnell. Wenn sie klein ist und schwach, müsste sie zumindest wendig sein und weich, stattdessen hinkt sie allem hinterher. Was soll sie also begriffen haben? Was bleibt, ist Wiederholung, aufstehen, trotzdem zustimmen. Nicht vergessen, was gekommen ist, sondern was kommen wird. Es wieder versuchen.

Aber zieht sie nun selbst schon Parallelen zu Judith, die es gar nicht gibt? Nur eine kleine Bemerkung, als Erika und Judith schon aus dem Becken gestiegen sind, als Erika noch einmal betont hat, sie solle sich wegen der Diplomarbeit keine Sorgen machen: »Ich kann das nur einmal richtig machen«, als würden diese paar Seiten Papier alles entscheiden. Hier gibt es keine Wiederholung. Aber hat sie nicht recht? Aikido ist im Grunde eine Lüge, weil man doch immer und immer wieder von Neuem beginnt, es hat mit echtem Kampf nichts zu tun. Versuche es ganz, wisse, dass du scheitern wirst, versuche es wieder. Aber alles muss man wiederholen, um es zu lernen. Wie das Tauchen im Schwimmbad. Sie sucht sich Lügen im Leben, und findet sie. Was sagt das über sie und Judith aus – oder hat es gar keine Bedeutung?

»Lebe doch ein bisschen«, sagt Christian, zieht an ihrer Hand, und Erika möchte zustimmen. Ich möchte ja leben, denkt sie, ich nicke auch dazu. Gemeinsam haben wir das gleiche Ziel vor Augen. Ihre Hände sind immer noch warm, weil sie einen Vormittag und einen Nachmittag lang auf die Matte geschlagen haben. Ihr ist vor Müdigkeit leicht zumute, sie lässt Judith ziehen. Maria tanzt mit Cécil, und Christian fragt sie, ob sie nicht auch Lust habe. Erika lächelt und schüttelt den Kopf.

21.

Es ist schon tiefdunkel, als sie zurück zum Auto gehen. Diesmal haben die anderen getrunken, diesmal fährt Erika, deshalb muss sie den Fahrersitz zunächst weit nach vorn stellen, weit nach oben, sie braucht weniger Raum, also muss sie sich diesen kleineren Raum auch nehmen. Sie biegen auf die Hauptstraße ab, Erika fährt noch langsamer als sonst, weil das einzige Licht von den Scheinwerfern kommt, sobald sie den Ort verlassen.

Auf dem Weg zum Auto ist Cécil zurückgefallen, nur um noch nach ihr zu fassen, nach ihren Fingern, um die Hand sofort nach oben rutschen zu lassen, auf die Innenseite ihres Unterarms, etwas ging er in die Knie dafür. Sie wusste, er setzt zu einem Hebel an, sie drehte sich heraus, zog stattdessen ihn am Ärmel, leicht nach hinten. Er lachte leise, befreite sich, fasste sie um die Schulter. Nur ein bisschen spielen.

Sie ließ ihren Kopf an seinen Arm lehnen, du warst schweigsam heute, dachte sie, abgesehen von deinen Aikido-Referaten. Was beschäftigt dich so?

»Das Meer ist laut«, sagte sie, selbst hier, wo sie schon längst den Kai mit seiner Seeorgel verlassen hatten, konnte sie es rauschen hören. »Sie haben rund um die Fukushima-Kraftwerke Schutzwälle gebaut«, hatte Judith gesagt, »nur waren die Wälle vier Meter zu niedrig.«

Wieso will er, dass ich mitkomme, auf seinen vereisten Pol, fragte Erika sich und nicht Cécil. Die Kurven sind kaum zu erkennen, findet sie später im Auto, weil alles um sie herum einfärbig ist, die Straße ist kaum zu erkennen, und wo fällt sie ab? Wo zerreißt die Straße und bröselt in die Landschaft? Sie muss sich an die gefährlichen Stellen erinnern, weil sie sie nicht mehr sehen kann. Sie mag es nicht, wie das Auto quietscht, wenn es um eine Kurve fährt, sie mag das Bremspedal nicht, das weiter vom Gaspedal weg ist, als sie es gewohnt ist, das kleiner ist und von dem sie schon abgerutscht ist. Selbst das Lenkrad fühlt sich in ihren Händen nicht fest genug an, reagiert verzögert.

»Du, ein Stein!«, sagt Christian.

Erika bremst ab, überlegt sich, in welche Richtung sie ausweichen kann. Es poltert.

»War doch klar«, sagt Erika und greift das Lenkrad fester, lehnt sich weiter nach vor. »Ich bin auch ein Trottel!« Sie versteht nicht, warum man Menschen wie sie ans Lenkrad lässt, auf solchen Straßen. Hier hat sie nur eine Chance, hier darf sie nicht scheitern. Sie kann nicht einmal einem

Stein ausweichen. Im nächsten Moment schon könnte sie das Lenkrad verreißen, sie muss sich fast zurückhalten, es nicht zu tun.

»Mach dir nichts draus – wozu haben wir Vollkasko«, murmelt Cécil von hinten.

»Der Stein ist auch noch nicht da gelegen, als wir hergefahren sind«, sagt Erika und denkt, aber er wird hier noch lange liegen bleiben.

Sie biegen jetzt in eine der Schluchten ein, in der die Straßen nicht nach den Seiten hin abfallen, sondern in denen Felswände sich an den Rändern nach oben strecken, bis sie brechen und zurück auf die Straße rutschen. Alles bröselt auf dieser Insel, zerfällt, und alles nagt.

»Ihr seid einfach verwöhnt«, meint Christian. »Im Osten ist das überall so.«

Die Natur ist nur in Mitteleuropa gezähmt, sie lässt sich niemals zähmen. Cécil will Erika dorthin ziehen, wo das Eis wandert, wo es Boten nach Norden schickt, das erwachende Ungeheuer. Und sie kommt noch nicht einmal mit einer Insel im Mittelmeer zurande.

Erika biegt um die Kurve und fährt mitten in den Rauch. Er ist da, er wartet auf sie, und dann ist sie schon drin.

Sie steigt auf das Bremspedal, plötzlich hat sie kaum mehr Sicht.

»Was zum …?«, fragt Christian.

Zumindest das mit dem Rauch ist wohl im Osten nicht überall so, denkt Erika.

Christian sieht neben ihr aus dem Seitenfenster, trotz des Rauchs kann Erika es genau erkennen: Auf den Hügeln rechts von ihnen, die tagsüber immer braun und trocken sind, nachts sind sie schwarz und man weiß nicht wie groß, sieht man kleine Flecken glühen. Die Flecken schwingen auf und ab, leuchten rot und gelb.

»Ein Feuer«, sagt Christian.

»Sollen wir umkehren?«, fragt Maria. »Wir sollten umkehren!«

»Erika, hast du gehört, was Mary gesagt hat?«, fragt Christian.

Erika wird noch langsamer, überlegt dabei, wie weit entfernt das Haus steht. Ist das Feuer bis dorthin gekommen? Sind Juri und Ivan noch dort? Wie genau verhält es sich – fahren sie gerade an einem Feuer vorbei, oder aber fahren sie in ein Feuer hinein?

»Nur die Ruhe«, sagt Cécil. »Sehen wir mal.«

Weiter und weiter rollen sie, und die Flammenflecken weisen ihnen weiter und weiter den Weg in der Nacht.

Da, auf dem Hügel rechts neben ihnen ein brennender Baum, die Flammen wallen auf ihm und fließen an ihm entlang. Und da oben brennt ein Haus, Erika sieht es jetzt. Es lodert aus den Fenstern, aus dem Schornstein, das Haus birst geradezu von Orange und Feuerrot, innen mag wohl nur Hitze sein. Ob da drin jemand war? Es ist ein anderes, denkt sie, es ist nicht ihres. Und vor allem ist die Nacht dunkel, als wäre der Brand schon abgeklungen oder von Anfang an nur vereinzelt von Hügel zu Hügel gesprungen. Wenn man die Nacht wie eine Decke aufheben könnte, wären die Hügel ganz verkohlt darunter? Was von der Landschaft, an der sie ein paar Stunden zuvor vorbeigefahren sind, ist noch da, und was ist fortgesengt?

Noch einmal steigt Erika auf das Bremspedal, weil sich der Rauch teilt, da ist da diese rote Wand, ein Feuerwehrauto.

Sie hört die anderen aufatmen, weil sie merken, das Auto wird rechtzeitig langsam.

Erika findet, es wird nicht rechtzeitig langsam, sie muss ausweichen, also das Lenkrad nach links drücken, quietschen, nicht schlittern, daran vorbeifahren, an dem hohen Wagen.

Und wo sind die Menschen? Sie sieht niemanden, als wäre das Fahrzeug alleine zurückgelassen worden. Sollten da nicht Feuerwehrleute sein?

»Erika«, sagt Christian.

Sie kommen an einem weiteren Feuerwehrauto vorbei, danach wird der Rauch dünner, die Nacht um sie bleibt schwarz. Und dennoch – weit verstreut glühen die letzten Herde froh.

Macht euch das Spaß, über die Hügel zu springen?

Die anderen im Auto sind still geworden. Erika greift das Lenkrad fest. Das Feuer, an dem sie vorbeifahren, dünnt sich langsam aus. Es klammert sich an die Bäume, an die Erde. Weh mich nicht fort!

Als sie auf den Feldweg einbiegen, auf dem sie durch die Thymian- und Rosmarin-Hügel holpern, sieht sie, die Kräuter sind im Scheinwerferlicht braun, nicht verkohlt, wenn auch staubtrocken. Auch hier bräuchte es wohl nur einen Funken. Dann müssten sie durch einen Flammenteppich waten.

Das Haus ist schwarz, aber das kommt bloß von der Nacht.

Sie steigt aus, die anderen stolpern ihr hinterher. Es riecht nach Thymian und Rosmarin, wie immer.

»Hier ist aber alles in Ordnung«, sagt Christian, und Cécil meint: »Natürlich.«

Aber nichts ist natürlich, dass nur ein Haus inmitten von Thymianhügeln brennt und diese hier unberührt lässt, das glaubt Erika nicht.

Der Schlüssel klickt die Türe offen. Erika öffnet auch die Türen zum Balkon. Es weht die Vorhänge in das Wohnzimmer. Die anderen tapsen in den Zimmern herum, die dunkel sind und leer, Ivan und Juri schlafen wohl schon. Cécil kommt zu ihr, blickt neben ihr hinab zur weißen Gischt, die man weit weg an den Strand rennen sieht, hell noch in der Nacht. Hat er sich gar nicht vorgestellt, fragt sie sich, wie das Haus brennt? Macht das nur sie, ist das ihr eigentlicher Fehler? Er dreht sich fort, meint, er hole sich jetzt ein Bier.

»Ja, keine so schlechte Idee«, meint Maria.

Das Feuer ist in ihrem Rücken, und sie riecht und hört davon hier nichts.

22.

la question de votre voix, je veux dire v-o-x

Die Frage Ihrer Stimme, ich meine, v-o-x. Ein Schritt auf die Straße sagt Judith schon, und sie muss dafür gar nicht weit gehen, dass sie sich wohl bessere Kopfhörer hätte kaufen sollen. Sie hätte sich wohl bessere Kopfhörer kaufen sollen, Kopfhörer, die nicht den Tonraum verflachen, sobald sie sich verdrehen, die das Draußen aussperren und das Drinnen drinnen halten, sodass sie die Worte dieser Frau auch tatsächlich hören kann, die leise spricht, auf Französisch. Die Frau spricht in der Stille eines Radiostudios, eine Stille, die Judith in Form eines Podcasts mit sich herumträgt und doch auf der Straße nie besitzen wird können.

Courtois, vous parlez d'une voix si basse

Courtois, Sie sprechen so leise, denn die Straße fährt zwischen die Worte, die Autos schieben sich dazwischen. Sie drückt die Stöpsel tiefer ins Ohr, zieht am Kabel, weil das Kabel an ihr zieht. Sie verdreht die Träger der Schultertasche, damit die Plastikschnalle auf der richtigen Seite zu liegen kommt, gut aufliegt, steckt die Hände in die Taschen. Ihre Linke umfasst den MP3-Player, glatt und kalt.

Einmal ist sie in so einem Radiostudio gewesen, das den Laut innen vom Laut außen fein säuberlich trennt, der Laut innen geht hinein in die großen Mikrofone, die man an Metallgestellen in den Raum hängt. Der Laut geht hinein, geht durch Kunststoff wie durch Schwamm, wird abgerubbelt, abgewaschen, bis nichts mehr an ihm klebt. Er geht hinein und kann dann auch noch moduliert werden, gedehnt und gedrückt. Das Kratzen, das sie während des Sprechens im Hals spürt, würde dann niemand hören, ganz glatt würde ihre Stimme auf der anderen Seite herauskommen, wenn man sie auf der einen Seite hereinlassen würde.

Sie geht los, die Straße entlang. Zwanzig Minuten Weg hat sie, lange genug, um die Sendung vollständig zu hören. Zwanzig Minuten, um dem Gespräch zu folgen, das sich um die Musikerin Courtois und ihr Tonmaterial drehen wird, Tonmaterial, das hauptsächlich aus Aufnahmen von brechendem Eis, rinnendem Wasser und Regen auf Wasseroberflächen besteht, während Judith zu dem Café geht, wo Karo auf sie wartet, und wo sie sprechen wird müssen und lachen.

Recherche auch auf diesem Weg, weil man auch diese Zeit nutzen kann, die sonst ganz ohne Sinn verrinnt. Wenn nur das Radio gegen die Autos gewinnt, kann sie das Interview hören, entscheiden, ob es interessant genug ist, um in ihre Arbeit aufgenommen zu werden, bloß Geophonie, eigentlich nicht mehr ihr Fokus: was das Unbelebte zu sagen hat. Resonanzkörper für die tierischen Musiker, deren Stimmen untergehen. Am Ende des Weges dann jene Zeit, die sie viel öfter nützen müsste, um an dem Netz aus Bekanntschaften zu flechten, das sie auffangen soll. Denn wie sonst kannst du an der Universität bleiben und lehren, wenn nicht über Bekannte? Keine Stelle wird jemals extern vergeben, weiß Karo, die sich auskennen muss, sie ist schon lange genug dabei.

vos concerts sont comme des cris interpellés par

Ihre Konzerte sind wie Schreie, die unterbrochen werden von – die Straßenbahn läutet, ihre Glocke scheppert, die Straßenbahn holpert fast über die Geleise an ihr vorbei, ja wirklich holpern, so hört es sich an, als machten die harten Metallräder kleine Sprünge über die harten Metallschienen, statt einander den Boden ohne Pause, ohne Kante, von einem Stück Rundung zum nächsten weiterzugeben.

Sie presst den rechten Kopfhörer noch tiefer in ihr Ohr. *Noix*. Nein, *noise*. *Lärm*. Sie darf die Worte nicht verwechseln, sie muss die Sprachen nach den Regeln der anderen verwenden. *Nüsse* haben nichts mit *Lärm* zu tun, sagen alle, die nicht wissen, wie es tatsächlich ist. Sie sehen nicht, was sich unter der Schale verbirgt, aber Judith musste sich die Ohren zuhalten, wenn Papa die Schalen mit dem Nussknacker brach, weil dann:

John Cage würde den Kopfhörer nicht tiefer ins Ohr drücken, weiß sie, John Cage würde die Straße zulassen und das Aufbrechen der Nüsse und der Straßenbahn und dem Gespräch bloß zufällig folgen: Lärm ist Lärm, weil wir ihn dazu machen. Lärm wird zu einer schönen Erinnerung, wenn wir es so wollen. Wie diese Muscheln, die du ans Ohr hältst, und nein, es ist nicht das Rauschen des Meeres, es bist du. Du machst diesen Tumult, du willst dich nur darüber hinwegtäuschen, dass du im Meer stehst und eine Muschel hältst, als würde die Welle nicht kommen. Würde Dr. Wawracek sich gegen den Straßenlärm schützen? Sie würde trennen, Hintergrund von Stimmen, Wort von Bedeutung, *Wächterin. Horcherin.* Hättest du nicht aufgegeben, würdest du all diese Gedanken nicht auf Deutsch denken, sagt sie sich dann. Du würdest Französisch denken, wie Courtois Französisch spricht, du würdest in Schalen denken, geschützt.

comment donc faites-vous
Wie machen Sie es also?

Die Straßenbahn scheppert wieder, Autos ziehen an ihr vorüber, schleifen ihre Reifen über den Boden, als könnten auch sie nicht rollen. Nichts rollt hier, alles hüpft oder schleift und füllt die Luft mit seiner Gegenwart, die Stimmen des Podcasts kommen nicht dagegen an, sind untergegangen. Wie groß so eine Straßenbahn wird. Sie bricht aus der Schale wie eine Welle, nimmt eine gesamte Straße ein, und die Kopfhörer sind zu alt, kommen nicht dagegen an. Sie dreht den Ton des MP3-Players hoch. Der Boden ist noch nass vom gestrigen

Regen, sie tritt nicht auf die Risse im Beton. Das fällt ihr auf, also tritt sie mit Absicht darauf. Horch, das letzte Auto ist an ihr vorbeigefahren, hinter ihr ist keins, ein Loch, nütz es aus, horch hin.

Ich wage es nicht, die Stimme zu erheben.

Das Rauschen fällt ihr in den Rücken und überspült sie, sie übersetzt, weil die Schalen eingedrückt worden sind, weil sie auf Deutsch denkt, weil sie aufgegeben hat, vor langer Zeit: *un sentiment d'inadéquation, peut-être que c'est un sentiment d'inadéquation, je n'ose pas élever la voix*. Und die Schwachstellen. *Ein Gefühl der Unzulänglichkeit möglicherweise, es ist ein Gefühl der Unzulänglichkeit, ich wage nicht, die Stimme zu erheben*. Die Welt ist ein Nussknacker, für den auch Mama nicht hart genug sein wird, letztlich. Schon ist die Stimme der Frau überdeckt. Der Lastwagen überrollt die Stimme der Frau. Mama hat die Sprache überrollt, die Ereignisse werden Mama überrollen, früher oder später. Schritt für Schritt. Die Schultertasche drückt. Manchmal kann Judith die französische Sprache vergessen, die es kaum noch gibt, nur ein paar Laute, zwischen ihr und Matthias, zwischen ihr und dem Rest. Sie hält an der Ampel. *Ein Geräusch aber bedeutet nichts.*

un son ne signifie rien

Ein Ton kann ersetzt werden durch einen anderen. Ein Motorrad fährt an Judith vorbei. Dann werden die Autos langsamer, dann wird es grün. *Un ton peut être remplacé par un autre, un son ne signifie rien. Kein Laut fürchtet die Stille, die seinen Platz einnimmt.*

il ne s'en fait pas de souci, il n'en a jamais peur

Pause. Wie schrill an manchen Tagen das Grün der Ampeln ist, denkt sie, statt *einer Stille zuzuhören, die keine ist,* und wie dunkelblau die regennasse Straße werden kann, und sie blickt auf, noch während sie die Straße überquert, die Frauenstimme weiterspricht, *denn Pausen gibt es nicht. In Ruhe wird man nie sein.* Auch Mama muss noch kämpfen, bis sie nicht mehr kann.

la pause n'est jamais une

Schale und Kern. Judith erinnert sich, während sie weitergeht, an Karos Geburtstagsfeier, sie sind an einer Tafel in einem Kellerlokal gesessen, das alle Geräusche immerzu von allen Richtungen auf sie zurückgeworfen hat, und alle haben durcheinandergesprochen. So viele sind es dabei gar nicht gewesen, ein paar Studenten und Lehrveranstaltungsleiter, Karo zwischen ihnen hat gebrüllt, um sich Gehör zu verschaffen, aber sie haben mit dem Besteck über die Teller geschert, ein Schleifen wie ein Schmerz, sind mit den Fingernägeln an die Weingläser gestoßen, hinten hat einer gelacht, von wegen Antarktis, hat da einer gesagt und sich am Bart gekratzt, dort unten kann es in manchen Nächten so still werden, sagt er, weil niemand Laute macht, dass man nur noch das Eis hört, das Brechen des Eises. So still ist es dort. *Stille gibt es nicht.*

Es ist schon gut so.

Eine weitere Straßenbahn läutet hinter ihr, dann poltert sie an ihr vorbei, es rüttelt die Waggons dabei hin und her.

Ich sollte dir Erika vorstellen, hat der Mann auf der Feier zu ihr gesagt, die traut sich dort hinunter, ins Nichts, und legt das Ohr ans Meer. Sie horcht. *Il faut toujours écouter. Man muss immer horchen.*

Ich kenne sie bereits.

Und Karo brüllte noch lauter, weil jemand gesagt hatte, Erika, und Erika nicht da war, sondern auf einer anderen Insel, weil Erika das Urteil ist, das man jederzeit aus dem

Ärmel holen kann, so klein ist sie. Erika ist riesenhaft, wurzelt gut und lässt Urteile wie Nüsse fallen, sie brechen auf dem Boden auf, und die Gischt ergießt sich über Judith, reißt sie fort: »Und jetzt suchen Sie die Harmonie in den Geräuschen der Tiere?«

Die Sonne fällt nun wieder auf die Straße, auf ein paar Blätter, die es vom Park nebenan hergeweht hat. Klein liegen sie wie Mandeln vor ihren Füßen, das Licht werfen sie ihr zurück, weil sie es nicht mehr ertragen: Sie leuchten. Judith tritt darauf. Der MP3-Player ist immer noch kalt in ihrer Hand, aber auf ihrer Wange ist die Sonne warm. Aber Erika geht sich ja lieber auf Matten flachlegen, sagte Karo dann, als hier mal aufzutauchen. Auch Cécil hat bei Karos Feier gefehlt, und zwischen den Stimmen der anderen, dem Scheren von Besteck auf Tellern, hat Judith auf das Fehlen dieser zwei Stimmen gehört, Karo hat versucht, es zu übertönen.

Judith hört den Gürtel, diese mehrspurige Straße, lange, bevor sie ihn betritt, ein Motorrad rast vorüber wie eine übergroße Mücke. Die Kolonne an Autos folgt ihm. Sie horcht jetzt auf die Stimme, die darunter weiterspricht, weiterspricht über Geräusche und Pausen und Stille, ein Murmeln nur unter all den Reifen,

chuchoter

hört sie, während die Autos weiter über die Stimme fahren, sich zwischen und über die Laute legen, auffüllen, ersetzen, verdrängen, *flüstern*,

vous chuchotez donc

mit sich schieben, weiterdrücken, auseinandertreiben, abwärtsdrängen, es treibt die Autos die Straße hinunter, und Karo wurde zwischen ihren Gästen zerrieben, die Stimmen des Podcasts zwischen den Karosserien. *Sie flüstern also.*

Dann springt die Ampel von Grün auf beißendes Orange, dann Rot. Die Autos werden langsamer und bleiben stehen, der Lärm ebbt ab, was lässt er zurück? Wo ist Erika gewesen, wenn nicht auf dieser Feier? Auf einer Insel – ist sie an diesem anderen Ort in einem anderen Hallenbad mit den Fingern zwischen die Gitter gefahren, diese Gitter, die am Rand des Beckens den Überschuss des Wassers nehmen? Judith weiß es nicht, bei der Geburtstagsfeier hat Erika jedenfalls gefehlt.

Die traut sich dort hinunter. In Sicherheit, trotzdem? Die Welle kommt in jedem Fall.

Und Papa sorgt vor, und Mama ist hart. Matthias ist wie Mama, er kümmert sich nicht. Kann ihn das schützen?

rassure-moi, dit-on au monde

Beruhige mich doch! Es wird so leise, dass die Stimme des Podcasts laut wird, erstaunlich laut. *Aber ein Laut wiegt so viel wie der nächste, und keiner hat Angst vor dem nächsten. Nur wir haben Angst und bekommen zu viel.* Judith bleibt stehen, hört Courtois zu, die nun laut spricht, in Judiths Ohr und Körper, Judith bleibt stehen, weil sie etwas bemerkt. Es war bisher zu laut, als dass sie das hätte hören können, aber nun erkennt sie, dass die Stimme der Frau zittert – nur ein ganz klein wenig, nur bei manchen Lauten. Bei welchen?

quoi faire avec, je vous demande, quoi faire avec

Was damit machen? Ich frage Sie, was damit machen? Die Stimme zittert, sie sieht jetzt, an ein Verkehrsschild der Kreuzung ist ein Fahrrad gekettet, und die Sonne spiegelt sich in den Speichen, so scharf! Wie ein Messer ist dieses Speichenlicht!

car c'est trop, c'est trop, je vous le dis

Sie will sich fortdrehen, das Speichenlicht blendet sie, die Stimme spricht zitternd weiter: *Denn es ist zu viel, es ist zu viel, sage ich Ihnen.* Auch die Windschutzscheiben werfen stechend die Sonne in alle Richtungen. Manchmal geht alles über wie der Wasserkocher, und sie, sie weiß nicht, wohin mit alldem, wohin mit – dabei weiß sie, all das gehört zusammen, und das Speichenlicht blendet sie, weil sie am Rand steht, weil neben ihr der *noyer*, der *Wächter*, der *Ertränker,* steht, weil so viel ist dieses Licht, so scharf!

Wenn sie sich jetzt wegdreht oder wenn sie auf das Fahrrad zugeht, das darf sie nicht, so scharf ist dieses Licht, dass es durch sie schneiden wird wie durch milchiges Glas. Nur nicht bewegen darf sie sich, nur nicht bewegen! Nicht solange die Stimme spricht, ihren Körper einnimmt, ihr eine blanke Klinge zeigt.

Und Karo saß bei der Feier an der Tafel, eingefaltet, rührte sich nicht, während der Kollege über ihr seine Arme ausbreitete, sprach:

le monde s'en fiche, s'en fiche de notre sens

Die Welt schert sich nicht, schert sich nicht, schert sich nicht. Judith bewegt sich nicht, denkt an die Vase aus Murano-Glas, die Risse, die Tropfen, so dick, die Kistenwand, die unter dem Druck ausbricht, Karos Hände umfangen sich selbst. Und wo war Cécil, wenn nicht auf der Feier, mit Erika in einem anderen Hallenbad, durch dessen Beckengitter Erika ihre Finger steckt, jedes Tosen kann man fluten: Die Ampel schaltet auf Grün. Eines der Autos quietscht noch vor den anderen los, fast hebt es sich in seinem Sprung nach vorne, vor Übermut in diesem Rennen. Dann die anderen, die quietschen, sich über den Gürtel schleifen, immer pressen sie sich gegen den Boden, wehren sich gegen das eigene Fortkommen. Wollt ihr nicht weiter? Wollt ihr nicht fort? Wovor fürchtet ihr euch denn? Ton auf Ton, hinunter, hinunter!

Die Welt schert sich nicht, schert sich nicht um unseren Sinn.

Die Autos tragen die Stimme mit sich, drücken sie weiter, treiben sie auseinander, drängen sie abwärts, zerreiben sie zwischen ihren Karosserien. Das Sprechen wird zu einem Murmeln, das Speichenlicht verklingt. Es fällt alles zurück, es gleitet wieder in seine Bahnen, das Wasser schwappt zurück in den Wasserkocher, ins Becken, und wird glatt, und zu einem Murmeln wird das Sprechen, das sich zwischen die Motoren legt, jetzt nicht mehr zittern kann, weil man das Zittern nicht mehr hört, Karo schlägt auf der Feier die Hand auf den Tisch, Erikas Finger gleitet auf einer anderen Insel in einem anderen Hallenbad bis zum Ansatz zwischen die Gitterstäbe, sie sagt: Und stattdessen suchen Sie –? Cécil lächelt dazu.

Judith dreht sich um, geht schnell weiter, nicht hier über die Ampel, weil sie hier nie wieder über die Ampel gehen darf, weil das Leben hier eine Klinge ist, nur weg von ihr, solange der Fluss der Autos die Stimme unter sich erdrückt,

et chuchoter et écouter et ne pas tout prendre car c'est trop
Flüstern und horchen und nicht alles nehmen, denn es ist zu viel.

Horch doch, horch!

II

1.

Ein Leben soll zwischen zwei Buchdeckeln festgehalten werden. Dazwischen herausfallen soll es nicht.

Zwei schwarze Buchdeckel werden zusammenhalten, was Judith dem Copyshop als PDF geschickt hat. Jeder Tippfehler, den sie beim Korrekturlesen nicht gefunden hat, jedes Mal Abrutschen auf den Tasten, wird jetzt bleiben. Deine Diplomarbeit ist deine Visitenkarte, deine Diplomarbeit ist dein Debütantinnenkleid, schmücke es gut, hier, was ist denn das, eine offene Naht! Wie kannst du das übersehen haben? Dafür hast du so lange gebraucht? Diese Arbeit wäre nicht einmal ein halbes Jahr wert gewesen.

Du kannst das nur einmal richtig machen.

Das PDF ist hochgeladen und abgeschickt, Judith hat die Farbe des Einbands und das Material wählen dürfen, Stoff bitte, schwarz bitte, nein, bitte kein Name auf dem Buchrücken, man findet mich schon so leicht genug.

Sie muss zwei Tage warten, dann zu dem Copyshop gehen, und sie drücken ihr in die Hand, was auf sie zurückfallen wird. Den Magister werden sie ihr wieder wegnehmen, wenn nur ein fachkundiger Mensch das hier einmal liest. Diese Diplomarbeit kann nicht halten, was sie verspricht.

»Sehen Sie die Exemplare bitte durch«, sagt die Angestellte, »ob alles in Ordnung ist.«

Nichts ist in Ordnung, den ersten Fehler entdeckt Judith in der Danksagung, aber nicht der Copyshop hat diesen Fehler gemacht, da kann sie gar nichts einwenden. Der Einband ist aus Stoff, schwarz, wie gewünscht, kein Name auf dem Rücken, Judith blättert durch die Seiten, weiß nicht, was ihr noch auffallen soll.

Dass die Buchstaben von den Seiten rinnen, über den Papierrand auf den Boden tropfen – all meine Quellen.

»Ich nehme sie so«, sagt sie, was bleibt ihr übrig?

Innerhalb einer Woche müssen soundso viele ausgedruckte Exemplare an der Annahmestelle abgegeben werden. Bis dahin muss die Diplomarbeit die Worte halten, mit denen Judith sie angefüllt hat bis zum Rand.

Sie nimmt die Bücher zur Brust, schaut nach, zu welchem Institut sie muss, zu welcher Tür, zu welchem Büro. Abdichten musste sie jeden Satz und hat bestimmt Ritzen gelassen.

Sie geht hin, sie stellt sich an, sie hat ausnahmsweise alle Dokumente mit, die sie braucht, sie wird gefragt, sie antwortet, die Bücher werden ihr aus der Hand gerissen. Die Bücher werden fortgebracht. Die Bücher werden in die Maschinerie geworfen, die prozessiert und prozessiert, die Plagiate findet, bestimmt ein Plagiat! Es zerschlägt die Arbeit darin.

Zwischen zwei Buchdeckeln ist festgehalten, was alle jederzeit gegen sie verwenden können, wenn sie nur wollen. Judith hat es ihnen auch noch freiwillig in die Hände gegeben.

Judith steht vor dem Büro im Durchgang des Campus, blickt auf die gegenüberliegende Wand, von der der Verputz abgeht, und überlegt, ob sie Karo anrufen soll. Karo kann das gar nicht interessieren, Karo gibt jedes zweite Semester Abschlussarbeiten ab, ganz nebenbei, aber es fällt Judith nichts anderes ein, um sich davon abzulenken, dass zwischen zwei Buchdeckeln festgehalten werden soll, was ausrinnen wird. Gekittetes Glas.

Sie denkt daran, dass sie heute eine halbe Stunde im Badezimmer sitzen musste, sich nicht bewegen durfte. Sie war aus der Dusche getreten und hatte bemerkt, da rinnt ein Tropfen das milchige Glas ihrer Duschwand herab, und plötzlich wusste sie, sie muss sich umdrehen und hinsetzen. Und sie musste dort sitzen bleiben und darf den Tropfen nicht wieder ansehen, bis er Zeit gehabt hat, zu gehen.

Sie ist dort eine halbe Stunde gesessen, erst dann hat sie aufstehen dürfen.

Judith schüttelt den Kopf, wie dumm sie manchmal ist, fast muss sie über sich lachen. Sie zieht das Handy aus der Hosentasche, ruft Karo an: »Ich habe die Arbeit abgegeben, Karo, ja wirklich abgegeben, es ist getan.«

»Ja, finde ich auch, ja, wir können feiern, ja, feiern klingt gut.«

Karo will ins Kino, »Kino klingt gut, ja«, Judith tritt an die Wand heran, der Verputz lässt sich abziehen. Der Verputz lässt sich abziehen, darunter staubt es ihre Finger rostrot.

2.

Karo will, weil Judith alle Beweismittel gegen sich der Verwaltungsmaschinerie in die Hand gegeben hat, ins Dunkel, und den »Leviathan« sehen. Weil es eine Dokumentation über Tiefseefischfang ist, kommen zu dem Film auch Erika Wawracek und Cécil Fournet, Erika drückt Judith vor den Kassen die Hand: »Gratulation, Frau Magistra«, sagt sie, »du siehst, es war nur eine Schwelle.«

»Magistra bin ich noch nicht«, sagt Judith. »Ich muss noch die Prüfung machen.«

»Und du, Erika, ich hab gehört, ihr wärt beinahe abgebrannt, auf eurer Insel«, sagt Karo zu Erika.

Die lächelt, schüttelt den Kopf: »Bis zu uns kam es dann doch nicht.«

»Seid ihr am Strand dafür wenigstens über ein paar angeschwemmte Leichen gestolpert? Baden im Mittelmeer, diesem Scheißfriedhof!«

Erika schüttelt den Kopf, verschränkt die Arme vor der Brust: »Nein. Aber danke für die Nachfrage.«

Karos Blick flieht fort von Erika, die sich an Judith wendet: »Wir haben eine Seeorgel gesehen, Judith, das hätte dir möglicherweise gefallen. Sicher bin ich mir nicht, es war fast schon zu sehr Melodie.«

Judith weiß nicht, was sie darauf antworten soll, oder soll sie sich doch auf Karos Seite stellen? Erika hat sich von Karo abgewandt, Judith zugewandt, und Judith weiß nicht, was genau das bedeutet, und seit wann ist sie mit Erika Wawracek per du? Hat sie sie das letzte Mal falsch angesprochen? Hat sie sich das Du mit dem Titel verdient, den sie noch nicht hat, vielleicht auch nie bekommen wird, wenn man durchliest, was sie geschrieben hat? Wenn die Diplomarbeit im metallenen Bibliotheksregal, in das sie gestellt wird, schwarz ausläuft, jetzt aber spricht Erika über eine Sackpfeife, über das Blubbern von Luftblasen, betörenden Gesang. Judith denkt: *Nussbaum*, *noyer*! Die Luftblasen an ihren Blattunterseiten. Karo schabt mit den Schuhen über den Gummiboden, dann ruft Cécil vom Buffet herüber: »Ich hab schon den Wein!«

Es ist eines der Kinos, in die Judith viel öfter gehen sollte, wenn sie sich den Anschein geben wollte, sich auszukennen, weil sie hier die wirklich guten Filme spielen. Der Kassenraum ist groß und hoch, über dem Buffet eine Galerie, mit Tischen und Bänken.

Cécil Fournet treibt sie die Treppen hinauf, sie setzen sich auf Lederhocker rund um die glatte Tischplatte. Ruhe also. Man sieht von der Galerie hinunter in den Vorraum, in dem sich bei Premieren die Mengen an den Türen drängen, heute ist es leer. Flut und Ebbe. Nur ein See bleibt unbewegt, Cécil drückt ihr ein Glas Rotwein in die Hand. Schon damals, als Judith ihn interviewt hat, hat er sich zurückgelehnt und dann gleich zu ihr nach vor gebeugt, ist ihr nah gekommen, hat gesagt: »Okay, sprechen wir von mir, einem Forscher, der mit fünfunddreißig noch immer nicht richtig Karriere gemacht hat, wer könnte sich auch je für etwas anderes interessieren? Aber ernsthaft, warum redest du nicht gleich mit Erika? Erika ist ein anderes Kaliber.«

Jetzt aber ist er ganz auf Karo ausgerichtet, will mehr über den Film wissen.

»Der ist von Ethnografen gemacht worden«, sagt Karo, »die haben so ein Fischerboot begleitet, über ein Jahr, Kameras überall angemacht, an die Masten, die Netze, in jedem Winkel. Dann das Ganze zusammengeschnitten, ohne Kommentar. Soll geil verstörender Scheiß sein«, und meint dann: »Aber hast du denn gar nichts darüber gelesen?«

Cécil zuckt mit den Schultern: »Wozu, wenn ich dich habe? Du bist das bessere Google.«

»Cécil«, sagt Erika.

»Was denn? Hätte Google einen Karo-Filter, würde ich mir viel Suche ersparen. Audiokommentar gleich inklusive.«

»Ich kann nichts dafür, dass so viel Mist produziert wird«, sagt Karo, und Cécil antwortet: »Nein, aber wie du über ihn herziehst, versöhnt mich fast wieder mit dem Mist, und das mag was heißen.«

»Kacke ist nun mal Kacke.«

»Genau«, sagt Cécil, hebt dann sein Glas, »auf die Kacke also, auf dass es immer Karos gebe, diese Kacke als solche zu benennen. Und«, er wendet sich an Judith, »auf Magistra Judith Lackner! Auf uns aufstrebende Akademikerinnen mit Migrationshintergrund. Sind wir nicht gute Vorbilder?«

Judith versteht zuerst nicht, was er meint, aber dann erinnert sie sich daran, ihm alles offengelegt zu haben. Schlimmer als bei Dr. Wawracek, weil Cécil Fournet breit lacht, die langen Arme hinter der Lehne verschränkt, als wollte er dir sagen: Ich werde mich nicht wehren. Ich bin ohnehin lächerlich, bloß ein Hampelmann, sagt er, mit Erika will ich mich gar nicht erst vergleichen.

Das heißt aber nicht, dass er nichts gegen dich verwenden kann. So passiert das, so funktioniert das akademische Räderwerk von Beginn an, Hinterhältigkeit gehört dazu. Andere niederschlagen und auf ihren Körpern nach oben klettern – die Schule hätte sie das schon lehren können: Judith hätte eben das Maul halten müssen.

Stattdessen wendet sich Erika Wawracek nun zu ihr: »Das wusste ich gar nicht – woher kommst du denn?«

Und woher kommt dieses Du? Wenn nichts sonst, dann würde allein dieses Du Judith in eine Ecke treiben. Ist das Kalkül, verwendet Erika Wawracek es gegen sie, um ihr zu zeigen: Du bist so verschlossen, du schaffst es noch nicht einmal in Gedanken, mich beim Vornamen zu nennen? Ich hingegen wurzle gut und überspringe doch den Abstand zu dir in leichten Sätzen.

Ich wende mich ab von Karo, hin zu dir, ich stelle dir Fragen. Das ist ein taktischer Zug, Judith sollte ihn kennen.

»Aus Österreich«, sagt Judith. »Ich komme aus Österreich.«

»Woher kommen also deine Eltern?«, fragt sie.

»Österreich«, sagt Judith. »Sie kommen aus Österreich.«

Erika Wawracek lacht, aus Verlegenheit? Sie sieht zu Cécil. Der zuckt mit den Schultern und Judith ist allen eine Erklärung schuldig.

»Was du gesagt hast, stimmt doch eigentlich nicht, oder, Cécil?«, fragt Judith. Als wüsste er besser Bescheid als sie. Sie muss lernen, selbstbewusster aufzutreten, aber gerade eben ist sie unsicher: Hat er nicht doch recht?

Hätte sie außerdem sagen sollen: Dr. Fournet? Aber Cécil hatte ihr doch von Anfang an das Du angeboten, oder? Judith ist sich nicht mehr sicher. Auch Karo hat das damals so versteckt gemacht, hat nach dieser Lehrveranstaltung mit ihr zuerst lange über Trent Reznor gesprochen, Telefonnummern ausgetauscht, ihr erst danach verraten, dass sie bereits mehrere Titel hat, bereits Lehrveranstaltungen hält. Alle lassen Judith zuerst gegen die Wand laufen, bevor sie ihr zeigen, wie sie sich zu verhalten hat. Judith weiß nie, wie sie sich zu verhalten hat, weil sie sozial ein Trampel ist. Das muss sie endlich verstehen.

Und Cécil, der beim Interview über seine Forschungsprojekte am Südpol mit ein paar Sätzen hinweggeht, dann aber wissen will, dringend wissen will, und wie kommst du zu diesem Thema? Gewöhnlich ist das nicht.

Sein neugieriger Blick, eine Falle, denn er sagt: »Du bist ein ungewöhnlicher Mensch.« Ungewöhnlich, nicht abnormal, das klingt schöner. Sich Gewicht geben in der Welt. Sich verkaufen? Sich natürlich geben, keine Risse zeigen.

Jetzt weiß sie, was sie davon hat.

»Wir haben einfach ein paar Jahre in Frankreich gelebt, als ich klein war«, sagt Judith, sie hätte sagen müssen, als Kind, und nicht, als ich klein war. Klein, das sagen nur Kinder.

Nicht schüchtern sein. Die Menschen werden dich so lieben, wie du bist. Die Menschen drücken immer auf die Schwachstellen. Als das Licht der Fahrradspeiche auf sie zeigte: In diesem Moment dich nicht rühren, dich unentdeckt machen. Du musst allein zurechtkommen, die Welt schert sich nicht, schert sich nicht, schert sich nicht.

»Mein Vater musste wegen der Arbeit dorthin, und als das Projekt fertig war, sind wir wieder zurück, und das war es auch schon wieder«, sagt Judith. »Das ergibt doch keinen Migrationshintergrund.«

Eine glatte Wand zeigen, bunt anzusehen, eindringen kann man nicht. Stattdessen schreibt sie Erika Wawracek E-Mails, an die die sich noch lange erinnern wird. Das Rauschen in ihrer Wohnung wird auch lauter.

»Wenigstens bist du mal gewandert«, antwortet Cécil. »Meine Eltern haben das für mich erledigt, sehr freundlich von ihnen. Nur mein Name wird mich immer verraten.«

Judith könnte sich hinter ihrem Namen verstecken, verliert immer wieder Worte an Menschen wie Cécil, Karo oder Erika, sucht nach Argumenten und findet Karos Worte.

»Migrieren, das bedeutet doch nicht nur Grenzen überschreiten«, antwortet sie.

Bestimmt ein Plagiat. Vom Tisch aufgelesen. Erkennt Karo die Worte wieder? Karo hat eigene Worte, Judith hat nur Karos. Judiths eigene schwappen ungeordnet über.

»Judith hat Recht«, sagt Karo, »du kannst nicht einfach anfangen, mit supermodischen Schlagwörtern um dich zu werfen, bloß weil du Gleichgesinnte suchst.«

»Stimmt natürlich«, sagt Cécil und lächelt. »Das war auch tierisch ernst gemeint, wie immer, wenn ich etwas sage. Und Judiths Geschichte ist sehr wohl auch eine Migrationsgeschichte, und außerdem furchtbar spannend, gerade für dich, Erika.«

Erika hebt den Kopf, sie glaubt offensichtlich nicht, dass diese Studentinnengeschichte sie interessieren könnte. Judith sollte sich besser verkaufen: etwas wiegen in der Welt oder besser nicht. Die Welle aber riss auch die Muscheln mit, damals in Thailand, damals in Japan. Auch der *noyer* ist dann geflutet worden, *ertränkt*, trotz all seiner Wurzeln, mit all seinen Nüssen. Er ist der *Wächter* gewesen, aber was hat es ihm genützt zu warnen? Der nächste Moment kommt in jedem Fall.

»Zunächst einmal …«

Statt fortzufahren, wendet er sich an Judith: »Darf ich denn überhaupt?«

Sie möchte sagen: bitte nicht. Sie möchte sagen: Cécil, du brichst auf, was darunter liegt. Aber wo es nachgibt, drücken die Menschen immer. Alle Wände können eingedrückt werden, mit genug Kraft. Besser, sie nickt.

»Zunächst einmal war ihr Vater damals in Frankreich sehr wohl ein Gastarbeiter – zwar nicht ein Handwerker aus Polen, sondern ein Architekt aus Österreich, aber wen kümmert's, das Prinzip bleibt das gleiche«, sagt er. »Sie sind hingefahren, da war Judith zwei.«

»Ich war schon drei.«

»Dann hat er dort ein Hotel gebaut, in dem Tal, und als er fertig war, schicken sie ihn wieder heim, aus mit der Gastfreundschaft.«

»Es gab doch dort für uns keine Arbeit mehr.«

Judith hat auch in Wien bisher keine Arbeit gefunden.

»Judith hat aber in diesem Dorf ihre Kindheit verbracht«, sagt Cécil, »und muss zurück in ein Land, das sie noch gar nicht kennt, in eine Kultur, die sie kaum kennt, außer über ihre Eltern.«

Er lehnt sich zurück.

»Und dann haben sie auch noch einen Staudamm dorthin gebaut.«

»Das war erst später«, wirft Judith ein.

»Trotzdem steht der gesamte Ort jetzt unter Wasser«, sagt Cécil. »Es wäre nicht unmöglicher für sie, in ihre Heimat zurückzukehren, wäre sie im Exil und ihr Land im Bürgerkrieg.«

Erika runzelt die Stirn. Ist sie mit dem Vergleich unzufrieden? Sie sollte es sein – Judith ist eine von denen, über die Karo regelmäßig schimpft, denen das Studium gezahlt wird und die trotzdem nicht weiterkommen. Eine von denen, denen alle Startvorteile mitgegeben werden und die sich einfach nicht aufraffen können zu laufen, denn: Heute haben sie keine Lust. Sie ist eine von den Thailand-Touristinnen, die der Welle entgegen ins Meer gehen, um nach Muscheln zu suchen. Als wäre sie ganz aufgehoben in dieser Suche, als könnte sie einen Bannkreis um diese Suche ziehen. Bis hierhin und nicht weiter.

»Mit dem Bürgerkrieg hast du jetzt aber kräftig ins Klo gegriffen«, sagt Karo deshalb auch.

Keine Qualifikationen haben: Erste-Welt-Probleme. Zu reden, wenn man nichts zu sagen hat: dem Rest zur Last fallen. Wir leben nicht in einer Schneekugel.

»Judith ist EU-Bürgerin«, fügt Karo gleich hinzu, »wenn du glaubst, du kannst das mit den Flüchtlingen vergleichen, die täglich im Mittelmeer oder in der Sahara verrecken, dann hast du aber wohl einen Vogel. Und ein österreichischer Architekt ist eben kein polnischer Klempner, genau wie deine Eltern nicht gerade Hausmeister waren. Du bist immerhin ins Lycée français gegangen, Monsieur Fournet. Damit bist du ungefähr so weit an der harten Realität von Migrantinnen dran wie der Papst am Missbrauch von Ministranten in Provinzkirchen.«

Das war vorherzusehen. Karo sagt das, weil es stimmt. Karo ist manchmal hart, letzten Endes hat sie aber recht. Karo ist eine Lichtklinge, die durch Cécil und Judith und durch jedes andere trübe Glas schneidet: recht so. Bis zur Realität kann Judith in der von ihrem Vater bezahlten Wohnung nicht einmal durchblicken – sie sollte einmal die Scheiben putzen. Judith weiß das selbst, kommt über ihre Ersten-Welt-Probleme aber trotzdem nicht hinweg. Die Klinge zeigt immerzu auf sie: Ton auf Ton.

Zu viele Gegensätze, denkt sie. Sie sind deshalb nicht einfacher zu lösen.

Doch, Judith müsste nur einmal gewollt haben. Sie müsste nur einmal gewollt haben, zu irgendetwas nutze zu sein. Ist das zu viel verlangt? Was keine Funktion hat, ist Retroromantik. Was keine Funktion hat, füllt die Müllhalden. Kann man sich sparen.

»Sag ich ja«, meint Judith und denkt: Hab kein Selbstmitleid, reiß dich zusammen. Wie man sich bettet, so liegt man.

»In Ordnung«, meint Cécil und verbeugt sich vor Karo, so gut es im Sitzen eben geht. »Ich habe Kacke geredet, du hast unausweichlich die Kacke als solche identifiziert. Dann halt nur Migration im kulturellen Sinne, lassen wir den sozioökonomischen Kontext mal beiseite. Den Kulturkonflikt hat's bei Judith aber definitiv gegeben, den gibt's auch bei mir, ja sogar bei dir, meine Liebe, und da, Karo, kannst du auch nichts sagen.«

»Da sag ich auch nichts«, meint Karo, klopft auf den Tisch, aber sie ist jetzt vorgebeugt, blickt Cécil genau an, als könnte sie auch in seiner bunten Glaswand Risse entdecken, die es nicht geben darf, nicht bei Cécil, der so breit grinst, Cécil wendet sich an Erika.

»Judith hat am Grund eines Stausees gewohnt, Erika«, sagt er und lacht laut auf. »Ich bin erstaunt, dass sie dir das noch nicht erzählt hat. Ich meine, wenn schon Auswirkungen des Menschen auf die Geräuschkulisse, dann ist doch ein Staudamm echt das Paradeexemplar!«

Der Grund für deinen Forschungsschwerpunkt: persönliche Erfahrungen. Das ist kein Grund. Die Gischt wird dem Fluss abgedrückt, es wird stiller: natürliche Konsequenz. In wenigen Sätzen zu erklären.

Und dennoch hat auch Erika mit einer Schallplattenfolie begonnen, die sie ihrem Vater gegeben hat, trotz ihrer Angst, die Nadel könnte sie zerschneiden.

Judith kann doch jetzt nicht anfangen, sich mit Erika Wawracek zu vergleichen, wenn nicht einmal Cécil Fournet sich das traut.

»Also die gesamte Volksschulzeit warst du dort«, sagt Erika und wendet ihr weites Blätterhaupt zu Judith. »Das muss doch schwierig gewesen sein – allein wegen der Sprache?«

Worauf will sie hinaus? Nimmt sie an, dass Judith zweisprachig ist? Hättest du nicht aufgegeben, müsstest du nicht übersetzen. Hättest du nicht aufgegeben, würdest du nicht nur hinter die Worte blicken auf das, was wirklich ist, du würdest das Wirkliche auch verstehen. Hättest du nicht aufgegeben, hättest du jetzt einen Trumpf im Ärmel. Etwas, das du beim Bewerbungsgespräch überreichen kannst wie ein Geschenk. Hier bitte, es ist nicht viel, aber immerhin ist es meins.

Nicht wasserdicht, aber Muranoglas. Französisch mit einem seltenen lokalen Akzent – das bekommt man heutzutage gar nicht mehr.

»Sicher«, sagt Judith, wie soll sie hier noch entkommen? »Aber es waren doch nur ein paar Jahre. Ich kann nicht einmal mehr Französisch. Alles verlernt.«

»Na, so ist es doch nun auch wieder nicht«, wirft Cécil ein.

Chuchoter, flüstern – ja, sie lügt. Ein bisschen. Aber nicht einmal in der Schule hat sie in Französisch gute Noten bekommen.

Matthias ist immerhin dort auf die Welt gekommen.

»Würde ich heute eine Kurzbiografie schreiben, das Wort Frankreich tauchte da nicht einmal auf.«

Matthias könnte schreiben: Matthias Lackner, geboren in Toulouse, lebt und arbeitet wo auch immer.

»Und den Ort fände auch niemand mehr. Also, auf diesen Hintergrund braucht echt niemand mehr anzustoßen, der ist passé.«

Judith Lackner, geboren in Wien, Studium der Musikwissenschaft in Wien, hat nie hinter ihre Glaswände geschaut, die jetzt brechen. Hat nur die Luftblase beobachtet, die ihre Decke entlangrinnt.

»Gut, ich gebe auf. Dann halt nicht auf den Migrationshintergrund. Dann halt auf dessen glaubhafte Abstreitbarkeit«, lacht Cécil Fournet und hebt sein Glas noch höher.

Groß und leer der Saal, in dessen Mitte Judith und Erika, Karo und Cécil später sitzen, vor der Leinwand, die wegen der Leere noch weiter scheint. Die Metallhaken schlagen aneinander, gleich nach Beginn des Filmes, als die Netze eingezogen werden. Das laute, viel zu laute Klirren der Ketten, das Brummen des Motors. Wieder ein Meter mehr aus dem Meer, wieder ein Meter. Kettenglied für Kettenglied wird aufgerollt, so lange dauert es, dabei rollt es schnell, so viel Kette wird aufgewickelt, dass es nicht aufhören mag, weil das Meer tief ist.

Man kann es trotzdem auskratzen.

Am Eingang zum Saal haben sie eine Postkarte zum Film in die Hand gedrückt bekommen, eine Postkarte mit den

Bibelversen, die ihm den Namen gegeben haben: »Er macht die Tiefe brodeln wie einen Kessel, rührt das Meer wie einen Salbentopf.« Dass das Meer tief ist, weiß Judith auch so, so tief, dass man zerbrechen müsste, würde man bis zum Grund fallen, in tausend Stücke, Gott sei Dank kann man fliegen, weit oben, wie die Vögel, schwimmen.

Sie rückt hin und her in ihrem Sitz, Erika neben ihr blickt auf die Leinwand, die Stirn gerunzelt, so oft die Stirn gerunzelt, arbeitet sie hier? Wieviel Lautraum, denkt Erika vielleicht, ergreift dieses Fischerboot unter Wasser? Das Netz, wie es über den Meeresboden rattert, die Metallteile, die aneinanderschlagen, dumpf, träge, so tief unten. Ist der Meeresboden ein guter Resonanzkörper? Wie weit vibriert er mit, schüttelt Pflanzen durch, bricht ihre Haut auf, löst die Wurzeln vom staubigen Boden? Oder verursachen nur die Ölbohrungen ein derart starkes Zittern? Was hinterlassen die Netze? Furchen.

Klack und klack, die Glieder der Kette werden aufgerollt und können doch nicht zu einem Ende finden. Glied nach Glied. Viel zu lange dauert es, bis das Netz sich aus dem Wasser hebt.

Es ist so laut.

Dann erst erbrechen sich die Netze auf das Deck.

Die Möwe kommt nicht über den Kübelrand. Sie steht auf dem Deck neben einem Kübel mit Fleischresten, streckt ihre Füße, sie streckt ihre Flügel, sie springt, der Kübel ist gerade zu hoch, als dass sie ihn erklettern könnte. Wieso fliegt sie nicht?

Das Abwasser des Schiffes, gelb, orange, rot von den Fleischresten, fällt ins Meer und hört nicht auf, noch mehr zu fallen. Das Wasser über ihr, das Wasser unter ihr, der Wasserspiegel ist eine Linie in ihrer Welt, die mal nach unten, mal nach oben wandert.

Dann dreht es sich.

Die Quallen fliegen knapp an der Wasseroberfläche, dann

fällt sie hindurch, auf der anderen Seite schwimmen die Möwen, als gehörten sie gar nicht zu dieser Welt, als hätte man sie daraufkopiert. Dann aber taucht sie wieder auf, inmitten von Fischen, Quallen, zerteilten Fischen, Meeresinnereien, und fällt zurück ins Wasser zu den am Kopf fliegenden Möwen.

Immerzu umkreisen die Möwen das Schiff, die Fische, das Meeresgut. Die Vögel kreischen und wollen ran. Wenn erst einmal die Bäuche offen sind, kann jeder seinen Schnabel hineinstecken und sich nehmen, was drinnen ist. Fressen, fressen, bis nichts mehr da ist. Wieso aber fliegt die Möwe nicht, wenn sie doch an den Kübel will?

3.

Wenn Judith an ihr Zimmer denkt, das es nicht mehr gibt, denkt sie daran, wie sie in der Früh aufgewacht ist. Dann legte sie das Ohr an die Wand und spürte das Knacksen, das dort auf und ab lief, die kleinen Bewegungen des Hauses. Die *Vögel* vor dem Fenster, *noiseaux*, der ferne Fluss. Dann schon Mamas oder Papas Schritte vor ihrem Zimmer.

Sie erinnert sich an den *Fluss*, *fleuve*, der schnell war, fast nur aus Schaum schien er zu bestehen, immerzu drückte es sein Wasser hinunter, hinunter, an einen unbekannten Ort. Sie stand auf der Brücke, hinter ihr der *noyer*, schaute hinab, dachte: Wer schiebt hier so kräftig an? Und er rauschte nicht, dieser Fluss, er toste, das war das einzige Wort dafür, und sein Getöse hörte man im ganzen Ort, und in den Wäldern, die sich an die umgebenden Berge drängten, hörte man noch sein Echo. In den Wäldern, durch die die Bahn fuhr, über die Schienen rieb und heulte, als wäre sie nicht von hier. Geister, auch sie vom Tosen begleitet. Am Ufer des Flusses sprach man laut. Zittzittzezezezittzitt, der Vogel, der hier wohnte, rief, als wäre er aus Metall, und an der Kreuzung stand der

Nussbaum, *noyer*, dieses Wort lernte sie früh. *Noix* ist die *Nuss*, lernte sie, und »-er« macht daraus denjenigen, der etwas tut, den Nusser, den Nüssemacher, den Nussbaum, *Kern* ist *noyau*. *Oiseau* ist der *Vogel*, aber die Kinder sagten *noiseau*, und sie sagte *noiseau*, immer *noiseau*, und schrieb die Worte in ihr Übungsheft, immer und immer wieder. Die Buchstaben hintereinander, *noix* für Nuss, *noyer* für Nussbaum, *noyer* für ertrinken, *noyer* für überschwemmen, *eau* für Wasser, *eau* für ein Wort, das ganz anders klang als die einzelnen Buchstaben klingen sollten, nie direkt greifbar, sonst zu laut? Sie schrieb *noix*, *noix*, *noix*, *noyau*, *eau*, *eau*, *eau*, *noyer*, *noiseau*, untereinander, nebeneinander, bis die Worte sich glichen, bis die Schrift schön war, bis die Schrift flüssig war und man kaum mehr das Wahre dahinter erkannte, es einsperrte, das »n« von *noiseau* strich ihr die Lehrerin weg, trotzdem. Viele der anderen Wörter kann sie sich nicht mehr erinnern, gelernt zu haben, aber *eau* für *Wasser*, für *Nussbaum noyer*, *noiseau* für die *Vögel*, das *Zwitschern*, das selbst das Wasser übertönt, für *überschwemmen noyer*, für *ertränken noyer*, für *verwischen noyer*, für *ertrinken noyer*. Der *noyer*, *Nussbaum*, *überschwemmen*, *verwischen*, *ertrinken* bewegte sich anders im Wind als die anderen Bäume, das fiel ihr gleich auf, rauschte nicht so aufgeregt wie die Birke, die auch am Wegrand stand, und die sich schnell schüttelte, bog. Der *noyer*, *ertränken*, *verwischen*, *Nussbaum* rauschte nur in sich, in seiner Mitte. Der Fluss so nah bei ihm, sie konnte kaum mehr zwischen ihm und dem Tosen unterscheiden.

Sie erinnert sich an Bernadette mit den braunen *Locken*, *boucles*, und dem Huhn zu Hause auf dem Küchenkasten, das aufgeregt zwischen Kasten und Boden hin und her flatterte, Bernadettes Locken kastanienbraun. Und auch bei Bernadette konnte man zwischen den Flügelschlägen des *Huhns*, *poule*, den Fluss noch hören. Sie erinnert sich an Bernadettes Eltern, die sagten: »Wir sind sehr froh über das Hotel. Das wird Arbeit bringen.«

Judiths Papa baute das Hotel, deshalb war Judith die *Autrichienne*, die für ihre Aussprache gelobt wurde und willkommen war. Mama bemerkte Judiths gute Aussprache nicht, *eau, eau, noiseau*, sie wurde ärgerlich. »Ich verstehe meine eigene Tochter nicht mehr«, sagte sie zu Papa und dann: »Englisch und Spanisch, das sind meine Sprachen, du hast immer gewusst, dass ich Französisch nicht mag.« Papa nickte und kam erst abends von der Baustelle heim, über deren Betonfundamente Judith manchmal laufen durfte, später mit Matthias an der Hand.

Und das *Deutsche, allemand*, war die Sprache des Hauses, durch dessen Wände ein Knacksen auf und ab lief, nackt und fest und hart war Deutsch, und Französisch war die Schale, die sie über die Wörter legte, über die *noyaux*, in die gehüllt sie mit Bernadette am Rand des Flusses lachte, neben ihnen die Gischt und das ewige, sie überallhin begleitende Tosen, das schnitt und immer tiefer schnitt.

Als aber endlich das Hotel stand, das die Arbeit brachte, war es Zeit, zu gehen. Damals sah sie auch zum ersten Mal Onkel Richard, der kam und das Haus begutachtete, weil er überlegte, es zu übernehmen. So sah er sich um, im Garten, in der Küche, im Kinderzimmer. Matthias fiel die Stiegen hinunter und Mama war wütend, Judith hätte mehr achtgeben sollen, sie ist die Große, sie muss es können und für Matthias mitkönnen.

In Wien war die Donau eine breite, träge Grenze, riefen die Krähen das ganze Jahr. In der Schule der *Autrichiens* erkannte Judith, dass sie Deutsch nur sprechen, nie richtig schreiben gelernt hatte, und wunderte sich: So viele Wörter schreibt man hier groß! Es schien, als würde die Sprache nur aus Ausrufezeichen bestehen. Aus *eau* wurde *O*, ein rundes Loch, aus *noiseau* der *Vogel*, den man sich gegenseitig zeigte, und ein V nach dem anderen in der Zeichenmappe, über den Himmel verstreut.

Mehrmals pro Woche fuhr sie, den neuen Klarinettenkoffer im Arm, noch ohne jeden Kratzer, mit der U-Bahn über die träge Grenze der Donau in jenes andere Land, in dem es die Musikschule gab, ging jedes Mal dieselben Straßen entlang bis zur selben Tür, ging dieselben Gänge entlang bis zum richtigen Klassenraum, man hörte schon auf den Gängen die anderen üben.

Es war die Welt, in der Vorhänge über das Parkett geschoben wurden und Sessel, vor dem Konzert, warme Säle. Es war die Welt, in der sie das Rohrblatt nahm und darüberleckte, Judith, du weichst es noch ganz auf! Es war die Welt, in der das Rohrblatt für sie zitterte, sich öffnete und schloss, unzählige Male pro Sekunde, ihre Atemluft einließ oder nicht, und sie die Luft in der Röhre formte, stauchte und auszog, bis Töne und wieder Töne erklangen: *O*. Wie das *eau* das Becken im Schwimmbad ausfüllte, in das sie an den Wochenenden sprang, mit einem lauten Donnern, den Luftblasenwirbel um sie in die Tiefe drückte, so füllte sie jetzt den Raum, bis die Lehrerin ihr deutete, sie solle aufhören.

Sie habe den falschen Ton gespielt.

So lernte Judith falsche Töne kennen, lernte Melodien, wurde gelobt für ihr musikalisches Gedächtnis und getadelt für ihr mangelndes Rhythmusgefühl, nahm dann das Rohrblatt wieder aus dem Mundstück und steckte es zurück zu den anderen in die Rohrblattschachtel, bis alle Rohrblätter durch Gummizug gehalten sich an die Wand drängten. Sie nahm die Klarinette auseinander und presste die einzelnen Teile in die noch ganz unabgenutzten Hohlräume im Klarinettenkoffer. Zuerst wehrten sie sich, dann schnappten sie in die genau abgemessenen Hohlräume ein. Die Musik und das Vibrieren der Luft waren eine eigene Welt, und Judith fuhr zurück über die Donau, die eine Grenze war, wenn auch eine schweigende, zwischen dieser Welt und der anderen. Jener, in der sie sich beim Üben dämpfen musste. Nur in Zimmerlautstärke, sonst beschweren sich die Nachbarn.

Zwei Jahre nach ihrem Auszug sind sie den Onkel wieder besuchen gefahren, Judith ist Bernadette besuchen gefahren, Kastanien sammeln. Zwei Jahre hatten Judith und Bernadette einander *Briefe* geschrieben, *lettres, Mademoiselle Judith Lackner, Neulinggasse 10, 1030 Vienne, Autriche*, nur für Bernadette fand sie zu den Kleinbuchstaben zurück, nur bei Bernadette war das erwünscht. Und nun hatten sie das Flugzeug genommen und dann den Leihwagen und waren über Serpentinen und durch Tunnels wieder heim gefahren, das Dorf lag unten im Schoß des Tals, das Hotel drückte sich an den Hang, von so weit oben glänzte der Fluss wie eine scharfe Klinge. Die Skilifte transportierten auch im Sommer die Wanderer auf die Berge, der Sommer war trotzdem nicht Saison. Die Zimmerpreise im von Papa gebauten Hotel waren deshalb niedrig, Onkel Richard wollte davon nichts hören, es macht doch keine Umstände, ich habe genug Platz.

Im Wohnzimmer stand ein Ledersofa, wo früher ein Regal gewesen war, und wo die Stereoanlage gestanden hatte, war jetzt ein Keyboard.

Mama wollte wissen, ob Richard denn jetzt endlich jemanden gefunden hatte, Richard lachte bloß.

»Ist dir das Haus allein denn nicht zu groß?«

Richard meinte, er könne es schon ganz gut füllen.

»Klarinette spielt die Judith jetzt«, sagte Mama daraufhin, Klarinette war leider kein Brotberuf, Matthias spielte Lego. Matthias konnte sich kaum an das Haus erinnern, nur Judith konnte unter den Bildern Richards und hinter Kästen und Regalen und Sofas das erkennen, was sie zurückgelassen hatten.

»Kann ich zu Bernadette?«

»Nimm aber Matthias mit!«

Bernadette war größer geworden, ihre T-Shirts lagen enger an und sie band ihre *kastanienbraunen* Haare, *marrons*, mit großen, weichen Gummis zusammen. Sie fand, dass Judith andere Hosen tragen sollte, die ihr besser stünden, Judith aber verstand sie zuerst nicht. Sie sprach nicht so oft Französisch, entschuldigte sie sich, eigentlich sprach sie gar nicht, sagte sie nicht, ich spreche die Worte schalenlos aus überall, ich will nach der Volksschule in das *Lycée français*, sagte sie stattdessen, und sie gingen gemeinsam zum *Fluss*, *fleuve*, wie immer, Bernadette erzählte von diesem Jungen in der Schule, *avec des yeux verts*, *grüne Augen*, wusste Judith und nickte, wollte Bernadette die Locken flechten. Und wie geht es dir? Sie reden jetzt schon wieder von dem *barrage*, sagte Bernadette. Aber niemand will das, niemand.

Sie hatte die Stimme erhoben, ganz ohne nachzudenken, zittzittzezezezittzitt, noch immer war so viel Wasser übrig, dass es einfach tiefer schnitt, immer tiefer, Judith sah kurz hin.

»*Barrage*, was ist das überhaupt?«, fragte Judith, weil sie dieses Wort nie gelernt hatte, in den Jahren, in denen sie im Dorf gelebt hatte, war das Wort nie gefallen, nie in ihr Übungsheft geschrieben worden, zwischen die anderen.

»Na, du weißt schon«, sagte Bernadette. »Der *barrage* eben. Hast du alles vergessen?«

Sie sagte es, als hätte Judith ihr das zu Fleiß getan.

»Matthias, bleib beim Ufer!«

Le fleuve war doch wild, so viel Kraft, mit der er in die Erde schnitt, immer weiter, weiter wollte er, wohin? Und Matthias so leicht, er würde weggetragen werden, so schnell. Judith lief zu Matthias und nahm ihn an der Hand. An der Kreuzung stand noch immer der *Wächter*, lass uns *Nüsse* pflücken. Sie sind aber noch nicht reif. Stell dir vor, sagte Bernadette, Mama hat gesagt, es wird dann alles unter Wasser stehen, die Ufer, der *noyer*, alles.

»Sogar die Brücke«, sagte Bernadette. »Kannst du dir das vorstellen?«

»Diese Brücke«, sagte Judith.

»Was sagst du?«, fragte Matthias, weil er Judith nicht verstand: »Wessen Po?«

»*Pont*, nicht Po«, sagte Judith, »*pont* heißt *Brücke*. Und dieses Wort, *barrage*, habe ich noch nie gehört. Hast du das nicht erfunden?«

Bernadette hatte es nicht erfunden. Richard nickte, als Judith erzählte. »Ja, der *Staudamm*, darüber diskutieren sie jetzt schon seit Jahrzehnten, sie haben ein Budget, dann doch nicht, sie fangen an zu bauen, es gibt Demonstrationen, sie brechen wieder ab. Es wird ohnehin nicht dazu kommen. Sie müssten das Dorf umsiedeln und das traut sich keiner.«

»Sei dir da nicht so sicher«, sagte Papa. »Du weißt genau, er ist fast fertig, und die Leute denken inzwischen ganz anders darüber.«

»Wie denken sie denn?«

»Sie denken an den Sommertourismus«, sagte Papa. »Da geht es nicht nur um die Flutgefahr oder um Elektrizität. Die Hotelanlage steht im Sommer fast leer. Was denkst du, wieviel Geld die machen könnten, wenn sie sowohl einen See als auch die Berge hätten?«

»Dann haben wir diese Scherereien also dir zu verdanken?«, fragte Richard. »Auch gut zu wissen.«

Papa hob die Schultern.

Sie saßen auf der Terrasse und das Tosen war fern, aber es war noch da. Judith konnte sich in diesem Moment erinnern, dass sie früher damit gespielt hatte. Sie hatte im Garten oder auf der Terrasse immer wieder die Hände an die Ohren gelegt, sie dann wieder geöffnet, sie an die Ohren gelegt, um es anders zu hören. Die Hände verstärkten das Tosen durch ein Echo, machten es fremd. Bernadettes Locken, das Flattern des Huhns.

»Ach, komm schon«, sagte Papa dann. »Verkauf lieber das Haus, solange du noch kannst. Noch ist der Grund was wert.«

»Wieso sollte ich woandershin, wenn ich hier glücklich bin?«, fragte der Onkel.

»Weil es nicht halten wird, dein Glück«, sagte Papa. »Trag es woandershin, fünf Kilometer in den Norden, drei Kilometer in den Süden, das ist ganz gleich. Es bringt dir nichts, es ausgerechnet hier einzupflanzen.«

Einmal sind sie dann noch hingefahren, als es den Stausee schon gegeben hat. Es war ein trockener Sommer, Papa hatte den Auftrag in Dänemark schon zugesagt, Mama hatte nicht mehr versucht, ihn zum Bleiben zu überreden. Sie saßen vorne im Auto, eine Leichtigkeit war in ihrem Umgang miteinander.

Judith lugte während der Fahrt zu Matthias neben ihr. Ob er auch wusste, dass ihre Eltern gerade dabei waren, sich zu trennen? Aber Matthias hörte Musik, bemerkte wohl gar nichts.

Schon als Papa nach Norddeutschland sollte, hatte Mama sich geweigert mitzugehen, dabei hätte sie nicht einmal eine neue Sprache lernen müssen. Den Auftrag in Dänemark hatte Papa dann nicht mehr zurückgewiesen.

»Man muss nehmen, was man kriegt«, hatte er gesagt. »So viele Chancen gibt dir die Wirtschaft nicht.«

Der Himmel war nun fast weiß von der Sonne, die die blanken Berge von überallher zurückwarfen. Die Berge waren nichts als Steine. Über Kurven und Serpentinen ging es zu dem, was der *Lac Serpençon* geworden war, und Judith lehnte sich an das Fenster, sah hinaus, als Papa sagte: »Schau, man sieht jetzt schon den *See*!«

»Wo?«, fragte nun auch Matthias. »Wo siehst du ihn?«

»Warte doch mal«, sagte Judith.

Zuerst war sie erstaunt, weil sie dachte, er wäre klein, ein Daumennagel Blau. Aber das war nur ein Stück, durch eine Bergfalte abgeschnitten, dann fuhren sie um die nächste Kurve, und sie sah mehr.

Er bedeckte das Tal, das nicht mehr da war, wie Glas, spiegelte den bleichen Himmel. Er warf das Licht zurück wie die

Berge. Judith konnte sein Ende nicht sehen. Unbewegt. Um ihn herum saßen an den Berghang gedrückte Häuser, ein schmaler Streifen Braun zwischen Berg und Wasser. Konnte man in diese Fläche eindringen? Sie konnte es sich nicht vorstellen.

»Ist er nicht schön? In sich ruhend, finde ich.«

Ist es hier gewesen?

»Ist das schon der Ort?«, fragte sie.

»Nein«, sagte Papa, »es ist noch eine halbe Stunde bis dorthin.«

Sie kamen dann an, aber es machte kaum einen Unterschied, und es war in jedem Fall zu still.

4.

Hier steht Erika nicht auf sicheren Füßen. Das Boot schwankt unter ihr, dabei ist der Wellengang heute nicht einmal stark. Sie kennt das, sie wird sich nie daran gewöhnen: Wieso kippt das Boot nicht? Die Pressluftflasche hat sie zwischen die Knie geklemmt, sie nimmt die Tarierjacke und streift sie über die Flasche. Alles hat seine Reihenfolge und Ordnung, die Regeln, die sie gelernt hat, gilt es genau einzuhalten. Ihre Ausrüstung, diese Sackpfeife, muss zusammengebaut, geprüft und gestimmt werden. Den O-Ring mit Speichel putzen. Den O-Ring, der an jener Stelle sitzt, an der die Luft von der Flasche in die Schläuche strömt, und dieser Mund muss nach außen abgedichtet sein, kein Wasser ein- und keine Luft auslassen. Den Regulator an der Flasche festschrauben, die Schläuche mit den Mundstücken müssen rechts hängen, den Inflatorschlauch an der Tarierjacke festmachen, die Jacke vollständig mit Luft füllen, bis sie dick wie eine Schwimmweste ist und die Luft von selbst ausstößt. Wenn du hinuntergehst, ist so viel eine Frage der Luft, der Luft, die du einsaugst, der Luft, die du ausbläst. Du atmest die Pressluft schon vor dem Tauchgang zur Probe, schmeckt sie schlecht? Und dann dich mit Blei beschweren, denn sonst hast du für dieses Vorhaben nicht genug Gewicht.

Der Aikido-Lehrgang ist zu Ende gegangen, Ivan und Juri, Maria und Christian, alle sind sie vor Tagen schon in ihre Flugzeuge gestiegen. Erika und Cécil sind geblieben und haben statt des Hauses ein Hotelzimmer im Ort genommen. Und Erika hat aufgeatmet, fast ohne es zu wollen, denn es sollte so nicht sein, weil Maria und Christian, Juri und Ivan ohnehin alle so freundlich sind, aber allein mit Cécil wird es trotzdem mit einem Mal so viel leichter. Erika erkennt, wenn sie aufwacht, schon am Geräusch seiner Schritte in der Küchenecke, ob er heute ohne Pause reden wird, von My Little Pony oder einem Aikido-Seminar, ob er sie stattdessen leicht an den Haaren ziehen wird, sie fragen, wo sie gerade in Gedanken sei, oder ob sie mit ihm schweigen wird beim Frühstück, das sie gemeinsam auf dem Balkon essen, Gurken, Joghurt, Weißbrot, Olivenöl mit Salz und Pfeffer. Sie weiß, wann sie selbst fragen sollte, wie es mit dem Stipendiumsantrag laufe, wie mit der Trennung, auf die letzte Frage zuckt er dann mit den Schultern, zwei bis drei Jahre höchstens hatten alle seine bisherigen Beziehungen gehalten, er wisse inzwischen schon ganz gut, an wem es wohl liegen müsse. Ich kann da nicht groß reden, sagt Erika, weil das stimmt, und Cécil meint, Karo, du und ich, wir sind wohl das Triumvirat der Beziehungskatastrophen. Erika lächelt, meint dann, du und Karo vielleicht, aber mich halte da raus, denn was nicht ist, kann auch nicht scheitern, und sind wir nicht inzwischen ein Quartett? Oder willst gerade du Judith ausschließen? Cécil verschränkt die Arme vor der Brust, was wisse er schon von Judiths Beziehungskisten, alles weißt du, denkt Erika, du Aushorcher, aber Cécil ist ihr auch nicht böse, schließlich hat sie gesagt, Quartett, schließlich hat sie Judith endlich einmal miteingeschlossen.

Du baust Mauern um dich, Erika. Lass zumindest hin und wieder jemanden hinein.

In Ordnung, Cécil, und wenn es schon nicht der gesamte Aikido-Verein schafft, dann zumindest eine Musikwissenschaftlerin, die kaum auf sich hinweist, dann aber richtig. Von mir aus also, ich gebe zu, sie ist interessant.

Cécil schließt die Augen Richtung Sonne, zeigt ihr seine Zähne, selbstzufrieden, wie er es schon bei Karo gewesen ist. Siehst du, hat er schon damals gesagt, ich hab dir nicht zu viel versprochen, ich habe recht gehabt.

Dann räumen sie den Tisch ab, packen ein, fahren zum Tauchcenter an dem weiten Landstück vorbei, das das Feuer schwarz gefärbt hat. Was stehen geblieben ist, ist dünner geworden, weil sich das Holz vor dem Feuer zurückzieht, lieber macht es sich kleiner, als dass es sich versengen lässt. Noch drei Tage lang sind dort die Feuerwehrautos gestanden, weil die Brandherde unter der Erde weiterglühen können in diesem trockenen Land.

Du gehst dorthin niemals alleine. Dort hinunter gehst du niemals alleine, niemals nur du mit deiner Sackpfeife, und sei sie noch so gut gestimmt. Du hast immer einen Zweiten, Erika hat wie so oft Cécil, und sie prüfen noch auf dem Boot, ob auch alles sitzt, ob die Luft auch schmeckt und nichts Laute macht, das schweigen muss. Und wenn etwas leise zischt, dann muss es gleich weggelegt, muss es ausgetauscht werden, weil alles an uns wissen muss, wann es zu tönen und wann es den Mund zu halten hat. Erst ganz am Ende und schon am Rand des Bootes hilft ihr der Bootsführer, die Flossen anzulegen. Selbst ist sie schon zu ungelenk dafür, kann sich nicht mehr bücken, gehört schon fast dem Wasser. Den Blick in den Himmel heben, obwohl sie doch hinunter muss, die Brille festhalten, damit dieser Blick nicht abrutscht und verlorengeht in den Wellen, und dann mit einem Schritt nur, einem großen Schritt, steigt sie hinab.

Das Wasser umhüllt sie kurz und gibt sie schnell wieder frei. Das Meer, in das Erika eindringt, verdrängt sie. Damit die Wellen sie hinunterlassen, muss sie sich schon etwas kleiner machen.

Cécil steigt ebenfalls ins Wasser und sie schwimmen etwas weiter weg vom Boot.

Hier an der Oberfläche heben die Wellen Erika hoch und lassen sie wieder sinken, hoch und nieder, sie hat schon den Schnorchel im Mund, um nicht allzu viel Wasser schlucken zu müssen. Das Wasser nimmt ihr etwas von ihrer Last ab, aber die Sackpfeife drückt immer noch auf Erika. Das Meer ist dunkel unter ihr, und sie wird ruhiger, als sie das Gesicht hineindrückt und dort hinunterblickt, wohin sie gleich fallen will. Nur hinuntersehen, wenn auch der Boden fern ist, aber es ist besser, als allein zu sein mit dem Wellengang und dem dunklen Wasser und dem Wissen, dass es so tief hinabgeht unter dir.

»Es geht los, wir steigen hier ab.«

Noch einmal sehen sie auf die Uhr, wechseln dann vom Schnorchel auf den Lungenautomaten und lassen etwas Luft aus der Tarierjacke entweichen. Das Wasser umhüllt sie, tief einatmen, die Sackpfeife setzt Erika Widerstand entgegen, und als sie ausatmet, kommen endlich die ersten Töne, die Blasen, die dem Mundstück entweichen, blubbern. Kurz denkt sie an Judiths Klarinette, an das Mundstück, von dem Judith gesprochen hat: Es öffnet und verschließt sich so viele tausend Mal. Und dann forme ich die Luft in Röhren. Erika atmet aus, formt ihre eigene Luft, und es wird ihr wohl, sobald sie die Oberfläche über sich lässt, als könnte ihr ab nun nichts mehr geschehen.

So geht es ihr, seit sie das erste Mal hinunterstieg, dabei sollten Erika all diese Vorbereitungsschritte, die genau eingehalten werden müssen, doch sagen, dass das immer noch kein sicherer Ort ist, dass trotz aller Vorsicht hier sehr viel sehr schiefgehen kann. Sie atmet langsam ein und atmet langsam aus, singt langsam immerzu. Sie weiß nur zu genau, dass ihr Gesang niemals aufhören darf, dass sie niemals die Luft anhalten darf, solange sie hier unten ist, und was sie am Anfang daran erstaunt hat, kann sie unten nur zu gut verstehen. Das Meer ist ein ungeduldiges Publikum, versteht sie. Es verlangt ein Varieté, Erika muss, während es noch klatscht, schon mit der nächsten Nummer beginnen. Unaufhörlich muss ich euch überreden, mich hier zu dulden, unaufhörlich mit kleinen Blasen euch zum Lachen bringen und amüsieren.

Erika singt, singt gerne für das Meer.

Das hätte sie so nicht erwartet.

Und alles ist hier eine Frage der Luft, die mit jedem Meter mehr zusammengedrückt wird, weil alles um Erika immer dichter wird. Es drückt ihr die Luft in der Lunge zusammen, und es drückt ihr die Luft in der Jacke zusammen, Meter für Meter nimmt Erika schon weniger Raum ein, verdrängt stetig weniger von dieser Welt, die jetzt auf sie eindrängt. Und deshalb muss sie während des Absinkens immer und immer wieder Luft in ihre Jacke blasen, um nicht anzufangen zu fallen. Deshalb muss auch die Flasche mit jedem Meter mehr Luft in ihre Lungen füllen, über das O des Dichtungsringes strömt es in ihren Mund, mit jedem Meter mehr und mehr, damit sie immer noch weitersingen und euch weiterschmeicheln kann.

Gefällt euch das?

Es braucht lange, bis sie den Boden erreichen, weil sie sich Zeit nehmen, weil hier besser nichts ganz schnell gehen soll. Nichts an Erika ist außerdem mehr schwer. Die Wasseroberfläche ist weit über ihnen eine bewegte Decke, zu der hinauf sie ihre Bläschen senden. Gegen den Widerstand atmet sie tief, tief sollst du atmen, und langsam. Sie nimmt den Lungenautomaten aus dem Mund, öffnet den Mund rund wie einen O-Ring und spuckt ein O hinauf, das schnell aufwärtsflieht, zur Luft, sich dabei stetig ausdehnt.

Cécil lächelt um den Lungenautomaten, das mit dem O hat vor langer Zeit ihr Tauchlehrer ihr gezeigt, wie er es allen seinen Schülern zeigt und wie es vermutlich alle Tauchlehrer dieser Welt allen Tauchschülern dieser Welt vormachen. Cécil weiß das und es macht ihn lachen. Aber es bleibt ein O, und als O bleibt es wohl berechtigt.

Sie schwimmen knapp über dem Boden, tauchen höher, wenn Felsen auf dem Grund liegen. Wenn Erika die Luft tief einatmet, so steigt sie ein wenig auf, und wenn sie kräftig ausatmet, so sinkt sie ein wenig ab, und um sie schwimmen die Fische, die im Gegensatz zu ihnen und vielleicht sogar im Gegensatz zu den Walen und Delfinen tatsächlich dem Wasser gehören, vielleicht nicht einmal von diesem ausgeschlossen werden, und trotzdem singen sie, trotzdem müssen sie die Welt um sich beständig aufs Neue becircen. Du nimmst die Luft mit oder du holst sie dir aus dem Wasser.

Sie tauchen unter zwei Felsen durch, wie für sie, aber in Wahrheit ganz zufällig, zu einem Tor zusammengefallen. Ihre Luftblasen kriechen an der Decke entlang, fließen ineinander wie Wassertropfen, rinnen zwischen den gelben Schwämmen.

Und wenn schon von so vielen Tauchern besucht. Es ändert doch nichts.

Und sie schweben hier gemeinsam, Cécil und sie, dicht aneinander, dann entfernen sie sich wieder ein bisschen voneinander, sie folgt ihm wie so oft, hält sich an seiner Erfahrenheit an wie so oft, ich hänge am Rockzipfel all deiner Tauchgänge.

Sie tauchen näher zur Küste, die Felsen entlang, auf der Suche nach Langusten oder Muränen. Aber sie finden bloß Schwämme, das ausgefischte Mittelmeer, und Erika blickt aufwärts zur Wasserdecke, wie sie an die Felsen schlägt, an ihnen zerbricht, schäumt, wieder gegen sie anrennt, immer wieder, mit Wut. Selbst hier unten spürt sie den Wellengang, der sie ein wenig hebt, dann wieder sinken lässt.

Erika zieht Cécil an der Flosse, gibt ihm das Zeichen, das sie sich ausgemacht haben. Hier ist eine gute Stelle, hat sie entschieden. Die Wellen über ihnen rennen gegen die Felsen an. Die Schwämme drängen sich an den Stein.

Cécil nickt.

Sie lässt noch mehr Luft aus ihrer Jacke, kniet sich auf den Boden. Der Wellengang hebt sie immer noch ein bisschen, lässt sie unsicher auf ihren Knien sein.

Cécil hat ihr in den letzten Tagen dabei mehrmals gesagt, dass sie endlich diese Idee aufgeben sollte, hier unten den Boden zu besitzen, wie sie es auf dem Land tut. Auf dem Land ist der Boden dein größter Verbündeter, hat er gesagt, und damit Juris Worte wiederholt, unten hingegen ist er nicht so wichtig. Besser, du berührst ihn nicht.

Sie weiß.

Sie könnte sich selbst oder andere Lebewesen verletzen. Sie muss lernen zu schweben. Sie sollte es schon können, sie ist noch nicht so weit: Sie kniet noch auf dem Boden und hält das noch, wider besseres Wissen, für Sicherheit.

Sie öffnet eine Schnalle nach der anderen, den äußeren Bauchgurt, den inneren Bauchgurt, den Brustgurt. Sie lockert die Schultergurte, die Sackpfeife löst sich aus der festen Umarmung mit ihr. Sie schlägt nun leicht gegen Erikas Rücken, weil sie jetzt ihrem eigenen Wellengang gehorcht. Erika greift mit der rechten Hand fest den Gurt, schlüpft aus dem linken Gurt bereits heraus und schwingt die Flasche samt Jacke nach vorne auf ihr aufgestelltes Knie. Aber schon kippt die Pressluftflasche auf den Boden, Erika kippt gemeinsam mit der Pressluftflasche ebenfalls nach vorne, es zieht ihre Beine sofort nach oben. Sie hält sich nur noch mit den Händen an ihrer Sackpfeife und damit am Boden fest. Cécil will sie bereits am Arm greifen, sie hinunterziehen, aber Erika schüttelt den Kopf. Denn sie merkt, als sie so treibt, sich an ihrer Sackpfeife festhaltend und durch den Lungenautomaten weiter tief ein- und ausatmend, weiter Blasen singend, dass sie noch immer keine Angst hat, weil ihre Hände ja fest den Schultergurt greifen, und es gar keinen Grund gibt loszulassen. Hier kann ihr nichts geschehen.

Sie lässt mit einer ihrer Hände den Schultergurt aus, schlüpft durch den Gurt zuerst mit dem einen, dann mit dem anderen Arm, dreht sich dabei auf den Rücken. Während sie einen Gurt nach dem anderen wieder schließt und sichert, blickt sie nach oben, zur Wasseroberfläche, wild sieht sie aus, von unten. Das Wasser schließt die Welt aus, trennt sich von ihr. Cécil hilft ihr, sich wieder auf den Bauch zu drehen.

Wie sie es vorher ausgemacht haben, gibt Erika Cécil ein Zeichen, als sie nur noch siebzig Bar Luft hat. Sie weiß, dass die Zeit hier begrenzt ist, und nicht nur durch die Luft. Die Tiefe begrenzt sie, über den Stickstoff, der sich in Erikas Körper anreichert, sie vergiftet, als würde Erika nach innen ebenso viele kleine Bläschen wie nach außen singen. Du bist hier gar so fremd, du bist hier immer Unheil, berühr hier möglichst nichts, bleib nicht zu lang und nimm nichts mit.

Und es ist bloß der Meeresgrund, denkt sie, als sie sich noch einmal umsieht, bevor sie aufwärtsschwimmen, den Inflatorschlauch in der Hand. Mit jedem Meter, den sie aufsteigen, dehnt sich die Luft in den Jacken und Lungen aus, beginnt der Stickstoff in ihrem Körper zu wandern. Sie bremsen, indem sie die Luft entweichen lassen, so viel ist eine Frage der Luft, und die Bläschen der Tarierjacke fliehen neben den Luftbläschen, die sie ins Wasser singen, nach oben, und die Bläschen in ihr müssen auch hinaus. Alles muss dabei langsam gehen, alles muss vorbereitet sein. Die Zeit, die sie unten verbringen kann, ist eingepackt in notwendige und mit Achtsamkeit auszuführende Schritte. Und irgendwo in der Mitte ein kleines bisschen Raum, in dem sie singt und betört, in dem sie geduldet wird, und sich wider besseres Wissen sicher ist: Es kann ihr nichts geschehen.

Sie halten etwa fünf Meter unter der Wasserdecke an und warten. Auch das ein notwendiger Schritt, der Sicherheitsstopp. Erika blickt nach unten, weil sie es darf, weil sie nichts mitgenommen hat aus dieser Welt und nichts in den Händen hält als Wasser, und fragt sich, was sie dort unten zu suchen hatte. Ob es die Muränen und Langusten waren oder nur das tiefe Atmen gegen einen kleinen Widerstand. Es sind doch bloß ein wenig Sand und Steine.

Und deshalb ist sie froh über diese drei Minuten, die sie warten müssen, weil sie sie auf das vorbereiten, was jetzt kommt: das Auftauchen, sich plötzlich schwer fühlen, weil zu wenig Luft in der Jacke ist und es sie nach unten zieht, strampeln und die Jacke schnell aufblasen, bis sie mühelos an der Oberfläche treibt. Die Wellen heben sie hoch und lassen sie sinken, hoch und nieder, sie spuckt den Lungenautomaten aus und schluckt gleich Wasser, sie nimmt den Schnorchel in den Mund.

»Ein schöner Tauchgang, oder?«, fragt Cécil, und Erika nickt, das Wasser ist dunkel unter ihr. »Das mit dem Abnehmen der Ausrüstung geht noch nicht gut, das hast du auch gemerkt, oder?« Wieder nickt Erika. »Vielleicht hätten wir das doch noch nicht im Tiefen machen sollen.« Sie sagt nichts. Sie weiß, Cécil ist einer, der wird immer solche Sachen mit ihr machen, immer etwas zu früh und immer etwas zu tief.

Sie findet es schon gut so, wie es gekommen ist.

»Ich lerne langsam«, sagt sie dann.

»Das ist in Ordnung so«, sagt Cécil und Erika stimmt ihm zu.

Dann müssen sie zum Boot schwimmen, über die Leiter hinaufsteigen, mit jedem Schritt, den sie aus dem Wasser steigt, wird sie schwerer, die Flossen werden zu nutzlosen

Fußverlängerungen, die einen leicht zum Stürzen bringen können, die sie abstreifen muss, noch bevor sie das Wasser verlässt. Ihre Sackpfeife drückt schwer auf die Schultern, ihre Knie zittern, ihr ist eiskalt. Dann das Ablegen der Flasche und der Tarierjacke, die Luft abdrehen, die Luft aus den Schläuchen und der Jacke lassen, die Flasche in die Halterung klemmen, den Anzug vom Körper schälen – sie braucht Hilfe dazu, weil er so fest sitzt, es ist, als reiße man ihr eine zweite Haut vom Rücken. Sie zittert am ganzen Körper. Eben noch war es still, eben noch war sie leicht. Eben noch hat sie etwas da unten gesucht, eben noch hat sie um etwas gebeten. So klein nimmt sie sich selbst dort unten wahr, dabei tönt der Mensch durch alle Weltenmeere. Er drückt auf das Meer, nicht umgekehrt. Aber so auf dem Boot ist das Wasser fern, nur noch ein wilder Spiegel. Sie denkt an die Tauchgänge vom Strand aus und dass sie einmal im flachen Wasser – sie wollten ja schon wieder an Land – zu spät ihre Füße in den Kies gestemmt hat und zu wenig fest gestanden ist. Die Wellen haben sie umgeworfen. Das Meer hat sich zurückgezogen, sie ist mitsamt der schweren Sackpfeife auf der Seite im Kies gelegen. Cécil hat ihr aufgeholfen und gesagt: »Pass auf dich auf, du bist noch ein Meerestier, lass dich nicht an Land spülen.«

5.

»Feiern, feiern«, sagt Karo wieder, bloß weil Judith nun auch die Diplomprüfung hinter sich gebracht hat. Lernen, lernen, weil sie natürlich nicht früh genug angefangen hat, weil sie alles immer hinausschiebt. Dann muss eben die Nacht durchgemacht werden, da Judith schwer von Begriff ist, muss eben auf sie eingeschrien werden, bis sie ihren Hintern hochkriegt und mal etwas tut. Was man im Hirn nicht hat, muss man durch Fleiß ausgleichen, wenn beides fehlt, hilft nur noch eine harte Hand, den Marker oder den Kuli in der Umklammerung, es zumindest zu bemerken, wenn die Fs bei den Exzerpten wieder zu geschwungen werden, die Os zu groß, wenn sie in der Zeile abrutscht, na dann muss eben das gesamte Exzerpt noch einmal abgeschrieben werden, und auch das hilft dem Gedächtnis.

Statt aber auch nur einen Schritt weiter über das, was sie liest, hinaus zu denken, überlegt sie lieber, was sie eigentlich bei der Diplomprüfung tragen soll, greift dann zu der Anzughose und dem alten Jackett, dem der Faden ausgeht, trotzdem ein unpassendes rotes T-Shirt, noch dazu Baumwolle, was hat sie sich dabei gedacht? Gar nichts, auf nichts ist sie vorbereitet, sie reicht dem Professor die Hand, ihrer Diplomarbeitsbetreuerin, dem Vorsitzenden der Prüfung, die sie ohnehin anlachen, freundlich in das Büro bitten, in dem man das Ganze schnell und nebenbei erledigen möchte, leichter könnte man es ihr nicht machen. Trotzdem ist ihr Lächeln nicht natürlich, sondern gezwungen, und mehr verlangt man von ihr nicht, als natürlich zu sein. Und zu sagen, was sie denkt.

Sich zeigen: Hier darf man nicht eindringen.

Sie hat es im Aufzug gesehen, an ihren Fingerspitzen, dass sie ausrinnen, und die Stimme hat daraufhin noch lauter geschrien: So zeigst du dich also her? Aber dann, dann hat sie sich doch zusammengerissen. In die Fingerspitzen gezwickt, bis sie sich geschlossen haben. Sie hätte heute nicht duschen sollen, oder aber länger, sich ausspülen, bis sie nichts mehr in sich findet. Leere Zimmer.

Man stellt ihr Fragen, sie rezitiert das Skriptum der Diplomarbeitsbetreuerin, die muss doch merken, dass Judith hektisch gelernt hat: keine echte Beschäftigung mit dem Thema. Andererseits ist sie das von Judith wohl schon gewohnt.

Drei Nachfragen, dann unterbricht man sie, um zum nächsten Thema überzugehen, die Prüfer lachen sich zwischendurch gegenseitig an, um sich ihre Kollegialität zu beweisen. Hinterhältigkeit, weiß Judith, ist hier Teil des Geschäfts, auf das sie nicht vorbereitet ist. Ein kleines Fenster geht hinaus auf den Hinterhof und auf Wiens braune Dächer. Ob Erika und Cécil ihre Studierenden auch so abfertigen, sich dazwischen Geschichten über Tauchen oder Kampfsport erzählen? Karo kann sie sich hier jedenfalls nicht vorstellen, die würde schreien: Jetzt ratsch mir doch nicht das Scheißskriptum runter, ich weiß, was drinsteht, ich habs geschrieben.

Sie würde sich weit über ihre Notizen beugen, dann noch weiter nach vorn, um nach Judiths Diplomarbeit zu langen, die in jedem Fall außerhalb ihrer Reichweite liegen würde, würde dicht über dem Papier Judiths Zeilen absuchen, dann sagen, Bernie Krause, das ist doch konservativer Scheiß. Und siehst du nicht die Risse zwischen deinen Sätzen? Siehst du, genau hier fehlt:

»Möchten Sie uns nun noch kurz Ihr Diplomarbeitsthema umreißen und dessen Verbindung zu Ihren gewählten Prüfungsschwerpunkten?«

Die letzten fünf Minuten sind für die hundertzwanzig Seiten vorgesehen, die Judith in den letzten zwei Jahren beschrieben hat.

Es reicht bei Weitem.

Und dann ist es vorbei, und die Prüferin reicht ihr die Hand, und der Prüfer reicht ihr die Hand, und beide nennen sie Magistra.

»Herzlichen Glückwunsch, Frau Magistra Lackner«, sagt die Diplomarbeitsbetreuerin. »Feiern Sie schön, Sie haben es sich verdient!«

»Feiern, feiern«, sagt auch Karo, ist mit Sekt und Plastikbechern zum Institut gekommen, steht zu nahe an Judith, gießt Judith ein, die dort weg will, in diesem Gebäude sollte sie sich am besten gar nicht mehr blicken lassen. Das haben Sie sich verdient? Eine peinliche Vorstellung, die sie da geliefert hat, schon wieder muss sie auf eine Leistung trinken, die sie nicht erbracht hat, später noch ihre Mutter anrufen, ihren Vater. Magistra Lackner. Das hier ist vorbei. Die Tischreihen sind vorbei, der Pressspan der Tischplatten, das Mitschreiben, die Referate. Ihre Hände schwitzen, oder aber es hat andere Gründe.

»Feiern muss man, Judith, was hat man sonst vom Abschluss«, sagt Karo, gießt sich jetzt selbst ein, sie nimmt die Sektflasche zu nah am Hals und hebt den Ellbogen gemeinsam mit der Flasche, ist ganz auf das Eingießen konzentriert, »sie vermiesen dir den Abschluss sowieso, sie zeigen dir früh genug, dass du dir damit den Arsch abwischen kannst. Akademische Arbeitslosigkeit – echt, ich kann dir nicht sagen, bis wohin ich die habe, all diese prekären Scheißdienstverhältnisse, neue Selbstständige, diesen verkackten neoliberalen Dreck!«

Judith schaut, ob sich jemand nach ihnen umsieht, was sollen die Leute von ihr denken. »Auf uns – sonst ist ohnehin auf keinen Verlass!«

So stößt Karo mit ihr an, sagt dann: »Ich muss das gleich Erika schreiben«, und zieht ihr Handy heraus, beugt sich weg von ihrem Becher hin zu ihrem Handy.

»Wieso denn Dr. Wawracek, wieso denn ihr? Sie kennt mich doch kaum!«

Auch Judith hätte Erika sagen sollen, sie ist mit Erika Wawracek per Du, sie muss sich das merken. Magistra Lackner – sind sie jetzt gleichwertig? Noch lange nicht, nicht mal nach den Titeln. Jeder kann sich heutzutage ein kleines Diplom verdienen. Ihre Hände sind feucht, aber wenn sie sie abwischt, wird man die Flecken sehen.

»Unsinn«, meint Karo, »die freut sich einen Haxen ab, Cécil auch!«

Wieso sollten sie? Dass Karo immer alles mit den beiden teilen muss – ist Karo denn jeden Tag mit ihnen unterwegs? Muss sie Judith nun auch ständig mitschleppen, auch aufteilen, soll aus dem Dreiergespann ein Vierergespann werden? Aber Cécil hat sein Lächeln und seine Arme hinter dem Sessel, Erika ist der Nussbaum, die Wächterin am

Rand. Karo, die Lichtklinge, schneidet messerscharf dazwischen. Judith kann nur dabeisitzen und versuchen, sich zusammenzuhalten. Erika Wawracek toleriert Judith, wenn sie muss – sie lächelt und schweigt, weil alles andere zu unhöflich wäre. Echtes Murano-Glas – das kriegt man heutzutage nicht mehr. Retroromantik. Dr. Wawracek aber blickt nicht zurück, sondern nach vor, über die Kante oder wohin es auch immer geht. Sie teilt die Welt in Klang und Lärm, Problem und Lösung. Sie sagt: »Schallplatten zu hören ist aus audiophiler Sicht Unsinn, das wissen Sie, oder etwa nicht? Wir können nicht mehr in die Siebziger zurückkehren.« Nein, das hat Karo gesagt.

»Wir haben doch schon mit ihnen gefeiert.«

»Titel kannst du gar nicht genug feiern, Judith, das habe ich schon gesagt, feiern musst du, bis die Fassade zerreißt und die Kulissen einstürzen!«

Irgendwann zerreißt alles, zerbricht, bei genug Druck auch die *noix*, *Nüsse*, im Nussknacker, wenn die Dämme nachgeben, *noyer*, *Überschwemmungen*, vor dir kann niemand Bestand haben, *Erika*, und neben dir schneidet die Klinge tief ins Tal.

»Feiern, feiern«, sagt Karo und tippt auf ihrem Handy, beugt sich weit hinunter dazu.

6.

Feiern, das müssen wir doch feiern, sagt auch Tante Elena, und alle sind sie plötzlich einer Meinung. Ein Abendessen in Judiths Wohnung, warum nicht bei Mama, warum nicht bei dir? Wäre das nicht praktischer?

Aber wir wollen doch unsere Frau Magistra mal in ihren privaten Gemächern besuchen.

Ein Abendessen in Judiths Wohnung, sie hat staubgesaugt, die Bettwäsche gewechselt, über die glatten Flächen in der

Küche gewischt, über die Fliesen. Die Wände bleiben feucht, der Schimmel ist aus den Fugen nicht wegzukriegen. Bei mir ist doch gar kein Platz.

Bei dir ist genug Platz, ganz klein werden wir uns machen. Du wirst sehen.

Papa soll auch kommen. Papa wird sehen, was sie aus seinem Mietgeld gemacht hat – abgewohnt hat sie sein Mietgeld, mehr nicht. Und wofür? Das ist dein Ergebnis, Papa, ein Wischzettel, der Titel von meinen Fingern verschmiert.

Es ist vorbei, denkt sie.

Sie hat ein Tischtuch gekauft, und Servietten, Teller und Besteck, es war doch nichts da und so kann man das doch nicht lassen. Sie deckt auf, erinnert sich noch, wie das geht, denkt: Du bist ein erwachsener Mensch, du hast einen Titel, und du deckst auf, als hätte dein Vater es dir angeschafft. Magistra Judith Lackner.

Was soll ich überhaupt kochen, Elena?

Mach dir darum mal keine Sorgen, Judith, die Brötchen und den Sekt bringe ich mit. Du wirst gar keine Umstände haben.

Judith breitet zum ersten Mal seit Langem die Tagesdecke über ihr Bett, wirft sie dafür hoch in die Luft. Ein leises Donnern wie ein sich aufblähendes Segel, und einen Moment lang, als sich die Decke rund in der Luft auffaltet, denkt sie: Ja. Wenn die Decke so aufkommt, wie sie sich bläht, denkt Judith, in einem Donnern und faltenlos, dann. Aber das Donnern geht vorbei, die Decke fällt in sich zusammen und als sie niedersinkt, sind die Falten überall. Aus der Diplomarbeit werden in ihrem Regal die Wörter rinnen.

Judith würde deshalb auch gerne Decken über ihren Computer breiten. Sie musste ihn auf den Boden stellen, die Bücher und Papierstapel daneben, der Computertisch wird zum Esstisch, ist zu klein für so viele Menschen. In der Wand gluckst es, immer lauter ist das Glucksen in den letzten Wochen geworden. Wird das jemand bemerken? Sie werden alles bemerken. Die Wohnung liegt ihnen offen, und Judith lässt sie freiwillig hinein. Der Kühlschrank singt, das Rauschen der Straße – immer versäumt sie es, Grenzen zu setzen.

Ein Abendessen in Judiths Wohnung, sie brechen herein, breiten sich aus im Vorzimmer, dann im eigentlichen Zimmer, Mama stellt sofort das Geschenkesackerl auf den Tisch: »Schau, ich hab' dir was mitgebracht.« Tante Elena nimmt die Küche ein, um dort ihre Brötchen anzurichten, »ich habe auch einen Heringssalat gemacht, hier, in der Schüssel. Hast du ein Tablett?« Alle haben sich Mühe gegeben, Judith steht da in Strümpfen und ihrem dünnen Kleid, ihr ist kalt, die Kette liegt kalt auf ihrer Brust, das mit dem Studium ist vorbei, sie findet für Elena kein Tablett, nirgendwo. Der Tisch ist zu klein, steht quer in den Raum, damit man rund um ihn Platz findet, das Tischtuch ist über ihn gebreitet, verdeckt die Kratzer, die Judiths Kulis und Bleistifte hinterlassen haben, sinnlos jetzt, abgeschlossen, und hängt zu tief herab. »Schön, mal so improvisiert.« Sagt das Mama oder Elena? Wo ist Matthias? Er steht beim Plattenspieler. Greift er gleich auf die Nadel? Wo sind deine Schallplatten, Judith? Was hast du mit deinen Schallplatten gemacht?

»Sie waren doch schon alt«, sagt sie, und Matthias dreht sich zu ihr: »Was?«

Als wäre das ein Grund, sie wegzugeben. Wie soll sie sich erklären? Logische Schlüsse: Ursache und Wirkung. Dass Erika um die dünne Folie mit Walgesang gefürchtet hat. Eine Schale rund um den Klang. Aber wenn man den Finger auf die Nadel legt, bricht der Diamant gleich ab.

»Hast du deine Klarinette in den Keller geräumt?«, fragt er dann. Luxusgegenstände. Alles, was man nicht braucht. Abertausende Male verschließt sich das Mundstück, öffnet sich wieder. Sie formt die Luft: O. Er wird ihr böse sein, wenn sie es ihm sagt.

»Ich habe kein Kellerabteil.«

Erst später läutet es an der Tür, als sich die Brötchen auf

dem Tisch schon den Platz mit den Tellern und ungleich hohen Gläsern teilen, als Mama schon redet, über Klimaerwärmung, die Niederlande wird es als Erste treffen, sagt sie, und dann den Rest. Dann können wir sehen, wo wir bleiben. Gar nicht bleiben können wir, weil wir dann auswandern müssen, nach China. Weil Judith alles Weiche von den Wänden gekratzt hat, vervielfacht und verstärkt sich Mamas Stimme.

Es klingelt aber. Judith steht auf, der Stuhl schabt über den Boden. Sie sollte Schlapfen tragen, das Parkett reißt ihr bestimmt die Strümpfe auf. Die Stühle reißen ihr das Parkett auf, Papa wird das gleich sehen. Man sieht: Sie kümmert sich nicht. Er hat eine Schneekugel um sie gebaut, er hat die Schneekugel auf seinem Rücken getragen, sie hat sich ausgeruht auf ihm. Jahrelang.

»Und in den Hotellobbys deines Vaters werden die Fische schwimmen.«

Mama kichert.

Papa kommt durch die Tür in seinem steifen Mantel, seinem Hut, als Mama sagt: »Also, ich würde in diese Welt keine Kinder mehr setzen, schon seit Tschernobyl nicht mehr.«

»Hast du aber«, sagt Judith, weil es sie gibt, nimmt ihrem Vater den Mantel ab, lächelt er?

»Warum auch nicht«, sagt Mama. »Wir sind doch ohnehin schon alle verstrahlt.«

Judith legt Papas Hut zu ihren Schals, warum lächelt er zu dem, was Mama sagt? Findet er es lächerlich? Er hat jedes Recht dazu. Er beugt sich, tritt in ihr Zimmer, sieht sich darin um, die Flipcharts an den Wänden, der Computer auf dem Boden in der Ecke, der schiefe Tisch zwischen Wand und Bett gedrängt.

»Schön, einmal sehen zu dürfen, wie du lebst.«

Er sieht den Schmutz auf den Fensterbrettern, die Kratzer im Parkett. Er sieht, dass die Schallplatten und Bücher fehlen, dass der Staub hiergeblieben ist. Woran sieht man, dass hier drin jemand studiert? Nur am Computer und an dem Stapel Papier. Sie hätte ihn einladen sollen, bevor sie begonnen hat, alles wegzuwerfen. Es war notwendig, aber jetzt gehen ihr die Attrappen ab. Sogar mit den Postkarten an den Wänden hätte sie sich weniger nackt gefühlt. Es gluckst und rinnt in der Wand. Er muss die Risse sehen.

Papa beugt sich zu Judiths Mutter, küsst sie auf die Wange, dann Tante Elena auf beide, schüttelt Matthias die Hand.

»Lange her, dass wir uns gesehen haben«, sagt er zu Elena, als er sich setzt, Judith lässt ihm den letzten Drehsessel und setzt sich auf das Bett. »Und du immer noch so schön wie früher. Theodor ist heute gar nicht da – es geht ihm doch gut?«

Elena winkt ab: »Die Arbeit, die Arbeit, er kann halt kaum weg«, Judith denkt: Als würde es noch jemanden wundern, wenn Elenas Mann zu einem Familientreffen nicht kommt. Elena hebt ihr Glas, sie erinnert Judith auf einmal an Cécil, wie er sein Glas hebt. Wo aber ist sonst die Ähnlichkeit? Es rauscht, mit dem Studium ist es vorbei. Und jetzt?

»Lasst uns nun aber anstoßen – auf unsere Magistra der Musik! Magistra, das heißt Meisterin, nicht wahr?«

Sie stoßen an, die Gläser singen, der Sekt ist scharf, die Brötchen mit Lachs, Eiaufstrich und Schinken, Ei und Mayonnaise belegt, weich, fett. »Also«, Elena lehnt sich vor, »Judith, nun sag, was sind deine nächsten Pläne?«

Elena mit ihren dauergewellten Haaren, die früher glatt gewesen sind, aber ebenso voll und glänzend, zumindest hat Mama das gesagt. Die Armreifen, die leichte Bluse mit der Weste darüber, die Perlenkette. Die Armreifen klackern leise, wenn Elena die Arme bewegt. Die Perlenkette würde klackern, wenn man sie in der Hand zusammenrollen, drücken dürfte.

Schön wie ein gespannter Bogen, sagt Mama manchmal, ist Elena gewesen. Schön wie eine Decke, die sich, in die Luft geworfen, mit einem Donnern biegt. Im Sommer die Hüte mit breiter Krempe, die schmalen Kleider, die ihre langgezogene Figur betonten, mit den Stöckelschuhen wurde sie noch größer.

Vielleicht erinnert Elena sie an Cécil, weil auch Cécil sich weit vorbeugt, von Judith wissen will: Wer bist du? Du kannst es mir sagen.

Aber Cécil hätte sich mit allem zufriedengegeben. Elena will bestimmte Worte hören. Judith will fragen: Hast du die Murano-Vase noch? Oder hast du das Geschirrtuch mit den feuchten Flecken gesehen?

Elena streckt nun aber die Hand aus, nimmt eine von Judiths Strähnen zwischen ihre Finger. »Weißt du, du könntest echt etwas aus dir machen«, sagt sie. »Wenn du dir nur mal diesen Spliss wegschneiden lässt – eine so reine Haut.«

Judith lehnt sich etwas zurück: »Sicher.« Man sollte sich herrichten, man sollte nach etwas aussehen. Guter erster Eindruck. Wer will schon jemanden anstellen, der nicht einmal die eigenen Haare unter Kontrolle bekommt?

»Gibt es denn da niemanden?«, fragt sie. »Gibt es keine Männer auf der Musikwissenschaft?«

Judith steht auf: »Sicher gibt es Männer«, weil es Männer gibt, nimmt die Packung Orangensaft, die leer geworden ist, sie ist leicht, im Gegensatz zu dem Krug in Elenas Wohnung.

Beides muss man auffüllen oder ersetzen. Aufzufüllen gilt es den leeren Platz an ihrer Seite. Sie geht in die Küche, öffnet den Kühlschrank, kann es sich nicht vorstellen. Sie versucht es ja, aber wie das funktionieren soll, weiß sie nicht. Sie denkt an Onkel Richard, der damals auch nur gelacht hat, als man ihn gefragt hat, hast du noch immer niemanden gefunden?

Da, neben ihr, neben dem Kühlschrank, ein Mann – wie groß? Welche Haarfarbe? Ist denn die Haarfarbe wichtig? Es nimmt keine Gestalt an. Es wird von ihr erwartet. Es gehört dazu.

Marron, braune *Locken*, *boucles*. Wie Bernadettes Locken gefallen sind, vor so langer Zeit, dass sie mit den Fingern durch sie fahren hätte wollen, immer und immer wieder, denn sie waren ihr eigener Fluss, voller Spannung, bäumten sich auf.

Aber das ist es nicht, was Elena meinte.

Orangensaft – sie schiebt zur Seite, was sie gekauft hat, um nicht mit leeren Händen und leeren Kühlschrankladen dazustehen. Imitation eines Lebens. Was soll sie dadurch gewinnen? Keinen Aufschub jedenfalls. Die Schonfrist ist vorbei: Sie ist vom Staat zur Erwachsenen abgestempelt worden.

Das ist doch, was du wolltest. An der Spitze rennen. Wohin? Wohin wir alle unterwegs sind. Erika steht schon vorne an der Kante, schüttelt ihr Blätterhaupt, sagt, in diesem Roggen wird uns keiner fangen, horch, wie die *Nüsse* schwer und hart auf den Boden prallen, brechen: *Lärm* bricht heraus. Bankrottgehen kann jeder, und wenn du nicht aufpasst, wirst du am eigenen Wasser ertrinken.

Man muss sich eben unter Kontrolle haben.

»Entschuldigung«, sagte Erika dann, »ich rede von Roggen, aber ich sollte mich erklären.« Judith brauchte aber keine Erklärung, denkt auch jetzt gleich an die Ähren, um die sie ihre Hand schließen kann, und wie bei Bernadettes Locken so viel Kraft auf wenig Raum. Das kleine Taschenbuch, eine Schale um ein Getreidefeld, bei der Schularbeit musste sie beantworten: »What is the meaning of Holden Caulfield's illness in the novel?« Judith antwortete, wie sie konnte, und bekam die immer gleichen Wörter rot angestrichen: »Beware of French interference!«

»Ich habe so viele Bücher vergessen«, sagte Erika, »ich weiß nicht, warum dieses übriggeblieben ist.« Ein Roggenfeld, eine Schwester, ein Karussell im Regen. Zwei Buchdeckel und Holden Caulfield müssen all das halten.

Als Judith zurückkommt, sich entschuldigt, dass es keinen Orangensaft mehr gibt, hat Mama aber schon wieder von Fukushima angefangen.

»Da sieht man, wie die Welt den Bach hinuntergeht«, sagt

sie. »Man kann ja nicht einmal mehr Fisch essen, alles vergiftet, Hokkaido-Kürbis kaufe ich auch nicht mehr.«

»Hokkaido-Kürbis kommt nicht aus Japan, Mama«, sagt Matthias.

Papa lächelt und sagt nichts.

Lächle nicht, denkt Judith und gießt statt Orangensaft noch mehr Sekt nach. Du lässt dich jeden Valentinstag und jeden Jahrestag darauf ein, sie ins Konzert oder in die Oper oder ins Restaurant auszuführen. Wenn du lachst über das, was sie sagt, wieso machst du mit bei diesem Theater? Und dann gehst du zurück in die Niederlande oder nach Dänemark, wo immer du gerade lebst.

Sie sollte die Klappe halten, ohne Erfahrung soll man auch nicht groß reden. So viel hat sie nachzuholen. Einen Freund finden. Den Lack wieder an die Türstöcke kriegen.

»Und seit wann wohnst du hier schon?«, fragt Tante Elena später, sieht sich noch mal in dem Zimmer um. »Es wirkt alles noch so leer.«

Ist dir das Haus so ganz allein nicht zu groß?

»Es war schon mal voller«, sagt Matthias und dreht sich dabei zu Judith. Sie schüttelt den Kopf – er hat die anderen nicht auch noch darauf hinzuweisen.

Papa ist schon gegangen – der Erste, der geht.

Papa hat sie an beiden Schultern genommen: »Ich bin stolz auf dich«, hat er gesagt, aber auf was hat er stolz zu sein? Er hat auch kaum etwas geredet an diesem Abend. Aus Enttäuschung? Mama und Elena sind so laut gewesen.

Ob er sich für Mama schämt? Er sollte es wohl.

Und nun meint Elena: »Dabei könnte man hier echt etwas machen«, steht auf, »klein, aber fein«, geht im Zimmer umher, geht zu den Plakaten an den Wänden.

Nicht, will Judith sagen. Ich habe dir das nicht erlaubt.

Aber Besucher dürfen überallhin und alles anfassen, weiß sie, und sie hört, es gluckst immer lauter in den Wänden. Es rinnt das Wasser an ihr vorbei, was trennt sie davon? Jeder kann es hören. Es rinnt wohin?

»Die Judith hat schon ihr Kinderzimmer nie aufräumen wollen«, sagt Mama. »Ein Chaoskopf, Kopf in den Wolken, und die Füße rennen weiß Gott wohin.«

Elena tritt an die Plakate heran, auf die Judith mit zu blasser Schrift Worte geschrieben hat, die kaum etwas bedeuten, das O ist durchgestrichen, drängt sich nach vor. Das sieht man ihrer Schrift schon an, dass sie in nichts Ordnung bringen kann. Wegwerfen der einzige Ausweg. Entfernen. Bedecken. Elena ist der Wand so nahe, sie muss es hören.

»Ein bisschen wie der Richard«, sagt Mama. »Sind auch beide Fische, Träumer. Bräuchten einen Aszendenten, der sie erdet – aber nein. Zumindest ein Stier oder eine Jungfrau als Partner, zumindest das.«

»Biophonie«, sagt Elena, »anthropogener Lärm? Was ist denn das? Sind das Notizen zur Uni?«

»Zu meiner Diplomarbeit«, sagt Judith, will, dass Elena weggeht von ihren Notizen mit den sich vordrängenden Os, von dem Rauschen, das sich an ihr Zimmer drängt.

»Aber das ist doch alles vorbei«, sagt Elena. »Willst du diese Plakate nicht mal abhängen, Platz für Neues schaffen? Die dominieren doch das ganze Zimmer, das ist doch nicht gut.«

Sie fasst eines der Flipcharts an der oberen Ecke.

»Lass sie bitte«, sagt Judith, und steht auf.

Elena hat das Plakat nur ein bisschen eingerissen. Dann geht sie einen Schritt zurück.

»Wie du möchtest«, sagt sie, und Matthias meint: »Elena, du und Theodor, ihr wart doch in Tunesien? Magst du da nicht erzählen?« Judith ist ihm dankbar dafür.

7.

Sie steigt in die Straßenbahn, es schreit in den Kurven. Sie ist in die Straßenbahn gestiegen, um zu dem Lokal zu fahren, in dem sie Erika, Cécil, Karo treffen wird, um zu feiern, feiern. Unaufhörliches Feiern. Danach wird von ihr erwartet, dass sie endlich zu rennen beginnt.

Judith hält sich an, es kreischt, dort in den metallenen Zwischenwänden des Wagens, wenn die Straßenbahn eine Kurve macht. Ist dort etwas eingesperrt, wird aufgerieben, wenn die Gelenke aneinanderreiben? Etwas schreit dort drin, laut, verzweifelt, als wären Vögel da hineingeraten, *Möwen*, *mouettes*. Sie umschwärmten das Schiff, kreischten, wie in den Himmel kopiert, so abgelöst vor der Nacht. Jetzt sind sie hier? Aber außer ihr sieht niemand hin.

Die Menschen um sie herum reden, es kreischt.

Unaufhörliches Feiern, danach geht es los.

Und dann sieht sie genau, was passiert. Nicht in den Wänden, sondern dort vorne, dort sieht sie jetzt hin. Dort, wo die Straßenbahn sich um Kurven drücken muss, wo sich der Waggon biegen muss, in seinem Gelenk, dreht sich eine Metallscheibe auf dem Boden, die kreischt. Und sie sieht es – es drückt dort Wasser hinaus. Dort, wo sich die Metallscheibe auf dem Boden dreht, treibt es das Wasser in den Waggon. Zuviel Kraft, denkt sie, und: Ich verwechsle die Dinge.

Im Pub aber ist alles in Ordnung.

Wieder schlagen Gläser aneinander, Erika, Cécil, Karo und sie trinken schon wieder auf ihren Magister, den sie sich nicht verdient hat, das Pub ist hoch und weit, und doch sitzen sie im Schutz von Lehnsesseln, es läuft Musik, zu leise, Judith trinkt Sekt, und sie muss lachen, wegen dieses Getränks, so österreichisch, österreichisch wie der Spritzer, wer würde mit so einem Gesöff in Frankreich schon anstoßen? Arroganz, sie trinkt aus, sie soll sich nicht beschweren, sie hat die Flasche schließlich nicht bezahlt.

Ich beschwer mich ja nicht, antwortet sie der Stimme. Ich will sogar mehr davon haben.

Sekt trinkt sie nur bei der Familie zu Silvester, Weihnachten, Diplomfeiern, überall muss sie sich vorführen lassen, Kopfweh jedes Mal. Alkohol tötet nur Judiths Geist ab, sagt die Stimme, das ist nichts für sie, andere können damit umgehen, ihr aber macht das Zeug den Mund zu locker, Worte kommen aus ihr, die sie später bereut.

Und wenn schon?, fragt Judith zurück. Sie ist es so leid, so leid inzwischen, nach allen diesen Wochen Arbeit, Arbeit, nie ist es genug, nie wird es leise, immer redet es in ihr und redet, nie darf sie einfach nur trinken, nur laut lachen, nur …

Du wirst schon sehen, was du davon hast. Je mehr du dich zeigst, desto mehr werden die Menschen sehen, wie hohl du innen bist, ausgeronnen. Postkarten an der Wand: Imitation eines Lebens. Kein Freund, nur ein Gedanke an kastanienbraune *Locken. Boucles*. Welche Postkarten hängen an deinen Seelenwänden?

Sie muss fast lachen über dieses Bild, weil die Stimme manchmal witzig ist, lacht dann auch tatsächlich mitten in das Gespräch hinein, aber niemanden stört es, niemand bemerkt es, weil Erika laut mit Karo diskutiert, über den Tisch des Pubs hinweg, die Wände des Pubs sind hoch, das Licht hell. Doch, Cécil lächelt ihr zu, er zwinkert, glaubt er, Judith hätte sich über die beiden Streitenden amüsiert? Sätze werden in diesen Raum gelegt wie spitzkantiges Gerümpel.

»Es kann doch nicht alles schlecht sein am Unibetrieb«, meint Erika inzwischen zu Karo. »Glaubst du denn nicht, ich wäre sonst längst weg?«

»Du hast selbst gesagt, das sind lauter Egomanen.«

Judith schenkt sich selbst nach, ohne den anderen anzubieten, was unhöflich ist und ein Zeichen von Angetrunkenheit. Es ist ihr egal. Heute ist es ihr egal. Das ist ihr Tag, im Gegensatz zu der Feier mit ihrer Familie gehört diese Feier ihr. Karo hat sie ihr aufgezwungen, und niemand redet mit ihr, aber das tut nichts zur Sache: Die Feier gehört ihr.

»Oh ja«, sagt Cécil und hüpft auf seinem Sitz. »Ich bin der Allererste von ihnen. Ich bin stolz, von Erika ihr persönlicher größter Egomane genannt zu werden. Sie hat mir eine Medaille eigens dafür gemacht, jetzt hängt sie über meinem Schreibtisch.«

Erika stößt gegen Cécils Schulter: »Hättest du wohl gerne!«

»Sehr gerne sogar!«

Dieser Tag mit all seinem spitzkantigen Gerümpel. Judith muss an den Grat damals auf dem Berg denken und auch diese Kante aus Stein ist so scharf gewesen. Sie hat gedacht, es müsse ihren Bruder in zwei schneiden, als er auf ihm gestanden ist.

»Cécil, halt die Klappe. Erika, es sind deine Worte: Meeressäuger-Spezialisten gehen nur zu Konferenzen über Meeressäuger, publizieren nur in Zeitschriften über Meeressäuger, und dazwischen stechen sie sich gegenseitig von hinten ab.«

»Ich versuche Erika regelmäßig auch von vorn abzustechen«, sagt Cécil fröhlich. »Aber das dumme Ding weicht mir immer aus. Ich glaube fast, ich hätte sie damals doch nicht zum Training mitschleppen sollen.«

»Größter Fehler deines Lebens«, meint Erika zu Cécil und wendet sich dann an Karo: »Ja, Karo, was soll ich sagen? Ich war an dem Abend halt stinksauer.«

Dieser Tag gehört Judith und morgen: Die Wände des Pubs sind hoch, und das Lachen und die Stimmen der Leute füllen den Raum, drücken die Wände nach außen.

Judith glaubt, sie kann sich auf ihren Lorbeeren ausruhen – welche Lorbeeren denn? Wenn sie von ihrer Uni fortgeht, wird es nichts geben, das dort von ihr übrig bleibt – nur die Abdrücke ihrer feuchten Hände auf den Wänden.

Sie hat sich in die Fingerspitzen gekniffen, um nicht zu tropfen.

Und wer von uns beiden ist nun daran schuld?, fragt Judith zurück.

»Und dass die Meeresbiologie von den Fischereikonzernen gegründet worden ist«, sagt Karo, krallt die Finger in die Tischplatte, »das stört dich wohl plötzlich auch nicht mehr, jetzt, wo du im Training gewesen bist und deine Aggressionen für heute abgebaut hast, oder wie?«

Und Judith wiederholt leise die Worte der Stimme, imitiert ihren Klang, den sie meistens ohnehin kaum vom eigenen unterscheiden kann: Natürlich wirken. Keine Schwächen zeigen. Dich in niemandes Schuld begeben. Das ist doch zum Lachen! Und sie lacht.

»Es hat sich geändert«, antwortet Erika, antwortet auf Karo und nicht auf Judith, weil sie Judith nicht gehört hat, weil Judith mit sich selbst spricht und doch nicht.

Sie ist unhörbar, unsichtbar. Unter der Schale, geschützt.

Das glaubst du nur, sagt es in Judith, aber die anderen merken sich jedes Wort.

»Und damit ist es okay?«, fragt Karo, auch sie beachtet Judith kaum.

»Ich bin nur realistisch. Wem hilft es, deshalb keine Meeresbiologie zu machen? Ist ja bei deinem Feld auch nicht anders.«

»Richtig – was es aber stattdessen braucht, ist die Auseinandersetzung mit der Vergangenheit!«

»Ich widerspreche dir doch nicht, Karo«, sagt Erika. »Wir müssen endlich weg vom Selbstmitleid darüber, immer mehr Arten beim Aussterben zuzusehen. Ich schwelge selbst in dieser falschen Trauer, und kann sie schon bei mir kaum mehr ertragen.«

In Judith sagt es: Natürlich wirken. Keine Schwächen zeigen.

Und Judith antwortet, weil das mal gesagt werden muss:

Du widersprichst dir selbst. Glaubst du, ich habe das nicht bemerkt? Ich weiß sehr wohl, dass die Aufgaben, die du mir stellst, nicht lösbar sind. Ich bin aber kein Kind mehr. Wenn du mir nicht glaubst, schau meinen Titel an, der wird es dir beweisen: Ich muss dir nicht mehr zuhören. Nie wieder.

Du bist mir egal, hörst du? Du bist mir egal!

»Du gibst mir also recht?«, fragt Karo.

Egal, sowas von egal!

Und Judith ballt die Fäuste unter dem Tisch, die Fäuste gegen die Stimme, als Erika sagt: »Sicher gebe ich dir recht. Aber zu sagen, alles ist Intrige, alle sind korrupt, und wir, wir werden bloß ausgebeutet und verbraten, das ist echt zu kurz gegriffen, das ist echt nicht wahr. Und das weißt auch du.«

»Ach so?«, fragt Karo.

Erika sitzt zurückgelehnt, merkt Judith, als sie die Fäuste wieder löst, Erika blickt Karo an.

Erika sagt: »Du bist doch auch Teil all dessen. Auch deine Arbeiten werden immer wieder gefördert. Du hast sehr wohl etwas von diesem Betrieb.«

»Du meinst, ich mache mit bei der Scheiße.«

»Ich meine, es wird wohl Gründe geben, warum du noch nicht ausgestiegen bist, in die Privatwirtschaft zum Beispiel.«

Karo blickt weg von Erika, dann wieder zurück. »Du wirfst mir Opportunismus vor«, sagt sie.

Erika schüttelt den Kopf.

»Du selbst sagst, wir müssen immer zuerst unsere eigenen Privilegien sehen. Ich will nur nicht, dass du es dir einfach machst. Das ist alles.«

Judith sitzt, Judith trinkt. Karo weiß auf einmal nichts mehr zu sagen, faltet sich ein, und in dem Pub ist es merkwürdig still. Erika hat gesprochen, hat legitime Kritik von unnötiger Schimpferei getrennt, hat die Diskussion beendet. Sie sitzt aufrecht, wurzelt gut. Erika hat Karo zurechtgewiesen, nicht Judith, weil sie Judiths Worte nicht gehört hat. Judith ist noch einmal davongekommen. Karo sitzt nach vorn gebeugt, die Ellbogen nah bei sich. Cécil blickt von Erika zu Karo, und wieder zurück, überlegt er, ob er eingreifen soll? Wen schützen? Und liest Judith das richtig, sie kennt diese Menschen doch kaum, oder ist sie doch schon ganz eng mit ihnen befreundet? Sie wünschte, sie könnte es sagen. Wo ist die Musik hin? Gerade jetzt würde Judith sich Musik wünschen, etwas, das Karos Stille übertönt, Ton um Ton zieht es weiter, und wenn schon. Es ist nur Spaß.

Sie fragt: »Wer von euch hat Lust zu tanzen?«

8.

Auf der Straße geht Judith schon nicht mehr ganz gerade, viel schneller als Erika selbst, kommt dann zurück. »Nun kommt schon«, sagt sie. Cécil lässt sie bei sich einhaken.

Karo ist nur kurz verstummt, lässt auf dem Weg zu dem Klub die ganze Straße wissen, was sie vom Leiter der Sozialanthropologie hält, und überhaupt.

Erika weiß, jetzt ist die Zeit, in der sie Karo nicht widersprechen sollte, besser zuhören, wenn Karo redet, etwas anderes damit verdeckt. Ich will nur nicht, dass du es dir einfach machst.

Karo macht es sich nicht einfach, ganz im Gegenteil, das weiß Erika, und das hat sie spätestens verstanden, als sie zum ersten Mal in Karos Wohnung war, und, während Cécil schon Karos Küche eingenommen und zu kochen begonnen hatte, ihren Blick über Karos Bibliothek wandern ließ. Karo redete auf Cécil ein, es ging dabei offensichtlich um die Homophobie einer französischen Psychoanalytikerin, Cécils Inbesitznahme ihrer Küche störte Karo hingegen nicht, und Erika ahnte schon damals: Karo hatte all diese Bücher nicht nur einfach gelesen. »Karoline Bates musst du einfach mögen«, hatte Cécil ihr Wochen davor gesagt, und sie gedrängt, jetzt doch einen Termin für den Besuch zu finden. »Die fasst dir alle politisch wirklich relevanten Theorien des zwanzigsten und einundzwanzigsten Jahrhunderts in einem wirren, überlangen Vortrag zusammen, verwendet dafür hauptsächlich repetitive Fäkalausdrücke, und lässt an kaum jemandem ein gutes Haar.«

Er hatte nicht erwähnt, dass Karo nebenbei in ihrer Schimpftirade Wörter einwerfen würde, die Erika aufhorchen lassen: »Was meinst du mit: aromantisch wird viel zu oft mit asexuell vermischt?« Und Karo holte aus, drosch eine Zeit lang auf »diese scheißreappropriierten Bobo-Lesbischwulen« ein, die sich mit aller Macht dem Mainstream anzupassen versuchten statt noch marginalisiertere Gruppen auch nur wahrzunehmen, breitete auf Nachfrage dann eine neue Sprache vor Erika aus, die Erika nicht kannte und die doch beschrieb, was vorher stumm gewesen war, bevor Karo eine Studie zitierte und dann ohne große Umstände einer bestimmten Vertreterin der Queer Theory wieder unter die Gürtellinie trat.

Karo macht es sich nicht einfach, nein, und dann doch. Erika hat gelernt, ihr das nur selten zu sagen. Danach wird Karo umso lauter, übertönt die eigenen Gedanken, kämpft an gegen das Räderwerk in ihr selbst, das anrollt, um zu bestätigen: Du hast hier etwas übersehen. Erika weiß: Karo mag es nicht, etwas übersehen zu haben.

»Ja, ich verstehe, dass dich das wütend macht«, sagt Erika deshalb zu Karo, Cécil hat deshalb auch schon im Pub mehrmals versucht, zu einem anderen Thema zu wechseln, hat Erikas Blickkontakt gesucht, und Erika hat weggesehen: Ich weiß, Cécil.

Cécil kann besser mit Karo umgehen als sie, vielleicht. Er wirft ihr Happen hin, die Karo reden und argumentieren und brandmarken machen, und wenn Karo dann doch hin und wieder anfängt, zwischen der beißenden Kritik auch Blödsinn von sich zu geben, scherzt er in aller Ruhe über Bäder und ausgeschüttete Kinder, und Karo sieht ihn an, für einen Moment verwirrt, aber ist dann doch frei, zu entscheiden, seinen Scherz nicht zu verstehen.

So aber kann Erika nicht sein. Sie kann Karo ihre Widersprüche nicht jedes Mal durchgehen lassen, sosehr sie sich auch bemüht. Karos Widersprüche jucken Erika, bis sie sich wehrt, und sie hat keine Ahnung, ob das bedeutet, dass Cécil der bessere Freund ist, oder umgekehrt. Sie kann es nicht sagen.

Jetzt schreit Karo jedenfalls gegen eine Kollegin in die Nacht, die Nacht ist warm, Cécil weiß, wo man tanzen kann, und Erika ist nun schon seit Jahren in keinem echten Klub mehr gewesen, so richtig. Wer nicht tanzt, der macht auch kein Aikido. Erika zieht in Gedanken den Hut vor Christian, mehr um ihn zu grüßen, als um ihm zuzustimmen, natürlich mischt er sich hier ein. Und Rollen ist schließlich auch wie Huttanz, und nicht einmal schneller als der andere soll man sein. Insofern.

Und dann nimmt Judith auf einmal ihre Hand. »Jetzt komm schon, mir ist kalt«, sie zieht Erika so kräftig die Straße hinunter, dass die ihr nachlaufen muss, Karo zurücklassen, und vor Schreck lacht. So laufen sie über die Kreuzung, hin zu den Metalltüren des Lokals, stolpern fast gegen die Tür.

Judith bezahlt an der Garderobe, als hätte sie es eilig, zieht Erika den Mantel aus, nimmt wieder ihre Hand, zieht sie weiter, die Stiege hinunter, von der der Bass schon heraufzittert. Hinunter geht es, und plötzlich stört es Judith offensichtlich auch nicht mehr, von der Musik dorthin gezogen zu werden: Ein Fluss, unaufhaltsam ins Tal, weil auf das eine das andere folgt, die Erwartung des nächsten geht dem Ton voraus.

Und doch merkt Erika, sie lässt sich mitreißen, von diesen Fingern, schweißnass, wie sie jetzt schon sind, von dieser taumelnden Frau, die ihre Angst vor der Professorin abgelegt hat wie ihren Mantel. Warum wehrt Erika sich nicht, ist nicht widerwillig, wie sie es bei Christian gewesen ist? Sie wird die Musik unten genauso wenig leiden können wie auf dem Aikido-Lehrgang, wird genauso neben den Rhythmus steigen: Erfüllung der Erwartung ist nicht immer das, auf was wir warten. Judith öffnet die Schwingtür, der Rhythmus, neben den Erika steigt, wirft sich auf sie, sie erkennt das Lied schon nach ein paar Takten, und nein, sie mag es nicht, an der Bar vorbei wird sie dorthin geschleppt, wo sich Haare und Arme in alle Richtungen werfen. Wo sind Cécil und Karo geblieben?

Judith hüpft auf und ab, Erika selbst versucht auch, ihre Hüften zu bewegen. Sie beobachtet sich dabei, wie sie das tut. Der Rhythmus ist da, bewegt sie sich in ihm, außerhalb? Wieso nicht außerhalb dieses Takts sich bewegen, ihn von außen betrachten, die Bewegung um den Takt herum formen, statt in ihn hineinzufließen?

Lach doch mal. Lass dich doch mal gehen.

Judith hüpft ganz wie Erika neben dem Takt, doch es scheint sie nicht zu kümmern.

Das Lied wechselt, Licht flimmert um sie, auf der Tanzfläche schütteln andere ihre Gliedmaßen voreinander, nennen das ein Aufgehen in der Bewegung, und Erika weiß nicht, was es in Wahrheit ist. Judith schleudert sich die Diplomprüfung vom Leib, Erika hebt ihre Arme und dreht und biegt ihr Becken in der allgemein akzeptierten Weise. Sie vermutet, dass sie eckig dabei bleibt, sie weiß es nur nicht. Vielleicht weil sie nicht so viel Sekt wie die Studentin getrunken hat, vielleicht weil man ihr schon als Kind gesagt hat, sie solle einfach mal leben, erinnert sie der Backsteinkeller bloß an die Skikursdisco damals im Gymnasium.

Eine Skikurswoche lang musste Erika immer und immer wieder auf Brettern diesen Berg hinunterstürzen, sich in den Abhang werfen wie die anderen Kinder, und dann am letzten

Abend das Kleid aus dem Koffer ziehen, das sie zu Hause eingepackt hat für die Disco.

Wie lächerlich, dachte sie später, als sie sich zur Musik zu drehen versuchte, Bewegungen, von denen sie glaubte, dass sie hierhin gehörten, in diesem dunklen kleinen Raum voll von ihren Klassenkameraden, in dem die Lehrer an die Wand gelehnt und miteinander plaudernd überwachten, wie sich diese noch kaum vorhandenen Körper drehten und bogen, als spielten sie Erwachsene. Erika begriff nämlich bereits damals, dass all das ein Ausgehspiel war, so wie die Wahl des Klassensprechers ein Demokratiespiel gewesen war, zugeschnitten auf ihr Alter, noch nicht das Richtige, sanfter die Lieder, greller das Make-up, früher das Aus und Schluss, aber doch.

Und die anderen schienen sowieso immer besser zu verstehen, wie man sich natürlich schüttelte, wie man die Arme um den Hals von dem Jungen legte, dem Jungen mit den roten Locken und den Sommersprossen, dessen Namen Erika längst vergessen hat, und sie stolperte durch den Raum, wow, du bist ja wie verwandelt, sagten die anderen, weil sie sich überhaupt bewegte, anders als sonst also.

Erika springt, auch Kontrollverlust lässt sich vortäuschen. Natürlich weiß sie jetzt, dass nicht nur sie, sondern alle damals wie verzweifelt Arme und Beine hierhin und dorthin geworfen haben, auf dass sie jemand auffange. Ist es jetzt denn anders?

Sind die Lieder denn besser geworden? Fühlt sie sich denn sicherer jetzt, wo sie ihre Arme hebt und Judith zulacht, wie man es sie gelehrt hat, die Arme wieder fallen lässt, weil so lange, das muss doch dümmlich wirken. Fühlt sie sich denn weniger als Bittstellerin, die nur ein bisschen Zuneigung will, nur ein ganz klein wenig, dafür, dass sie so überzeugend eine selbstbewusste Erwachsene imitiert? Und die anderen rund um sie, vergessen die sich in der Musik oder überlegen sie genau, dieser Fuß dorthin, diese Drehung … wie schaffen sie es?

Überlegt Judith? Wie viel Gewicht muss sie abgeworfen haben, dass sie jetzt so hoch springen kann?

Das Lied endet, die Menge verrutscht und kommt zum Stehen, verlegen. Man lächelt einander zu, bis das nächste Lied anspringt, einen anderen Rhythmus vorgibt, in den einzufinden es ein paar Takte braucht, zuerst vorsichtige Schritte, dann größere Bewegungen, bis wieder Arme und Haare fliegen. Judith ist nur widerwillig stehen geblieben, und ist eine der Ersten, die auch beim nächsten Lied wieder zwischen den Takten tanzen wird.

Erika geht, sobald sie die Zeit, die sie auf der Tanzfläche verbracht hat, als ausreichend beurteilt hat, zurück zu Karo, die an der Bar lehnt, ohne Gegenüber verstummt. Erika sieht jetzt auch, Cécil hat sich seinen Weg zu Judith gebahnt, sie wird nicht alleine springen müssen, im Moment wäre ihr das wohl egal. Kontrolle, Ekstase, wie schnell manche pendeln können, von der einen zur anderen Seite. Erika aber ist kein Pendel, Erika wird an der Bar hin und her gedrückt, bis sie endlich nach einem Bier verlangen kann. Der Barkeeper legt die Hand an sein Ohr, er hat sie nicht verstanden. Erika schreit lauter. Wer nicht tanzt, muss ein Getränk in der Hand halten, weiß Erika, die über solche Sachen generell nicht viel weiß. Sie ist zu alt, um vor solchen Dingen noch Angst zu haben. Sie müsste sich solche Abende nicht mehr antun. Irgendwann muss die Discopflicht doch enden, davon ist Erika überzeugt.

»Schau, wie die Kinder tanzen«, sagt sie zu Karo, die sie anblickt, als hätte sie sie nicht gehört.

Erika zeigt zu Cécil und Judith, Karo nickt und nimmt den Strohhalm, der in ihrer Cola-Flasche steckt, wieder zwischen die Finger. Karo schlürft.

Erika erwartet einen scharfen Kommentar zu Discos und den Achtzigerjahren, aber Karo sagt nichts, rückt bloß näher zu Erika, weg von dem Mann neben ihnen, der über die Bar hinweg verzweifelt mit den Armen wedelt. Nein, Karo ist das hier wohl auch nicht wirklich gewohnt.

Melanie hat Erika damals in der Schulzeit in die ersten Tanzlokale gezogen, und weil Erika sich an die Wände gedrückt und an Melanie angehängt hat, hat Melanie den Eindruck bekommen, sie müsse Erika ausführlich erklären, wie das hier läuft.

Schau, da drüben, das sind die Tischtänzerinnen, die werden spätestens in einer Stunde mit ihren Stöckelschuhen auf die Tische gewandert sein. Und das, das sind die Käppchenträger, und da sind die von der Schottengasse, das sind verblödete Snobs. Die da drüben mit den Pullis sind die Prolos. Und dann gibt es noch die grauen Mäuse wie dich.

Aha, hat Erika gedacht und bis zu diesem Zeitpunkt nicht mit Sicherheit gewusst, dass sie tatsächlich eine graue Maus ist. Es ist gut, Gewissheit zu haben.

Aber Erika müsste ja nicht so bleiben, Erika könnte sich ja einlassen auf das, was passiert. Sie könnte in die Sturzfahrt gehen und ihre Ski gerade halten und über die Buckelpiste brettern, sie könnte lachen bei dem Gedanken, in der Antarktis nach dem Eis zu horchen, das von allen Seiten auf sie drückt, und sich im Aikido werfen lassen, ganz ohne Rückhalt, und sich in der Disco gehen lassen, ganz ohne Rückhalt, lachen und ganz toll dabei aussehen. Eine Naturgewalt!

Sie bezweifelt, dass irgendjemand sie gerne so sehen würde, wie sie eigentlich tanzen wollte. Wo ihr Kopf, ihre Arme und Beine hinwollen, ist etwas anderes, als wo sie hinsollten. Sie würde nur unrhythmisch zucken. Wie Judith? Sie sieht hinüber und denkt: Habe ich selbst etwas zu dem Gewicht beigetragen, das Judith heute abgestreift hat, mit Sekt und etwas Leichtsinn? Manchmal antwortet Erika hart auf weiche

Fragen, danach ist Karo still. Was bringt es dir, andere so vor den Kopf zu stoßen? Nein, Cécil macht es besser, letztendlich, und wenn Karo schon blinde Flecken hat, und wenn schon. Immer den Finger auf die wunden Punkte legen. Wenn sie jetzt zumindest die Hand ausstrecken und Karos in ihre nehmen könnte, aber Erika wüsste nicht, wie, kann es sich nicht einmal vorstellen. Nicht bei Karo. Wo Erika Mauern hat, hat Karo Elektrozäune, und Erika ist sowieso ein kleiner Feigling. Sich ducken, dann wieder ausholen mit Fakten, Argumenten – sie sollte zumindest den Mut haben, sich mit dem zu konfrontieren, was ihre Worte anrichten. Sie sollte sich Judiths Diplomarbeit endlich von der Institutsbibliothek holen, sehen, was Judith aus Erikas Worten gemacht hat, und wie sehr ihr die Brust eng sein wird beim Lesen.

9.

»Die Nadel zurücksetzen auf der Platte, wieder von vorne beginnen: Man weiß, was kommt.«

Erika und Judith sitzen an einem der weißen Plastiktische des Hallenbadbuffets, die zu leicht sind für ihren Zweck, viel zu leicht, findet Erika, kann man sie umstoßen. Die Tischfläche rau und voller winzig kleiner, genau abgemessener quadratischer Hügelchen, dicht nebeneinander, damit die Getränke nicht rutschen. Wenn man darüberkratzt, dieses dunkle, hohle Geräusch, das nur genau diese Art von Kunststoff macht. Und auch wenn das Geräusch ein anderes ist, es erinnert sie trotzdem an die Matten im Dojo.

Erikas Kaffee ist ausgetrunken, in der Chipspackung nur noch Brösel, wie immer kommt es ihr unangemessen vor, in einem Hallenbad so nahe am Wasser zu essen. Der Geruch des Chlors passt nicht dazu, ist zu hygienisch für Fett, Salz und Zucker. Mehr noch als der Reiz des Verbotenen der des Widerspruchs vielleicht.

Judith sitzt vornübergebeugt auf ihrem zu leichten Stuhl, hat die Ellbogen auf die Knie gestützt, sieht statt zu Erika hinüber zum Becken. Judiths Haut ist wieder blass, in wenigen Wochen hat sie ihre Farbe verloren. Der helle Streifen, der auf sie hingewiesen hat, ist in der Blässe untergegangen. So schnell reagiert sie auf die Sonne, streift die Sonne wieder ab.

»Eigentlich müsste ich alles von Grund auf neu schreiben«, sagt Judith jetzt. »Was habe ich schon gesagt? Aber jetzt, jetzt würde die Stimme mich vielleicht lassen. Nein, aber ich würde ihr nicht mehr gehorchen. Wer weiß.«

Die Stimme. Erika beobachtet Judith, deren Haar noch strähnig ist, wenn es ihr auch nicht mehr am Körper klebt. Ohne Bademantel – ganz ausgesetzt sitzt sie da in ihrem Badeanzug. Erika selbst hat die Hände in den Taschen ihres Frotteemantels, sie hat sich vor ein paar Tagen die Diplomarbeit aus der Bibliothek geholt, deren Sätze reihen sich aneinander und bemühen sich, sich nicht festzulegen. Selbst in Judiths Paraphrase findet sie die eigenen Worte überall. Kein Abweichen von einem Satz, der sicher ist, weil er von Dr. Wawracek kommt. Andererseits:

»Für viel mehr als Zusammenfassungen ist eine Diplomarbeit gar nicht gut.«

Judith dreht sich weg vom Pool und zu ihr, ihre Wangen gerötet.

»Das hast du schon einmal gesagt«, meint sie, und dann: »Aber du kannst das nur einmal richtig machen. Du kannst es nicht richtig machen. Wir laufen ein Rennen, aber wohin?«

»Was meinst du?«

Judith lächelt, schüttelt den Kopf.

»Ständig diese Stimme«, meint sie, »die dir sagt, was du zu tun hast und was nicht, und dir auflistet, wer dir aller böse sein wird, wenn du dieses oder jenes tust, zum Beispiel Erika Wawracek ein SMS schreiben, dass du wieder schwimmen gehst, ob sie auch Lust hat, mitzukommen. Da muss Erika

Wawracek sich doch belästigt fühlen, das wird dir noch einmal auf den Kopf fallen, pass bloß auf! Ich frage, wie soll man da leben? So laut!«

Judiths Haar ist strähnig, sie spricht mit geröteten Wangen, kneift sich in die Fingerspitzen. Diese Fingerspitzen hatten einmal die bedeutende Aufgabe, Löcher in der Klarinette zuzuhalten, denkt Erika, damit Luft in einer Röhre zu Klängen geformt werden kann. Sackpfeife, Seeorgel, Klarinette, dasselbe Spiel. Jetzt kneift Judith sie.

»Irgendwann muss Schluss sein!«, sagt Judith. »Immer dieses: Sei still, sag nichts, sprich nicht die Wahrheit, die anderen werden sie gegen dich benutzen! Wie soll man da leben? Und ich bin kein Kind mehr, verdammt! Wenn ich reden will, rede ich eben! Die Stimme soll ruhig bleiben!«

Sie schließt die Hände zu Fäusten.

»Ich weiß dabei doch, was kommen wird«, sagt sie. »Ich weiß es viel besser als sie. Du, Erika, stehst am Rand, und schaust hinunter. Du, noyer, horchst, teilst ein in Schiff und Walgesang, Hintergrundrauschen und Stimme. Du sagst, aber passt auf: Der nächste Moment kommt bestimmt. Du bist ein Baum an der Kante. Luftblasen kitzeln deine Blattunterseiten.«

Erika versteht den Zusammenhang nicht. Sie, ein Baum – sie steht noch nicht einmal auf Deck auf sicheren Füßen. Sie fasst noch nicht einmal nach Karos Hand, in der Disco. Eine Feder wie sie wird doch verweht. Wie kommt Judith auf diesen Vergleich? Sie hat gesagt: »Noyer«. Ist das Französisch?

»Ein Baum?«, fragt sie. »Was denn für einer?«

Die Dusche ist heiß, Brennen in der Brust. Gut, denkt sie, dass es bald wieder ein Training gibt. Eine Stunde lang fallen, aufstehen, werfen, geworfen werden. Diese Gelegenheit nutzen, solange sie sie noch nutzen kann.

»Ich weiß, was kommen wird«, hat Judith gesagt: »Sie wissen es auch: Wir kennen beide den nächsten Ton. Wir leben nicht in einer Schneekugel – wir zeigen unsere Schwachstellen der Welt und die drückt zu, so oder so. Jedes Tosen wird erdrückt, Jera, Isa, Thurisaz, noix, noise, noiseau, noyau, noyer. Am Ende du, aber wen wirst du fangen? Du ertrinkst selbst, du bist das Ertrinken.«

Judith hat geredet, ist gesprungen, von einem Gedanken zum anderen, von einer Sprache zur anderen, vom Du zum Sie und wieder zurück, zusammenhanglos? Dann müsste Erika nicht mehr darüber nachdenken, aber das ist es nicht. Nicht ganz.

»Du weist darauf hin«, hat Judith gesagt, »dass wir die Meere mit Schall zumüllen, wie wir das Land mit Müll zumüllen. Noise, sagst du und zeigst hierhin und dorthin, noise, und da wieder in dieser Meeresenge oder in dieser Bucht, noise, noise, noyer. Ausbreitung des Menschen überallhin, wir spielen noch im Getreidefeld und du stehst schon an der Kante, willst uns auffangen, aber was sich in Bewegung gesetzt hat, lässt sich nicht so leicht stoppen.«

Der »Fänger im Roggen«, denkt Erika, lehnt sich an die Wand unter dem heißen Wasser, sie hat dieses Buch vor Wochen bei einem der Interviews erwähnt. Judith hat genickt, eine Erklärung ist nicht notwendig gewesen. Wie beim Filtern. Jetzt verweist Judith auf den Roman, und Erika versteht es erst unter der Dusche. Was sich in Bewegung gesetzt hat, lässt sich nicht so leicht stoppen. Der Zukunftspessimismus verbreitet sich unter Wissenschaftlerinnen wie ein Schnupfen, sogar Musikstudentinnen sind schon davon angesteckt. Du bist wieder ungeduldig, denkt Erika dann, du denkst, die Welt muss gleich übermorgen untergehen, dabei müssen wir wahrscheinlich noch ein paar Jahre, vielleicht noch Jahrzehnte, warten, auf das, was mit Sicherheit kommt. Bis wir zu verbraucht sind, um uns noch zu wehren.

Sie dreht den Hahn ab und fängt sofort an zu frieren. Heute ist Sonntag, morgen ist Montag, morgen muss sie eine Lehrveranstaltung halten, sie sollte ihre Unterlagen noch einmal durchsehen. Sich wieder da nach vorne stellen, vor die Studierenden, die skeptisch zu ihr blicken, wenn sie nicht gerade in ihren Büchern blättern, die fragen: Was haben Gender-Fragen mit Lärmverschmutzung zu tun?

Und haben sie nicht recht? Lächerlich, sie muss sich das Mikrofon hinunterbiegen, um es zu erreichen. Sie macht allen und sich selbst etwas vor. Sie zögert beim Vortrag, kann sich nicht mehr erinnern, hat sie das jetzt so oder so gelesen? Wie lange arbeitet sie schon in diesem Feld, und kann immer noch Namen und Fakten vergessen.

Judith hat gesagt: »Das bist du – ein Nussbaum, der in seiner Mitte rauscht. Du stehst, die Luftblasen kitzeln deine Blattunterseiten, du bist die Wegscheide. Du musst horchen und entscheiden.«

Sie trocknet sich ab, zieht sich an, sie hat heute noch gar nichts gearbeitet, das wird sich später rächen.

Nein, das bin ich nicht, hat sie nicht gesagt. Du kannst das nicht so sehen, aber wenn ich Auto fahre, denke ich – das Auto wird nicht um die Kurve kommen. Ich denke, ich werde gleich das Lenkrad verreißen. Wenn der Boden auf mich zukommt, denke ich – der Boden wird meinen Hals wie einen Zweig abbrechen. Ich denke, ich werde in die falsche Richtung springen. Ich muss mich fast zurückhalten, es zu tun. Wenn ich Karos Hand fassen will, denke ich – Karo wird mir die Luft abdrücken mit dem nächsten Wort. Kein fest wurzelnder Baum, nein.

Sie schlüpft in ihre Schuhe, Kinderschuhe, Judith hat einen Nussbaum zwischen sich und Erika gestellt. Noch eine Barriere. Erika sollte sich aber von diesem Hindernis zwischen ihr und Judith nicht berühren lassen. Es ist nicht das erste Mal, dass jemand lieber etwas anderes als sie sieht.

Cécil hat Judith kennengelernt, und sie hat ihn an Erika erinnert. Aber Judith vergleicht Erika nicht mit sich selbst, sondern mit einem Baum, kämpft mit einer Stimme, die sie zum Schweigen bringt, springt dann in der Disco hoch und von einer Sprache zur anderen. Judith redet weiter, lässt ihre Worte über Erika spülen und sich von dieser Stimme nicht mehr unterbrechen.

Gut so? Erika weiß es nicht, was weiß sie schon.

Und nächste Woche muss Erika dann schon hinauf nach Deutschland, mit Köhler reden. Noch könnte er sagen: Er will sie nicht. Wenn er sie nimmt, muss sie als Nächstes die Kollegen kennenlernen, Ausrüstung ausborgen. Vorbereitet fühlt sie sich nicht. Wie sollst du dich auch vorbereiten? Die Antarktis, der Kontinent am unteren Rand der Landkarte, auf dem kaum jemand jemals war. Der in seinen Luftblasen Klimageschichte gefangen hält, der so weit in die Tiefe geht und so weit in die Höhe, der jedes Jahr die Meeresmigranten zu sich lädt, sich den Bauch vollzuschlagen. Jedes Jahr Forscherinnen zu sich lädt, Forscherinnen wie Erika, eine Zeile im Lebenslauf, Gesprächsstoff für Bekannte, ein Blog, ein paar Bilder. In Wahrheit wird sie dort wie in einer Sardinenbüchse sitzen, weit unter dem Eis, das jedes Jahr die Neuberger II tiefer unter sich begräbt, ihre Wände eindrückt. Man muss die Station dem Kontinent überlassen, der sie stetig kleiner macht, weil im Eis nichts Platz verbrauchen darf. Die nächste Forschungsstation ist schon in Planung und wird sich nicht mehr so leicht gefangen nehmen lassen. Erika aber wird als eine der Letzten in der Sardinenbüchse leben, unter Druck.

10.

Am Anfang hat Erika ihn kaum beachtet, den südlichen Kontinent, weil jede Weltkarte ihn fast von den Rändern wegdrückt, dieses längliche Stückchen Land, länglich sieht es dann zumindest aus. Nach nichts sieht es aus, durch Vermessung und Kartierung aus der Form gekommen.

Selbst der Globus, den Papa ihr dann geschenkt hat, hat ihr nicht viel mehr erzählt. Mit einem kleinen Schalter konnte sie ihn zum Leuchten bringen, man konnte ihn drehen, die Länder waren alle bunt und umgrenzt wie mit riesenhaften Mauern. Und die Antarktis war ein weißer Fleck, ganz unten und verzerrt, die Schrift dort kaum mehr lesbar. Dort war auch die Achse angebracht, um die herum der Globus gedreht wurde, und die die Antarktis durchbohrte.

Der Schulatlas hat ihr dann endlich einen Teil der Wahrheit gesagt, die Erika längst hätte kennen sollen. Dass die Antarktis nicht länglich ist, sondern groß und rund, und ihr eigenes Zentrum. Später bekam sie von Papa ein Buch über den Südpol mit vielen Bildern, erfuhr, wie viel Trinkwasser in diesem Kontinent gespeichert ist, dass es dort Berge und Vulkane gibt und Gräben, dicht gedrängte Süßwasserseen unter dem Eis, Fische mit Gefrierschutzmittel im Blut, und Schimmel.

»Wir sind es nicht gewohnt, ihn als etwas wahrzunehmen, das sich bewegt«, sagt Köhler, in dessen Büro Erika sitzt, und der beschlossen hat, dem Kontinent eine Persönlichkeit zu verpassen, so wie Judith Erika Wurzeln und Äste gegeben hat, eine Aufgabe: horchen, spielende Kinder fangen. Noch eine Art und Weise, damit umzugehen, aber wenn die Antarktis eine Person ist, so kann man trotzdem nicht mit ihr verhandeln. »Das muss sich nun ändern. Er wacht auf, und uns erreichen seine ersten Regungen.«

Köhler sagt beinahe dasselbe, was er auch schon bei der letzten Konferenz und davor schon in einem Interview gesagt hat, in der Dokumentation über das Johann-Werner-Institut. Dort hat er anhand von zeitlich versetzten Luftaufnahmen gezeigt, wie Eisberge sich vom Kontinent lösen, nach Norden wandern, »he is broadcasting change to the world«.

Broadcasting, das hat er wirklich so formuliert, als wäre der Südpol ein Radiosender. Er hat gesagt: »he«.

Erika wundert sich ein wenig, dass er auch zu ihr so spricht wie zu den Journalisten. Für sie ist das hier nicht gerade neu. Andererseits, denkt sie nicht auch in Metaphern? Leviathan, denkt sie, und: Das Meer ist ein ungeduldiges Publikum. Ständig muss sie es besingen, um geduldet zu werden. Am Ende ist es das Letzte, was uns noch bleibt.

»Nun, es ist schön, Sie dabeizuhaben«, sagt Köhler. »Monika Denk wird die Hauptverantwortung für ISA tragen. Sie kennen Dr. Denk?«

»Sie ist Meereisphysikerin und Glaziologin, ja.«

»Wie stehen Sie zu diesen Disziplinen?«

Erika fragt sich, was er von ihr wissen will. Ob sie sich mit Eis auskennt, lässt sich doch aus ihren Publikationen erschließen, hätte er sich da eine Expertin gewünscht, hätte er nicht gerade sie eingeladen.

Und JERA, ISA, THURISAZ – die drei Abhörstationen rund um die Neuberger II. Judith hat sie im Bad erwähnt, Judith hat gesagt: das Rad der Zeit, die Stille und das Eis, der Wächter am Rand. Sie hat gesagt: Schritt für Schritt zu unseren logischen Schlüssen. Dass Judith sich mit Runen auskennt, ist einigermaßen verwunderlich. Ein dummer Gedanke, darf sie denn nur in der Musikgeschichte bewandert sein? Erika versucht schon wieder, andere einzuschachteln, mit der Hoffnung, sie dann besser einschätzen zu können? Karo würde ihr auf die Finger schlagen dafür: Überheblichkeit.

Aber worum geht es Köhler? Dann erinnert sie sich, vielleicht gerade wegen der Runen, an das eine Mal, als sie sich mit Kopfhörern selbst ernsthaft in Gefahr gebracht hat.

Vielleicht nicht die beste Geschichte für ein Bewerbungsgespräch. Ist es das denn? Ein Bewerbungsgespräch? Zumindest wird sich bei diesem Treffen etwas entscheiden.

»Sehen Sie, am Anfang meines Studiums war ich einmal auf einem norwegischen Gletscher, im Frühling«, sagt sie trotzdem. »Mit Mikrofonen natürlich. Ein paar von uns haben sich auf der Studienreise damals zusammengetan, die Rucksäcke gepackt und sind hingefahren, hinaufgewandert, auf dem Gletscher hierhin und dorthin gegangen und haben dem Eis zugehört. Ich habe eine Höhle entdeckt, die sich im Eis gebildet hatte, bin hinein, und habe mein Mikrofon auf das Tropfen gerichtet, das ich drinnen gehört habe.«

Erika wusste, dieses Tropfen kam von der Schmelze, Wasser, das sich vom Eis löste, zusammenrann, durch die Schichten nach unten schmolz, bis es auf Stein stieß. Zwischen Stein und Eis breitete es sich aus, fraß sich seinen Weg weiter, unterwanderte den Gletscher, bis dieser auf dem Wasser zu rutschen anfing, auf dem dünnen Film entlangglitt, brach, sich löste: bis er kalbte.

Das Tropfen aber: feine Klänge, die so dicht aufeinanderfolgten, dass sie schon fast zu einem Ganzen wurden, aber nur fast, und als sich das Ächzen des Gletschers um sie herum veränderte, merkte sie es nicht sofort, der Gletscher ächzte immer.

Moment, dachte sie dann, Moment.

Denn das Krachen war deutlicher geworden, und sie erinnerte sich daran, was es bedeuten konnte.

Sie hielt das Mikrofon in der Hand, hatte Kopfhörer auf und hörte so viel zugleich, so genau, jeder Klang scharf abgegrenzt vom nächsten, und sie merkte, sie konnte trotzdem nicht sagen, woher dieses lauter werdende Krachen kam, der Gletscher geriet dabei in Bewegung, sie war sich sicher, aber das Geräusch war vollkommen abgetrennt von dem, was sie sah. Diese weißgraue Höhle, so ruhig, nichts bewegte sich hier, die Bewegung kam stattdessen durch das Mikrofon in ihre Kopfhörer, die einen Raum aufbauten, doch einen anderen. Was konnte dieser Lautraum, in dem Eis brach, mit dem Raum zu tun haben, in dem sie stand? Das eine hatte sich vom anderen losgelöst, war fortgerutscht.

Lauf, du wirst erdrückt werden!

Aber wohin genau sollte sie laufen? Um sie herum ächzte es und sie hatte keine Ahnung, welche Richtung zu ihrer Rettung da war, welche nicht. Die Ablösung des Tons vom Ort – welchem von beiden sollte sie vertrauen?

Sie hob langsam die Arme über den Kopf, während es um sie herum lauter riss. Du wirst sterben, gleich jetzt, gleich hier, das Eis wird herunterkommen, dich treffen, und dann! So viele Tonnen Eis wollen sich auf dich legen! Dabei konnte sie nur warten.

Das Eis über ihr senkte sich, kam ihr näher. Ein Brocken brach neben ihr herab, schlug dumpf auf dem Eisboden auf, halb zerbrach er, halb zerfloss er in Stücke, breitete sich aus, berührte sie nicht einmal. Das Krachen und Reißen, das aus ihren Kopfhörern kam, verklang stockend, holpernd. Das Tropfen gewann wieder an Kraft, ersetzte das Reißen schließlich vollständig und nahm den Raum wieder ein, feine Klänge, die so dicht aufeinanderfolgten, dass sie schon fast zu einem Ganzen wurden. Aber nur fast.

Sie senkte die Arme. Sie sah hinauf. Durch die Decke ging ein großer Riss, der vorher nicht dagewesen war. Erika sah hinunter, der Boden war fest geblieben. Es war ihr nichts geschehen. Der Zwischenraum, in dem sie stand, eine kleine Blase Luft im Eis, war noch kleiner geworden, hatte sich näher an sie gedrängt, und ein größerer Mensch als sie hätte sich vielleicht schon ducken müssen, sie aber stand aufrecht und hatte immer noch Platz. Es war sogar noch der Ausgang frei geblieben, sie konnte der Höhle entfliehen. Sie stieg hinaus, das Licht war grell, die anderen hatten ihre Abwesenheit nicht bemerkt.

»Was soll mir diese Geschichte erzählen?«, fragt Köhler.

»Ich weiß nicht«, sagt Erika. »Mir hat sie damals eine ganze Menge erzählt. Unter anderem, dass ich niemals in diese Höhle gegangen wäre, hätte ich nicht ein Mikrofon dabeigehabt.«

»Das stimmt natürlich.«

»Es geht letztendlich um das Filtern. Im Gegensatz zum Ohr filtert das Mikrofon nicht. Das Mikrofon gibt dir alles, und es ist ihm egal, woher es kommt und was es bedeutet. Es gibt alles weiter, und du, du musst, wenn du die Kopfhörer aufhast, alles nehmen.«

Ich möchte doch nehmen, was du mir gibst.

»Es gibt Gründe, warum man Ohren hat«, sagt Erika. »Das Filtern hat einen Sinn. Und das Eis hat mich damals nur zufällig nicht erwischt.«

»Auf den Zufall will man sich nicht verlassen«, sagt Köhler, und als Erika nickt, meint er: »Was, würden Sie sagen, wollen Sie auf der Neuberger II?«

Erika will lachen, wollen ist vielleicht das falsche Wort. Was soll sie antworten auf diese viel zu klassische Bewerbungsfrage? Sie hat im Grunde keine Ahnung. Sie muss an den Traum denken, den sie erst letzte Nacht gehabt hat, im Liegewagen. Sie ist in diesem Traum im Zodiac gesessen, passenderweise auf dem Weg von Europa ins Polarmeer, Leon bei ihr, und Erika eine Sonarboje in den Armen wie einen Säugling. Nur schwerer als ein Säugling ist die Boje gewesen, so furchtbar schwer, sie konnte die Boje kaum halten. Die Wellen waren hoch und weiß vor Gischt, wie Mauern haben sie sich aufgebaut, sind wieder zusammengebrochen. Und die Mauer aus Eis war ganz nah, viel näher, als sie sein konnte, als wäre die Antarktis ihnen über Nacht ein paar Schritte entgegengekommen. Einfach zu deuten vermutlich, erschreckt hat der Traum sie trotzdem.

Aber Köhler will keine ehrliche Antwort, wie nie jemand eine ehrliche Antwort auf diese Frage will, sonst hätte er auch nicht gefragt: Was würden Sie sagen?

»Es ist eine einmalige Gelegenheit«, sagt Erika also. »Die Neuberger II ist eine einmalige Forschungsstation, und die Daten, die dort erfasst werden, sind essenziell. Wenn die Wale dorthin kommen, um zu fressen, wieso sollte ich ihnen nicht folgen?«

»Und abgesehen von der Forschung?«

Wieder will Erika lachen, wie sie gelacht hat, als Cécil fragte, ob sie sich nun bewerben wolle. Ja, sie will. Warum, warum? Lass mich in Ruhe, was geht es dich an?

»Abgesehen von der Forschung«, sagt sie schließlich, »ist es die Antarktis. Was gibt es dazu noch zu sagen?«

Sehr viel.

»Das stimmt natürlich. Aber Hand aufs Herz: Trauen Sie sich denn wirklich zu, mehr als ein Jahr dort unten zu verbringen?«

Oh, nein, ganz bestimmt nicht.

Nein.

11.

Alles so trocken, Judith kann beinahe den Sand auf ihren Lippen schmecken. Den Sand vom Fels, vom Bergfels, denkt sie. Kommt kein Tropfen Wasser hier herauf?

Sie klettern bis nach vorne zu dem Grat, über die Felsen, die an allen Ecken ihre Hände und Waden zerschneiden wollen.

»Schau«, ruft Papa, »von hier aus sieht man es!«

Er steht vorne beim Grat, neben Mama und Matthias, sie warten alle drei schon auf Judith. Der Grat steht scharf ab gegen den Himmel, Judith wundert sich, dass man auf ihm stehen kann, ohne sich zu zerteilen. Papa, Mama und Matthias aber stehen auf ihm, Papa zeigt hinunter, aber Judith kann nicht sehen, wohin. Es ist dann nur der See, er liegt blau in all den schroffen Bergen.

Sie wacht auf in ihrem Zimmer, der Wind schiebt die Vorhänge herein. Judith wacht auf, sie muss den Wecker überhört haben. Dabei muss er den gesamten Raum eingenommen haben, vielleicht hat er stattdessen die Nachbarn unten aufgeweckt. Nein, sie hat sich keinen gestellt. Nicht heute, heute ist nichts zu tun. Sie müsste etwas tun, Bewerbungen schreiben, aber sie kann es sich nicht vorstellen. Morgen. Morgen wird es gehen. Sie dreht sich auf die Seite, kommt auf einer Leintuchfalte zu liegen. Nicht ausgetrocknet, nein. Das wurde schon gedacht. Im Pub war aber alles in Ordnung.

Bei jeder Bewegung kracht der Polster unter ihrem Ohr. Sie spürt die Falte genau, die sich unter ihrem Körper entlangzieht. Nein, das war es nicht. Nicht ausgetrocknet, nein. Sie zieht die Zehen ein, weil überall rund um sie das Fehlen der Diplomarbeit lagert. Die Decke ist über sie gebreitet, aber sie schützt sie nicht mehr. Vorbei. Wann ist es zu Ende gegangen?

Judith kann nicht genau sagen, wann sie die Schwelle überschritten hat. Oder vielleicht war es keine Schwelle, oder vielleicht ist auch etwas zu ihr geflutet. Wo man Schwachstellen zeigt, fangen die Menschen an zu drücken. In der Straßenbahn haben sich Möwen in den Zwischenwänden verfangen. Zu viel Kraft.

Das Pub nur übervoll von spitzkantigem Gerümpel, in Ordnung auch der Keller, in den sie sich ziehen hat lassen, Ton auf Ton. Im Fluss weitergetrieben, ins Tal. Sie und Erika, sie und ein ausladender Baum an einer Klippe. Luftblasen kitzeln Erikas Blattunterseiten.

Sie richtet sich auf, jetzt weiß sie, was hier stört. Was hier nicht zusammenpasst. Das Plakat, sie geht hin, sieht, dass sie feuchte Fußabdrücke auf dem Boden hinterlässt. Vor den Fenstern die Stadt nackt bis auf ihre rostigen Knochen. Das Papier des Flipcharts aber dunkel gefleckt, wellt sich, besonders bei den Os, die sich hervordrängen, die Judith alle durchgestrichen hat. Zieh es doch ab, es dominiert das ganze Zimmer. Judith muss nur ein bisschen kratzen, das feuchte Papier zerreißt sofort, der Wassertropfen tritt aus dem Loch im O, schwillt an, langsam bis zum Platzen, zerreißt und rinnt das Plakat herunter. Einen Moment lang ist sie erstaunt, dann aber erinnert sie sich, dass es so gekommen ist. Sie kratzt das nächste O auf, bis es rinnt, sie denkt: Das musste ja so kommen. Sie möchte sich unter der Decke verkriechen, aber die Decke schützt ja nicht mehr. Das Wasser perlt aus den Löchern, über das Papier und ihre Bleistiftworte, wieso lehnt sie auch ihr Zimmer an einen Strom? Es bringt dir nichts, dein Glück ausgerechnet hier einzupflanzen. Sie sieht, auch aus ihren Fingerspitzen rinnt es schon wieder. Sie kratzt weiter.

Die Welt gibt dir alles, was sie dir gibt, ist zu viel sogar für so dickes Glas. So viel, dass es überrinnen mag, aber es tritt dann doch lieber durch die Ritzen. Das ergibt keinen Sinn, denkt sie und bäumt sich fast auf, entweder ich bin leck oder die Welt, nicht beides. Beides kann nicht sein. Sie kratzt ein O auf, der Wassertropfen tritt sofort an die Stelle des Papiers, schwillt an. Nur Geduld. Nicht beides. Wir leben nicht in einer Schneekugel, aber müsste dann nicht Trockenheit eindringen? Lichtklinge – eine Kante, so scharf, dass sie dich entzweischneiden könnte. Das Wasser perlt herab, der Ablauf stimmt nicht. Es gibt keinen Ablauf. Glaubst du, das hier ist eine Melodie, und du kannst den nächsten Moment erwarten? *Noyau: noise*. Ein Ton ist so viel wert wie der nächste. Sie spricht es aus: *Le monde s'en fout de votre sens. Die Welt schert sich nicht*, schert sich nicht, schert sich nicht *um deinen Sinn*. Ihre Stimme zittert, weil sie imitiert. Bestimmt ein Plagiat. Zitiere: Courtois. Seitenangabe, Interpretation? Der *Kern* ist *Lärm*. Die Schale? Buntes Glas. Sie kratzt am O, aus der kleinen Ritze, die sie mit Fingerspitzen reißt, tritt Wasser, nimm doch, nimm es doch an. Wozu dienst du, wenn nicht dazu, es zu nehmen und zu halten?

12.

Erika hat das mit dem Abstand sofort verstanden. Sie wartet auf Cécil im Übergang zum AKH. Die Brücke führt von der U-Bahn-Station über den Gürtel zum Krankenhaus, wo er nicht arbeitet, und gehört doch an manchen Tagen zu seinem Arbeitsweg. Vervielfältigung von Dienstverhältnissen, würde Karo sagen, Prekariat. Die Verhältnisse richtig zu benennen ist Karo wichtig, Karo nimmt ihr die Benennung der antarktischen Abhörstationen nach nordischen Runen übel, obwohl nicht Erika ihnen diese Namen gegeben hat. Karo ist schlecht gelaunt seit dem Abend in der Disco, Karo sagt: »Da sieht man, was du alles nicht hinterfragst.« Die Leute gehen an Erika vorbei, manche kommen ihr näher als andere. Die meisten halten den Abstand ein. Nur einer, ein alter Mann mit schwerem Schritt, geht so nah an ihr vorbei, dass sie ihren Arm ausstrecken könnte und ihn berühren. Wieso tut er das? Er sieht sie dabei nicht an. Ist ihm überhaupt bewusst, was er hier tut?

Und das hat sie eben gleich begriffen, dass es einen guten Abstand gibt. Der gute Abstand hängt von der Anzahl der Schritte ab, die der andere braucht, um dich zu erreichen. Deshalb verbeugt man sich im Aikido nicht, wenn man einander zu nahe steht. Erst im Angriff wird man diese Grenze überschreiten.

Sie weiß nicht wie: Sie hat auch das verpflichtende psychologische Gespräch bestanden. Wenn man denn so etwas bestehen kann. Sie ist überrascht, weil sie nicht eislaufen will, weil sie Karo nicht auf das anspricht, weswegen sie wirklich wütend ist, weil sie diesen Konflikt angefangen hat und ihm doch nicht bis zum Ende folgen will, weil sie sich beim Autofahren denkt: Ich werde nicht um die nächste Kurve kommen. Ich werde das Lenkrad verreißen. Ich sollte es tun.

Sie ist überrascht, weil sie wenig redet, wenig lacht. Will man mit jemandem wie ihr in einer Sardinenbüchse gefangen sein?

Zumindest kann sie schweigen.

Sie ist überrascht: darüber, dass ihr auch beim psychologischen Gutachten das Aikido und das Tauchen zugutegehalten worden sind, obwohl sie dort unten wohl weder tauchen noch Aikido machen wird und das auch eingewendet hat. Die Frau, die die Gespräche durchgeführt hat, hat sie trotzdem erzählen lassen, von was? Von Wiederholung und einem kleinen bisschen Zeit, eingerahmt in notwendige und einzuhaltende Schritte.

Sie weiß dabei genau, was Köhler und der Psychologin gefallen hat. Hat sie deshalb gerade diese Geschichten hervorgezogen? Geschichten von der Wiederkehr, davon, sich an Regeln zu halten, um eingerahmte Zeit zu bekommen, auf der Matte, unter Wasser, mit den Kopfhörern, draußen im Eis. Geschichten von Fehlern, und was man von Fehlern lernt. Geschichten davon, zu fallen, aufzustehen, trotzdem Ja zu sagen. Es wieder versuchen, es ganz versuchen. Wieso überrascht es sie, dass diese Geschichten beeindrucken, die vielleicht von Anfang an nur dazu dagewesen sind, zu beeindrucken?

Sie ist überrascht, weil sie auf die Frage, warum sie sich beworben habe, auch weiterhin nicht ehrlich geantwortet hat. Die müssen doch gemerkt haben, dass sie Sätze hingeworfen hat wie Trostpreise, nicht gesagt hat: Hört auf, mich das zu fragen! Sie sieht es nicht ein.

Immer muss nach der Motivation gebohrt werden, reicht es nicht, dass sie ihre Arbeit macht, ebenso genau und genauer als andere? Warum, warum? Es macht doch keinen Unterschied. Es ist allein ihre Angelegenheit.

Aber man hat Erika genommen, man nimmt sie, selbst jetzt, wo man sie persönlich kennt.

Sie wundert sich ja selbst.

Cécil kommt die Rolltreppen herauf. Er winkt ihr, sie winkt zurück, geht auf ihn zu, überlegt dabei, wann der Abstand zwischen ihr und ihm gefährlich würde, stünden sie hier auf Matten.

»Alles gut gelaufen, nehme ich an?«

Cécil öffnet den Kofferraum seines Autos, dort sind schon die Pressluftflaschen verstaut, die Kisten, in denen der Rest der Tauchausrüstung liegt, Tarierjacken, Regulatoren, Taucherbrillen. Erika steuert bloß Flossen, Taucherbrille und

Anzug bei und wird sich an der Tauchbasis wieder einiges ausborgen müssen. Erika weiß, sie sollte zumindest einen Tauchcomputer kaufen, aber noch ist sie sich nicht sicher, ob sie beim Tauchen bleiben wird.

Im Kofferraum liegen die Pressluftflaschen, und Erika sieht: Der Kofferraum ist vom Passagierbereich nicht vollständig abgetrennt, nur die Rücksitze stehen zwischen ihnen und diesen schweren Trümmern. Wenn sie einen Unfall haben, werden die Flaschen die Rücksitze mühelos nach vorne drücken, ihnen gegen Hinterköpfe und Rücken schlagen, und was ist schon eine Wirbelsäule gegen so viel Wucht?

»Ja«, sagt Erika. »Es waren eigenartige Gespräche. Sie werden mich wohl nehmen.«

»War doch klar, sie können froh sein!«

Sie fahren zum Neufelder See, der ist nicht weit entfernt, das zahlt sich auch für den Nachmittag noch aus, meint Cécil. Cécil hält das Lenkrad nur mit einer Hand, während er fährt, will, dass sie sich orientieren lernt, damit er sie in noch tiefere Tiefen mitnehmen kann. Das AOWD-Brevet hat sie ja schon, sagt er, ein bisschen Trocki und Eistauchen hat sie auch schon gemacht, das ist schon was, jetzt muss geübt werden, auf vierzig Metern muss sie dann schon echt Routine haben.

Er blinkt und überholt, Erika blickt nach hinten, ob Cécil denn nicht ein Auto übersehen hat, das dann in sie prallen könnte. Die Pressluftflaschen in Bewegung setzen könnte.

»Was hast du denn davon, dass du mich mitschleppst?«, fragt Erika. »An dein Niveau komme ich ohnehin nie heran.«

Sie will dieses Niveau nicht einmal erreichen, sagt sie sich selbst. Man muss seine Grenzen kennen. Grenzen sind gut. Man muss nicht alles können. Heute muss sie sich wieder die Sackpfeife aufschnallen, sich darauf verlassen, dass sie singen kann.

Im Grunde will sie nicht – was da alles passieren kann! Wem bringt es etwas, wenn sie heute beim Tauchen stirbt? Sinnlos, dann muss Köhler erst recht jemand Neuen suchen.

»Wer weiß«, sagt Cécil.

»Jetzt kommen die Einschulungen auf mich zu«, sagt Erika.

»Die Feuerübungen sind lustig«, sagt Cécil, wechselt die Fahrbahn, diesmal ohne zu blinken, Erika lehnt sich weiter zurück in den Sitz. »Die werden dir gefallen.«

Erika denkt an die Flammenflecken, die auf der Insel über die Hügel gesprungen sind, damals beim Aikido-Lehrgang, das Land darunter war versengt.

»Schauen wir mal«, sagt sie, Cécil ergänzt: »Dann sehen wir schon.«

13.

Die Luftblasen umrieseln ihre Wangen, das Atmen ist das eigentliche Geräusch. Über Wasser ist die Angst noch dagewesen, dann, als Erika untergetaucht ist, die ersten Atemzüge gemacht hat, das Blubbern der Luftblasen, die Erinnerung: Es kann ihr nichts geschehen.

Dabei ihr Gesichtsfeld so eingeschränkt, immer muss sie sich drehen, damit sie Cécil sieht, der ohnehin nah an ihr taucht, aber Taucherbrillen sind Scheuklappen. Und doch, sie atmet aus, sie sinkt, sie atmet ein, sie steigt. Wieso hat sie sich je gefürchtet?

Später, nachdem sie aus dem Wasser gestiegen und schwer geworden sind, sich die Sackpfeife und die zweite Haut vom Rücken geschält und alles im Schatten verstaut haben, verstauen sie sich selbst im Schatten einer Platane auf Handtüchern, essen die Pommes, die die Tauchbasis verkauft.

Cécil erklärt ihr, was sie falsch gemacht hat beim Navigieren. Zu nah an ihren Körper habe sie mal wieder den Kompass gehalten. So wird die Nadel von den Metallteilen deiner Ausrüstung abgelenkt, sagt er, und hält die Arme weit weg von sich, zu einem V geformt, wie beim Volleyball. Hier aber bedeutet es etwas anderes, außerdem sticht aus seiner Faust ein Pommes mit roter Spitze.

Erika hat sich im See verirrt und weiß nun wieder, die Sicherheit, in der sie sich wiegt, ist nichts anderes als der Tiefenrausch, der sie mit jedem Meter nach unten dümmer macht, und doch.

Sie denkt noch immer: Ich bin am richtigen Ort gewesen.

Auf der Autofahrt zum See hat Cécil ihr weiter von den Vorbereitungskursen erzählt, er selbst kennt das schon, es wird das dritte Mal sein, dass er hinunterfliegt, etwa zur selben Zeit wie sie, sie aber nimmt das Schiff.

Auch auf dem Weg hinunter muss gearbeitet werden.

»Und dann geht es in die Kathedrale«, sagt er und lacht, und Erika hört in seinem Lachen, er hat Angst.

Die Kathedrale – das Tauchen unter dem Eis. Die Sonne wirft selbst im Schatten der Platane noch Lichtflecken auf das Gras, die Pommes. Sie sollte sich vielleicht doch noch eincremen.

»Vielleicht war es ein Fehler«, sagt sie und schüttelt den Kopf. »Ich meine, was mach ich dort?«

»Na, hoffentlich deine Arbeit«, meint Cécil.

»Du weißt, was ich meine.«

»Nein, weiß ich nicht«, sagt Cécil. »Erklär es mir.«

Ein ausladender Nussbaum – es ist ja schön, dass Judith so von ihr denkt, aber Erika ist nicht einmal ein Flachwurzler. Eine Feder auf Deck. Hand aufs Herz: Trauen Sie sich das zu?

»Es ist klar, dass sie dich hinunterschicken«, sagt Erika, nimmt noch eine Pommes. »Du passt. Ich, ich kann nicht einmal Ski fahren.«

»Ich glaube nicht, dass du Ski fahren wirst müssen.«

»Es geht ums Prinzip«, sagt Erika. Er soll sie nicht absichtlich so wörtlich nehmen, nicht jetzt. »Ich bin kaum größer als ein Kind, ich verirre mich noch immer im Neufelder See, ich kann noch immer nicht anständig fallen. Ich werde dort unten doch sofort verweht. Ich bin nur eine Last.«

»Sei nicht dumm«, sagt Cécil. »Und deine Metaphern widersprechen sich.«

Dumm versucht Erika gerade nicht zu sein, welche Metaphern sie auch benutzt. Man muss seine Grenzen kennen. Grenzen sind gut. Es bringt niemandem etwas, wenn sie sich überschätzt.

»Warum habe ich mich überhaupt beworben?«, sagt sie. Es ist deine Schuld, Cécil. Es ist meine Schuld, weil ich auf deine Vorschläge einsteige. Ich überlege es mir dreimal, und dann steige ich darauf ein. »Sie haben mich das ständig gefragt, warum haben Sie sich beworben, warum wollen Sie dorthin, und ich, ich hab irgendwas dahergeredet. Ich hatte keine anständige Antwort, bis zum Schluss.«

»Was wäre die unanständige gewesen?«

»Cécil, ich meine das ernst.«

Immer Scherze, immer weicht er ihr aus, wenn sie ihm einmal sagt, was sie wirklich denkt. Wenn sie tatsächlich versucht zu erklären, wovor sie sich beim Autofahren fürchtet, beim Fall auf die Matte. Cécil lächelt, nimmt ihre Aussage, dreht sich und sie mit ihm, führt sie weiter, woanders hin. Sieh doch: Gemeinsam blicken wir in dieselbe Richtung, in der ein Wortwitz liegt. Fallen wir auf weicheren Boden.

»Ich ebenso«, sagt er, und tatsächlich wird sein Gesicht glatter, er lächelt gar nicht. »Also, sag schon. Was wäre die unanständige Antwort gewesen?«

Sie reißt an den Grashalmen, er hat ihr einen Stoß gegeben, nicht einmal im Spiel. In welche Richtung muss sie nun springen?

»Ich weiß nicht.«

Das Gefühl nach dem Sprung, wenn sie fällt, weiß, sie muss rollen. Jedes Mal könnte sie falsch aufkommen, sich die Schulter auskugeln, oder schlimmer. Der Leviathan schläft dort unten, und sie steigt in den Zodiac, die Sonarboje wie einen Säugling in ihren Armen, gibt sich dem Meer. Es könnte stürmen. Die Wellen hoch, aber der Weg zum Leviathan kürzer als gedacht. Es zieht an ihr. Sie wünschte, sie wäre schon dort, in der Sardinenbüchse. Sie wünschte, sie könnte es schon drücken hören. Es ergibt keinen Sinn.

»Genau das meine ich«, sagt Erika dann. »Es war ein Fehler, sage ich dir, ein Fehler von Beginn an.«

»Unsinn«, sagt Cécil. »Du redest mal wieder Unsinn, ich weiß doch, dass du da runter willst. Glaubst du, ich hätte dir sonst gesagt, du sollst es versuchen?«

»Du nützt dem Johann-Werner-Institut jedenfalls wesentlich mehr als ich«, sagt er dann.

Erika schüttelt den Kopf.

»Schüttle nicht den Kopf«, sagt Cécil. »Ich versteh dich nicht, um diese Posten wird normalerweise hart gekämpft. Dich haben sie einfach so genommen, und daraus kannst selbst du deine Schlüsse ziehen. Glaubst du denn, die würden sich für mich interessieren, wenn ich nicht tauchen und filmen könnte? Ja, ich gehe unter das Eis, zeichne auf, hole Samples, helfe von mir aus bei der Identifizierung. Ich mache ihnen schöne Videos für schöne Dokumentationen. Ich bin ein Handlanger. Handlanger und Hampelmann. Mehr nicht.«

»Cécil, wieso machst du dich so runter?«

»Du hast wohl echt keine Ahnung, was für einen Ruf du hast«, sagt er.

Nein. Sie hat wohl keine Ahnung. Sie wäre nie auf die Idee gekommen, Cécil könnte sich jemals als Handlanger sehen, er hat auch bisher nie so etwas gesagt. Nur zu ihr nicht? Sie sieht Cécil an, der nach Pommes fischt, dann den Kopf schüttelt.

Und dann nickt sie seinem Vorwurf zu, er hat schon recht, ja, sie steigt auf seine Vorschläge gerne ein, aber was ist der Grund dafür? Er hat vor ihr mit dem Studium begonnen, er war im Aikido schon fortgeschritten, als sie gerade ihre ersten Schritte machte. Als er sie das erste Mal zum Tauchen mitgenommen hat, hatte er das schon seit Jahren professionell betrieben. Sie darf ihn nicht aus dem Blick verlieren, bloß weil sie sich von ihm gerne etwas beibringen lässt. Sie darf die Antarktis nicht auf ihn schieben, bloß weil es ihr so passt.

»Was für einen Ruf habe ich denn?«, fragt sie.

Auf der Rückfahrt fragt sie nach Judith: »Hast du in letzter Zeit von ihr gehört?«

Cécil zuckt mit den Schultern.

»Nein«, sagt er, »die wird sich gesundfeiern, nach all dem Stress, hoffentlich für ein paar Wochen mal gar nichts machen.«

»Meinst du?«

Erika ist sich nicht sicher, nicht nach dem, was Judith das letzte Mal gesagt hat, als sie einander gesehen haben. »Du, Erika, stehst am Rand, und schaust hinunter. Du, Erika, sagst: Aber passt auf, der nächste Moment kommt bestimmt. Du, noyer, trennst, Schiff von Walgesang, Hintergrund von Stimme. Es macht aber keinen Unterschied, du wirst niemanden fangen. Wir leben nicht in einer Schneekugel.«

Wir leben aber auch nicht auf einer Scheibe. Es gibt in Wahrheit auch keinen Rand.

»Ich weiß nicht, ehrlich gesagt. Nach dem Abschluss bin ich damals in so einem kleinen Loch gelandet. Das ist nicht unbedingt eine gute Zeit für mich gewesen.«

»Und was für dich stimmt, muss auch für andere stimmen?«

Er ist also noch immer ungeduldig mit ihr, sie wundert sich darüber. Eigentlich das erste Mal, dass sie ihn ernsthaft wütend gemacht hat, in all den Jahren.

Dennoch: Also hat sich Judith auch bei Cécil nicht gemeldet. Erika sieht aus dem Seitenfenster auf die vorbeiziehenden Lärmschutzwände der Autobahn, was beunruhigt sie daran? Dass Judith auf SMS und Anrufe nicht reagiert? Sollte sie das denn tun? Darf Erika, kaum hat sie Judith hinter ihre Mauern gelassen, denn erwarten, dass die dort auch bleiben mag? Oder beunruhigt sie, dass Judith Literaturreferenzen von Erika aufnimmt, sie zurückwirft? Dass sie nordische Mythen und US-amerikanische Kultromane mischt? Du wirst niemanden fangen. Metaphern verwendet Köhler auch, um dasselbe auszudrücken: Es geht nur noch vorwärts, aber lange geht es vorwärts auch nicht mehr. Der Pessimismus verbreitet sich wie Schnupfen. Erika hat von Anfang an gewusst, dass Judith hier ihre Meinung teilt. Was sagt es über Erika aus, wenn es sie beunruhigt, dass sie zu langsam für Judiths Sprünge ist, ihren Gedanken nicht mehr folgen kann?

Immer diese Stimme, die dir sagt, was du zu tun hast und was nicht. Erika kennt diese Stimme. Ist es nicht diese Stimme, die ihr erzählt hat, dass sie zu leicht ist für den Südpol, ist Cécil nicht wegen dieser Stimme jetzt so schweigsam? Die Stimme verbietet Judith, Erika in die Augen zu sehen, und sie verbietet Erika, Köhlers Anerkennung anzunehmen. »Schön, Sie dabeizuhaben.« Ja, in Ordnung, denkt sie, du hast recht gehabt, Cécil. Judith und ich mögen uns ähnlich sein. Aber ich, ich bin meine Stimme nicht losgeworden, selbst in diesem Moment erwarte ich, Köhler wird erkennen: Was will dieses Walmädchen denn? Durch all ihre Studien hindurch hallt als ewiges Echo bloß ihre Sentimentalität.

Judith hingegen hat die Stimme, die sie quält, zum Schweigen gebracht, oder doch fast? Sie hat ihre Schüchternheit abgestreift, hat sich ausgesetzt auf den zu leichten Plastikstühlen des Bades. Sie hat sich vorgebeugt, sprach mit geröteten Wangen. Sie hat gesagt: du, Erika. Sie hat Erika beim Vornamen angesprochen, sie mit einem Baum verglichen. Sie hat gesagt: du, Erika, bist. Wie viel Mut muss sie dieser Schritt gekostet haben, zu sagen: du, Erika, bist, zu einer Professorin? Sie ist zu einem Urteil über Erika gekommen, sie hat es ausgesprochen. Es sollte nicht ihr Problem sein, dass Erika dieses Urteil nicht teilt.

14.

Judith liegt im Bett, hat die Decke über sich gezogen und hält sich die Ohren zu, weil sie das Rauschen und Rinnen nicht mehr hören will. Überall rinnt es, aus den zerrissenen Os, aus den Fliesenfugen im Bad, das Wasser breitet sich am Boden aus, die Wände sind dunkel, es rinnt überallhin, sie sollte etwas dagegen tun. Sie sollte sich in die Fingerspitzen kneifen, oder die Löcher in den Os kitten, die sie selbst gerissen hat, doch sie weiß, sosehr sie auch kittet.

Wir leben nicht in einer Schneekugel, und die Vase kann ihr Wasser nicht halten. Es ist ihr zu viel.

Sie sollte etwas dagegen tun. Sie sollte aufstehen, hinausgehen, aber draußen ist nur Rost. Das ganze Stiegenhaus, und ihre Schritte klingen so hohl auf diesem alten Metall, die Ketten schlagen aneinander so hell, sie hält es nicht aus. Draußen kann und muss jeder kommen und sie ausnehmen. Jeder will ran, wenn mal die Bäuche offen sind, das Geflatter der Möwen. Es musste so kommen. Sie war zu schwach, oder vielleicht wäre es in jedem Fall passiert. Es hat die Wände eingedrückt, sie hat sich zu wenig gewehrt. Vier Meter mehr, und es hätte vielleicht gereicht.

Es kann gar nicht sein, denkt sie sich zugleich. Das alles ergibt keinen Sinn.

Es kann sein, du hast es selbst gesehen. Es braucht lange, bis Wasser ein Becken füllt, aber am Ende rinnt es trotzdem über. Nur Geduld.

Eine glatte Fläche, die das Tal bedeckt. Wir hier oben, ihr hier unten. Judith teilt das Wasser, das sich ebenso schnell wieder schließt, sie drückt es fort, und es rinnt wieder an seinen Ort. Das Wasser drückt sie hinauf, und auf diese Weise kann sie fliegen, weit oben im Himmel über den Häusern, wie ein *Vogel. Noiseau. Das Zwitschern über dem Tosen.* Weit über dem *Nussbaum*, *noyer*, *ertrinken*, *ertränken*, an dem sie zum Schluss nicht mehr vorbeigehen konnte. Er hing prall vor unreifen Nüssen, neben ihm der Fluss, der immer tiefer in die Steine schnitt.

Es ist nur eine Schwelle. Es war nur eine Überwindung, dann doch in das Wasser zu gehen. Matthias ist sofort hineingesprungen, hat geplanscht, und Mama hat gelacht, weil sie gewusst hat, der See wird Matthias im Gegensatz zum tosenden Fluss nirgendwohin forttragen. Er hat das Tal in Glas getaucht.

Glas, das zurückweicht, wenn man darauftritt. Sie drückt das Gesicht ins Wasser, sieht hinunter, aber sie sieht den Grund nicht mehr, nur grün. Am Ufer, dort wo man den Grund noch gesehen hat, war Kies statt Erde. Papa hat gesagt, sie hätten alle Häuser niedergerissen. Das kann sie sich nicht vorstellen. Auch den *noyer*? Ihr scheint, sie müsste mit ihren Füßen seine Blätter streifen. Sie blickt ins Grün, streckt dann ihre Beine in die Luft, um hinunterfallen zu können, ein Armzug hinunter, bis sie ganz im Wasser ist, ein zweiter, nur Grün. Ein Armzug, noch weiter hinab. Aber schon drückt es sie hinauf, schon tun ihre Ohren weh, schon wird sie wieder zurück in den Himmel geschoben. Sie taucht auf, atmet ein. Die Wellen, die sie gemacht hat, verlaufen sich schnell. Wie in Glas eingegossen fliegt sie in diesem See, die Berge sind trocken um sie und schlagen das Licht zurück, es ist ihnen zu viel.

15.

Letzten Endes ist es wie in der Tauchbasis. Es läuft doch immer gleich ab, denkt Erika, die Liste in der Hand. Man hat sie im Lager allein gelassen, in dem Regal nach Regal steht, jedes von ihnen mit Handschuhen, Überkleidung, Unterkleidung gefüllt, die Tasche, die neben ihr am Boden liegt, wartet ebenso mit offenem Maul darauf, gestopft zu werden.

Socken, lange Socken, Handschuhe, Überhandschuhe, Funktionsunterwäsche, Pulli, Jacke, Überhose, Tempex-Anzug, Schuhe, Überschuhe. Was sie sich vom Johann-Werner-Institut ausborgt, muss in der richtigen Größe gefunden, anprobiert werden, auf der Liste vermerkt und abgehakt, in der Sporttasche verstaut. Lieber zweimal prüfen, wenn du hier Fehler machst, besitzt du dann ein Jahr lang zu wenige oder zu große Socken, hat Yazgül sie gewarnt. Yazgül, die von Erika abgelöst werden wird, Überwinterin gegen Überwinterin tauscht man aus, nennt sie Neu-Üwis und Alt-Üwis, alle Üwis brauchen Schichten über Schichten, eine nach der anderen muss man zwischen sich und das Außen legen, das, Abkürzung hin oder her, mit seiner Kälte in dich schneiden will.

Lieber dreimal prüfen.

Und doch läuft es immer gleich ab: Bevor du die Halle des Dojos betrittst, ziehst du Sport-BH, Unterhemd, Hose, Kokegi, Gürtel, Hakama, Sandalen an, bevor du ins Wasser gehst, ziehst du Bikini, Neoprenanzug, Haube, Füßlinge, Handschuhe, Bleigürtel, Tarierjacke mit Sackpfeife, Taucherbrille, Flossen an, bevor du ins Eis gehst, ziehst du ebenso Schichten an, es steigert sich nur noch einmal die Anzahl. Immer musst du dich ausziehen, anziehen, bevor du hinuntergehst, zur Trainingshalle, zum Grund des Sees, zum Sockel des Globus, wo die Achse steckt, um die sich die Welt dreht: Festgewand anlegen. Immerzu muss ich euch umschmeicheln, euch amüsieren. Die Überhandschuhe haben vielleicht auch deshalb, wie Erika erkennt, als sie die Kiste hervorzieht, alle ein Tigermuster. Kurz überlegt sie, wie das wohl zustande gekommen sein mag? Ist es das billigste Modell gewesen oder das wärmste? Oder ist Köhler gemeinsam mit dem Leiter des Einkaufs vor der Onlinebestellung gesessen und hat lachend gemeint, also wir könnten jetzt die schwarzen nehmen oder aber die da. In Kombination mit dem orangenen Tempex fällt das Tigermuster auch kaum mehr auf. Sie sucht die Überhosen durch, die an Kleiderhaken herabhängen, drückt eine nach der anderen zur Seite, dicker, unflexibler Stoff, der den Wind draußen halten soll und die Wärme drinnen, sieht, ein Problem wird es geben: Im Gegensatz zu den meisten Tauchbasen führt das Lager des Johann-Werner-Instituts keine Kindergrößen.

Sie haben die Üwis für eine Woche zusammengesammelt, zum Planen, Einschulen, Ausstatten, im Frühling wird sie dann noch einmal mehrere Monate nach Deutschland müssen. Ein kleines Grüppchen derer, die sich ins Dunkle verkriechen. Neun Zwerge in der Weite, sorgfältig ausgesucht nach benötigter Qualifikation: einmal eine Monika für Wasser und Eis, einmal eine Liubov für die Luft, einen Udo und einen Leander für die seismischen Wellen, die der Boden überträgt, und eine Erika für alles, was sich sonst noch in Luft, Wasser, Eis und Erde wellt. Dann noch Hermann und Olli für die Geräte und den Funk, Milan für das Essen, Peter ist der Arzt.

Wie immer traf man sich als Erstes zum Trinken, vorsichtiges Abtasten zwischen Bierdeckeln und Holztischecken. Erika hat Monika Denk die Hand geschüttelt, der Glaziologin. »Wir werden noch viel zusammenarbeiten«, hat Monika gesagt, wie es schon Köhler gesagt hatte, und: »Wahrscheinlich steckt man uns auch gemeinsam in eine Kammer.«

Erika hat sich gefragt, soll sie die anderen warnen, dass sie nicht gesprächig ist, ist dann zu dem Schluss gekommen: Sie werden es früh genug begriffen haben.

»Gut«, hat sie gesagt. »Wunderbar.«

Monika erzählte ohnehin lieber selbst, von ihrer Überraschung, tatsächlich zum Vorstellungsgespräch eingeladen worden zu sein, von ihrer Angst vor dem Bergkurs bei der Gletscherspalte, in die man, angeseilt zwar, aber trotzdem, springen würde müssen, und zwei Mitglieder des Teams würden außerdem ein Krankenhauspraktikum absolvieren, und dann die Frage, was sollte sie mitnehmen? Was mitnehmen, fragte sie, in ein acht Quadratmeter großes Zimmer für mehr als ein Jahr?

Erika überlegte, ob sie erwähnen sollte, dass auch sie nicht ernsthaft mit einer Zusage gerechnet habe, dachte dann aber an Cécil: Du hast wohl gar keine Ahnung, was für einen Ruf du hast. Er war noch die gesamte Autofahrt über schweigsam gewesen, konzentriert auf die Straße vor ihnen, etwas abrupter in seinen Spurwechseln vielleicht, und beim Bremsen. Hampelmann, hatte sie gedacht, und ihn beobachtet. Meinst du das ernst? Als sie ihn beim nächsten Training getroffen hatte, war sein Lachen wieder breit gewesen, und noch breiter, als sie eine Lücke in seiner Bewegung entdeckte, einen kleinen Fehler, den sie ausnutzen konnte, hier gibst du mir deine Hand, ich muss sie nur nehmen: sich wenden, ihn mitnehmen, versuchen, den Spieß umzudrehen in diesem Spiel. Sie war dann trotzdem bäuchlings auf der Matte gelandet, in der Zange seines Griffs, aber er hatte gelacht, und seitdem hatte sie ihm gegenüber nichts mehr erwähnt. Besser so. Sie musste das sowieso mit sich selbst ausmachen, und war der Zeitpunkt, über die Bewerbung zu sprechen, nicht längst vorbei? Monika redete längst über Bilder, Polster, bunte Tücher und eine Lampe, deren Farbe wechselte. Erika hörte ihr zu und wusste nichts beizutragen. Farblich wechselndes Licht. War das tatsächlich etwas, worüber sie sich Gedanken machen sollte? Sollte das auch noch auf ihre Packliste?

Hermann und Olli fingen dann an, von ihren jeweiligen besseren Hälften zu sprechen, die die Wohnung mit Pölstern und Kerzen zumüllten, weil sie halt Frauen seien, und Erika blickte Monika neben sich an, die lächelte. Störte es sie nicht? Oder meinte sie, sie hätte sich ohnehin bereits selbst entlarvt, mit ihren Stimmungslichtern? Aber wieso sollte Monika überhaupt so denken, Erika sollte nicht immer von sich auf andere schließen, und dann wurde sie nach Beziehung gefragt.

Ein Lächeln, »derzeit nicht«.

Beziehung ist kompliziert in meinem Fall, sagte sie nicht, versuchte auch nicht, den Begriff der Asexualität einzubringen, den hier vermutlich niemand so wirklich verstand. Sie würde nur wieder alle aus dem Konzept bringen, und Peter oder Udo würde denken, Karrierefrau und frigide, der Egoismus der Leistungsgesellschaft, oder auch: Asexualität ist nichts als die Angst vor menschlicher Nähe. Sie hatte oft genug rechtfertigen müssen, was sie selbst noch kaum abgrenzen und definieren konnte – das hier beschreibt mich, das hier nicht –, so verflochten alles, und Karo war nicht hier, um die Stränge zu entwirren, zu sagen: Bindung kann auch unabhängig von Sexualität entstehen, das eine hat mit dem anderen nicht immer und unbedingt etwas zu tun. Alles wahr und schwierig zu argumentieren, alles nicht wirklich akzeptiert, einfacher das Schweigen und Ablenken, und sie hatte inzwischen Übung darin, nicht sagen zu müssen, was kaum jemanden anging außer sie selbst.

»Oho, du bist Single? Da müssen wir uns also in Acht nehmen«, sagte Milan auch wie zu erwarten, und Peter meinte: »Das müssen wir sowieso. Unsere Erika, die ist ein stilles Wasser. Cécil Fournet hat mir verraten, dass sie seit Jahren Aikido macht.«

Lachen, sie hoben die Hände vors Gesicht und lehnten sich zurück, wie sie es immer tun, Udo, der zweite Geophysiker, meinte: »Da müssen wir also aufpassen, was wir sagen!«

»Ja, furchtbar«, sagte Erika, immer müssen alle furchtbar vor ihr aufpassen, sobald sie das Aikido erwähnt.

»Aber in Wahrheit«, sagte sie dann, »kann ich euch die beste Selbstverteidigung jetzt gleich verraten.«

Die anderen beugten sich vor, ließen ihre Biergläser dabei nicht aus.

»Weglaufen und schreien«, sagte Erika und lachte mit den anderen mit, obwohl sie es ernst meinte. Was Karo dazu sagen würde? Aber Erika musste nicht immer und überall ihren pädagogischen Auftrag erfüllen und jedem erklären, was der Unterschied ist zwischen dem Training auf der Matte und echter körperlicher Gewalt. Selbstverteidigung ist ein psychologisches Problem, sagte sie nicht.

Stattdessen hatte sie die anderen zum Lachen gebracht, das war gut, stärkte die Gruppe, und würde sie über das hinwegtrösten, was sie von Erika nie bekommen würden, auch nicht nach mehr als einem Jahr auf engstem Raum. Du baust Mauern, sagt Cécil, Erika antwortet, aber ich schmücke sie schön, so sieht man sie kaum. Und Kollegen lassen sich gern ablenken, fragen nicht nach, erwarten selten mehr als Freundlichkeit und gute Arbeit.

Peter erzählte inzwischen von seinen zwei Kleinen, seiner Nebenbeschäftigung, wie er meinte. Peter würde der Arzt und Stationsleiter für diese Überwinterungssaison sein, und er hatte diesen Job schon ein paar Mal gemacht. Seine Nebenbeschäftigung hinderte ihn also nicht daran, immer wieder für längere Zeit auf Reisen zu sein, oder auch für ein Jahr. Erika erkannte, in ihrer Gruppe waren sie alle Familienmenschen, was bewies, dass sich Beruf und Nachwuchs doch versöhnen lassen.

Alle haben Kinder oder planen welche, nur die Frauen nicht.

16.

Matthias läuft voran, es staubt, wenn er auftritt, es kitzelt Judith in der Nase. Judith hört, wie seine Schuhe auf dem feinen Kies rutschen, er könnte fallen. Dann schürft er sich wieder die Knie auf.

»Lauf langsamer!«, ruft sie. Matthias dreht sich nicht nach ihr um. Matthias will zu den Raubkatzen, die haben erst vor Kurzem ein größeres Gehege bekommen. Gut, dann zu den

Raubkatzen, wenn Matthias das will. Wenn Matthias fällt und sich die Knie aufschürft, wird Mama wütend sein.

Judith hat die Erlaubnis oder eher den Auftrag bekommen, mit Matthias nach Schönbrunn in den Zoo zu gehen. Es ist Sonntag, eigentlich müsste sie noch Hausaufgaben machen, aber Matthias ist so laut und die Böden sind zu wischen, da sind sie der Mama nur im Weg. Der Sonntag verrinnt. Was ist, wenn sie die Hausaufgaben heute nicht mehr schafft? Dann gibt das noch ein Minus.

Judith sammelt die Minus, weil sie für alles zu langsam ist. Wenn du zu langsam bist, hat Mama gesagt, überholt dich das Leben und tritt dir dabei ins Gesicht. Selbst in Französisch verwechselt sie die Worte, und Klarinette ist kein Brotjob. Merk dir das.

»Lauf nicht so weit weg!«, ruft Judith. Sie darf ihn hier nicht verlieren. Der Wiener Zoo ist groß, überall zerren die Leute ihre Kinder in Leiterwägen durch die Gegend, als wären sie Gepäck.

»Redet mit keinem Fremden«, hat Mama gesagt. »Und esst eure Jause, kauft nicht bei den Ständen ein. Die sehen nur zwei dumme Kinder, die nehmen euch nur aus, und dann haben wir den Scherben auf.«

Das Gehege der Raubkatzen ist von einem Netz überspannt.

»Damit sie nicht herausspringen«, sagt Matthias und tritt nah an die Glaswand heran.

Die Fremden um Judith und Matthias sind von den beiden nicht durch Netze getrennt. Männer, die dir Süßigkeiten anbieten, schläfern dich in Wahrheit ein und tragen dich weg. Dann wardst du nie wieder gesehen.

Judith stellt sich zu ihm, die Katzen liegen auf den Baumresten, die man in ihr Gehege gestellt hat. Hinter dem Glas ist das Gras ganz abgetreten, dort gehen sie wohl ihr Revier ab, wieder und wieder, an den dummen Kindern vorbei, an die sie nicht herankommen. Im Moment jedoch nicht, im Moment schlafen sie. Ist ihnen zu heiß? *Mais ne sont-ils pas habitués à ça? Sind sie die Hitze nicht gewohnt? Chat, Katze,* denkt sie, was hieß noch einmal Raubkatze? Das ist lange her.

Dann erst fällt ihr die Familie auf, die neben ihnen steht und französisch spricht: »*Tiens, le tigre*!«

»*Et ils sont où, les guépards?*«

Wo sind die Geparden? Judith will schon fast antworten: Die *Geparden* sind in einem anderen Käfig, dann fällt ihr ein, dass auch die da für Mama *Fremde* sind. *Étrangers*. Außerdem ist sie sich nicht sicher, wie das klingen würde. So wie früher? Wie sehr wird man ihren deutschen Akzent hören? Früher hatte sie keinen, das ist lange her. Die französische Familie wird sofort entdecken, dass sie nicht eine von ihnen ist, sie wird wie der Lehrer sagen: »Dafür, dass du angeblich einmal flüssig gesprochen hast.«

Judith tritt weg vom Glas, »komm schon!«, sagt sie.

Später haben sie auf einer der Parkbänke Mamas Jausenbrote gegessen, den Kirschsaft aus den kleinen Päckchen mit den kleinen Strohhalmen gesaugt, und die Päckchen haben sich zusammengedrückt. Sie gehen zu den Elefanten. Matthias hängt sich an die Gitterstäbe, Judith steigt auch zu ihm auf das Gitter, drückt den Kopf zwischen die Stäbe, das Metall ist kalt an ihren Wangen. Ihre Füße balancieren auf den Stangen, die das Gitter unten abschließen, die Stangen drücken sich in ihre Sohlen. Selbst so sind sie den Tieren noch fern, da ist noch eine zweite Absperrung zwischen ihnen und dem Gehege.

Elefant. Éléphant. Bernadette hatte einen aus Holz. Aber Bernadette ist weg, ward nie mehr gesehen. Fortgetragen? Vom See. Umgezogen. Wenn sie sich zu Bernadette zurückwünscht … aber diesen Ort gibt es nicht mehr. Dieser Ort ist in Glas eingegossen, das hat sie selbst gesehen. Das Dorf gibt es nicht mehr, ein neues hat sich an den Berghang gedrängt, mit Restaurants, dic ihre Veranden alle zum See hin richten. Nichts will dem See den Rücken kehren. Und wenn sie schwimmt, lässt das Wasser sie nicht hinunter, es schiebt sie immer wieder zurück hinauf. Wir hier oben, ihr da unten.

»Schau, da, das Junge!«

Matthias zeigt zu dem kleinen *Elefanten*, der so klein gar nicht mehr ist. Das ist der *éléphant*, der den Pfleger getötet hat, denkt Judith, beim Spiel. Sie hat es in den Abendnachrichten gehört. Was der wohl inzwischen wiegt? Er hat es dabei gar nicht gewollt, es ist ein Unfall gewesen. So ein Mensch ist leicht zu erdrücken. Wie Fruchtfliegen, die kann man auch nicht in die Hand nehmen, ohne sie zu töten. Gibt es deshalb diese zwei Absperrungen hier? Aber im Moment drückt sich der kleine *éléphant* nur unter seine Mutter, und die geht langsam über den Platz, ihr Rüssel sucht den Grund ab, stäubt ihn dabei auf.

»Ist das sein Papa?«

»Vielleicht.«

Es ist ein größerer *éléphant* jedenfalls, auch mit größeren Ohren als die Mutter. Vorhin hat er noch getrunken, sich das Wasser mit dem Rüssel über den Rücken gespritzt, jetzt kommt er auf die Mutter zu.

Und sie denkt wieder an den *Holzelefanten*, mit Rädern an den Beinen, mit dem Stück eingedrehter Schnur als Schwanz. In dem neuen Ort, der an den Hang gedrückt war, hat sie Bernadette nicht mehr gefunden. Sie hatte sie sich dort aber auch gar nicht mehr vorstellen können, mit dem flatternden Huhn auf dem Schrank. Der neue Ort ist so still gewesen, trotz aller planschenden Kinder.

Da hört sie es. Hört sie was genau? Sie kann es nicht einordnen. Sie merkt, nein, sie hört nicht etwas, das ist es nicht, sie spürt. Die Gitterstäbe, zwischen die sie ihr Gesicht gedrückt hat, sind aus der Ruhe gekommen, für einen Moment. Was soll das überhaupt bedeuten? Da, jetzt schon wieder. Links und rechts von ihr, die Stäbe, an die sie ihre Wangen drückt, die sie festhält, zittern.

Judith stößt sich ab, macht einen Schritt zurück, sieht das Gitter an.

Jemand wird gegen das Gitter getreten sein, denkt sie. Das

ganze Gitter zittert, wenn jemand dagegentritt, also wird wohl jemand dagegengetreten sein.

Und wieder. Sie ist vom Gitter zurückgetreten, sie berührt es nicht mehr, und sie spürt es trotzdem. Die Unruhe der Luft um sie.

»Was ist denn, Judith?«, fragt Matthias.

»*Tais-toi*«, sagt Judith.

»Was soll denn das heißen?«

»*Tais-toi, je dis!*«

Was macht das hier, fragt sie sich, und schließt die Augen, das passt hier nicht her. Da ist es wieder, nicht einmal ein Zittern kann man das nennen. Die Luft drückt sich gegen sie, immer wieder, ganz regelmäßig. Vom Schwimmbad kennt Judith das, wenn sie untertaucht, dann spürt sie die Bewegungen des Wassers wie jetzt die Bewegungen der Luft.

Ja, das ist es.

Als sie im See getaucht ist, versucht hat, den Grund zu erreichen, so tief!, hat sie das auch gespürt, wie es sie hinaufdrängt, ausschließen will.

»Wieso machst du die Augen zu?«, fragt Matthias.

»*Ich sagte, sei still!*«

Die Luft schlägt Wellen an Judiths Körper, kann man von Wellen sprechen, wenn man vollkommen darin untergegangen ist? Sie schließt den Mund, nicht einatmen!

Willst du es denn?

Sie kann das Wasser überall spüren, sogar kühler ist es geworden.

Nur Luft bekommt sie keine.

Sie öffnet die Augen, Matthias sieht sie an, Matthias steht auf dem Trockenen, gerade noch so.

»Gehen wir«, sagt sie. »Ich mag die *éléphants* nicht mehr.«

Sie läuft weg von den *Elefanten* und Matthias ihr hinterher, sie hört seine schnellen, rutschenden Schritte.

»Was ist denn, Judith? Was ist denn passiert?«

»*Ferme-la!*«, sagt sie. »*Sei still!*«

17.

Erika steigt in die U-Bahn, klemmt den Ziehkoffer zwischen die Beine, hört ihrem Rumpeln und Schlagen zu. Umsteigen in die Straßenbahn, die rumpelt auch.

Sie steigt auf den Asphalt, den sie kennt, immer wieder den holpernden Koffer zurück zu ihrer Wohnung ziehen, sich jedes Mal aufs Neue vertraut machen mit denselben Straßen: Rückkehr auch ins Revier des Spechts. Er klopft, er klopft wieder auf Metall. Sie bleibt für ihn stehen, den Ziehkoffer noch in der Hand. Es klingt hohl – ein Rohr. Das ist das Wahrscheinlichste, dass er auf einem Dach sitzt, dass er auf einen Sendemast einhackt statt auf einen Baumstamm. So findet er kein Futter, aber so findet er immerhin Raum, seine Schläge hallen weit über die Dächer, das hier ist meins, ist alles meins, dreht um, dreht um!

Die Singvögel schreien gegen den Verkehr an, der Specht ist lauter. Der Specht hat ein Musikinstrument gefunden mit besserem Resonanzkörper.

Meins! Das ist meins!

Ob ihr Specht auch Judiths Specht ist, ob sie tatsächlich beide im selben Revier wohnen? Sie hat nie gefragt, und Judith antwortet nicht mehr. Es sollte Erika nicht kümmern. Schau, Cécil, was passiert, wenn ich mich öffne.

Was für ein Recht, Erika, hast du auf sie?

Gar keins. Ich weiß.

Erikas Leben ist abgegrenzt in Beete, da ist die Zeit, in der ich schwimme, da die Zeit, in der ich die Kopfhörer aufsetze und horche, da die Zeit, in der ich mich einsam fühlen darf. Da jeder Moment genau umgrenzt ist, weiß sie, er wird ein Ende haben.

All die Peters und Udos und Leanders mit ihren Frauen, all die Monikas und Liubovs mit ihren Partnern. Wäre es nicht einfacher so, weniger anstrengend? Müsstest du so nicht weniger oft dir selbst sagen: »Du bist es wert zu leben, geliebt zu werden«, weil es statt dir ein anderer zu dir sagt? Wenn du die Augen schließt, weil du das Wasser vor dir teilst, wenn es über deine Arme rinnt, wenn du Cécils Hand auf deinem Nacken spürst, seine Umarmung, könntest du dann nicht probieren, ginge dann nicht auch? Und wenn das ginge, könntest du dann nicht sagen: Hier, du ausgewählter Mensch, nach schwer nachvollziehbaren Kriterien, nimm mein Vertrauen, und meinen Körper auch?

Ein schönes Märchen. Erika überwindet ihre Ängste und damit ganz automatisch ihre Asexualität, in Wahrheit Frigidität, ein Deckel findet zum Topf, weil er allein nicht so viel zählt. Sich ganz Cécil zuwenden, Judith und Karo treten in den Hintergrund, Blumenmädchen. Aber allein der Gedanke macht sie lachen, und sie hat sich dieses Märchen lang genug selbst erzählt, schlimmer, Thomas noch dazu. Keine Angst, gemeinsam werden wir mich schon heilen, reparieren. Dornröschen aus dem Schlaf wecken. Komm schon, wenn dir das keinen Spaß macht, dann vielleicht.

Es ist nicht fair gewesen, niemandem gegenüber. Sie hätte Karo viel früher kennenlernen müssen, die das Gewirr von Strängen in die Hand genommen hat, angefangen hat, zu benennen, zu entknoten. Die gesagt hat: Um einen Deckel zu brauchen, müsstest du erst mal ein Topf sein. Vielleicht gehörst du nicht einmal in eine Küche. Wenn sie Thomas heute kennenlernen würde, könnte sie dann zu ihm eine Freundschaft entwickeln wie zu Cécil? Schwer zu sagen. Es ist so lange her und jeder Vergleich mit Cécil ist ohnehin schwierig.

Dann, auf einmal, das Rufen von Möwen, wie auf dem Kai mit der Seeorgel. Sie hört Möwen rufen, sie kann es nicht einordnen, sie dreht sich um. Da ist nur ein Lieferwagen, der in eine Seitengasse einbiegt. Für einen Moment denkt sie, dass das Schreien der Vögel aus dem Inneren des Wagens kommt, sind sie dort gefangen?

Sie kann sich vorstellen, wie sie innen flattern, gegen die Wände des Wagens schlagen, ihre Mäuler weit aufreißen, Möwen sind wie flackernde Flecken in der Luft, immer unruhig, immer wütend.

Sie hat diese Vögel nie verstanden.

Im nächsten Moment kommt ihr das alles ganz unwahrscheinlich vor. Der Lieferwagen hat an seinen Außenwänden Werbung für einen Bäcker aufgedruckt, was soll der mit Vögeln zu schaffen haben? Aber das Geräusch kommt trotzdem von ihm.

Erst als der Wagen schon um die Ecke biegt, das Schreien der Möwen dabei nie abreißt, versteht sie, was hier passiert. Es ist bloß sein ganz persönliches Quietschen und Schleifen, seine kaputten Stoßdämpfer, kleine Metallstücke, die aneinanderreiben, die sich in Erikas Ohr zu Möwen formen. Weil sie das Schreien von Möwen gut kennt, hat sie vielleicht diese Assoziation, sie weiß es nicht. Vielleicht die Erinnerung an den Film, den sie gemeinsam mit Karo, Cécil und Judith gesehen hat. Außerdem: Leviathan. Gut, den geht sie nun bald besuchen.

Sie dreht sich wieder um, und zieht den Koffer weiter zu ihrer Wohnung.

Das unruhige Flackern von zornigen Vögeln, denkt sie. Ein Lieferwagen, der um die Ecke biegt.

Das eine hat mit dem anderen rein gar nichts zu tun. Dass man das alles so leicht miteinander verwechseln kann.

18.

Das Fenster ihres Arbeitszimmers steht weit offen, gibt den Blick frei auf die Stadt, die heute kahl ist und grau, Erika horcht wieder auf den Specht, wie er klopft. »Du stehst an der Klippe, Erika, du siehst den Abgrund und den Lärm, du trennst, du wirst niemanden fangen.« Alles kehrt wieder, alles hat Grenzen, und einmal wird Judiths Schweigen Erika nicht mehr stören. Freundschaften verlaufen sich, bevor sie sich gefestigt haben, das ist kein Grund zur Beunruhigung, kein Zeichen, dass etwas nicht stimmt, und auch wenn Judith nach vorne gebeugt gesessen ist auf den zu leichten Stühlen im Bad, als sie das gesagt hat, gesprungen ist von Sprache zu Sprache, vom Du zum Sie und zurück, von Metapher zu Metapher, kann Erika nicht einfach vom Schlimmsten ausgehen. Türen eintreten, wenn die Sorge mehr mit Erika selbst zu tun hat als mit der anderen.

Garantien gibt es nie, Erika. Das weißt du genau.

Neben ihr türmt sich die Arbeit, Erika will sie nicht tun. Folgende Hilfsdaten muss ich eintragen und in die Rechnung miteinbeziehen, um auf der Aufnahme Verunreinigungen durch ambienten Lärm zu identifizieren: Gezeiten am Ort der Aufnahme, Windstärke, Niederschlag, Entfernung des Mikrofons vom Meeresboden, Luft- und Wassertemperatur, Leitungsfähigkeit des Wassers, und dann noch all die anderen Parameter. Sie legt die Finger auf die Tastatur, steht dann doch lieber auf, und macht sich noch einen Tee. Sie mag es nicht, wenn sie nicht arbeiten kann, es macht sie nervös. Und dabei sind ihre Schultern vom ewigen Sitzen vor dem Computer derzeit so verspannt, sogar das Aikido tut ihr nur weh. Judith meldet sich nicht, Karo schimpft immer noch über die Runen, Erika muss ihre Projekte abschließen, um dann mit den Vorbereitungen für die Antarktis-Expedition so richtig beginnen zu können. Leon war begeistert, als er davon gehört hat, er weiß schon mehr zum Leben auf der Neuberger II als sie selbst. Er sagt, Wahnsinn, er sagt, ist ja irre und das ist ja ein Lebenstraum, er klopft ihr auf die Schulter und sagt, sie habe sich das verdient. Leon könnte wohl jederzeit zu Köhler gehen und ihm genau sagen, warum er zum Südpol will, warum er sich das zutraut, Hand aufs Herz. Vielleicht erkennen sie noch ihren Fehler und schicken ihn statt ihr, sie wünschte es beinahe, Erika schließt ihre Projekte nicht ab, im Aikido sind ihre Rollen unsicherer geworden.

Cécil sagt, das ist die Nervosität, Erika weiß, er hat recht, Karo fährt dazwischen, sagt, was für eine verrückte Idee das ist, sich zu separieren von der Gesellschaft, in diesen Raum zu gehen, der nie für Menschen gemacht war. So weit es geht in die Marginalisierung zu gehen, an den Rand unserer Welt, und gleichzeitig in einer sozial so anerkannten Position. »Das ist vollkommen absurd«, sagt sie, wenn sie gut gelaunt ist, wenn sie schlecht gelaunt ist, sagt sie: »Ich verliere jetzt sogar schon gegen einen Haufen Eis und ein paar Piefkes. Ganz toll.«

Sie gehen wieder zu dritt ins Kino und in Bars, streiten über Stipendien, den Syrien-Krieg und Klimapolitik. Erika sagt Karo zu, sooft sie kann, Karo findet trotzdem immer mehr Gründe, das Johann-Werner-Institut zu hassen. »Ich weiß nicht, was ich sonst noch tun kann«, sagt Erika zu Cécil, »um ihr zu beweisen, dass sie mich an nichts verlieren wird, schon gar nicht an einen Haufen Eis.«

Cécil zuckt mit den Schultern, und statt sie zurechtzuweisen wie damals an dem Tag im Pub, sagt er: »Das ist eben Karo«, so wie Erika es selbst schon gesagt hat, das ist eben Karo, als würde das etwas erklären, aber es erklärt nichts, es heißt nur: Ich stoße hier nicht weiter vor, ich gehe lieber einen Schritt zurück. Das ist eben Karo, dahinter können sie sich verstecken, wie Karo sich hinter politischen Schlagworten versteckt, und so muss niemand den anderen wirklich berühren. Feiglinge sind sie letztlich allesamt.

Sie treffen sich zu dritt, die drei Feiglinge, und es ist, als hingen ihre Diskussionen schief, das Gewicht hat sich verschoben. Niemand spricht über Judith, nicht mal Cécil, der sonst alle Mauern überspringt, alle Menschen ausloten will und dann doch lieber nicht, Erikas Sorge ist fehl am Platz, weiß sie, ist egoistisch: Wenn ich mich schon dazu herablasse, meine Hand nach dir auszustrecken, nimm sie auch an!

Außerdem ist Erika doch bald fort, was würde ihr Freundschaftsangebot Judith denn jetzt noch bringen? Sie macht sich zu viele Gedanken, und es ist ganz normal, dass man sich verliert. Das ist eben so.

Du gehst deinen eigenen Weg, sagt Erikas Vater, und sie sagt, ja, ich gehe meinen Weg, um Schichten von Eis zwischen mich und den Rest zu legen. In die Antarktis gehen und ein Jahr lang nicht an Klimakonferenzen denken müssen und nicht an die Steuererklärung. In die Antarktis gehen und nicht tiefer graben müssen, sondern eine Ordnung vorfinden, die sie gelernt hat, genau einzuhalten, Schritt für Schritt in einer Reihe von notwendigen Schritten, um zwischendurch Raum zu haben für: das Mikrofon einschalten, die Kopfhörer aufsetzen. Die Welt einfach machen. Und stolz soll sie darauf auch noch sein. Du baust Mauern, fünfzehn Meter Schnee nach oben, und Kilometer von Schnee in jede Himmelsrichtung. So kommt nichts und niemand mehr an dich heran, nur ersticken wirst du vielleicht daran. So viel Arbeit zu tun.

»Du musst es nur richtig machen.«

Sie wird nicht anfangen, mit ihm zu diskutieren. Nicht heute. Sie ist müde, und ihre Arme sind schwer, und Christians Arme doppelt so dick wie ihre. Das Rollen hat heute wehgetan, einmal ist sie direkt auf die Schulter gefallen, einmal auf den Rücken, sie ist am Boden gelegen, in ihrem Rücken hat es tief vibriert vom Aufschlag. Sie hat nachgedacht: Was genau ist passiert? Sie hat gedacht: Der Boden ist dein größter Verbündeter. Wann immer du fällst, er ist da. Er gibt dir Richtung, er stoppt deinen Fall und du wirst immer wissen, wo du ihn zu finden hast. Sie hat gedacht: Ich will nicht mehr. Sie ist aufgestanden, ist wieder auf Christian zugegangen.

»Versuchen wir es noch einmal«, sagt sie.

Wieder greift er ihre Arme, sie versucht, die Bewegung rechtzeitig zu beginnen. Er soll sie schon greifen können, aber sie noch nicht richtig in seinen Handzangen einzwicken können. Sie muss handeln, noch bevor sich ihre Finger von ganz alleine schließen, noch bevor er mit ihrem Handgelenk auch die Sehnen zusammendrückt.

Aber sie ist zu spät, und schon bleibt sie stecken, kommt nicht mehr weiter, er drückt und ihre Finger geben nach, schließen sich von ganz allein.

Normalerweise arbeitet sie gerne so.

Sie mag es, wenn sie in der Zange ist, weil sie den anderen dann umso besser spürt, weil sie genau weiß, dass alles versperrt ist außer der richtigen Bewegung, der richtigen Antwort auf seine Frage in dieser kleinen Diskussion. Alles ist in Wahrheit ganz klar. Zwei Verbündete sogar: der Boden und derjenige, der dich hält.

Warum ärgert es sie heute? Sie kann es noch nicht sagen, sie sucht noch nach dem Grund. Er sagt, du musst es nur richtig machen, ihre Schulter tut weh. Kraft würde ihr gegen Christian auch sonst nicht nützen, heute hat sie noch weniger davon. Nur die Technik bleibt, und die ist nicht gut genug. Außerdem ist er jetzt dran, sie muss ihn jetzt angreifen. Mit beiden Händen seinen Arm greifen. Sie muss ihn jetzt spüren lassen, wo er es richtig macht. Sie stellt die Frage, er soll die Antwort geben, die sie zum Kippen bringt.

Sie umfasst seine Hände, er hebt ihren Arm einfach hoch, gegen sie. Er hebt Erika an der Technik und an der Antwort vorbei in die Höhe, einfach so. Christian hat Kraft, und das reicht vollkommen.

»Ich gebe Widerstand«, sagt sie. »Du wendest Kraft an. Spürst du das denn nicht?«

Wie kann er es spüren, denkt sie gleichzeitig, dazu bin ich zu klein und leicht. Er wirft sie, sie rollt, ihre Schulter sticht und brennt, als sie den Boden an den Rücken weitergibt. Als hätte sich etwas verschoben, sie weiß nur noch nicht, was. Sie denkt: Ist doch egal, du bist nicht seine Lehrerin. Lass es ihn ungenau machen, wenn er unbedingt will. Sie steht auf, sie denkt: Immer sagen sie, wenn du kein Gewicht hast, gleiche das durch Technik aus, einfach so, einfach so, und dann kommt Christian und hebt sie einfach hoch, einfach so, einfach so. Sie liegt immerzu blank, und er, wenn er will, kann sich verstecken.

Und wenn so nur noch der richtige Weg zum Ziel führt. Und wenn auch der Boden und Christian in Wahrheit ihre Verbündeten sind. Sie sieht es nicht ein.

Nicht heute.

Sie geht zurück, sie greift ihn wieder an. Vielleicht dieses Mal. Vielleicht.

19.

Judith war dumm, zu glauben, dass das Wasser in ihrem Zimmer nichts zu bedeuten hätte. Sie war dumm, zu glauben, dass sie sich in ihrem Bett unter ihrer Decke verkriechen würde können wie unter einem Bach.

Was war mein Fehler?, fragt Judith sich, und weiß doch, dass es nichts als Zufall war. Die einen fegt es weg, die anderen lässt es stehen, wieso hat sie gedacht, dass das Wasser sie stehen lassen würde? Jedes Tosen lässt sich begraben. *Noyer*. Lässt sich *ertränken*. Wo Schwachstellen sind, drückt man hinein. *Noyau*. Bis zum *Kern*. Sie legt die Hände auf die Augen, drückt auch hier hinein. Wie langsam ihre Bewegungen schon sind, am Grund des Sees. Sie macht Schritte und die Erde stäubt wie Wolken unter ihren Füßen auf, die sich nicht senken. Wenn sie sich umsieht, auf den Dächern der Steinhäuser, auf den Wänden, die Erde ist überall, tanzt durch die Luft, legt sich an die Fenster, Fensterbretter. Die Erde legt sich an die Spinnweben zwischen den Stäben der Metallzäune und färbt sie braun. Sie legt sich an die Briefkästen. Sie hebt sich von den Straßen wie Gesträuch, aber wenn man sie durchschreitet, zerstiebt sie nach allen Richtungen, formt sich neu. Wenn sie zum *noyer* blickt, *Nussbaum*, sieht sie, die Erde tanzt zwischen seinen Ästen, sie blickt hoch in den Himmel, aber die Sonne blendet sie kaum mehr, sie ist so weit weg, sie ist so gebrochen, ihr Licht über den Himmel verteilt: Sonne, deine Farbe ist ausgelaufen.

Wieder zurückgekehrt, denkt sie. Damals war das Wasser zwischen ihr und dem Ort eine Grenze, aber es gibt keine Grenze zwischen dem einen Moment und dem nächsten. Du bist ins Meer gelaufen, um Muscheln zu sammeln. Nur Geduld.

Dort vorne hat sich früher die Flussklinge tief ins Tal geschnitten. Jetzt sieht sie hin: Kein Tosen mehr, kein Fluss und keine Gischt, alles geflutet und still. Nur das Flussbett ist noch da, wie ausgetrocknet und doch einfach unter Wasser, alles einfach unter Wasser, und die aufgewühlte Erde tanzt um die Brücke, umfängt sie, löst sich von ihr, wie sie will. Neben dem Flussbett steht der *noyer*, streckt sich in die Höhe, prall von unreifen *Nüssen*. Kleine Kugeln prallen *Lärms*, *noix*, die *Erika* früher fallen ließ, schwer und hart, die Schale brach auf, ließ den Lärm heraus. Aber so ist es nicht mehr. Kein Lärm mehr, keine Ernte.

Judith geht hin zu *noyer*, denn bis zu *Erika* hin geht es noch, nur nicht an ihr vorbei, und blickt hinauf. Da sind sie, die kleinen Luftbläschen, zwischen den Ästen gefangen. Rund drücken sie sich gegen die Unterseite der Blätter, die in all ihrer Biegsamkeit dagegenhalten, andere Blasen zwischen Zweiggabelungen aufgespannt. Sie rieseln nach oben, perlen ab, der Baum von Trockenheit benetzt. Reste von Trockenheit bleiben immer, weil Luft zwar entwischen will, sich aber dann doch fangen lässt.

Willst du nicht in dir rauschen, fragt Judith den Baum, aber diese Welt ist eine Schneekugel: Ruhe. Soll ich dich schütteln, *noyer*, so lange, bis alle *noix* und Bläschen von den Ästen geschüttelt sind, hinauffliehen, und wenn ihr euch noch so wehrt, wenn ihr euch noch so festhaltet. Umgekehrte

Ernte. Dort drüben, in der Ferne, gleiten die Netze auf den Boden herab, kratzen über die Erde, nehmen mit, was sie finden. *Noyer, Nussbaum* steht am Rand oder aber an der Wegscheide, horcht auf die Netze, trennt Lärm von Lärm und Lärm.

20.

Judith geht, es ist Ruhe. Etwas hat sie abgelenkt, etwas hat sie gehört, ein helles Klirren wie eine Münze, die auf Fliesen trifft, und sie ist am *Wächter* vorbeigegangen. Am *noyer*, sie ist einfach so an *Erika* vorbeigegangen, weil sie etwas blitzen gesehen hat, dort, wo früher die Klinge des Flusses war. So still, denkt sie, so leicht war es am Ende, die *Horcherin* zu täuschen. Erika wird niemanden fangen, schon gar nicht sie.

Sie sind alle hier, weiß Judith, alle von Schichten über Schichten hinabgedrückt, so viel Wasser über ihnen, drüben kratzen die Netze über den Boden, es grollt dunkel, aber es geht sie nichts an. Sie weiß, tausend Fische und Aale und Schlangen drängen sich an den Wänden des *barrage, Staudamm,* und wollen hinaus. Sie drängen und drücken, und sie weiß, es ist notwendig, aber sie drängt nicht mit ihnen, sie geht durch das Bett, das der Fluss in dieses Tal geschnitten hat, es stäubt die Erde, die sich zu Wolken und Gesträuch formt, zerstiebt, wenn Judith sie durchschreitet. Sie weiß doch, die Wände werden nicht halten. Ich will doch nehmen und halten, was du mir gibst. Aber durch die gekitteten Risse sind die Tropfen getreten. Zu viel, auch für so dickes Glas. Nur Geduld, bis die Dämme brechen. Jedes Tosen kann man fluten. Dort drüben aber hat sie etwas blitzen sehen. Ein helles Klirren, in all dem trüben Schlamm. Das Wasser drückt sich an sie wie damals bei den *élephants*, das ist es doch, was du wolltest, oder nicht? Nicht mehr ausgeschlossen sein. Richard hätte sein Glück woanders einpflanzen können, wo es hält, er hat sich dann doch für das *Ertrinken* entschieden. *Noyer*. Wieso denkt sie jetzt an ihn? Er ist hier, und Mama, und Papa, Cécil und Karo. *Erika*, den Wächter am Rand, hat sie auf ihrem Weg zurückgelassen. Matthias, gerade noch so auf dem Trockenen, sie ruft: Nein! Ihn darf die Welle nicht erwischen. Der nächste Moment aber macht hier keinen Unterschied.

Sie blinzelt, sie sieht etwas blitzen. Sie ist das Flussbett weit hinaufgegangen, fast beim Wald ist sie schon, die Bäume wiegen sich vor ihr in der leichten Bewegung des Wassers. Und sie steht vor einem Becken, Sand voll dunkler Löcher. O. Die Löcher ganz klein, doch durch sie rieselt Luft hinaus, Fäden von Luftblasenperlen mit silbriger Haut, es muss eiskalt sein. Ist unter diesem Sand ein Hohlraum? *Noyau, Kern*. Der Gischt ist die Luft abgedrückt worden, aber wohin genau ist sie gedrückt worden? Wie eine Klinge liegt das Licht auf dem Boden. Eine scharfe Klinge, gegen sie gerichtet. Hier zurückgelassen, nur Geduld. Vor den Netzen verkrochen? Drüben wirbeln sie die Erde auf, die Metallhaken schlagen aneinander, dumpf. Hier ist das Wasser klar, voll silbriger Perlen, und die Lichtklinge zeigt auf sie. Sie kniet sich nieder. Die Klinge liegt da, aber ein Messer ist es nicht. Ein Messer ist es nicht, bloß eine bunte Scherbe. Sie spiegelt das Licht, das bis hierher durchdringt. Judith fasst hin, und es lässt sich kaum fassen, ist weich. Müsste es nicht erdrückt werden von all dem Gewicht? In der Ferne, ein Rauschen. Sie legt die Hände darum, es greift nach ihr. Warm, die Federn kitzeln. In der Ferne, ein Tosen. Sie nimmt es in die linke Hand, schließt sie fest darum, es ist weich und greift nach ihr. Ein Messer ist es nicht. Warm, die Federn kitzeln. Sie nimmt die Lichtklinge in die Hand, schließt sie fest, aber die Muschel ist weich und greift nach ihr. Warm, die Federn kitzeln. Und Judith hält die Scherbe in der Hand, sieht in das Becken mit all seinen kleinen dunklen Löchern, aus denen silbrig die Luft perlt, ist denn ein Hohlraum da unten? *Noyau*. Hohler *Kern*? Ist eine Höhle dort unten, sie drückt einen Finger in ein dunkles Loch, O, es perlt an ihrem Finger herauf. Kalt bist du, Luft, denkt sie, sticht tiefer. Die Netze kratzen in der Ferne über den Boden, Finger zuerst, sie sticht, und die dunklen Löcher verrutschen ineinander. Durchgestrichen. Der Sand nimmt ihre Hand ein, die dunklen Löcher verrutschen und verwischen, brechen zusammen. Sie hält mit der linken die Muschel, gräbt mit der rechten, der Sand ist rau und rinnt in Zwischenräume, die Luftblasen kitzeln, vermehren sich, umlaufen sie, aufwärts, aufwärts! Umgekehrte Ernte. Die dunklen Löcher verrutschen ineinander, sie gräbt tiefer. Die Lichtklinge dagegen in der linken, sie ist weich, es greift nach ihr. Ein Messer ist es nicht. Warm, die Federn kitzeln. In der Ferne ein Tosen. Sie stößt ganz plötzlich auf sie, die Schale der Nuss. Hart und gewellt ist sie da plötzlich unter ihren Fingern, buntes Glas. Weich ist sie, versteckt die *marron, kastanienbraune* Locken. Dort muss sie ran. Sie weiß, am *barrage, Staudamm*, drängen sich die Aale und Schlangen, aber an den *noyau* muss sie ran. Ihre Finger nicht ihre, sieht sie, ihre Finger von Karo gestohlen, ihre Finger wie Lichtklingen, durch jedes Milchglas schneiden sie, durch jede Schale. Sie brechen gleich durch die *Nuss*, hart und gewellt, buntes Glas, weiches Fruchtfleisch, und da springt sie hervor, aus der ersten Ritze, weiß und unruhig, die harte Gischt. Die Gischt schäumt ganz plötzlich aus der *noix*, mehr als die Schale je halten könnte, zerbricht sie, als sie nach oben wallt, sich aufbäumt, als wäre Judith durch eine Decke gebrochen, gegen die sie sich gedrückt hatte, umschäumt sie die Gischt. Brodelt. Die Gischt schäumt ganz plötzlich aus der *Nuss*, die sich öffnet, in Stücke zerbricht, als wäre Judith durch eine Decke gebrochen, sie steht auf, die Gischt aber, befreit, drückt sich nun ganz von selbst aus der *noix*, immer noch kommt Gischt nach und nach, hat schon ihre Füße eingenommen, streckt ihre weißen Finger überall auf dem Grund des Sees aus, sammelt Kraft. Ihre linke Hand hält Judith hinter dem Rücken, sie wird nicht verlieren, was sie hier gefunden hat, die Scherbe, die weich ist und kitzelt. Warm, die Federn greifen nach ihr. Sie dreht sich zurück zu den anderen, zu Karo, Cécil, Matthias. Zu Richard, Mama, Papa. Zu *noyer*. Sie sagt: Keine Angst. Du bist eine Scherbe, du bist eine Muschel, du bist eine Klinge, du zeigst immer gegen mich, bist weich und greifst nach mir. Du wirst sehen, ich werde dich halten. Nur Geduld. Ton auf Ton hinunter, zu unseren logischen Schlüssen, die Lichtklinge zeigt auf uns, aber ein Messer ist es nicht, es kommt immer noch mehr *noise* aus der Schale, *Lärm*, mehr als sie halten kann, sie reißt und bricht. Die Welle wird kommen, wir sind Muscheln sammeln gegangen. Sie hält die Muschel in der Hand, und sie denkt, mit diesem Glitzern wird sie sicher sein, einen Moment später. Jedes Tosen lässt sich erdrücken. Jedes Tosen drückt gegen seine Schale, sprengt sie, reißt, reißt, der Fluss trägt alles fort ins Tal. Die Gischt brodelt, streckt ihre Finger aus überallhin, holt aus zum Schlag. Es kitzelt an ihrer Handinnenfläche, warm, und es gibt keine Grenze zwischen dem einen Moment und.

21.

Die Luftblasen umrieseln ihre Wangen, das Atmen ist das eigentliche Geräusch. Über Wasser ist noch die Angst dagewesen, dann, als Erika untergetaucht ist, die ersten Atemzüge gemacht hat, die ersten Blasen, die ersten Klänge … Kurz denkt sie an Judith, an Judiths Klarinette: Und dann forme ich die Luft in Röhren. Aber Judith antwortet nicht mehr. Erika atmet aus, formt ihre eigene Luft, und es wird ihr wohl, sobald sie die Oberfläche über sich lässt, also könne ihr von nun an nichts mehr geschehen.

Sie hat die Luft aus der Tarierjacke gelassen, hat sich hinabsinken lassen auf ihre Knie, Kiesel unter ihr. Kein langer Abstieg so nah am Ufer, nur ein Niederknien. Sie berührt den

Boden kaum, an Land ist der Boden dein größter Verbündeter, Erika, hier unten ist er nicht so wichtig. Ein Donnern, sie blickt zurück – ein Mädchen ist vom Steg ins Wasser gesprungen, eines der Kinder, die mit den Tauchern mitgekommen sind, die Luftblasen umfangen sie wie ein Schwarm winziger Fische, rutschen dann an ihrem blassen Körper entlang nach oben. Das Mädchen taucht hinunter, die Hände ausgestreckt, zum Boden. Sucht sie etwas zwischen den bunten Kieseln?

Erika dreht sich zurück zu Cécil, langsam, weil hier besser nichts ganz schnell gehen soll, und er deutet ihr, dass sie ihm folgen soll. Kaum ein Abstoßen. Nur nach vorne kippen, die Flossen nach hinten strecken und die Beine auf und ab schwingen, sie ungelenkes Wasserwesen. Cécil schwimmt voran, sie schwimmt Cécil hinterher, dorthin gehst du nie alleine, du hast immer einen zweiten. Sie hat, wie so oft, Cécil. Sie denkt an den letzten Tauchgang zurück, den sie hier gemacht haben, an den Streit: Weißt du eigentlich, was für einen Ruf du hast? Sie denkt, dass das ihr letzter Tauchgang sein wird vor dem Herbst, wenn sie im Winter nicht die Eisdecke aufbrechen will, sie denkt an das Mädchen mit ihren Fingern in den Kieseln. Sie atmet langsam ein und atmet langsam aus, singt langsam immerzu. Sie hält sich die Nase zu und schluckt, der Druck in ihren Ohren lässt nach. Sie blickt sich um in der Wüste, in die es nun geht.

Wo nicht Kiesel sind, ist Sand, nur wenige Fische, die sich in Höhlen verkriechen. Einmal ist die Biodiversität hier hoch gewesen, weiß Erika, jetzt ist sie es nicht mehr, das Mittelmeer ist ausgefischt, der Neufelder See nur schmutzig geworden. Oben strampeln sie in Tretbooten von einer Seite zur anderen.

Tiefer geht es, Luft in die Jacke blasen, sie atmet langsam ein, bevor sie die Luftblasen wieder hinausstößt. So wenige auf einmal wie möglich, es soll perlen, aus ihrem Lungenautomaten perlen, langsam, langsam. Ausatmen, so lange es geht ausatmen, wie wenn man auf der Matte sitzt vor dem Training, die

Hände gefaltet, die Blasen perlen lassen, ihnen zuhören. Spüren, wie das Wasser dich hin und her bewegt auf deinem Weg über den Sand nach unten. Spüren, wie das Wasser an deinem Mundstück zieht. Die Perlen werden weniger, Pause. Dann beginnt das Einatmen wieder. Judith hat Klarinette gespielt, Erika spielt das hier, formt die Luft in den Schläuchen. Zieht sie ein, bläst sie in ihre Jacke, hört dem Geräusch zu, wenn die Jacke die Luft einsaugt. Cécil vor ihr schwingt seine Flossen, dreht sich immer wieder zu ihr um, sie zeigt ihm ihr Okay, es wird dunkler um sie beide. Einatmen, Erika steigt ein wenig auf. Ausatmen, sie sinkt ein wenig ab. Jedes einzelne Luftbläschen von feiner Silberhaut überzogen, ein unruhiger Spiegel. Das Wasser zieht an ihrem Mundstück, und Erikas Mund ist trocken. Sie ist umgeben von Wasser, aber ihr Mund, der ist trocken. So viel eine Frage der Luft, die stetig kleiner wird. Was sie verdrängt, drückt jetzt auf sie ein. Stetig nimmt sie weniger Raum ein in dieser Welt, in der der Mensch so viel Raum einnimmt, immerzu.

Sie blickt auf, zu der Decke über ihr, aber Wolken von Sand haben sich zwischen sie und die Wasseroberfläche gelegt. Sie kann sie gar nicht mehr sehen, nicht die Schwimmer, die das Wasser mit ihren Armen teilen. Das Wasser schließt die Welt aus, trennt sich von ihr. Das Wasser schließt selbst die Sonne aus, wirft sie zurück, und verteilt den Rest des Lichts diffus zwischen den Sedimenten. Sie selbst wirbelt mit unbedachten Flossenschlägen den Sand unter ihnen auf. Schlechte Sicht, oben ist von unten nur noch über den Druck in den Ohren unterscheidbar.

Sie ist dabei ganz ruhig, merkt sie, jedes Mal die Rückkehr in diese Ruhe, die hier auf sie wartet, weil sie sie hier zurückgelassen hat. Einatmen, die Luft, die sie bekommt, ist trocken. Ausatmen, das Wasser zieht an ihrem Mundstück. Sie schwimmen weiter, weiter durch die diffuse Welt, sie sollte das Mundstück weggeben, findet sie. Cécils Flossen schwingen langsam auf und ab vor ihr, er dreht sich zu ihr um, sie zeigt ihm mit der Hand das Okay an, sie findet, sie sollte das Mundstück ausspucken. Der See drückt sie kaum merkbar hin und her, wenn sie das Mundstück ausspuckt und Wasser atmet, wird sie ertrinken. Sie weiß es, aber sie kann es sich nicht vorstellen. Nicht hier. Sie fände es in Ordnung so, im Grunde. Unaufhörlich muss ich euch überreden, mich hier zu dulden, unaufhörlich mit kleinen Blasen euch zum Lachen bringen. Dabei ihr Mund so trocken, sie bleibt ausgeschlossen. Sie sollte Wasser atmen, es kann ihr nichts geschehen.

Cécil steigt höher, Erika folgt ihm. Ihr Mund ist trocken, das Wasser zieht am Mundstück. Sie sollte es weggeben, sie sollte hingreifen und es wegziehen, einatmen. Sie findet, sie sollte das wirklich tun. Cécil ändert die Richtung. Langsam, sieht sie auf ihrem Tiefenmesser, geht es höher, jetzt erinnert sie sich auch wieder, auf die verbleibende Luft zu schauen. Sie schluckt, um die Trockenheit des Mundes zu vertreiben. So viel eine Frage der Luft. Du bist hier gar so fremd, bleib nicht zu lang. Geh nicht zu tief. Geh nie alleine. Du solltest das Mundstück weggeben: jetzt. Sie beißt auf das Mundstück, während sie aufsteigen, und ihr Atem sich beschleunigt. Beständig muss ich euch becircen, um hinabgelassen zu werden. Um wieder hinaufgelassen zu werden. Ihr seid ein ungeduldiges Publikum. Langsam muss ich aufsteigen, den Bläschen in meinem Körper Zeit geben, mich zu verlassen.

Erika erkennt erst spät, dass sie schon fast beim Ausstieg sind. Das Mädchen ist immer noch da mit ihrem blassen Körper, der hinabschießt zum Grund und wieder hinauf, wie ein Papageientaucher auf der Jagd. Du bist hier gar so fremd, du bringst nur Unheil, berühr hier möglichst nichts, bleib nicht zu lang, und nimm nichts mit. Die Kiesel glänzen, die Oberfläche über ihnen ganz ruhig und kaum eine Grenze.

Als sie auftauchen, bemerkt Erika den Übergang auch kaum, hat sie das Wasser schon verlassen? Dann fällt das

Lachen und Planschen von überallher auf sie, jemand spricht oben am Steg, sie hört entfernt Kinder kreischen. Das Mädchen taucht neben ihnen auf, die langen Haare kleben an seinem Körper, es streckt die Beine in die Höhe, taucht wieder ab. Erika bläst ihre Jacke auf, nimmt den Lungenautomaten aus dem Mund. Cécil lächelt, er hat nichts bemerkt. Das Wasser schlägt gegen die Pfeiler des Stegs. Sie nehmen die Flossen ab, und Erika steigt barfuß in die Kiesel, die sich zwischen ihre Zehen drücken. Es tut weh. Sie legen die Flossen auf den Steg, steigen über die Metalltreppe aus dem Wasser, die hohl klingt, dort, wo die Stufen aus dem Wasser ragen. Die Sackpfeife wird schwer auf Erikas Rücken, sie atmet, schluckt, beugt sich nach vorne, um das Gewicht besser zu halten. Es ist Wind aufgekommen, er streift kalt über sie, ihre Knie zittern. Cécil ist schon zu den Bänken gegangen, zum Ablegen, Ausziehen. Er hat nichts bemerkt, denkt Erika, er hätte es wohl auch unten erst zu spät gesehen. Sie folgt ihm. Sie hat ihm sogar noch ein Okay gegeben, als sie schon gedacht hat: Du solltest das Mundstück weggeben und Wasser atmen. Dorthin gehst du niemals alleine. Sie ist müde. Die Zeit, die sie unten verbringen kann, ist eingepackt in notwendige und mit Achtsamkeit auszuführende Schritte. Und irgendwo in der Mitte ein kleines bisschen Raum, in dem sie singt und betört, in dem sie geduldet wird, und sich sicher ist: Es kann ihr nichts geschehen. Sie hätte sich eben beinahe selbst ertränkt, und das im Neufelder See. Der ist ohnehin so seicht, selbst wenn man eine Schaufel nehmen und graben würde, sind es kaum zwanzig Meter. Lächerlich.

Als sie die Sackpfeife ablegen will, lässt sie sie fast fallen, so schwer ist sie geworden. Erika steht dann über der Sackpfeife, der Neoprenanzug noch an ihrer Haut, sie friert. Sie steht dann über der Sackpfeife, die Flasche zwischen ihre Beine geklemmt, ratlos, was der nächste Schritt sein soll. Tiefenrausch, denkt sie. Sie steht dann über der Sackpfeife, die Flasche zwischen die Beine geklemmt, der Wind streift sie.

Sie erinnert sich, dass der nächste Schritt ist, das Ventil der Flasche zuzudrehen.

Sie dreht das Ventil zu, du solltest das Mundstück ausspucken und Wasser atmen. Wo ist diese feste Wand, die da sein sollte, zwischen einem Gedanken, einer Idee, und dem, was sie dann tut? Du solltest vor das Auto springen, das gefahren kommt. Du solltest das Lenkrad verreißen. Du solltest, wenn Cécil deine Hand verdreht, in die falsche Richtung springen. Erika verlässt sich: Normalerweise ist da eine Wand ohne Risse. Du tust wohl nichts, Erika, ohne es dir dreimal zu überlegen. Der Moment, im Sprung, wenn sie weiß, jetzt kommt der Boden, was immer sie auch macht. Cécil hat nichts bemerkt. Du bist hier gar so fremd, sie dreht sich zurück zum See, die nächste Gruppe Taucher steigt über die Metalltreppe hinab. Das Mädchen taucht auf und ab, wieder und wieder.

22.

Judith wacht auf in ihrem Zimmer, sie friert. Sie wacht auf, hat den Wecker überhört. Dabei muss er in lauten Wellen über sie gebrandet sein. Nein, die Wellen sind andere gewesen. Brodelnde Gischt, weiße Ärmchen. Die Risse im Staudamm. Die Gischt fährt in alle Ritzen, drückt sie auseinander. Sie dreht sich auf die Seite. Es ist feucht, der Schlamm hat das Bett und die Decke überzogen, liegt überall zwischen ihr und dem Leintuch, trotzdem spürt sie die Leintuchfalte unter sich genau. Der rechte Arm liegt halb unter ihrem Körper, ist verschmiert, der andere ist dort in der Tiefe der Wärme, Judith traut sich noch nicht, ihn hervorzuziehen. Wir sind Muscheln sammeln gegangen.

Was, wenn sie versagt hat? Judith traut sich kaum, ihre rechte Hand auf den Schlamm zu legen, dann will sie es doch. Wie bei der Vase, denkt sie, und legt die Hand an diesen Film, den sie verdrängen muss, der Schlamm drückt sich stattdessen zwischen ihre Finger. Sie kratzt am nassen Stoff. Nur Geduld. Ton auf Ton hinunter, zu unseren logischen Schlüssen. Die Lichtklinge zeigt auf uns, das Wasser ist gekommen, es hat sich zurückgezogen, und jetzt kann man sehen, was das Wasser mit Judith gemacht hat.

Sie blickt zum Tisch, alles übermalt. Die Papierstapel, der Computer. Aus den Fenstern kann man auch nicht mehr sehen. Das Licht scheint bräunlich hindurch. Die Plakate haben sich durch die Feuchtigkeit von der Wand abgelöst, sind eingerissen. Ist darunter noch ihre Schrift? Sie richtet sich auf, geht zu ihnen hin, streicht mit dem Finger darüber. Ihr Finger hinterlässt eine weiße Spur, weil er das Plakat freilegt, der Bleistiftgrafit trotzdem nicht verwischt. Hartnäckige Worte. Wie lange sie sich das einbilden hat können! Sie denkt, mit diesem Glitzern wird sie sicher sein. Einen Moment später. Sie geht zum Schreibtisch, fasst das oberste Blatt des Papierstapels, dessen Ecke sich schwer hinunterbeugt, auf den Boden tropft. Als sie es hochzieht, um es von den anderen zu lösen, reißt es.

All die Notizen, denkt sie, all die Seiten, die sie aus Bibliotheksbüchern kopiert hat. Aber nichts davon hatte Bedeutung, das hier ist die Wirklichkeit. Sie fährt mit der Hand über das Fenster, so dick ist die Schicht hier, sie verschmiert sie nur, dringt nicht zum Glas vor. Ihr Arm ist schwer vor Erschöpfung.

Judith denkt, es gibt da einen Fehler in der Abfolge, aber gleichzeitig weiß sie, dass das noch nie ein Hindernis war. Die Welle kehrt über alles, macht keinen Unterschied. Das hier ist keine Melodie.

Dabei so still. Eine Pause, aber es gibt keine Pausen. Man muss immer horchen. Sie schließt die Augen, und in der Ferne das Dröhnen des rostenden Schiffs. Siehst du, da ist es schon, du bist nur einen Moment abgelenkt worden.

Es ist schon gut so.

Sie ist aufgestanden, erinnert sie sich dann, hat die linke Hand aus den Tiefen der Decken gezogen, aus dem Wasser, und blickt jetzt hinunter. Was hat das Wasser mit ihrer Hand gemacht?

Sie ist noch zu. Die Hand ist geschlossen, die Finger liegen auf der Innenfläche an. Die scharfe Klinge, sie ist weich und greift nach ihr. Es ist also in Ordnung, es ist ihr nichts geschehen. Judith hat niemanden im Stich gelassen. Warm, die Federn kitzeln. Ihre Wohnung ist geflutet worden, aber all das hat keine Bedeutung, solange die Hand geschlossen ist. Ein Messer ist es nicht. All das bedeutet etwas vollkommen anderes, und ist doch wahr. Jedes Tosen sprengt das, was es hält. Nur Geduld.

III

1.

Um das Wasser zu zähmen, gießt man es in Becken. Wasser lässt sich nicht zähmen. Selbst im Pool schlägt es hohe Wellen, übertritt seine Grenzen, flutet den Raum, jetzt, wo der Sturm angekommen ist.

Erika weiß auch nicht, warum sie ausgerechnet zum Pool gegangen ist, der bloß den Ozean imitiert, sie hätte sich genauso gut hinaus auf Deck stellen können. Oder in die Messe gehen, in der die Sessel durch den Raum fliegen. Dasselbe im Kleinen, denkt Erika, hält sich an der geschlossenen Tür fest, beobachtet durch das runde Fenster die Wellen, die sich aufbäumen, dann gegen die Wände donnern, mit den Bewegungen des Schiffs, gegen den Basketballkorb. Sie könnte, wenn sie schon von der Seekrankheit verschont geblieben ist, ihr Smartphone aus der Tasche holen, den Pool aufnehmen, wie er rebelliert, es mit der nächsten Videobotschaft des Johann-Werner-Instituts mitschicken: Uns gibt es noch, wir fahren immer noch Richtung Süden, im Gegensatz zu Amundsen und Scott können wir forschen und gleichzeitig das Internet mit Infotainment füttern. #fspolarstern.

Heute Morgen ist sie noch mit der anderen Walforscherin, Linda, in den Heli eingestiegen, den sie dafür aus dem Hangar auf den Hubschrauberlandeplatz gerollt haben, die Wetterbedingungen waren am Morgen noch stabil genug für einen Flug. Zwischen dem scharfen Schlagen der Rotoren haben sie nach dem Blas gesucht, nach den Rücken der Wale unter der Wasseroberfläche, einer Schwanzflosse, die diese Oberfläche durchbricht. Und nach dem Fußabdruck, den Luftbläschen, die die Wale nach dem Abtauchen hinterlassen. In all dem Lärm Ausschau halten, Notizen machen, Uhrzeit, Ort, Spezies, Alter, Geschlecht, da, ein Pottwal: das Spiegeln der Sonne an seiner Flosse. Linda hatte die Kopfhörer des MP3-Players im Ohr, die Maschine schwenkte, sank ab, und Erika wurde ganz leicht, aber sie beugte sich trotzdem vor, sah hinab auf das Wasser. Einmal euch von oben auf die Schliche kommen, nicht wie sonst vom Schiff aus, oder von der Küste. Bis der Flug abgebrochen werden musste, Sturmwarnung.

Jetzt hält Linda sich vermutlich an ihrem Bett und ihrem Kübel fest, genau wie Monika und ein guter Teil der restlichen Passagiere. »Kein Anhaltspunkt«, sagte Monika noch in der Kammer, die Erika und sie sich teilen, »alles in Bewegung.« Erika sah aus dem Bugloch und stimmte ihr zu. Der Horizont verschob sich je nach Neigung des Schiffes und er verschob sich je nach Höhe der Wellen. Man konnte schon nicht mehr sagen, ob die Wellen schief waren oder das Schiff. Erika sagte: »Seekrankheit kann jeden treffen, das ist einfach Pech.« Monika nickte und griff nach dem Bettgeländer, als sich das Schiff wieder nach links neigte, Erika hielt sich am Schreibtisch fest, stand dann auf, weil sie dachte: Was wird wohl der Pool zu alldem sagen, er ist ja sonst so brav?

Was würde die Seeorgel dazu sagen, fragt sie sich jetzt. Ein Aufschrei nach dem anderen, die Schreie ineinander übergehend: endlich in Disharmonie. Der Sturm ist schnell aufgezogen, ein schwarzer Wirbel. Stürme sind es, die das Meer alt aussehen lassen, sagt Joseph Conrad, und hat vermutlich recht damit. Die geschüttelten Gischtmassen, du rührst das Meer wie einen Salbentopf, zu Silberhaar.

Erika wankt zurück über die engen Gänge, wird je nach Neigung des Schiffs an die eine oder andere Wand gedrückt, denkt: Ich sollte das ausgleichen können, wozu habe ich sonst jahrelang mein Gleichgewicht geübt? Der Boden ist dein Verbündeter, würde Juri sagen, aber hier steht sie nicht auf sicheren Füßen.

Stürme sind hier häufig, wo sie noch auf dem freien Wasser fahren – wo Linda und Erika im Heli das Meer nach Herden absuchen, wo die Biologen ihre Schleppnetze in die Tiefe lassen und Erika ihre Aufnahmegeräte. Bald werden sie ins Eis kommen, durch das sie dann ihren Weg bahnen müssen, langsam, in mehreren Anläufen, zu dem Ort, an dem in den Tiefen ein Hydrofon darauf wartet, zurück ans Licht geholt zu werden.

Du bist hier gar so fremd. Erika taumelt die Stiegen hinauf, folgt den bereits eingegangenen Wegen, nur am Anfang hat sie sich noch verirrt zwischen weißen Gängen und Metalltüren.

Es ist doch seltsam, denkt sie, wenn du genau weißt, du wirst in die Antarktis fahren, und allein dieses Wissen sollte es verhindern, aber dann passiert es tatsächlich. Schritt für Schritt näherst du dich, wanderst mit der Gruppe zu einer Gletscherspalte, aus der jeder von euch sich einmal retten lassen muss, löschst einen künstlich gelegten Brand, die Atemschutzmaske klammert sich an dein Gesicht. Du diskutierst Eissorten, die mitgenommen werden sollen, Vanille, Schoko, Erdbeere, Kokos. Du gehst auf das Schiff, in dessen Bauch schon Container über Container gestapelt sind, sich gegenseitig die Rücken wärmen, so dicht stellt man sie zusammen, gut verteilt für das Gleichgewicht, gefüllt mit Ausrüstung für die Überwinterer, Baumaterial, Proviant, Treibstoff. Alles organisiert, und du bist ein weiteres Element auf dieser Liste, das abzuhaken ist, eine Liste notwendiger Schritte, aber nur dazu da, um ein wenig geduldet zu werden, zwischendrin Raum zu haben für: nach Luftbläschen Ausschau halten, im Schlamm wühlen, sich dem Kontinent nähern, der am Rand wartet, Tag für Tag. Erika tut nichts, ohne es sich dreimal zu überlegen. Sie hat es sich dreimal überlegt. Sie hat keinen anständigen Grund, und sie ist hier.

Und trotzdem er jeden Tag näher kommt, wie in dem Traum mit Leon und dem Zodiac, ist der Ort, zu dem sie fahren, für sie nur ein Bildband, den sie durchgeblättert hat, ein paar Videos im Internet, Worte und Zahlen, die schlimmste Reise der Welt, und Mailverkehr mit Yazgül, der Alt-Überwinterin, die sie ablösen wird.

»Ein besonderer Höhepunkt war der Besuch der Kaiserpinguinkolonie letzte Woche, das sind unsere nächsten Nachbarn. Wir freuen uns schon sehr auf frischen Salat, den haben wir nun seit Monaten nicht mehr gehabt. Am Abend machen wir oft Themenabende oder gehen in die Sauna.«

Es sagt ihr nichts. Sie fährt darauf zu und kann es sich nicht vorstellen. Sie fährt darauf zu und der Sturm hat sie ergriffen, rollt sie in seiner Hand hierhin und dorthin, auf den steigenden, sinkenden Wellen. Wir haben Motoren, wir prügeln uns durch. Joseph Conrad würde das wohl nicht gutheißen, der alte Segelschiff-Nostalgiker. Dem Meer ist es gleich, seinen Bewohnern weniger. Jeder nimmt seinen Raum, oder aber er wird ihm genommen. Sie fährt darauf zu und hat noch nicht einmal wirklich Angst.

2.

Die schlimmste Reise der Welt ist jene, auf die man sich mitten in der Polarnacht aufmacht, um das Ei eines Kaiserpinguins zu finden. Die schlimmste Reise der Welt ist jene, die wohl alle Polarreisenden gelesen haben, in ihr Reisegepäck legen und wieder herausnehmen, weil sie wissen, dass sie das Buch in der Bibliothek der Forschungsstation ohnehin wiederfinden werden. Die schlimmste Reise der Welt erzählt von Rentierfellschlafsäcken, von Entfernungsmessern aus einem Rad und etwas Schnur, von Wolken, die über den Himmel jagen, unbeständig, als würde selbst das Wetter flackern. Apsley Cherry-Garrard geht in die Dunkelheit mit zwei anderen, um zu einer Pinguinkolonie zu gelangen. Sie gehen drei Wochen, schmieren Fett auf ihre täglichen Erfrierungen, essen Pemmikan, Pemmikan, Hoosh, Pemmikan. Dann reißt ihnen ein Schneesturm das Zelt und das Dach ihrer Hütte fort und sie denken drei Tage lang ans Sterben.

Erika liest, schlägt das Buch zu, sitzt in ihrer Wohnung, umgeben von Kisten, muss packen und denkt an das Mail von Yazgül: »Ein besonderer Höhepunkt war der Besuch der Kaiserpinguinkolonie letzte Woche.« Eine halbe Stunde mit dem Motorschlitten entfernt, dessen Prototypen bei der Expedition 1911 schon nach ein paar Kilometern eingegangen sind, die Motoren mussten im Schnee zurückgelassen werden und bildeten dort kleine Hügel: Trotzdem glaubte Scott, dass dies die Zukunft der Polarreisen sein würde. Er hatte recht und seine diversen technologischen Neuerungen ließen ihn scheitern. Amundsen nahm bloß Hunde, kam mit ihnen zum Südpol und auch wieder zurück.

Cécil hat ihr das Buch empfohlen, »das musst du lesen«, hat er gesagt, und sie hat trotzdem Folge geleistet. Man hat immer einen anderen, der einem erklärt, was man vergessen hat. Erika hat Cécil. Und man muss sich vorbereiten, auch wenn die schlimmste Reise der Welt über ein Jahrhundert her ist, sie hat in Wahrheit nichts mehr mit Erika zu tun. Neuberger II bedeutet Motorschlitten, Schneeschmelze, Dusche, Sauna, Heizung, jedes Jahr werden die Vorräte an Lebensmitteln, Shampoo, Benzin, Klopapier mit dem Schiff gebracht, der FS Polarstern. Geborgtes Leben.

Geborgtes Leben, das in wenigen Jahren unter dem Eis zurückgelassen werden wird, durch besseres geborgtes Leben ersetzt werden wird: die Neuberger III, auf ihren verstellbaren Füßen. Sie sagt zum Leviathan: Ich kann aufwärtssteigen.

Mich wirst du nicht verschlingen.

Erika legt Cherry-Garrards Buch in die Metallkiste, die sie anfüllen muss, nimmt es wieder heraus. Nein, das wird es in der Bibliothek der Neuberger mit Sicherheit geben. Es wird nicht fehlen.

Einen Anteil am geborgten Leben muss sie selbst stellen, eine abgezählte Menge Metallkisten gesteht man ihr zu, für Kleidung, Bücher, Kamm und Bürste, was noch? Die Bücher nehmen Platz ein trotz E-Reader, aber so viel fällt ihr nicht ein, was noch auf die Packliste müsste. Sie sieht sich in ihrem Zimmer um, fragt sich, wenn nicht die schlimmste Reise fehlt, was dann?

Aber sie wird dort unten nicht tauchen und nicht Aikido machen können, und vieles, womit sie sich sonst beschäftigt, passt auf ihr Notebook. Normalerweise muss sie auf ihren Forschungs- und Kongressreisen ihren Besitz eingrenzen, aussortieren. Jetzt hingegen überlegt sie nicht, was sie braucht, sondern, was dort unten sonst noch angenehm zu haben wäre.

Eigenes Shampoo, hat Cécil gesagt.

»Wozu, das stellen die doch zur Verfügung.«

»Damit du nach dir selbst riechst, Erika. Das macht einen Unterschied da unten.«

Da unten ist vieles anders, sagt man ihr, und so packt sie ihre Shampooflaschen ein, ihr Parfum.

Kuscheltiere, hat Cécil gesagt.

»Kuscheltiere?«

»Die sind wichtig da unten, glaub es mir.«

Dekoration, hat Cécil gesagt.

»Jetzt kommst du mir auch schon mit der Dekoration. Wieso will jeder, dass ich überall bunte Tücher aufhänge?«

»Du lebst dort mehr als ein Jahr.«

»Ich lebe seit mehr als einem Jahrzehnt in meiner Wohnung und habe noch nicht mit dem Dekorieren angefangen.«

Das stimmt auch, denkt sie jetzt, als sie sich in ihrem Zimmer umsieht. Alle Bilder an der Wand sind Geschenke gewesen, die sich nach und nach angesammelt haben. Dekoration ist nicht etwas, das man kauft. Dekoration ist etwas, das dann doch passiert.

»Unten ist das anders. Unten ist das wichtig.«

Unten, unten. Unten ist alles anders. Das sagt ihr jeder, was bleibt ihr übrig, als es zu glauben? Und so schreibt sie es auf die Liste, Shampoo, Kuscheltiere, Dekorationsgegenstände, und weiß nicht, wo sie die überhaupt hernehmen soll. Bunte Tücher kaufen, stand lange auf der Liste, jetzt ist ein kleines Häkchen daneben, haben wir das also auch erledigt, sie muss nur noch das Preisschild vom Geborgenheitsspender entfernen. Sie hat Cécil um Fotos von Tauchgängen gebeten, von seinen Gängen unter das Eis, in die Kathedrale. Und über das dicke Fotopapier ist sie froh, es biegt sich schwer in diesem Großformat.

Sie schiebt die Fotos in eine Kartonmappe und schlägt die Mappe in eines der blauen Tücher ein, legt sie in die Kiste, nimmt als Nächstes Judiths Schneekugel in die Hand, schüttelt sie, die Flocken rieseln auf die Zweige des Baumes darin. Judith, die am Grund eines Sees Nüsse und Luftblasen von einem Baum abgeschüttelt hat. »Umgekehrte Ernte«, hat sie das genannt.

Ein Abschiedsgeschenk oder eine Antwort auf eine von Erikas vielen Fragen. Noch tut es manchmal weh, an Judith zu denken, denn »Hilf mir« hat Judith am Telefon gesagt. »Hilf mir« kann man nicht so einfach auf die Seite schieben. Und Erika? Erika hat es auf die Seite geschoben.

Erika nimmt sich Zeit auszuatmen, wie beim Training, denkt sie, wie beim Tauchen, kleine Luftbläschen machen, nimmt ein Tuch und schlägt es um die Schneekugel, an etwas anderes denken. Sie legt sie in die Kiste neben die Fotos, sieht, dass da auch noch Virginie Despentes' »King Kong Theorie« zwischen zwei Fachbücher gerutscht ist, wie ist das hierher gelangt?

Es ist unsinnig, das mitzunehmen, es ist ein dünnes Buch und sie hat es schon gelesen, vor Jahren. Karo hat es ihr damals in die Hand gedrückt, nach einer dieser Diskussionen, worum ist es gegangen? Erika weiß es nicht mehr genau, vielleicht hat sie von Juri erzählt, wie der wiederum über einen

Aikido-Lehrgang geredet hat, bei dem die Lehrende ausnahmsweise eine Frau war? Daran kann sie sich noch erinnern, er hat damals gesagt: »Sie ist sehr gut, aber gleichzeitig hat sie sich ihre Weiblichkeit bewahrt, sie ist nicht hart geworden, nicht aggressiv. Das ist selten.«

So etwas in der Art muss sie erzählt haben, da ist Karo jedenfalls einfach aufgestanden, ist barfuß über das Parkett ihres Wohnzimmers gestiegen. Karo hat zuerst im Bücherregal gesucht, dann in den Bücherstapeln auf dem Boden. Sie ist über die Bücherstapel gebeugt gestanden, weit hinuntergebeugt, aber ihr Schwerpunkt ist ganz hinten gewesen.

Witzig, denkt Erika, dass sie sich ausgerechnet daran erinnert, nicht genau daran, was Karos Suche nach Despentes ausgelöst hat, und auch nicht, was Karo während dieser Suche geredet hat, denn geredet hat Karo, daran gibt es keinen Zweifel. Aber ganz genau weiß Erika, wie Karo dort gestanden ist, mehr auf den Fersen und auf der äußeren Fußkante als auf dem gesamten Fuß, die nackten Zehen in die Höhe gestreckt, dabei so tief hinuntergebeugt. Und das Einzige, woran Erika damals denken konnte, während Karo gerade versuchte, ihr etwas zu erklären, war: Karo, dein Schwerpunkt ist zu weit hinten, mit Leichtigkeit könnte man dich umstoßen.

Dann hatte Karo das Buch gefunden, es aus der Mitte des Stapels herausgezogen, der zu wanken begann, sie nahm beide Hände, um ihn zu stützen, redete weiter, kam dann mit dem Buch zurück, während der Stapel weiter wankte, viel instabiler als vor dem Verlust der kleinen Fibel, legte es auf den Tisch, sagte: »Ist zwar auch Geist der Neunziger, aber wenn du das gelesen hast, wirst du so einen verfickten Scheiß hoffentlich nicht mehr von dir geben.« Erika hat es gelesen und eine Zeit lang auch mit Virginie Despentes statt nur mit Karo debattiert. Auch eine Abwechslung.

Sie nimmt das Buch heraus, streicht darüber: Schau, Karo, denkt sie, sogar in die Tiefen der Neuberger kommst du mit, du willst es nur nicht sehen.

Sie kann es nicht sehen, weiß Erika, öffnet das Buch und blättert es durch, Anmerkungen mit Bleistift am Rand, Karos nicht immer leicht zu entschlüsselnde Handschrift. Sie kann sich erinnern, den Text gelesen zu haben, dann wieder Karos Kommentare, »Prüdheitsalarm!«, »zu weiß«, ihre Fragen, ihre Verweise auf andere Werke, bis es irgendwann zu einem stillen Dreiergespräch geworden ist, von dem Erika längst nicht alle Feinheiten verstand. Hat sie Karo das Buch wirklich nie zurückgegeben? Auch eine Weise, sie festzuhalten. Wann hat sie es zu den anderen gelegt? Als sie die bunten Tücher auf der Liste abgehakt hat, die Polster? Das würde dann allerdings wieder zusammenpassen.

3.

Judith hat es geschafft, die Hosen anzuziehen und zuzuknöpfen. Dazu hat sie sich auf dem Bett auf den Rücken gedreht. So hat sie die Jeans mit der rechten Hand einmal links, einmal rechts hochziehen können, so lange, bis sie richtig gesessen hat. Dann die Knöpfe durch die Knopflöcher fingern. Aufstehen, den Schrank öffnen, innen ist alles trocken geblieben, das T-Shirt knistert fast vor Trockenheit, als sie es herauszieht. Die anderen T-Shirts fallen mit, fallen auf den Boden, aber zu denen kann man sich später bücken, die kann man später waschen und trocknen und wieder in den Schrank hineinlegen, eines nach dem anderen. Schlamm kann man wegputzen, mit einem Schwamm und etwas Geduld.

Wenn sie nur alles langsam macht. Wenn sie nur bei jeder Bewegung daran denkt.

Wenn sie nur nicht vergisst. Sie ist ein vergesslicher Mensch, aber wenn sie nur nicht vergisst. Sie legt das T-Shirt auf das Bett, schlüpft mit beiden Armen hinein, rechte offene Hand, linke geschlossene Hand, öffnet die Arme, damit das T-Shirt über den Kopf fällt, zieht dann mit der rechten von unten an, öffnet die linke nicht. Der Boden ist nass unter ihren Füßen, sie spreizt die Zehen, fühlt das Holz gut und fest unter sich. Sie biegt sich, schließt kurz die Augen. Vielleicht noch vom Fluss ist ein Schwingen in ihrem Körper. Vielleicht wird über den Tag hinweg das Wasser steigen. Draußen im Vorzimmer rinnt es noch die Wand hinab.

Sie holt ihre Haare unter dem T-Shirt hervor, sie öffnet die Sockenschublade, auch hier drin alles trocken, aber wichtiger ist, wie das Sockenpaarknäuel voneinander lösen? Sie legt die linke Hand auf den Rücken, um sie nicht zu verwenden, um sie nicht versehentlich zu öffnen. Sie kann das Sockenpaar auch entwirren, wenn sie das Knäuel mit der rechten hält und am Bund zieht. Ja, so.

Wenn sie nur nicht versehentlich – aber man muss sich nur Zeit nehmen für die Dinge.

Judith weiß, man muss sich nur Zeit nehmen für die Dinge. Draußen rostet die Welt, von der Judith getrennt ist durch die verschlammten Scheiben, aber hier drinnen hat Judith Zeit, setzt sich auf das Bett, um sich die Socken einen nach dem anderen anzuziehen, wer soll sie schon hetzen? Draußen werden ihre Schritte hohl klingen, aber hier drinnen sind die Grenzen scharf, und doch kann man sie begreifen, ohne sich zu schneiden.

Sie steht auf, geht in die Küche, dreht das Licht an. Dort hat sich nichts geändert. Der Schlamm bedeckt noch immer den Herd, tropft hinunter, rinnt über die Geschirrablage bis zur Abwasch, dort in den Abfluss. Hat er nicht recht damit? Was soll sich auch schon geändert haben.

Er hat recht, den Herd zu bedecken, weil nichts sich geändert hat, nur Judith ist anders geworden. Sie weiß, dass der Schlamm wahr ist, und doch nicht Schlamm.

Später kramt sie in ihrer Apotheke, findet ein paar Schmerzmittel, Parkemed, Aspirin. Hat sie da drin nicht einmal eine Bandage gehabt, Kurzzug, aus der Zeit, in der sie die Sehnenscheidenentzündung hatte? Muss die da nicht noch sein? Ihre linke Hand tut weh vom Zuhalten, so kurz hält sie erst, und ist dessen schon müde. Draußen ist Rost, draußen stöhnt das alte Metall, draußen scheuern die Netze über den Boden. Sie darf die Hand nicht öffnen, aber was macht sie, wenn sie müde wird? Wenn einmal etwas offen ist, wollen sich alle davon etwas holen. Da ist die Bandage, entrollt, aber der Schlamm ist nicht bis hierher gekommen. Sie setzt sich auf den Boden, sie muss die Bandage um den Arm wickeln, ohne die linke Hand dabei zu verwenden. Wie tut man so etwas? Sie legt das eine Ende schließlich auf den Unterarm und setzt ihren Fuß darauf, lacht fast über diese verrenkte Position. Wie ein kleiner Affe. Wenn man dich so sehen könnte – aber die Hand ist zu, es kann nichts mehr geschehen. Was immer auch passiert, was immer du auch sagst, Stimme, die Hand ist zu, das ist das Einzige, was zählt. Du kannst also ganz still bleiben. So wickelt sie die Kurzzugbandage um den Arm herum, hebt den Fuß, wenn sie muss, nach ein paar Umwicklungen braucht sie den Fuß schon nicht mehr, es hält von selber, sie wickelt um Arm und Hand, ganz besonders um die Hand, so lange, bis sie weiß, sie wird die Hand nicht mehr öffnen können, selbst wenn sie will. Erst dann braucht sie den Fuß wieder, um die Bandage mit den Klammern festzustecken.

Sie lehnt sich an die Wand hinter ihr und erst jetzt kann sie loslassen. Gehen lassen. Was sie machen sollte, macht nun das elastische Band für sie, hält zusammen, was zusammengehört. Sie kann die Finger entspannen, weil die Finger sofort an Grenzen stoßen, die um sie sind. Eine zweite Haut, die die Ritzen der ersten verschließt.

Durch die Ritzen der Fugen des Badezimmers rinnt noch immer Wasser, und Judiths Rücken wird nass, aber es macht keinen Unterschied. Fast lacht sie noch einmal, lacht darüber, dass sie einmal dem Milchglas der Duschwand den Rücken zudrehen musste, weil ein Tropfen hinabgeronnen ist. Sich hinsetzen musste und warten, nicht umdrehen, bis der

Tropfen Zeit gehabt hatte zu gehen. Aber was geglitzert hat, hat Judith aufgehoben, und die Welle und der Fluss und die Gischt haben es ihr nicht aus den Fingern gerissen. Sie ist zu Welle und Fluss und Gischt geworden und hat doch die Finger zugehalten. Das Wasser mag steigen, nur Geduld. Einmal wird es das Becken füllen, oder aber das Meer wird kommen wie eine Wand. Oder vielleicht ist das alles schon geschehen. Sie kann es nicht sagen. Dem Meer ist es gleich. Sie kann die Finger loslassen, die Bandage, die sich um ihr Handgelenk festzieht, wird für sie halten. Es läutet an der Tür.

4.

Es läutet an der Tür, Judith sieht auf, was will man von ihr? Es ist etwas passiert. Du hast vergessen, deine Rechnungen zu bezahlen, deine Steuern, sie kommen dich holen!

Unsinn, denkt sie dann, ich verdiene nichts, da gibt es keine Steuern. Sie steht auf. Wenn sie aufmacht, wird der da draußen ihre Wohnung sehen. Das Wasser! Wenn sie aufmacht, wird der da draußen entscheiden, eine wie die darf nicht in ihrer eigenen Wohnung leben. Eine, die das Wasser einfach rinnen lässt. Eine, die das Innen nach außen kehrt.

Unsinn, denkt sie dann, den Schlamm, den siehst nur du.

Es läutet wieder. Wenn sie aufmacht, dann. Stimme, du kannst ruhig schweigen. Sie steht auf, geht ins Vorzimmer und öffnet die Tür.

Das Stiegenhaus ist Rost, wie sie es erwartet hat, rot und braun und hart, an der Wand ganz nah an der Tür ist eine Niete schief. Wird die Wand halten? Aber die zwei Männer scheint das nicht zu stören. Die zwei Männer draußen sind dick und tragen dunkle Jacken, wollen von der Haustechnik sein, wollen sofort in die Wohnung, die Stimme sagt, sie soll schweigen, Judith fragt: »Warum?«

»Es hat ein Leck im Wasserboiler gegeben«, sagt der eine.

Er zeigt auf den Boden, auf dem Judith steht, über den das Wasser läuft: »Oder ist Ihnen das hier nicht aufgefallen? Wieso haben Sie uns nicht gleich angerufen?«

Judith versteht nicht, sie geht einen Schritt zurück und die Männer steigen über die Schwelle, als wäre die Schwelle nichts, in die Wohnung und auf den nassen Boden, schließen die Tür, wenden sich sofort zu der Wand, über die noch immer Wasser läuft, ein dünner breiter Film, der die Wand bedeckt, unten sammelt es sich. Sie sind drin, Judith hat sie hereingelassen! Jetzt liegt ihnen die Wohnung offen. Jeder will mit den Fingern hinein, jetzt, wo sie offen ist.

»Haben Sie geglaubt, das hier ist normal?«, sagt der Mann wieder, der andere schüttelt den Kopf.

Eine seltsame Frage, Judith versucht alles neu zu ordnen, von solchen Voraussetzungen ist sie nicht ausgegangen.

»Ich wollte eben anrufen«, sagt sie, weil ihr nichts Besseres einfällt, weil sie zu langsam ist für solche Momente, zu unbeholfen. Sie hat noch nie lügen können, aber lügen muss man können in dieser Welt. »Ich habe die Nummer gesucht.«

Das sind aber die Regeln gewesen, dass das Wasser wahr ist und doch nicht Wasser. Solche Regeln sollten nicht gebrochen werden. Was kann man noch von dir sehen, Judith, trag dein Herz nicht auf der Hand, man steigt dir noch darauf. Du hast sie selbst in die Wohnung gelassen, wieso wunderst du dich, dass sie ihnen offenliegt?

»Die Installateure sind schon dabei, das Leck zu kitten. Dann wird die Hausverwaltung jemanden schicken, Ihre Wohnung auszutrocknen. An dieser Stelle …«

Er zeigt auf den Boden, auf dem sich Wasser gesammelt hat wie überall sonst.

»… werden wir das Parkett abschleifen.«

»Und der Rest?«, fragt Judith.

»Alle anderen betroffenen Hausparteien sind bereits informiert.«

Kein Rest. Dabei tropft der Schlamm von der Vorzimmerlampe, ihr in den Nacken. Der Mann in der Jacke biegt sich etwas, ganz schief sieht er so aus, zeigt auf ihre bandagierte linke Hand.

»Haben Sie sich da verletzt?«

Später hört an dieser einen Stelle der Wand das Wasser auf zu rinnen, und dann läuten erneut Handwerker an der Tür, und sie muss sie wieder hereinlassen, was hat sie auch sonst für eine Wahl. Immer musst du dich für die anderen öffnen, aber dabei keine Schwachstellen aufdecken, sie fangen sonst dort an zu drücken. Die zwei Handwerker, denn wieder sind es zwei, begutachten lange diese eine Stelle der Wand, und bauen schließlich große Ventilatoren im Vorzimmer auf, die blasen und blasen und blasen. Heiße trockene Luft, immer gegen diese eine Stelle der Wand gerichtet, niemand beachtet die ganzen anderen Stellen. Judith hat sich auf einen Stuhl gesetzt, sieht ihnen zu, die Hand im Schoß, mehrmals ist sie heute schon gefragt worden, was da sei. Sie hat nicht geantwortet, was soll sie auch antworten? Hätte sie den Handwerkern etwas zu trinken anbieten sollen, fragt sie sich dann: »Möchten Sie vielleicht etwas trinken?«, und erinnert sich, dass sie doch nur Wasser im Haus hat.

Davon jedenfalls genug.

Sie hat inzwischen verstanden, dass das alles nur Zufall war. Keine Ursache und Wirkung, keine Abfolge im eigentlichen Sinn. Es ist schwierig für sie anzunehmen gewesen: Dort oben flicken sie ein Leck, und sie ist auch leck, rinnt aus, aber alle stehen herum und kümmern sich um diese eine sichtbare Wand. Das kann man anfassen, das kann man begreifen. Hier kann man sagen: Ja, die Wand ist nass. Judith möchte fast den Kopf darüber schütteln, wie sie all dieses Gebläse auf diesen einen Ort richten, die Wohnung darf untergehen, aber die Wand im Vorzimmer muss trocken werden – weil es ein Leck gab, für das man nicht allein den Kopf der Mieterin verantwortlich machen kann.

Das Leck im Wasserboiler ist Sache der Hausverwaltung, die Ritzen in Judiths Fingern und Wänden, durch die auch Wasser tritt, sind ihre eigene Angelegenheit. Abgrenzung der Verantwortungsbereiche.

Sie blickt in ihren Schoß zu ihrer Hand, dieser einen sichtbaren Hand. Das kann man anfassen, das kann man begreifen. Hier kann man sagen: Da läuft etwas nicht, wie es soll. Hier kann man Fragen stellen: Haben Sie sich da verletzt?

Es wird Zeit, nach Antworten zu klauben.

5.

Glied nach Glied wickelt sich die Kette auf, und jedes Glied klingt hell, zu hart für sie, zu hart für jeden Menschen.

Erika steht an Deck, die Haube weit hinuntergezogen, darüber den Helm. Den Schal hinaufgezogen. Was herausschaut, ist mit Sonnencreme eingerieben. Schichten über Schichten um sich legen. Der Schiffsmotor ist hier noch lauter, das Deck breitet sich grün vor ihr aus, die Kette rollt sich weiter ein, so ein harter Klang, und sie weiß, unter Wasser wird der Ton sich in alle Richtungen verbreitet haben, bis in die Tiefe, in die die Kette reicht, so weit reichen sie ihren Arm hinunter, um den Bauch des Meeres auszukratzen.

Wo noch wenige von uns kratzen, liebes Meer, kratzen wir, mit unseren Netzen räumen wir dir den Magen leer, ganz leer, juckt es dich dort, wo wir dir hilfsbereit mit den Krallen darüberfahren?

Erika weiß, dass es notwendig ist. Deshalb ist sie hier, wartet wie die anderen Wissenschaftler darauf, dass das Netz gefüllt und wohlbehalten an die Oberfläche kommt. Von tief unten muss man das Leben holen, damit es dort bleiben kann. Wir nehmen dich aus, Wasser, bevor es jemand anderer tut.

Wie es wohl auf den Segelschiffen gewesen sein muss, fragt sie sich dabei, keine ständige Vibration durch den Schiffsmotor, ganz still im Wind, nur das Singen der Takelagen. Spiegel der See. Jetzt prügelt ihr Schiff Lärm ins Wasser. Joseph Conrad meint zu wissen, dass der Mensch sich die See niemals untertan machen wird, aber Erika weiß, er erhitzt sie, er übersäuert sie, er füllt sie ab mit Öl und Lärm und Lärm und Lärm. Und mit der FS Polarstern leisten sie dazu ihren eigenen kleinen Beitrag.

Die Schleppnetze, die in den letzten Tagen mehrmals ins Meer gelassen wurden. Leviathan. Sie hängen ebenso schwer wie in der Dokumentation über die Tiefseefischer. Warum die Möwe nicht aufgeflogen ist, um an die Fischreste im Kübel zu kommen, das wollte Judith nach dem Film wissen, aber Erika konnte sich nicht mehr an den Kübel und die Möwe erinnern. An das Geschrei schon.

Nur wenige Wochen später muss Judith ihre Hand geschlossen haben, man muss Zeichen setzen. Muss man das? Zuerst hat Judith über einen weißen Streifen Haut an ihrer Schulter auf sich hingewiesen, dann über eine Hand, die sie versteckt. Ich habe noch ein Ass im Ärmel? Im Café, in dem Erika Judith endlich wiedergetroffen hat, hat Erika das noch glauben können, hat Judith noch ganz ruhig gewirkt. Aber natürlich hätte Erika damals schon die Zeichen lesen können: All das, was den allgemeinen Erwartungen an sozial akzeptables Verhalten ein wenig – aber dann doch – widersprach. Immer wird so viel erwartet in dieser Welt. Erika hat jedenfalls lieber weggesehen, und all das hat sie schon oft genug mit sich selbst ausdiskutiert, was nützt es noch? Es wird sie nur wieder frieren machen, und es ist so schon kalt genug.

»Wir leben in keiner Schneekugel«, hat Judith gesagt. Aber Judiths Schneekugel, die sie Erika zum Abschied geschenkt hat, ist gut verstaut in einer der Kisten, zwischen Tüchern und dem »Fänger im Roggen«. Und immerhin ist Judith überhaupt zurückgekommen, immerhin wieder aufgetaucht zwischen den Wogen. Erika hat darüber aufgeatmet, fast ohne es zu wollen. Sie sollte endlich aufhören, mehr zu verlangen. Es sollte reichen.

Bist du da?

Ich bin da, und habe außerdem einen Schatz geborgen aus den Tiefen.

Glied nach Glied wird klirrend aufgerollt, das rote Netz taucht aus dem Wasser, es ist gefüllt. Zum Platzen voll mit Leben wird es den Schiffsbauch hinaufgezogen, auf Deck ausgeleert. Ein Haufen Schlamm, der mit Handschuhen und Kübeln zu durchsuchen ist.

Alles tritt aus, und die Biologen steigen in Gummistiefeln in diesem Berg umher, greifen mit Gummihandschuhen hinein, kramen, suchen, suchen. Greifen einen Seestern heraus oder eine Seespinne, einen Schwamm oder eine Schnecke. Reichtum. Ein Haufen Schlamm, ein Haufen Leben, kein Unterschied. Sie fingern darin, ziehen an Wirbellosem, spülen es ab, wollen eine neue Spezies entdeckt haben. Sie sortieren die Tiere in Plastikbehälter, messen sie ab, teilen sie zu.

Erika sieht den Biologen eine Zeit lang zu, die ihre Hilfe nicht brauchen, die froh sind, endlich etwas zu tun zu haben, weil sie endlich ihre langen Arme bis zum Meeresgrund haben gleiten lassen. Das Hydrofon, das vor einem Jahr am Rande des Eises ins Wasser gelassen wurde, ist das Schleppnetz, das Erika durchsuchen will. Reichtum. Ob er wohl zu ihnen zurückfinden wird, der Horcher?

Bevor sie bei der Neuberger II landen, die vom Eis in der Zwange gehalten wird, werden sie noch diesen einen Abstecher machen, und Erika wird die Expedition zu Ende bringen, die jemand anderer für sie begonnen hat. Hörst du mich? Komm zurück! Bist du da?

So wenig passt in eine Hand hinein. Etwas sucht man aber immer und will es mitnehmen, auch das Mädchen im

Neufelder See ist doch immer wieder hinabgetaucht zu den Kieseln.

6.

Das Mädchen ist wieder und wieder hinabgetaucht zu den Kieseln, die Luftblasen sind an ihr nach oben geflossen, aufwärts, aufwärts, dehnen wir uns dabei aus! Erika hat sich abgewandt und ist tiefer gegangen, hat hinaufgeblickt zur Oberfläche, die oft ein Spiegel war, unruhig und wild, aber hier war sie verschwommen, diffus. Ihr Mund trocken.

Sie hat nicht mehr mit Cécil darüber gesprochen. Er hat nichts bemerkt und sie weiß genau, was die Ursachen gewesen sind. Tiefenrausch kann nie genau vorausberechnet werden, ist abhängig von der persönlichen Tagesverfassung. Sie hat gedacht: Du solltest das Mundstück ausspucken. Du solltest Wasser atmen.

Jetzt rammt das Schiff das Eis erneut, Erika steht vorne auf der Brücke gemeinsam mit Monika und beobachtet durch das Fenster das Vorwärtskommen, das langsam ist und träge. Sie hört es krachen, dumpf. Rückwärtsgang, dann drückt sich das Schiff wieder nach vor, drückt sich auf die Eisschollen, legt sich mit seinem gesamten Gewicht darauf, mit all seinen Tonnen lehnt es sich ins Eis. Krachen, es splittert, die Risse setzen sich schnell fort, das Schiff fällt zurück ins Wasser, zu dem es sich eben den Zugang freigeschlagen hat. Ein paar Meter dieses Zugangs. Immer und immer wieder muss die FS Polarstern ausholen, anschieben. Splittern, zur Seite drücken. Dunkles Dröhnen, der gefrorene Ozean verbraucht Brennstoff und Nerven.

Das Eis hat sich schon am Vortag angekündigt – Monika kam in die Messe gelaufen, sagte: »Ich glaub's nicht, es gibt Pfannkuchen!« Pfannkuchen nennt man die Vorhut des Eises, wie Erika sah, als sie mit den anderen hinaus aufs Deck und an die Reling lief. Nur ein paar Stunden waren vergangen, seit sie das Meer das letzte Mal gesehen hatte, und die Wasseroberfläche hatte in dieser Zeit eine schuppige Haut bekommen, die in der Dünung träge wogte. Lauter runde Inseln der Erstarrung, dachte Erika und beugte sich weit vor, Inseln, die noch biegsam genug waren, um nachzugeben, sich voneinander zu lösen, auf und ab zu schwingen. Die sich erst miteinander verbinden, sich verkleben mussten, die Arme verschränken, um zu Schollen zu werden, die Wellen mit gesammelter Erstarrung nach unten zu drücken. Das Schiff schob sich durch dicht an dicht gedrängte Plättchen aus Eis, zerbrach sie so geschwind, als wären sie kaum dagewesen.

Monika war schon zum Kapitän und Fahrtleiter unterwegs – das Schiff muss gestoppt werden, sagte sie, jetzt sofort. Dass das zu dieser Jahreszeit geschehe, war mehr als ungewöhnlich, war noch nie dagewesen, so eine Gelegenheit kam so schnell nicht wieder, so eine Gelegenheit war einmalig.

Von der einmaligen Gelegenheit stieg Eisrauch auf, legte sich um die Sonne. Und die kleinen Bruchstücke, die durch das Meer trieben, formten sich zu Mustern, sah Erika nun, deren Nähte durch die Wellen immer wieder brachen. Bald nicht mehr. Und da riefen sie schon, ja, das Schiff würde angehalten werden, Lichtmessungen würden unter dieser noch kaum vorhandenen Schicht gemacht werden, holt den Mummy Chair!

Der Mummy Chair ist eine große orangene Metallkiste mit Bodenluke, in die Monika Denk und ihr Kollege wenig später stiegen und die mit dem Kran zum Schuppeneis hinabgesenkt wurde. Dieses Eis trug noch niemanden, und so waren Monika und ihr Kollege ebenso orange in die Überlebensanzüge gewickelt – noch eine Hülle, die zwischen die Menschen und diesmal das Wasser gelegt werden musste, damit man nicht ganz so schnell darin erfror.

Kaum hatten die Schuppen ihre Arme gegen das Meer unter ihnen verschränkt, wuchsen auf ihnen wild Frostblumen, vielgliedrige Eiskristalle, bedeckten die Schollen vollständig, wucherten wie Schimmel oder Disteln, wie würde es sich wohl anhören, auf diesen brüchigen Ärmchen zu gehen?

Monika hockte über ihrer Luke, hob mit der Plastikschaufel die Frostblumen vorsichtig von der Scholle ab.

Der freie Ozean für die Biologen mit ihren Schleppnetzen, für Linda und Erika mit ihren Walbeobachtungen, für Erika mit ihren vom Schiff mitgezogenen Hydrofonen. Das Eis für Monika.

»Es ist wegen der riesigen Oberfläche, mit all ihren Ärmchen«, erklärte Monika später beim Abendessen, redete weiter über den höheren Salzgehalt der Frostblumen, was das für die chemischen Reaktionen bedeutete und für die Entstehung von Halogenen.

Sie lachte, sie hatte fast den gesamten Tag nur im Mummy Chair verbracht, hatte schweigend Eis geerntet mit ihren Bechern, nur ja nichts verunreinigen, es darf nur ja kein Teilchen, und sei es noch so klein, von ihr oder vom Schiff in ihre Probe gelangen. Für jede Probe wurde ein eigener Latexhandschuh verwendet, sie trug Schichten über Schichten von Handschuhen, die sie eine nach der anderen abstreifte. Striptease, um nur ja nicht zusammenzubringen, was nicht zusammengehört. Du bist hier gar so fremd.

Berühr hier möglichst nichts.

Jetzt steht Monika neben Erika auf der Brücke der FS Polarstern, sie sehen zu, wie sich der Eisbrecher erneut auf die Schollen schiebt. Weit hinauf, um euch hinunterzudrücken. Die Schollen haben ihre Arme verschränkt, und Erika denkt ausgerechnet jetzt an den Neufelder See, die Wasseroberfläche eine damals kaum mehr wahrnehmbare Grenze. Ihr Mund trocken. Nicht mehr ausgeschlossen sein.

»Dass wir immer noch feststecken«, sagt Monika.

7.

Hinausgehen. Über die Schwelle steigen, und hinaus aus der Wohnung auf den rostigen Boden. Die Schritte klingen hohl draußen, alles kalt und hart. Judith überlegt: Wann? Wann ist sie bereit dazu?

Wenn sie die Bandage nicht mehr braucht?

Die Bandage sagt: Ich bin eine Krücke, bis du dich wirklich entschieden hast. Bis du dich durchgerungen hast, bis du willensstark genug bist. Solange halte ich, damit du nicht versucht wirst zu öffnen.

Sie versucht, immer länger selbst zu halten. Diese Aufgabe selbst übernehmen, sie nicht einem Stück elastischen Stoffs überlassen. Die Aufgabe ist zu wichtig. Die Gebläse trocknen eine Wand und trocknen den Rest ein wenig mit, und sie nimmt die Bandage herunter für eine Stunde oder zwei, legt sie dann wieder an. Die Gebläse werden abgeholt und das Parkett wird abgeschliffen, und dann ist das auch getan, und sie nimmt die Bandage herunter für zwei Stunden oder drei, legt sie dann wieder an.

In der Dusche lässt sie das Wasser in und um die Hand rinnen, sauber halten. Im Bad cremt sie die Hand ein, weil sie unter der Bandage zu viel schwitzt. Es ist wichtig, gesund zu bleiben. Sie muss die anderen überzeugen, dass sie ihren Körper im Griff hat, ihr Leben auch. Den Schimmel in den Fugen.

Hinausgehen. Über die Schwelle steigen, auf das Gitter des Stiegenhauses. Draußen ist es laut, es dröhnen die Maschinen, es biegt sich das alte Metall. Ist dieses Schiff schon gestrandet, wird es schon auseinandergenommen? Wie kleine Tiere werden die Menschen dann beginnen, auf ihm herumzuklettern mit ihren Schweißgeräten, Meter um Meter riesige Schiffsstücke voneinander lösen, die langsam reißen, die Nieten auseinanderdrücken, bis die Wandteile ausbrechen, dann langsam fallen, mit einem Donnern.

Oder ist das Schiff noch unterwegs, kratzt mit seinen Netzen über den Boden?

Sie ist froh über die Bandage. Sie mag eine Krücke sein, ein Beweis ihrer fehlenden Disziplin, aber sie ist trotzdem froh darüber. Die Bandage erlaubt ihr zu tun, was sie sich sonst nicht trauen würde – wie öffnet man eine Kaffeedose mit einer frei beweglichen Hand und einer geschlossenen, wie dreht man den Verschluss einer Flasche auf, wie schneidet man Pizza? Es ist beruhigend, sich damit zu beschäftigen und nicht mit der braunen Schicht nasser Erde, die immer noch ihre Fenster bedeckt, nicht damit, wie es weitergehen soll.

Um die einzig sichtbare Stelle werden sich alle scharen.

Hinauszugehen, das bedeutet Antworten parat zu haben auf die Frage, was das hier soll. Und wenn die anderen wirklich verstehen, denkt Judith, werden sie ihr dann die Hand gegen ihren Willen öffnen, mit Gewalt?

Trotzdem: hinausgehen. Sie kann nicht ewig vom Lieferservice leben. Sie hat nicht gemacht, was sie gemacht hat, um sich jetzt wieder zu verstecken. Sie hat Karo, Cécil und Erika schon lange nicht mehr gesehen.

Also: Hinausgehen, über die Schwelle auf das Gitter des Stiegenhauses treten, auch wenn sie noch nicht bereit dafür ist. Was macht es schon aus? Auf den Stiegen klingen ihre Schritte hohl, aus der Haustür aber tritt sie in die Trockenheit der Straße. Es wirft das Licht von den blanken Häuserwänden. Die Autos donnern vorbei, dann die Straßenbahn, sie holpert. Ein Lastwagen rauscht an ihr vorüber, die Stimmen der Passanten werden dazwischen zerrieben, fortgetrieben. Der Supermarkt umfängt sie mit seiner Kälte, dort vibriert das Handy in ihrer Tasche. Ein SMS von Erika, viele SMS sind von Erika in den letzten Wochen bei ihr angekommen, versickert: Wie geht es dir? Wollen wir uns einmal wieder treffen?

Wie angemessen, dass sie vor dem Kühlregal steht, als sie

diese erneute Nachricht bekommt, von Erika, die nicht aufhört, nach Judith zu rufen, und bald zum Eisschrank der Erde fahren wird. Weit, weit fort. Wann?

Wann?, ist auch ihre Antwort, dann muss sie die Erbsen finden.

8.

Bist du da?

Erika ruft in die Tiefe. Sie ruft in den Lärm. Bist du da? Sie kann nur immer wieder rufen und auf die Antwort warten. Sie haben das Schiff verankert, vor der Kante des Schelfeises. Sie haben sich stundenlang durch das Meereis gekämpft, das klare Wasser umgibt sie nun wie ein See, dessen Ufer weiß sind: Polynja. Für einen Moment freie Bewegung. Nun stehen Linda und Erika auf Deck und wenig trennt sie von den Blöcken, die in die Höhe ragen, aneinanderreiben. Die Tafeleisberge sind glatt und ihre Spitzen scharf, ihre Bewegungen dumpf. Ihre Bewegungen könnten die Polarstern mit Leichtigkeit zerdrücken, es ist ihre Entscheidung, es nicht zu tun. Sie haben die Sonde nach unten gesandt, die Sonde ist ihr Suchtrupp nach dem Aufnahmegerät, und die Sonde kann nur rufen, in hohen kurzen Tönen: Bist du da? Wird das Hydrofon antworten, ist es hier, ist es fortgetragen worden, vom Eis, vom Wasser? Sie beugt sich über die Reling, das Meer bricht sich am Schiff, die Gischt wie dünne Ärmchen.

Sie haben Glück gehabt, dass diese Stelle frei geblieben ist, andere mehrjährige Polynjas waren dieses Jahr zugefroren. So viel ist hier eine Frage des Wetters, zu viel Wind, zu tiefe Temperaturen oder zu hohe, die das Eis erweichen, matschig machen, nachgiebig, für das Schiff noch schwieriger zu durchschneiden. Ich gebe dir doch keinen Widerstand, ich widerspreche dir doch nicht. Ich schmiege mich nur an deine Wände, und wenn ich mich biege, kannst du mich nicht brechen.

Bist du da?

Das Acoustic Release System könnte auch stumm bleiben. Erika weiß nicht, wie es ihm geht, ein Jahr hat es nichts anderes gemacht, als ganz allein dazusitzen, ein kleines Metallkästchen in der Weite, Eis zieht über ihm vorbei. Horchen, warten, auf die Eltern, die es holen. Auf die Eltern, die sagen: Auf unser Wort, dann ruf zurück, und erst dann darfst du den Schwimmer aus der Verankerung lösen, damit er aufsteigen kann, damit wir ihn sehen. Damit wir wissen, wo du bist, und dich hinaufziehen aus der Tiefe. Aber erst, wenn wir dir das vereinbarte Zeichen geben, erst dann gib das Zeichen zurück.

So lange hast du unten ausgeharrt, ohne zu wissen, wird man dich wiederfinden? Bist du noch, wo wir dich zurückgelassen haben?

Bist du da?

Wie geht es dir? Wollen wir uns wieder einmal treffen?

Kurze helle Töne aussenden, auf eine Antwort warten. Bist du da? Bist du schon weggerissen worden?

Das Hydrofon hat aber auf gar nichts gewartet. Es hat aufgezeichnet, seinen Speicher bespielt, hoffentlich ist der nicht korrumpiert, hoffentlich die Daten eines Jahres nicht verloren. Es müsste ja nur die Stromzufuhr unterbrochen worden sein. Erika hat in der Nordsee einmal ein Hydrofon vom Meeresboden geholt, nach mehreren Monaten, und bloß ein paar Tage Daten dafür erhalten, weil die Batterien zu schwach gewesen sind – Rechenfehler bei der Planung. Das Acoustic Release System kennt Erika gut, der einzige Unterschied vielleicht: Normalerweise holt sie Aufnahmegeräte aus den Tiefen, die sie auch selbst dort versenkt hat. Übergabe des Sorgerechts, von einem zum anderen.

Und jetzt singt sie, singt, nur um eine Reaktion zu bekommen, macht es den Walen gleich und den Vögeln.

Bist du da?

Wenn du da bist, sag es mir. Sag es mir und löse den Schwimmer aus deiner Umklammerung. Sag es mir und schreibe eine Nachricht.

Wie geht es dir? Ich habe schon lange nichts mehr von dir gehört.

Bist du da?

Wenn du da bist, gib uns ein Zeichen. Wenn nur nichts klemmt, wenn sich nur alles löst und das Richtige auftaucht, sodass sie das Kind aus der Tiefe ziehen können, das sie dort unten gelassen haben und dem das gleichgültig ist.

Man kann nur rufen, hell und kurz: Wie geht es dir? Wollen wir uns wieder einmal treffen? Bist du da? Auf Antwort warten.

Bist du da?

Bist du da?

Ich bin da.

Es piept hoch zurück, Erika hört es über die Kopfhörer. Die Eltern rufen, das Kind ruft zurück.

Bist du da?

Ich bin da.

Linda berührt Erika an der Schulter, sie hat das Fernrohr in der Hand, sie sagt: »Schau!«

Da sieht Erika es mit freiem Auge: Die rote Boje ist aufgetaucht, zwischen den Wellen. Der Schwimmer.

Bist du da?

Ich bin da.

Bist du da?

Ich bin da.

Sie haben das Hydrofon gefunden.

9.

Wann?, kam zurück. Und dann ein Termin für einen gemeinsamen Kaffee, als wären nicht Monate verstrichen.

Als Erika die Tür aufstieß, saß Judith dort bereits weit zurückgelehnt auf ihrem Stuhl, eine Hand in der Manteltasche, mit der anderen hielt sie die Tasse. Sie sah aus dem Fenster. Ihre Haare waren zu einem hohen, unordentlichen Zopf zusammengebunden, das Haarband löste sich schon wieder. Zeichen der inneren Unordnung? Erika dachte schon wieder in Klischees. Ausgesetzt war Judith auf den zu leichten Plastikstühlen des Bades gewesen, ihr Gesicht damals rot vor Aufregung. Jetzt hingegen wirkte sie ganz ruhig.

Vielleicht hatten sie also recht gehabt, Cécil und Karo, und Judith hatte sich nur ausgefeiert, ausgeruht.

Erika setzte sich, »hallo, Judith«, sagte sie.

Judith lächelte und zeigte zur Bar: »Das ist eins von den Cafés, wo du ihn dir selbst holen musst.«

So wurde Erika gleich wieder fortgeschickt, Kaffee bestellen, und auch als sie zu Judith zurückging, die durch das große Glasfenster auf die Straße draußen sah, dachte sie, etwas hat sich geändert. Etwas hat sich verschoben. Judith hatte die Beine übereinandergeschlagen, aber dabei von sich gestreckt. Sie nahm Platz ein in dem schmalen Gang zwischen den Stühlen und Tischen. Andere würden über ihre Beine steigen oder stolpern müssen.

»Du bist wohl schon am Absprung«, sagte Judith, als Erika ihre Tasse Espresso auf den Tisch stellte, und bevor Erika noch selbst eine Frage stellen konnte: »Du fährst bald weg.«

Erika nickte: »Ein paar Monate, dann geht es los.«

»Und ist es schon so weit, dass du die guten Ratschläge hasst, die dir alle geben?«

Judiths Aufnahme von Erikas eigenen Worten: »Und? Ist es schon so weit, dass Sie meine Stimme hassen?« Zugleich wunderte es Erika, dass Judith das auf einmal so einfach konnte, mit Worten zu spielen, statt sie nur von sich zu werfen.

Vielleicht hatte sie das immer gekonnt. Vielleicht wollte Erika sie nur nicht so sehen.

»Ich habe Schwierigkeiten damit, wenn ich ehrlich bin«, meinte Erika später.

Judith hatte genickt, zu Erikas Kursen, den Blog-Einträgen der alten Überwinterer, von denen Erika dann erzählt hatte. Judith hatte weiter Fragen gestellt, bevor Erika das Gespräch zurück zu ihr lenken konnte. Wie beim Interview: Du, Judith, gibst nichts preis, um mich stattdessen auszuloten. Dabei hatte sie die Hand nicht aus der Manteltasche genommen, auch nicht, um ihren Cappuccino zu trinken. Eine Hand verstecken bedeutete: Pass auf, ich habe noch ein Ass im Ärmel. Hieß es das?

Judith sagte damit: Ich bin zurückgelehnt, nehme mir Raum, ich nehme mir Zeit. Die Augen halb geschlossen: So interessant bist du, Erika, gar nicht?

Aber sie ließ Erika ausreden, blickte manchmal währenddessen auf die Straße, dann wieder zurück zu ihr, aber hörte tatsächlich zu, anders als damals beim Interview.

»Womit genau hast du Schwierigkeiten?«, fragte Judith.

Mit allem.

»Mit diesen Berichten von dort unten. Wie sie es schreiben, das klingt alles so nebenher. Sie fahren zu der Pinguinkolonie, sie erzählen von Dartturnieren. Aber so wie sie es schreiben, bleibt es unverbindlich.«

Auch der Mailverkehr mit Yazgül: locker, unbeschwert.

»Man schreibt nicht alles auf, was man sich denkt.«

Und damit hatte Judith natürlich recht. Was will man schon von sich zeigen? Eben lieber das Ass im Ärmel behalten. Lieber sagen: Der Besuch bei der Pinguinkolonie gestern war ein besonderes Highlight.

»Wie geht es dir?«, fragte Erika dann doch, obwohl sie wusste, dass man auf diese Frage doch nie eine vernünftige Antwort erhielt. Wir zeichnen das Bild selbst, das die anderen von uns haben sollen, und das Bild zur Frage »Wie geht es dir?«, ist immer dasselbe.

Judith sagte auch wie zu erwarten: »Danke, gut«, dann läutete das Handy in ihrer Handtasche. Sie hob auch gleich die Handtasche auf ihren Schoß, nestelte mit ihrer freien Hand am Zippverschluss, verwendete aber die andere Hand immer noch nicht. Vielleicht hier die Verschiebung? Lieber zog sie am Zipp, aber die gesamte Tasche kam mit. Es fehlte der Gegenzug, dachte Erika, um keinen Gegenzug beim Aufzippen zu benötigen, war die Tasche zu weich. Goldglitzerndes Kunstleder.

»Soll ich dir helfen?«

»Geht schon.«

Sie zog jetzt doch die zweite Hand hervor, und Erika sah: eine Faust. Judith legte die Faust auf den Boden der Tasche, drückte diese damit herunter, zerrte oben am Zipp herum. Als Judith sich endlich ihren Zugang errissen hatte, hatte das Handy schon zu läuten aufgehört.

Judith griff trotzdem hinein, holte das Handy heraus. Sie legte es auf ihre nach oben gedrehte Faust, tippte mit der anderen.

Fast schon routiniert. Wie konnte ein Handy auf eine Faust zu legen routiniert aussehen? Es sollte nicht so sein.

»Und?«, fragte Erika.

»Nichts«, sagte Judith und legte das Handy auf den Tisch, die geschlossene Hand wanderte zurück in die Manteltasche. »Karo hat sich nur gerade daran erinnert, dass es mich noch gibt.«

»Das ist eben Karo«, sagte Erika, »sie ist zerstreut.«

Judith schüttelte den Kopf: »Ich bin ihr doch nicht böse.«

Weil Judith ohnehin nicht geantwortet hätte, wie auf Erikas Nachrichten? Judith, wie geht es dir, ich möchte dich wiedersehen? Hast du am Samstag Zeit, ins Bad zu gehen? Hallo Judith, ich geh ins Kino, gehst du mit? Hallo Judith, ich habe schon lange nichts mehr von dir gehört. Wollen wir uns mal wiedersehen?

Judith nahm ihre Tasse Cappuccino, führte sie zu den Lippen, stellte sie wieder ab, sie war ohnehin längst leer.

Was hast du getan, fragte sich Erika, in all den Wochen? Wo sind deine Metaphern hin, über die du sonst so gerne springst, schneller als ich ihnen folgen kann?

»Du könntest eine steifere Tasche vertragen«, sagte Erika. »Es ist, weil sie so weich ist, dass sie sich so schlecht öffnen lässt.«

Judith verzog den Mund, lächelte dann, strich über das Leder.

»Ja, vermutlich«, sagte sie. »Ich sollte sie wohl ersetzen.«

Erika öffnete den Mund, aber Judith runzelte die Stirn, sagte: »Du musst mir das mit dem Acoustic Release System noch einmal erklären.«

Du musst. Judith sagte, du musst. Woher war das gekommen? Das Acoustic Release System ist eine Möglichkeit, sagte Erika, Hydrofone vom Meeresboden wieder heraufzuholen. Man schickt einen Ton in die Tiefe und wartet auf Rückruf. Bist du da? Bist du da? Bist du da? Ich bin da. Bist du da? Ich bin da. Bist du da? Ich bin da.

Bevor sie zahlten, holte Judith aus ihrer Handtasche eine eingerollte Bandage, und aus ihrer Manteltasche holte sie die geschlossene Hand. Sie wickelte die Kurzzugbandage um die Faust, nützte den Tisch, um sie am rechten Platz zu halten, brauchte ihn dann nicht mehr. Am Schluss wieder mit zwei Klammern festgesteckt.

Judith blickte auf.

»Ich werde sonst zu müde«, sagte sie, als würde das etwas erklären. »Es wird zu anstrengend mit der Zeit.«

Erika verstand nicht. Erika nickte. Welche Frage war die falsche?

Möglicherweise alle. Die Hand war, als Erika sie heute gesehen hatte, immer geschlossen gewesen.

Aber tatsächlich zu einer Faust? Vielleicht nicht.

Mit dieser Faust konnte man jedenfalls niemanden erschlagen. Die Fingerkuppen nicht in den Handballen gedrückt – sie lagen ganz locker auf. Sogar der Daumen stand über die Finger hinweg. Judith würde sich selbst mehr wehtun als dem anderen. Keine Waffe. Eine andere Form der Verteidigung? Einen Zweck musste sie haben, wenn Judith sie mit einer Kurzzugbandage umwickelt hatte, aus lauter Angst.

Verrätst du ihn mir, Judith? Warum springst du nicht mehr zwischen den Sprachen?

Ich möchte es wirklich wissen.

Du bist hier gar zu fremd. Du bringst hier nur Unheil, berühr hier möglichst nichts, lass nichts zurück und nimm nichts mit. Das stille Wasser Judith in seiner Ruhe lassen. Etwas sucht man aber immer zwischen den Kieseln, später rinnt es einem durch die Finger.

Was ist klein genug und passt dort hinein?

10.

Erika war überrascht, als Judith anrief, nur ein Tag war vergangen, und schon rief Judith an. Gestern hatte sie sie noch vor dem Café zurückgelassen, und jetzt saß Erika in ihrem Büro in der Uni, plagte sich mit Simulationen, und ihr Handy läutete, weil Judith damit sagte: Bist du da?

Ich bin da.

»Hallo, Judith?«

»Hallo.«

Kurz war Judith am anderen Ende der Leitung still, als hätte sie sich verwählt. Vielleicht hatte sie auch nach einem anderen Empfänger gesucht.

»Glaubst du, die dürfen das wirklich machen?«, fragte sie dann.

»Was denn?«

»Mir die Hand gegen meinen Willen öffnen, dürfen die das?«

Erika drehte sich weg vom Computer, dabei war sie so spät am Abend in ihrem Büro sowieso immer allein. Mir die Hand gegen meinen Willen öffnen. Also tatsächlich eine Entscheidung? Ihre Brust war eng.

Wieso ausgerechnet zu mir?

»Will das denn jemand?«

»Das kennt man doch, das ist doch so, immer wollen alle hinein!«

Hinein. Hinein, wohin?

Das ist doch so. Das kennt man doch. Wieso hatte sie es gerade so formuliert?

Isa, Jera, Thurisaz, hatte Judith ein anderes Mal gesagt: Du stehst am Rand, Luftblasen kitzeln deine Blattunterseiten. Entschuldigen Sie meine Frechheit.

Aber war das nicht vorbei? Im Café war Judiths Gesicht so ruhig gewesen.

»Hilf mir, Erika, dürfen die das? Du weißt das doch!«

Erika lehnte sich zurück, blickte auf die Bücherwand. Hilf mir!, war eindeutig, hilf mir!, konnte man nicht zur Seite schieben. Bist du da? Ich bin da und brauche außerdem etwas von dir.

Es war vorbei gewesen. Im Café war es vorbei gewesen, ganz ruhig hatte Judith dort gewirkt. Was wusste Erika schon davon. Sie hatte in Wahrheit keine Ahnung, wusste sie genau.

»Immer nehmen sie sich, was sie können. Bäuche auf, mit dem Messer, Innereien raus, weggeworfen. Das Schiff ist schon tot, sie nehmen es aus, brechen Wände aus, jeder kann das hören. Aber die Netze kratzen immer noch, wie kann das sein?«

»Was für Netze, wovon sprichst du, Judith?«

Erika hatte keine Ahnung, hatte nur voll Neugier auf Judiths Hand gesehen, was hast du da drin? Sätze, die nicht zusammengehören.

»Na, die Netze, Erika! Die der Fischer! Aber ich bin der Fluss geworden, ich hab den Staudamm aufgebrochen, ich weiß das genau! Der Fluss hat es mir nicht aus der Hand gerissen! Ich hab es die ganze Zeit festgehalten, die ganze Zeit! Wie können die das jetzt einfach so zerstören? Wie können die das?«

»Was wollen sie zerstören?«

Erika kannte sich hier nicht aus, hier stand sie nicht auf sicheren Füßen.

»Mir die Hand aufbrechen, verstehst du nicht? Außerdem habe ich Karos Finger gestohlen! Ihre waren schärfer, nur deshalb, ich habe sie gebraucht, das glaubst du mir doch? Aber was, wenn sie das herausfindet, was dann? Sie wird sich dann auf deren Seite stellen! Bestimmt!«

Bist du da?

Ich bin da und brauche etwas von dir.

Wieso ausgerechnet von mir?

»Erika? Das glaubst du mir doch?«

Erika nahm das Handy vom Ohr und legte auf. Danach blickte sie auf das Display, bis es sich selbst sperrte.

11.

Es gibt einen guten Abstand. Erika saß vor ihrem Computer, allein in ihrem Büro, starrte auf das gesperrte Display, und bewegte sich außerhalb ihres Fachgebiets. Erika konnte hier nur Schaden anrichten, mit ihren scharfen Worten.

Und auflegen ist besser?

Feigling, würde Karo sagen.

Feigling, Feigling, Feigling, und das zu Recht.

So neugierig hatte Erika auf das stille Wasser Judith geblickt, hatte sich gefragt, welche großen und kleinen Meeressäuger wohnen wohl hier? Was hast du gemacht in all den Wochen? Was passt in diese Hand? Doch sobald Judith Antwort gab, bekam sie Angst?

Feigling, Feigling, Feigling, und das zu Recht.

Erika traute sich nicht um die Kurve, es könnte sie hinausschleudern. Erika sprang noch nicht einmal über die eigene Hand, schon gar nicht über den eigenen Schatten. Sie sah es nicht ein.

Lass mich auflegen, mich hinsetzen und abrollen.

Nachdenken, was ist passiert?

Dann wieder aufstehen, zurückgehen. Judiths Nummer tippen.

»Erika?«

»Die Verbindung ist abgebrochen, tut mir leid.«

»Kommt schon mal vor.«

Auf das Problem konzentrieren: aufdrücken einer Hand, die geschlossen bleiben will.

»Gibt es denn jemand bestimmten, der deine Hand öffnen will?«

»Es ist doch nur eine Frage der Zeit.«

Was weißt du schon davon, dachte Erika, wie sich Gedanken verwirren und Hände schließen? Du hättest schon früher etwas bemerken können, stattdessen hast du Judith dafür bewundert, dass sie schneller über Metaphern springt, als du ihr folgen kannst. Stattdessen hast du deine Beunruhigung misstrauisch beäugt, hast auf Cécil und Karo gehört, hast gestern noch an Judiths ruhiges Gesicht geglaubt, an ihre ausgestreckten Beine, aber die Zeit hat der Beunruhigung recht gegeben.

Warum eigentlich? Bloß weil Judith Hilfe wollte?

»Ton folgt immer noch auf Ton, Erika, durch das gekittete Glas drücken sich immer noch die Tropfen. Jedes Becken läuft irgendwann über. Der nächste Moment kommt bestimmt.«

Gestern noch hatte Erika die Hand gesehen, war dabei keinen Schritt zurückgewichen. Gestern noch hatte sie stattdessen zu einer steiferen Tasche geraten, hatte gedacht: Was ist klein genug und passt dort hinein? Die Faust, die keine Faust war, war ihr nicht nahe gekommen. Achtung – es gibt einen guten Abstand, wenn man ihn unterschreitet, wird es gefährlich! Und Erika stand hier auf keiner Matte.

»Aber dürfen die das? Erika, du kennst dich da doch aus?«

Nein, Erika kannte sich immer noch nicht aus. Erika wurde bloß gefragt und hatte sich die Frage nicht ausgesucht. Erika war bloß wieder aufgestanden und hatte versucht, doch noch eine Antwort zu finden. Die Hand greifen, spüren: Wo ist der richtige Weg?

»Ich … ich glaube nicht, dass die das dürfen.«

Welcher Weg ist der falsche?

»Ich kenne mich da nicht gut aus, aber ich glaube nicht, dass das so einfach geht.«

»Nicht?«

»Weißt du was, ich schaue das für dich nach.«

Abstand unterschritten.

Später blickte Erika immer noch auf ihren Computerbildschirm, der inzwischen auch in den Ruhemodus gegangen war, aber immer noch surrte, und sie dachte: In der Disco ist sie hoch gesprungen. Was habe ich zu dem Gewicht beigetragen, das sie dort abgeworfen hat?

Unsinn, nimm dich nicht so wichtig. Du hast mit der geschlossenen Hand nichts zu tun.

Doch. Jetzt schon: Hilf mir.

Was, wenn sie die Hand tatsächlich immer geschlossen hielt? Die Kurzzugbandage sprach dafür: Ich werde sonst zu müde.

Hätte man denn das Recht, ihr zu ihrem eigenen Wohl die Finger aufzudrücken, mit Gewalt, sie vorher im Bett zu fixieren? Oder hatte man das Recht, ihr Beruhigungsmittel zu geben, bis sich die Glieder ganz von selbst lösten? Nein. Ganz bestimmt nicht. Es war richtig gewesen, sie zu beruhigen. Erika lehnte sich nach vor, bewegte die Maus, um den Computer wieder aufzuwecken, nur um ihn vollständig schlafen zu schicken. Sie fuhr den PC herunter, packte ihre Bücher in die Tasche, was brauchte sie zu Hause? Sie musste Leon noch Rückmeldung auf das Dissertationskapitel geben, das er ihr geschickt hatte. Noch so einer mit einer Abschlussarbeit im Gepäck. Ihre Brust war eng. Sie wollte nur schlafen.

Sie nahm die Tasche und stand auf, drehte sich vom Computer aber nicht weg, auf einmal unsicher, ob sie nicht etwas vergessen hatte, aber es fiel ihr nicht ein. Sie setzte sich wieder hin und hustete, umarmte sich selbst.

Falsche Worte, vorhin?

Manche Probleme sind strukturell, dachte sie, dachte dabei Karos Worte nach, tastete sich an ihnen weiter: strukturelle Gewalt. Hierarchische Institutionen und Bürokratie. Wie viel Platz ist auf Formularen für geschlossene Hände? Wie konnte sie so einfach davon ausgehen, dass sich diese Formulare, diese auszufüllenden Boxen und anzuhakenden Kästchen, an Judith anpassen würden? Sie konnte nicht davon ausgehen, nicht mit Karos Worten im Hinterkopf: Zwangsverordnungen. Es ist schon mehr als einer über das Kuckucksnest geflogen.

Wie einfach sie gesagt hatte: Nein. Ganz bestimmt nicht. Ich glaube nicht, dass das so einfach geht. Was, wenn das dann doch ganz einfach ging, nach ein bisschen Mahlen der Bürokratie?

Bist du da?

Ich bin da und brauche etwas von dir.

Erika hustete noch mal, beugte sich weit nach vor. Was hatte sie angerichtet, schon wieder? Sie hätte nie mit Judith reden sollen. Schon der erste Satz war ein Fehler gewesen: ihre Worte immer zu scharf.

Karo anrufen. Vielleicht wusste Karo mehr.

12.

Und Ton folgt immer noch auf Ton, und es ist immer noch keine Wand zwischen dem einen Moment und dem nächsten. Durch das gekittete Muranoglas drücken sich immer noch Tropfen.

Judith braucht die Bandage jeden Tag weniger lang, sie bereitet sich täglich auf ein Leben ganz ohne Kurzzugbandage und auf die Fragen vor. Auf jede muss eine Antwort gefunden werden. Nicht immer ist da Erika, die sie auffängt, mit: »Ich glaube nicht, dass die das dürfen.« Wenn Judith die anderen trifft, muss die Entscheidung gefallen und müssen die Antworten vorbereitet sein. Mama hat jetzt doch wieder mehrmals angerufen, Matthias muss ihr gesagt haben, dass Judith nicht abhebt. Wieso sagt Matthias ihr so etwas? Er sollte sich stattdessen auf Judiths Seite stellen.

Judith bereitet sich täglich auf ein Leben ganz ohne Bandage vor, immer mehr Tätigkeiten lernt sie nur mit der rechten Hand zu erledigen. Die Os auf ihren weißen Plakaten rinnen manchmal noch, aber das ist in Ordnung so. Die Tropfen schwellen in den Rissen und Öffnungen in der Mitte der Os an, schieben sich hoch und drücken das aufgerissene Papier noch weiter hinauf, brechen dann auf einmal wie über einen Damm, verlieren im selben Moment ihre Oberflächenspannung, zerrinnen, rinnen. Das Wasser hinterlässt dunkle Flussbetten auf dem Papier, die Arme fließen ineinander, vereinigen sich. Wie die Schlieren, die Judiths Finger im Schlamm hinterlassen, der die Fenster bedeckt, sind die Wasserarme schön anzusehen, und doch nicht wirklich da. Das ist nicht der Teil von ihr, der verletzlich ist.

Erika hat gesehen, was man von ihr angreifen kann, und hat nicht hingegriffen. Sie hat bloß gesagt: »Du könntest eine steifere Tasche vertragen.« Judith sollte ihr nicht bloß deshalb vertrauen. Dass sie eine steifere Tasche braucht, kann jeder sagen, dazu gehört nicht viel. Sie hat Erika eine Schwäche gezeigt, und wo Schwachstellen sind, drücken die Menschen zu. Erika hat nicht zugedrückt, nur aufgelegt, dann wieder angerufen. Bist du da? Ich bin da. Woher Judith das schon wieder wissen will. Sie hat Erika selbst die Waffen gegen sich in die Hand gegeben. Sie hat gesagt: »Hilf mir. Dürfen die das?« Erika weiß, was zu tun ist. Sie könnte zwischen den Anrufen alle Behörden informiert haben. Sie kennt sich aus.

Judith fährt die Flussbetten der O-Tropfen nach, was tun, um die Stimme zum Schweigen zu bringen? Ton auf Ton. Jetzt hast du das Studium endlich abgeschlossen, und wieder hängst du fest. Was soll aus dir werden, wenn du nur feststeckst oder Kreise ziehst? Du solltest Ruhe geben, Stimme. Habe ich dich nicht am Grund des Sees zurückgelassen? Aber du bist anhänglich wie ein Kind, du bist mit mir zurückgekehrt. Es macht keinen Unterschied, Stimme. Du bist bloß ein Kind, von *noyer* hast du keinen Schimmer, und was zu retten war, ist schon gerettet worden.

13.

Willkommen auf der Neuberger II, denkt Erika, lehnt sich an die Reling, blickt auf die Ebene vor ihr. Schon die erste Station ist vom Eis zerdrückt worden, dann haben sie die zweite gebaut. In einiger Entfernung von der ersten, aber immer noch auf dem Schelfeis, das stetig nach Norden wandert, die Station dabei mitnimmt. Eine langsame Migration in wärmere Gefilde? Eine langsame Migration, die die Röhren verzieht, die alle Aufgänge im Eis windschief macht.

Was zwischen das Leben und das Außen gelegt wurde, sind Wohnkanister in einem langgestreckten Röhrensystem, und was am Rand wartet, versucht jedes Jahr, die Besucher tiefer unter den Teppich zu kehren. Noch ist Erika nicht dort angekommen, bei der Sardinenbüchse, eine weitere Schicht zwischen ihr und dem Rest. Eskapismus letzten Endes, denkt sie, wenn man schon nach Gründen sucht. Sie vergräbt sich unter Schnee, setzt die Kopfhörer auf und dreht den Ton hoch, um die Schlagzeilen des Syrien-Kriegs zu übertönen. Nimmt ein paar Kisten persönliche Gegenstände mit, den eigentlichen Ballast aber lässt sie in Wien zurück: ihre Waschmaschine, die zu reparieren ist, den Vertrag mit der Universität, der vielleicht nicht verlängert wird. Die Frage, was sie am Abend kochen soll. Die ersten Klimaflüchtlinge, wenn Karo sie auch Kriegsflüchtlinge nennt. Sie weiß, es werden mehr werden. Sie weiß, sie hätte helfen können. Oder zumindest für die Meeressäuger die Stimme erheben: Öffentlichkeitsarbeit. Von mir aus Aktivismus, Warnwesten, Banner, immer noch tierlieb, endlich militant? Was tut sie stattdessen?

Zum Südpol fahren. Den Ton hochdrehen, die Augen schließen, horchen, ein Spektogramm der Töne zeichnen. Die Welt ist einfach, wenn du sie in einen Kopfhörer zwängen kannst.

Ist sie nicht.

Noch ankern sie aber an der Schelfeiskante. Die Endstation ihrer ganz persönlichen Flucht ist noch mehrere Kilometer entfernt.

Sie brauchen lange zum Verladen der Kanister, Lebensmittel, Waschmittel, der persönlichen Habe, aber vor allem von Öl, Diesel und Benzin. Brennstoff macht den größten Teil der Ladung aus, wird benötigt, um die Sardinenbüchse unter dem Eis warm zu halten, den Schnee zu schmelzen, den sie trinken werden, die Leitungen zu wärmen, durch die der geschmolzene Schnee fließt. Das geborgte Leben, die geborgte Wärme, muss mit Pistenbullys, diesen schweren Schneeraupen, von der Schelfeiskante zur Station gezogen werden. Der Müll, den das geborgte Leben produziert, wird von der Schelfeiskante ebenso in Kanistern zurück auf das Schiff gehoben. Du bist hier gar so fremd, berühr hier möglichst nichts, lass nichts zurück.

Du bringst nur Unheil.

Erika steht auf Deck, gehüllt in ihre Schichten, sieht dem Kran zu, wie er einen weiteren Kanister auf dem Eis absetzt, das der Beginn der Ebene ist. Der Beginn der Leere, findet Erika, ist zu flach. Cherry-Garrard und Scott haben sich damals durch die Druckzonen gekämpft, Gebiete, in denen sich das Eis aufgeschichtet hat zu einem Wirrnis, einem Labyrinth aus Kanten. Hier: Glätte. Nicht einmal in der Ferne sind Berge klar erkennbar.

Es ist Nacht und doch taghell, Mitternachtssonne. Mittagsschwärze. Beides wird sie kennenlernen. An beides kann man sich gewöhnen, weiß sie, die Expeditionsgruppe der schlimmsten Reise blieb mehr als zwei Winter in der Antarktis und man merkt Cherry-Garrards Erzählton an, wie sehr ihm gerade der Wechsel des Lichts zur Gewohnheit geworden ist. Alles war ihnen in Wahrheit zu viel. Sogar der Wechsel des Lichts, an den sie am Ende so gewöhnt waren, war ihnen in Wahrheit zu viel. Sie haben es nur nicht verstanden.

Man muss seine eigenen Grenzen kennen, denkt sie, sich selbst zu überschätzen hilft niemandem. Man muss wissen, wovor man Respekt zu haben hat, und zwar hier: vor allem. Sie denkt, geborgtes Leben, und sie muss wieder an Judiths Schneekugel denken. Ein seltsames Bild, wenn sie das Wasser doch draußen halten will? Aber Judith hat ihr zugestimmt, dass es so keinen Sinn ergibt. Das hier ist keine Melodie, hat sie gesagt, und ihre linke Hand noch tiefer in der Manteltasche vergraben. Im Gegensatz zu Erika handelt Judith wenigstens radikal. Erika verschiebt bloß alles um noch ein Jahr.

Sogar Judiths Wahnsinn ist Erika in Wahrheit zu viel. Erika zittert und friert, weil andere sich auflösen. Immer aus den Fehlern anderer lernen, nie sich selbst verletzen, zu vorsichtig ist Erika dafür, allein die Vorstellung drückt ihr die Luft ab. Dafür ertränkt sie sich dann lieber in einem seichten See.

Sie stößt sich von der Reling ab, es war ausgemacht, dass sie um diese Zeit Linda beim Überwachen der Verladung ablöst. Alle Kisten müssen sicher ankommen, um den Traum aufrechtzuerhalten, man könne hier geduldet werden.

Erika fährt gemeinsam mit Monika vom Schiff zur Station, sie schlittern auf zwei der Skidoos über das Eis, das unter ihnen kracht. Der Skidoo stinkt, brüllt Erika die Ohren voll, während Fahnen und das GPS-Gerät ihnen den Weg über die Ebene weisen. Auf halbem Weg kommt ihnen eine Pistenraupe entgegen mit ihrem ganz eigenen Brummen, die große Schwester ihrer Schneemobile, dann fahren sie hier und dort an verstreuten Containern vorbei, Sommerlager, Winterlager. Abstände zwischen den Wohnkanistern sind notwendig, weiß Erika, um die Schneeverwehungen gering zu halten: Man darf hier nicht zu dicht aneinanderstehen, der Schnee muss Platz haben, zwischen den Lebensblasen hindurchzuwehen. Die Treppentürme, die hinunter zur Station führen, sind dunkle harte Kisten im Eis. Und so werden sie begrüßt – mit einem Leintuch, das an zwei Stangen in den Schnee gesteckt worden ist und im Wind flattert, donnert. In bunten Buchstaben darauf die Botschaft, die vermutlich jeden Sommer den neuen Überwinterern entgegengehalten wird. Willkommen auf der Neuberger II. Und um das Plakat stehen sie herum, so viele, alle gehüllt in ihre orangenen Tempex-Anzüge, alle mit Sonnenbrillen. Wie soll man hier noch jemanden erkennen? Erika und Monika sind die letzten Üwis, die ankommen, die nicht mit dem Flugzeug geflogen sind wie der Rest des Teams.

Cécil winkt von hinten, läuft dann auf die Nachzügler zu, er hat tatsächlich die pinke Haube auf, mit den Ohrenschützern und dem weißen Horn auf der Stirn. Er hat gedroht, sie diesmal mitzunehmen, und Drohungen wie diese nimmt man bei Cécil besser ernst. Genau wie die Drohung, auf der gesamten Fahrt von Wien zum Neufelder See dieses eine Video in der Endlosschleife zu spielen, »Pink Fluffy Unicorns Dancing on Rainbows«, weil Erika die Referenz nicht sofort verstanden hat.

»Man muss dich bilden«, hat er gesagt, und bereits auf seinem Smartphone getippt, nur noch eine Hand am Lenkrad, »wenn du es schon nicht selber tust.«

Erika war nur froh, dass das Video schnell gefunden und Cécils Aufmerksamkeit bald wieder ganz bei der Straße war, und sie wurde gebildet. Die Melodie war ausgesprochen kurz und hat sich damit ausgesprochen schnell wiederholt. Das Einhorn hat getanzt. Es wurde eine lange Autofahrt.

Der Tempex ist hart, als Cécil sie umarmt, und sie spürt keine Wärme durch. Und doch ist es wie immer, weil sich seine Arme auf ihren Rücken legen, während sie ihre um seinen Bauch schlingt, Notwendigkeit der Größenunterschiede. »Na, Nussbäumchen?«

Auch diese Drohung hat er wahrgemacht, ihr eine Liste ins Ohr zu flüstern, die sie nicht hören wollte, kaum hören konnte, in diesem Moment. Wenn man das denn als Drohung bezeichnen kann. Aber er hat einen Punkt nach dem anderen aufgezählt, Erika hat sich kaum etwas gemerkt, erkennt sie jetzt: Abende auf der Couch, Serien schauen, sein Kopf an ihrer Schulter. Das weiß sie noch.

Aber ist es genug, Cécil?

Es ist genau das, was ich will.

Und er hat damals weitergeflüstert, und umarmt sie jetzt, und eine Menschenkette trägt später Kekskarton für Kekskarton und Sack Reis für Sack Reis in die Vorratsräume. Nahrung für ein Jahr wird von einem zur anderen weitergereicht, soundso viel Kohlenhydrate, Proteine, Vitamin D, Mineralstoffe, Nüsse für das, was dazwischen verlorengeht. Winterdepression ist eine Frage der Ernährung, und alles, was wir essen werden, geht jetzt durch unsere Hände. Wenn das Schiff von der Schelfeiskante abgelegt hat, schließt sich die Wand zwischen uns und dem Rest.

14.

Natürlich hatte Karo nichts bemerkt. Dazu war Karo nicht da. Karo war dazu da, »in Ordnung« zu sagen, wenn man ihr erzählte, Judith habe die Hand geschlossen, sie war dazu da, das nicht zu hinterfragen, sondern sich Gedanken zu machen angesichts des tatsächlichen Problems: Wie stellen wir es an, dass das so bleiben darf? Karo war dazu da, zu Patientenrechten zu recherchieren, dann unter vielen Namen einen hervorzuziehen, der ist der Richtige, schicken wir sie zu dem.

Damit war das Problem gelöst, das Karo gesehen hatte, und damit der Anruf beendet, und Erika ging, das kalte Handy in der Hand, in der Wohnung hin und her, allein mit dem Problem, das Karo nicht gesehen hatte, wünschte sich, Karo wäre manchmal aufmerksamer, nur ein klein wenig, nur manchmal, und wusste, das war eine unrealistische Erwartung. Karo hatte ihr damals wie einen roten Teppich die Sprache ausgerollt, die sie gebraucht hatte, um über sich selbst zu sprechen, was sollte sie noch mehr von Karo verlangen? Es sollte genug sein. Und wenn sie auch zitterte, und wenn sie auch fror, von innen nach außen fror sie, und hatte das erwähnt, aber Karo hatte nur gesagt, ja, ist ein Scheißfrühling, scheißisoliert die Wohnungen, aber wer hat schon Geld zu heizen? Erika hatte Geld zu heizen, hatte einen Pulli übergezogen, lächerlich ist das, dachte sie, wenn ich nicht einmal den Wiener Frühling aushalte, wie soll das werden, wie soll das werden, kannst du mir das erklären?

Wer konnte sie dort brauchen, fragte sie sich und ging ins Badezimmer, von dort wieder in die Küche, wenn sie jetzt schon fror und zitterte und hustete, das Licht zu scharf, dafür drängte Unschärfe von den Seiten in ihren Blick, nur nach vorn ging es noch gut, aber vorwärts geht es auch nicht mehr lange, und als würde es von den Seiten gegen sie schieben, das Eis jetzt schon drücken. Von der Küche in ihr Arbeitszimmer,

immer enger, immer enger, aber Karo hatte nichts bemerkt, wieso sollte sie auch, es war nicht ihr Problem, oder vielleicht klang Erikas Stimme nur für sie selbst so hoch, fast kindlich. Nein wirklich, sie ist kindisch, kriegt keine Luft, und weswegen? Vom Arbeitszimmer ins Badezimmer, hilf mir, du wolltest ihre Hand, hast die deine ausgestreckt, und schon ist es zu viel? Hilf mir, und schon legte Erika auf. Sie hatte gedacht, sie wäre zu langsam für Judiths Sprünge gewesen, sie hatte ihre eigene Beunruhigung misstrauisch beäugt, aber die Zeit hatte ihrer Beunruhigung recht gegeben: All diese Wochen, und sie, sie hat ein paar SMS geschrieben, sich dann um andere Dinge gekümmert, Judith schloss inzwischen die Hand? Du stehst am Rand, du wirst niemanden fangen. Die falschen Worte? Ich glaube nicht, dass sie das dürfen. Ich glaube nicht, dass das so einfach geht. Wie würde Judith diese Worte verstehen, hatte Erika überhaupt irgendeine Ahnung davon, wie jemand sie verstehen konnte, der sprang, von Nüssen zu Lärm, immer nehmen sie sich, was sie können. Erika hatte keine Ahnung, bewegte sich hier außerhalb ihres Fachgebiets, hatte aufgelegt, einfach so. Die Verbindung ist abgebrochen, tut mir leid. Kommt schon mal vor, und hatte Judith verstanden, dass Erika sie weggeschoben hatte, sich von ihr abgewandt hatte, und wenn, was dann? Ich gebe mich in deine Hände, lass mich nicht fallen. Wenn du hinuntergehst, hast du immer einen zweiten, der auf dich aufpasst, aber hatte Judith denn Erika? Erika hatte aufgelegt. Was hast du angerichtet, schon wieder? Erika ging vom Badezimmer in die Küche, von der Küche ins Vorzimmer, ihre Hand, die das Handy hielt, schwitzte, so kalt, so kalt, und jeder Schritt laut, scharf, aus ihrem Vorzimmer hörte sie, wie der Wind den Vogelfutterball ans Fenster schlug, gefangen in seinem Netz, und der Laut war dumpf und doch zu nah bei ihr, sie atmete ein, auch das zu nah bei ihr, gleichzeitig keine Luft, sie hatte das Falsche gesagt, zu Judith, zu Köhler, zu Karo, all das war ein Fehler gewesen, sie hätte sich Judith nie nähern dürfen, nie auch nur ein Wort.

Wenn Judith verstanden hatte, dass Erika aufgelegt hatte, Abstand unterschritten, geh weg, dann –, und sollte sie so auch dort unten zusammenbrechen, in der Sardinenbüchse, so konnte sie nicht einmal arbeiten, denn wozu war sie –, wieso hatte Karo auch nichts bemerkt, Erika hätte etwas sagen –, so scharf alles, gleichzeitig war ihr Blick so eng, vom Vorzimmer in ihr Arbeitszimmer, sie schloss die Tür, lehnte sich an sie.

Das geht so nicht weiter, ich komm nicht mehr zu einem Ende mit –, wie soll ich Forschung machen, wenn –, sie versuchte, sich an Cécils Nummer zu erinnern, nicht einmal das kannst du dir merken, so reagierst du also unter Stress, Karo ist für so was auch nicht da, sie kann nicht, du hast –

»Erika?«

Cécil befahl ihr, einen Thermophor zu wärmen, läutete später an der Tür, machte Tee mit Honig und faltete dann seinen langen Körper um sie. Sie lagen im Bett unter der Decke, und seine Arme umschlangen sie, drückten sie an ihn, tut mir leid, sagte sie, tut mir leid, er drückte noch fester. Warm und fest, und sie spürte ihn überall, schloss die Augen, kalt war ihr noch immer. Sie war bloß froh, dass er da war, ohne Wut, ihr nicht vorhielt, einen guten Ruf und keinen Grund zur Angst zu haben.

»Tut mir leid«, sagte sie noch einmal.

»Mir nicht«, antwortete Cécil, hob eine Hand weg von ihrem Körper, ihr wurde gleich kälter, um ihr durch die Haare zu streichen.

»Was hast du überhaupt von mir?«, fragte sie, weil sie es nicht wusste, dieser lächerliche kleine Zwerg, und sollte er es denn als Gnade ansehen, dass er sie umarmen durfte und streicheln, dass sie – so spannend war ihr kleiner Zwergenkörper doch nicht, dass man sich unbedingt darum falten musste, es war doch nur zusätzliche Arbeit, und –

»Erika, soll ich dir eine Liste machen, mit allem, was ich von dir habe, mit allem, was ich an dir mag?«

Sie wurde nur verweht, einmal musste er das doch auch verstehen. Er hatte ihr so oft gesagt, entspann dich einfach, lass dich gehen, sie wollte und wollte einfach nicht, sie – sie war nicht genug, weißt du eigentlich, was für einen Ruf –, und jetzt musste er sich schon wieder mit ihr beschäftigen, und er hatte anderes –

»Erika …«

»Nein, schon gut.«

Er legte seinen Arm wieder auf ihren, dort, wo er vorhin gewesen war.

»Zu spät«, sagte er. »Jetzt bekommst du die Liste, ob du willst oder nicht. Versuch erst gar nicht, mich daran zu hindern.«

15.

Nach Erika also Matthias. Matthias, der sich erinnern soll, auf wessen Seite er eigentlich steht. Vielleicht beschuldigt Judith ihn auch ganz zu Unrecht, vielleicht hat er gar nichts gesagt, und Mama hat einfach so begonnen, wieder anzurufen. Weil sie schlechte Nachrichten hat? Weil sie sich alleine fühlt. Aber für Mama, gerade für Mama und Elena muss die Hand schon fest sein, stark, muss Mamas und Elenas Fragen widerstehen können. Wo Schwachstellen sind:

Also ruft sie Matthias an, fragt ihn, ob sie sich nicht mal wieder treffen wollen.

»Wo bitte warst du die letzten Wochen?«, fragt er.

Dabei ist Judith ohnehin schon länger zurück, zurück in ihrer verschlammten Wohnung, nach dem langen Weg.

»Eh da«, sagt sie deshalb, »nur beschäftigt.«

Dann doch eine Knöpfhilfe kaufen, die auch nur aus einer Schlaufe an einem Holzstab besteht, mit der das Zuknöpfen aber unvergleichlich leichter fällt. Fädeln der Schlaufe durch das Loch, um den Knopf wickeln, durch das Loch ziehen.

»Ich dachte, das mit dem Diplomarbeitsstress ist jetzt vorbei.«

Er sagt, es gebe da ein Konzert: »Akira Yamaoka kommt diesen Herbst nach Wien, die Karten sind sicher bald weg. Das passiert nicht so schnell wieder.«

Nein, das passiert nicht so schnell wieder, aber Yamaoka baut Melodien, sie werden sich in Judith festbeißen. Sie haben sich früher in Judith festgebissen. Wie wird es jetzt sein? Zwischen den Supermarktmelodien und ihr steht das Dröhnen des alten Schiffes, das Hallen ihrer Schritte auf dem Metall. Wird Yamaoka dagegen gewinnen, oder wird er die alten Instrumentalstücke für die Silent-Hill-Spiele entfalten und sich in das Dröhnen einschwingen? Erträglicher so, oder wird sich danach das Vibrieren des Schiffsmotors in ihr festbeißen wie Akira Yamaoka?

»Ich weiß nicht so recht.«

»Warum hast du deine Schallplatten weggegeben, Judith? Ich hätte sie genommen.«

Sie ist erstaunt über die Frage. Aber es stimmt, daran hat sie damals nicht gedacht. Oder um sie außer Reichweite zu haben?

»Es tut mir leid.«

»Oder du kommst zu Botch mit, die spielen nächstes Wochenende im Gasometer.«

»Botch?«, fragt sie. Das klingt ganz unwahrscheinlich.

»Die hast du früher ständig gehört.«

Genauer gesagt ein Album. Von Anfang bis Ende, dann wieder am Anfang begonnen.

»Die Band ist doch seit Jahren aufgelöst.«

»Keine Ahnung, vielleicht noch einmal auf Tour gegangen, oder so. Sie sind jedenfalls da.«

Botch, math core. Judiths Ausstieg aus Metal, gleichzeitig hörte sie da schon Nine Inch Nails. Konstruktion von Liedern nach mathematischen Strukturen, wie schwere Wellen trägt es dich. Du kannst dich treiben lassen. Gerade dafür ist diese Musik angeblich nicht gemacht worden, aber trotzdem konnte Judith jedes Mal leichter atmen, sobald sie begann. Der Druck löst sich, fast wie bei der Music of Changes.

Aber wie wird es jetzt sein?

Sie fragt: »Aber die sind doch bekannt. Kommen wir da überhaupt noch rein?«

16.

Wie zieht man einen Lidstrich mit nur einer Hand? Sie legt den Stift zurück auf die Ablage, im Grunde hat sie mit dem Lippenstift schon genug Konzessionen gemacht. Oder vielleicht gilt dieser Dresscode nicht mehr, oder hat eigentlich für Botch nie gegolten, gerade vom Totenkopfstil und Metal-Umlaut à la Motörhead haben die sich doch distanziert: Metal für Hipster? Aber was kennt sie sich schon aus. Damals ist sie, für gleich welche Band, im karierten Rock auf die Konzerte gegangen, hat dafür die Lippen schwarz geschminkt, wieso sollte es heute anders sein? Heute in Schuhen mit Klettverschlüssen.

Was kennt sie sich schon aus, hat sie auch Erika geantwortet, als die gefragt hat, was da der Sinn sei, bei Metal, mit all diesen kraftlosen Stimmen.

»Sie schreien sich die Seele aus dem Leib«, hat Erika gesagt. »Aber die Stimmen bleiben flach, völlig ohne Zwerchfellatmung – so können die gegen die Instrumente doch nie ankommen, und die Stimmbänder ruinieren sie sich auch.«

Ich wage es nicht, die Stimme zu erheben.

»Darum geht es doch auch nicht.«

»Worum geht es dann?«

»Was weiß ich schon? Ich kenne mich da nicht aus«, hat Judith daraufhin geantwortet, weil sie in Wahrheit nie Bescheid gewusst hat, nie.

»Nein, ich meine, für dich.«

Sie betrachtet ihr Gesicht im Spiegel, den sie vom Schlamm freigelegt hat, wenn auch immer noch voller Schlieren. In der Sonne ist ihre Haut immer gleich so braun, ohne Sonne immer gleich so blass, leicht zu beeindrucken ist sie und unbeständig. Einmal wird sie sich über das Schminken Gedanken machen müssen. Personalleiter erwarten, dass man zum Vorstellungsgespräch gepflegt erscheint. Personalleiter erwarten, dass man alles offen legt, Personalleiter erwarten, dass man von Haut über Stimme bis zur Leistung konstant und vorhersagbar ist. Die Schminke ist da noch ihr kleinstes Problem, mit der lässt sich Wankelmütigkeit zumindest überdecken. Jeder will immer hinein. Dürfen die das denn?

Ich glaube nicht, dass die das dürfen. Ich glaube nicht, dass das so einfach geht. Erika hat ihr dann doch die E-Mail-Adresse eines Psychiaters geschickt: »Falls du ein Gutachten brauchst – der sollte in Ordnung sein, hat Karo gesagt.« Karo ist die Lichtklinge, die durch alles, Nussschalen und Milchglas, schneidet. Sie hat recht damit und ihr Stempel auf einem Menschen ist ein Gütesiegel.

Judith hat Erika ihre Hand gezeigt, und Erika hat nicht zugedrückt, nur kurz aufgelegt, die Verbindung ist abgebrochen, tut mir leid. Und Erika hat Karo von der Hand erzählt, ohne Judith um Erlaubnis zu fragen. Karo hat nicht zugedrückt, trotz des Plagiats. Karo hat aus einem Heuhaufen an Namen einen hervorgezogen: »Alter Studienkollege von einer Vorlesung über queere Identitäten. Jetzt knöpft er seinen Patienten hunderte Euros fürs Rezepteschreiben ab, das reappropriierte, kapitalistische Schwein. Aber solange du zahlst, vernünftig ist er für einen Psycho schon.« Karo warf Judith auch, als sie sich endlich trafen, nicht vor, ihr die Lichtklingenfinger gestohlen zu haben, meinte stattdessen, die Hand sei eine Form des gewalttätigen Widerstands.

»Wieso Widerstand?«, hat Judith gefragt.

»Weil du der Gesellschaft deinen Nutzen mutwillig entziehst. Die Investition, die die Gesellschaft in dich gemacht hat, immerhin bis hin zum akademischen Grad, geht nicht auf. Ein ebenso brutales wie notwendiges Nein.«

»Wieso gewalttätig?«, hat Judith gefragt. »Wieso brutal?«

»Gewalttätig gegen dich. Brutal gegen den Rest. Der Rest wird sich wehren.«

Judith hat nicht widersprochen, Karo ist noch reizbarer als sonst in letzter Zeit, und vielleicht hat sie außerdem auch damit wieder einmal recht. Der Rest wird sich wehren. Wo Schwachstellen sind. Die Netze kratzen über den Boden und hinterlassen Furchen. Die Bäuche der Fische schnell aufgeschnitten, schnell klappen sie auseinander, geben alles frei. Jeder will hinein. Dürfen die das denn? Aber man hat eben nicht immer alle Hände frei.

Judith fährt sich vor dem Spiegel durch die offenen Haare, offen, um geschüttelt zu werden. Sieht man ihr an, wie lange sie sich gebogen und gewunden hat mit der Kraft des Abwärts, Abwärts ins Tal? Ein Schnitt in Erikas Rinde, als Judith sie das letzte Mal getroffen hat, als hätte jemand das Messer schon angesetzt. Aber Erika ist ein Baum und kein Fisch, wahrscheinlich wurde nur Borke verletzt, und wer gerettet werden konnte, passt ohnehin in eine Hand. Es läutet schon an der Tür, Judith geht schnell ins Vorzimmer, schlüpft in die Jacke. Der karierte Rock schwingt um sie und sie ist froh, dass es ihn noch gibt.

Unten sagt Matthias: »Gut, du hast Schuhe an, mit denen man springen kann.«

Sie folgt Matthias durch die Menschenschlangen am Ticketabreißer vorbei zur Garderobe, in den Bauch des Schiffes, ein Lagerraum vielleicht? Der Lärm wird die Metallwände schwingen lassen, niedrige Decke. Die Menge ist dichtgepackt, Matthias will wie immer ganz nach vorne. Und wenn sie alle springen auf den Metallgitterböden, wie wird das klingen? Hohl und laut, Schläge wie Protest. Party im Schiffskadaver. Es ist keine Revolution, wenn ich dazu nicht tanzen kann. Protest der aufgeschnittenen Fische, allesamt ihrer Gedärme und Herzen befreit, werden sie hüpfen und ihre Köpfe werfen, der Hall ihrer Sprünge wird durch das ganze Schiff vibrieren.

Wenn ihr uns schon ausnehmt, zumindest hören werdet ihr uns müssen.

»Kein Moshpit, Matthias, nicht heute.«

Sie holt die Ohropax aus der Rocktasche, drückt sie tief in die Ohren. Lieber dämpfen. Dann aber ist es gut?

»Du willst aber doch nicht am Rand stehen?«

Judith will sagen, am Rand steht sie doch schon die ganze Zeit, aber stimmt das so? *Erika* steht am Rand und blickt hinunter, *noyer*, das »-er« zeigt an, dass sie es ist, die handelt: Sie horcht auf *noise*. Judith ist bloß vom Grund des Stausees fortgekratzt worden. Hat die *noix* aufgebrochen, die *Lärmnüsse*, hat die Gischt befreit, den Damm hat dann der Fluss ganz allein zerstört, sie bloß mitgerissen, wie es immer schon sein Wunsch gewesen war. Hinunter, hinunter. Tiefseefischfang, jetzt vorbei, jetzt leergefischt. Nein, denkt sie, du willst wieder eine Geschichte aus alldem machen, die Sinn ergibt. Du gehörst zu den Fischern, und das hier ist keine Melodie.

Sie drücken sich durch die Menge. Wie Judith es von früher kennt, ist der Dresscode gemischt, sie hätte sich keine Sorgen machen müssen. Man sieht ihr auch so an, dass sie nicht hierher gehört. Matthias ist ihr voraus, sie sieht ihn kaum mehr, dann dreht er sich um.

»Komm schon«, sagt er, streckt seine Hand nach ihr aus.

Sie kämpft sich näher an ihn heran, die Hand, die er dann aber erwischt, ist die falsche. Er greift die Faust, zieht sie und seine Finger ziehen an der Faust, sie sagt:

»Nein!«

Er dreht sich zu ihr um, seine Finger immer noch um ihre Hand, das Einzige, was sie zusammenhält in dieser Menge, die sie auseinandertreiben will.

»Du drückst sie noch auf!«

Er blickt sie an, erstaunt? Bis jetzt hat er die Faust nicht bemerkt oder nicht bemerken wollen. Dann lässt er sie fast aus, und Judith glaubt, sie wird ihn verlieren, er rutscht aber weiter hinauf, die Finger schließen sich um ihr Handgelenk, greifen umso fester zu. Judith stolpert über Füße, als er sie noch tiefer in die Mitte zieht, bis sie zwischen so vielen anderen endlich zum Stehen kommen.

Noch ist die Band nicht auf der Bühne, und so hört Judith nur das Stöhnen des Schiffes, das Brechen des schweren Metalls. Arbeiten die Schweißer noch so spät in der Nacht, fragt sie sich, um das alte Tiefseemonster in seine Einzelteile zu zerlegen? Rache am Raubtier.

»Ist dieser Raum sicher?«, fragt sie. »Oder wird er heute noch vom Rest abgetrennt?«

Matthias antwortet nicht, blickt sie nur an von der Seite, und sie denkt, aber er weiß ja von nichts. Er war dort unten mit ihr wie alle anderen, er ist wie alle anderen von den Netzen aufgegriffen worden, aber wissen tut er nichts. Sie greift mit der Rechten seine Hand, und er drückt zurück, und sie schließt die Augen, horcht auf das dumpfe Schlagen. Wo hämmern sie? Welche Wand wird aufbrechen? Es macht keinen Unterschied, es ist wahr und hat doch nie genau das bedeutet.

Dann tritt die Band auf, und dann wird der Bass aufgedreht. Botch schickt Wellen durch den Saal, die sich langsam auf- und abbauen, Matthias löst sich aus ihrer Hand, um springen zu können. Auch Judith verliert schließlich den Boden, springt zwischen dem Dröhnen und dem Schlagen und den Schreien. Vorhersehbar zwar die Tonabfolgen, aber langsam genug, um die Widerhaken nicht allzu tief in sie zu schlagen. Angelhaken der Melodien, diese wird sie wieder aus dem Fleisch ziehen können, außerdem werden sie zwischendurch von Botch selber abgebrochen, umso spitzer. Ihre Konzerte sind wie Schreie, die unterbrochen werden von –. Auf und ab, die Haare offen, um geschüttelt zu werden, der Sänger schreit gegen die anderen und gegen die Schweißer an, dann wird es leiser, langsamer, nur um in einer erneuten Welle wieder auf sie zu schlagen wie eine Wand. Du wendest dich ab von der menschlichen Harmonie und suchst sie stattdessen bei –. Was damit machen? »A spell to ward off the darkness.« Ein Zauber gegen die Dunkelheit. Sie ist Muscheln suchen gegangen und ertrinkt nun wie die anderen. Die Hand wird in der Luft geschüttelt und bleibt zu.

17.

»Keine Angst, am Anfang ist das alles ein bisschen viel, aber du wirst das bald verstanden haben.«

Yazgül wendet sich zu ihr und lächelt, Erika runzelt die Stirn. Sie drängen sich zu zweit um den Akustik-Arbeitsrechner in dem kleinen Büro, die Ordner an der Wand schon fast im Rücken, wie so vieles hier muss sich auch die Akustik mit acht Quadratmetern zufriedengeben, Bücherregale und Server miteingerechnet. Der Computer, der Erikas Verbindung zu all den Daten auf dem Server herstellt, ist mit einem flackernden, alten Bildschirm und dafür umso mehr kleinen Programmen ausgestattet, die auf wiederum anderen Programmen aufsetzen, teils eingekauft, teils von Überwinterern während ihres Aufenthalts auf der Neuberger geschrieben. Sie alle dienen dazu, Erika das Arbeiten mit den akustischen Daten zu erleichtern. Ein Flickenteppich aus Hilfsmitteln, jeder führt eigene Code-Konventionen ein, den eigenen persönlichen Programmierstil, für jede Interaktion zwischen dem und dem Programm gibt es diesen und jenen Workaround, diese oder jene manuelle Übersteuerung, diese oder jene Schnittstellenproblematik zu beachten.

»Es ist eben ein gewachsenes System.«

Erika nickt, das System Neuberger II wächst selbst an den Stellen noch, an denen das Eis es bereits nach innen drückt.

Auch das umherirrende Leben all dieser Menschen, die die Wände der Station fast wieder nach außen biegen, so wenig Platz ist hier für alle, solange Alt-Üwis, Neu-Üwis und Sommergäste sich die Station teilen, kann Erika nicht darüber hinwegtäuschen: Die Hülle um sie, das Netzwerk aus Röhren und Kanistern, gibt alles vor, die Bewohnerinnen kommen und gehen, hinterlassen Fotospuren und Programmfragmente.

Schon als sie das erste Mal durch den Schnee zu den Treppentürmen gegangen sind, dunkle Kisten, die als letzte Überreste der Station aus dem Eis ragen: Sie haben die Türen geöffnet zu dem hölzernen Stiegenhaus, das anfangs nur ein paar Stufen hatte, jetzt sind es mehr. Alles gut durchdacht, ein Treppenturm, der wachsen kann, das Holz mit einer schützenden Farbe bestrichen, damit der schmelzende Schnee nicht Feuchtigkeit eindringen lässt und das Holz brüchig macht. Die Stufen aus einem Metallgitter, das einen bis zum Boden des Stiegenhauses schauen lässt. Wenn das hier bricht – aber es wird nicht brechen. Die Schritte klangen hohl, als sie hinuntergingen, auf den Plattformen der Stiegen waren bereits Kisten gestapelt. Jeden Stauraum ausnützen, weiß man hier seit Langem schon. Unten traten sie in die hohe Röhre aus gewelltem Metall, die früher noch höher gewesen ist, als der Schnee über ihnen noch leichter wog, und in der sich Container an Container reihen. Kisten in Röhren Seite an Seite, wie eine Reihenhaussiedlung, aber nur aus einer Reihe. Zwischen Kiste und Röhre genug Platz für schmale Wartungsgänge. Lagerung von Gütern, Lagerung von Menschen.

Ohne genau zu wissen, warum, war Erika zuerst irritiert von dieser durchschaubaren Konstruktion. Die Station verbirgt nicht ihren Aufbau, nicht das Material, aus dem sie besteht. Jeder Lüftungsschacht und jeder Kabelkanal sind leicht zugänglich gemacht. Die Kulisse einer Bewohnbarkeit wird erst aufgebaut, wenn man die Tür des Containers hinter sich schließt. Dann erst ist man im Innenraum, in engen Gängen, der Boden aus dem blauen, genoppten Gummi, den Erika aus anderen Labors kennt und davor noch aus dem Kindergarten: leicht sauber zu halten, und man rutscht nicht darauf aus. Hier erst hängen Bilder an den schmutzig weißen Kunststoffwänden, Gruppenbilder der alten Überwinterer. Auf dem Gang neben den Zimmertüren hängen an Kleiderhaken die Hüllen für das Außen, Tempex, Jacken, Überhosen, auf den Türen selbst kleben Namensschilder aus kariertem Papier. Das Zimmer, das sie sich vorerst mit Monika teilt, ist wie erwartet winzig, zwei Menschen in einklappbaren Stockbetten auf acht Quadratmetern, nur ein Tisch, dafür Pralinen auf ihren Polstern: Willkommensgeschenk, noch eine Tradition, die nun von ihnen zu perpetuieren ist.

Die persönlichen Kisten, aus denen sich einmal das Leben der Überwinterergruppe in der Station ausbreiten soll, stehen hingegen noch aufgestapelt in den unbeheizten Außengängen, noch drängen sich die Menschen in der Neuberger II, noch sind immer alle Plätze auf dem Sofa der Messe belegt, die laut ist vom Lachen und Schreien am Tischfußballtisch. Cécil biegt sich quer darüber, um den Ball aus dem Loch zu holen. Nicht alle Sommergäste passen in die paar Zimmer, manche schlafen stattdessen in temporären Wohncontainern draußen, die Tauchergruppe, zu der Cécil gehört, schon auf halbem Weg zu ihrem Loch im Eis. Sie sind immer nur zeitweilige Besucher in den Räumen der Messe und der Labore.

Milan wird ab dem ersten Tag in seine Arbeit in der Küche eingewiesen, und er und der Koch der Alt-Üwis geraten an- und wieder auseinander, greifen sich gegenseitig in die Töpfe, werden sich nicht einig über die Würzung, über die Ordnung der Töpfe, Pfannen, Teller hingegen schon, dazu gibt es Anweisungen genug. Erika wird ab dem ersten Tag eingewiesen, in Putzdienst, Küchendienst, Schneeschmelzendienst, in das Wirrwarr an gewachsenen Programmen, in die Routineaufgaben, die für die THURISAZ zu erledigen sind, dreimal in der Woche muss zu dieser Abhörstation gegangen und die Funktionalität überprüft werden, ebenso wie die Speicherung der Daten vor Ort und die Übertragung zum Johann-Werner-Institut in Deutschland.

Also Schichten über Schichten um dich legen, im Sommer weniger, als es im Winter sein werden, dafür ist die Sonnenbrille Pflicht, weil man sonst schnell schneeblind wird. Den westlichen Treppenturm suchen, dabei den Ost- und West-Beschriftungen folgen, weil das in den fensterlosen Gängen die einzige Orientierungsmöglichkeit ist, dann erst recht wieder überlegen: Wenn ich nach Norden muss, wo mag das nun sein? Man bräuchte einen Kompass hier unten. In den unbeheizten Gängen hängen bei den Türen Thermometer an Paketschnüren herab, stehen Ski an Wände gelehnt, Kisten über Kisten. Die hohlen Metallstiegen des Westturms wieder hinaufsteigen, hinaus in die Ebene: Weiß.

Von den Treppentürmen führen Laufleinen zu anderen nahen Außenstellen, dem Spurenstoffobservatorium, dem Taucherloch, der Abhörstation THURISAZ. Metallstangen stecken in regelmäßigen Abständen im Schnee, schwieliges Metall wie die Klettergerüste auf den Spielplätzen, dazwischen sind Ketten gespannt, die das Abwandern der Forscher auch bei Sturm verhindern sollen. Schön beim Geländer bleiben. Die Sonne teilt die Welt in scharfen Himmel und scharfen Untergrund. Yazgül und Erika stapfen diese Laufleinen entlang, bald wird Erika alleine gehen. Daran, wie gleichgültig ihr die Ebene vor ihr bereits geworden ist, merkt sie, dass sie sich noch nicht eingewöhnt hat, kein bisschen.

Die Sonne ist ihr gleichgültig und sie wendet sich von ihr ab, die aufsteigt und ein wenig fällt, doch wieder aufsteigt, ohne den Horizont berührt zu haben. So sollte es nicht sein, denkt sie, es sollte mir wirklich vorkommen. Ich bin langsam genug gereist, ich bin lange genug hier, ich sollte inzwischen das Gefühl haben, tatsächlich hier zu sein. Sie ist lächerlich in ihrer Abwendung, sie ist an einem der schönsten Orte der

Welt, und sie will ihn noch nicht einmal sehen. Und sie denkt, dass es doch ein Glück ist, dass sie so viel Zeit in Innenräumen verbringen. Das Weiß ist jedenfalls auch ohne die Gefahr der Schneeblindheit nur mit Sonnenbrillen zu ertragen.

Zu den anderen zwei Abhörstationen JERA und ISA können sie nur mit den Skidoos fahren, sie sind für einen Fußweg zu weit weg, und da ISAs Mikrofone vor allem die Geräusche des Eises aufnehmen sollen, ist diesmal auch Monika dabei. Die Skidoos stehen in der Fahrzeughalle, die Zeit, die Monika, Yazgül und Erika draußen im Eis verbringen werden, ist sorgfältig eingepackt in notwendige und mit Achtsamkeit auszuführende Schritte: Den Skidoo kontrollieren, den Nansenschlitten kontrollieren, der immer mitgezogen werden muss, die Notfallkiste kontrollieren, die immer auf dem Nansenschlitten liegen muss, das GPS-Gerät kontrollieren, sich austragen, wenn man die Station verlässt, sich eintragen, wenn man zurückkehrt. Und dort hinaus gehst du niemals nur mit einem Skidoo alleine, du hast immer ein zweites Schneemobil dabei, um im Notfall noch Bergungsarbeiten ausführen zu können, Erika hat außerdem Yazgül und Monika.

Auf den Skidoos fahren sie zur Oströhre durch den Verbindungsgang, auf den das Eis schon zu drücken begonnen hat, so fest, dass man die Metallwände und die Decke der Röhre entfernen musste. Erika sieht auf, als sie den Gang entlang knattern, wie viel diese Schlitten lärmen, die Schallwellen könnten sich doch gegen das Eis stemmen, aber die Eisdecke ist dick und biegt sich trotzdem nach unten hin durch. Kleine Risse führen durch sie. Die Stützen aus Holz, die man an den Seiten angebracht hat, um die Eisdecke oben zu halten, sehen klein aus. Ungenügend.

Es ist sicher, weiß Erika dabei.

18.

»Ausnehmen wollen sie einen«, hat Judiths Mama immer gesagt. »Im richtigen Leben nehmen sie dich aus, so schnell kannst du gar nicht schauen, merk dir das.« Das hat sie gesagt, als Judith noch ein Kind gewesen ist. Vor dem richtigen Leben wollte sie Judith warnen. Jetzt, wo Judith im richtigen Leben oder doch zumindest an seiner Schwelle steht, sagt Mama: »Ein liebes Kind bist du gewesen. So verträumt.« Und sie erzählt von dem Urlaub gemeinsam mit dem Onkel, den man ja dann auch, sagt sie, ausgenommen hat bis auf die Knochen, aber damals der Urlaub beim See, dem *Lac Serpençon*, schön ist der gewesen.

Wie in Glas eingegossen das Tal, denkt Judith, und das Tosen geflutet. Aber alles drückt sich wieder hinaus, splittert das Glas: nur Geduld. Judith hat den linken Arm in ihrem Schoß, wo er schwer aufliegt. Sie sitzen gemeinsam unter dem Vordach – und nur weil die Tropfen heute fein sind, ist ihr Prasseln halbwegs zärtlich. Mama hebt ihre Tasse, streift dabei über die Untertasse, hell, das Schaben, schon ist es wieder vorbei. Keine Sorge. Jetzt, wo Judith kein Kind mehr ist, ist sie immerhin ein liebes Kind gewesen, und auf die Hand blickt Mama verstohlen, seit Judith auf die ersten Fragen ausweichend geantwortet hat.

»Hast du dir wehgetan?«

»Nein, nein.«

»Ist dir vielleicht kalt?«

»Nein, nein.«

»Tut dir die Hand weh, hast du dir da wehgetan?«

»Nein, nein.«

»Was hältst du da?«

Die Wände sind dünn in Mamas Haus und Leben, ein bisschen Dämmung und Verputz, fast so zerbrechlich wie die Wände ihrer Möbel, würde hier ein Wolf zu fest pusten, würde wohl nichts übrig bleiben. Würde sie jetzt noch ihren Job verlieren oder würde Papa aufhören, ihr Unterhalt zu zahlen. Würde die Donau über die Ufer treten, aber die Donau ist weit weg, würde die Mama sagen. Der Hochwassersommer hat damals den Menschen alles entrissen. Es hat die Menschen in Budapest weggeschwemmt wie Blätter, sagt dann die Mama und ist sich nicht mehr sicher, ob das wirklich in Budapest oder die Donau war, aber dann glaubt sie es doch zu wissen.

»Das hast du damals aus erster Hand miterlebt«, sagt sie, »wo du dich da doch so aufgeopfert hast.«

Judith ist sich nicht ganz sicher, was Mama damit meint, Mama sagt weiter: »Es ist schade, dass du mit der Klarinette aufgehört hast. Willst du da nicht endlich etwas machen, wegen dieser Geschichte?«

Es fällt ihr vermutlich nicht einmal auf, wie sie alles vermischt.

»Das hier ist keine Geschichte.«

Das hier ist keine Melodie.

Sie wird wohl doch diesen reappropriierten, kapitalistischen, aber ansonsten recht vernünftigen Rezepteschreiber aufsuchen müssen, dessen Namen und E-Mail-Adresse Karo unter vielen im Heuhaufen ihres Lebens hervorgezogen hat, der ihr Gütesiegel trägt und damit das Erikas. Sie wird sich wohl doch einen Termin ausmachen und Geld bezahlen und sich ihr Gutachten holen, und fragt sich gleichzeitig, was es eigentlich noch an ihr auszusetzen gibt, derart eingeübt ist sie in nur wenigen Wochen geworden. Die größte Hürde sind gleich zu Beginn ihre Schnürsenkel gewesen, und diese Hürde hat sie zwar nie überwunden, aber alles andere ging dann im Vergleich leichter. Nur in der Nacht braucht sie die Bandage noch, um alles zusammenzuhalten. Wenn sich endlich ihre Sehnen genügend verkürzt haben werden, und auch das ist inzwischen absehbar, wird die Bandage auch im Schlaf nicht mehr notwendig sein.

Und sie kann die Hand doch immer noch auf vielfältige Weise verwenden, das Handgelenk kann sie verdrehen und die Hand zu einem Haken machen. Unter den Daumen, der auf dem eingerollten Zeigefinger liegt, kann sie Briefe und Zettel klemmen, sogar ein wenig zugreifen kann sie so, solange sie nur darauf achtet, nicht zu öffnen, nur nicht öffnen, kann sie den Daumen zum Tippen verwenden. Andere Dinge tut sie eben nicht mehr. Sie hat die Pfeffermühle in den Mistkübel geschmissen, sie hat sich Schuhe mit Klettverschluss gekauft, trotz des Geräuschs, das die Laschen beim Öffnen machen. Sie ist mit Schuhen mit Klettverschlüssen in dem niedrigen Laderaum eines Schiffes um ihr Leben gesprungen, die Faust hochgestreckt in die Luft, Matthias an ihrer Seite, in die Wellen von Botchs letztem Konzert.

Am schwierigsten war es, zu lernen, wie sie die Menschen darin leiten kann, etwas zu übersehen. Meistens behält sie die Hand in der Manteltasche, oder sie lässt den Arm an sich herabhängen, hinter einer Gewandfalte verschwinden. Beim Fahren in der Straßenbahn legt Judith sie eng an ihren Bauch.

Mit der Übung kommt die Meisterschaft, aber schon für die Klarinette hat sie zu wenig Disziplin gehabt. Sie wird auch für die Hand einmal zu wenig Disziplin beweisen, sie weglegen wie ein Spielzeug, das langweilig geworden ist.

Sie hebt die Tasse schlammigen Tees, achtet darauf, nicht zu schaben. Bis jetzt nicht, antwortet sie der Stimme, bis jetzt bleibt sie zu. Also sei still.

»Und die Klarinette habe ich schon lange davor verkauft«, sagt sie. »Mit der Klarinette hat das nichts zu tun.«

Mama hat es letztlich herausfinden müssen, und mit ihr alle anderen. Mit Mama kommt der Druck – wie soll Judith ihr Widerstand geben? Eine Dammwand aufbauen? Es drückt doch immer das Wasser aus den Ritzen der Vase: *noise*. Sie hat Mama noch nie aussperren können.

Sie weiß genau und seit Langem, nach wem die Stimme in ihr klingt, und doch nicht, verzerrt, verzogen, und viel zu oft nach Judith selbst – immer verwechselst du alles. *O, eau, noix, noyau, noiseau, noyer*, untereinander geschrieben in ihrem Heft, die Stimme sagt dazu: nicht schön genug geschrieben. Hart muss man sein für die Welt, sie wird dich trotzdem knacken.

»Einmal ist dir die Klarinette so wichtig gewesen«, sagt Mama.

Ja, Mama hat recht, die Stimme hat recht, und doch. Einmal ist die Klarinette kein Brotberuf gewesen und das wurde ihr oft genug gesagt, trotzdem hat es Judith an Eifer gemangelt, wenn sie nicht übte. Mehrere Stunden pro Tag in Zimmerlautstärke, damit die Atemluft, gepresst und gedehnt durch verlängerte und verkürzte Röhren, beim Abschlusskonzert der Musikschule dann frei erklingen konnte, den Raum füllen konnte wie Wasser ein Becken. Aber die Hausaufgaben nicht vernachlässigen, was fängst du später im Leben mit Klarinettespielen auch an? Papa hat auch während des Studiums mit der Gitarre aufgehört, um sich mehr auf die Architektur zu konzentrieren. Schau, was es ihm gebracht hat: Er fährt durch Europa und baut Herbergen, die das Meer sich später holt. Dieses ewige Reisen, sagt Mama, das bringt ihn noch um.

Das passt alles nicht zusammen, sagt Judith nicht.

»Das hast du schon als Kind hin und wieder gemacht«, sagt die Mutter jetzt, »so komische Aktionen, kannst du dich erinnern?«

Judith schüttelt den Kopf. So komische Aktionen. Was Mama damit wieder meint.

»In Wien«, sagt die Mutter. »Dabei warst du doch die Größere, aber aufgeführt hast du dich wie ein Kleinkind, hast Schreikrämpfe bekommen, bloß weil ich staubgesaugt habe. Ich meine, man wird ja wohl noch saugen dürfen. Und dafür hast du ständig über die Vorhänge gekratzt, gerade über die schweren, guten. Zum Nervenaufreiben. Oder du hast auf dieser Geldbörse herumgegriffen.«

»Welche Geldbörse?«

»Na das grausliche Plastikding mit den Muffins oder was drauf, das dir die Elena mal geschenkt hat.«

»Du meinst wohl die mit den Donuts.«

»Ich hab schon gedacht, jetzt wirst du mir noch autistisch.«

»Autistisch?«

»Und die Klarinette erst, wie empfindlich du mit der Klarinette erst warst, das war ja abnormal. Das musst du aber jetzt schon noch wissen.«

»Nein.«

An die Geldbörse mit den Donuts kann Judith sich sehr wohl erinnern. Das Plastik, auf das die bunten Donuts gedruckt waren, war glatt. Ein klebriges Geräusch, wenn man, am besten mit den Nägeln, daraufgedrückt hat. Und wenn sich der Fingerballen wieder von der Oberfläche gelöst hat, klang es wie das Ablösen von Stickern. Wo die wohl jetzt sein mag?

»Eine schwierige Jugendliche bist du gewesen«, sagt Mama. »Immer war was. Bis du dich dann mit den Kopfhörern verkrochen hast. Ab da bin ich dann gar nicht mehr an dich herangekommen, ab da warst du ganz in deiner eigenen Welt. Abgeschottet, wie Teenager eben sind. Aber du warst anders.«

Mama setzt ihre Tasse ab, schabt.

»Aber die Welt bestraft die Träumer.«

Judith zieht ihre Hand näher zu sich. Die Stimme klingt nach Mama, und ist doch ein Kind geblieben, sagt: Aber schön genug geschrieben ist das nicht. Die Welt bestraft die Träumer. Die Welt überholt dich und tritt dir dabei ins Gesicht.

»Was hast du Tante Elena für Schauermärchen erzählt?«, fragt Judith. »Sie glaubt, dass das ein Krampf ist. Sie hat mich gefragt, ob ich es operieren lasse.«

»Irgendwas muss ich ja sagen«, meint Mama.

Aber nein, Mama muss nichts über Judiths Hand sagen. Judith muss auch nichts sagen. Sie hätte auch nur mit Mama

Tee trinken und dem Regen zuhören können, auf dem Vordach, auf den Blättern der Bäume, dem Schaben der Tassen über die Teller. Keine Sorge. Allein das hätte gereicht. Sie dreht die Hand zu sich. Wie flach die Finger aufliegen. Dort, beim kleinen Finger, der den Hohlraum abschließen soll, ist ein Spalt geblieben. Dort kann man ein wenig ins Innere sehen.

Die Mutter blickt verstohlen hin, kaut dabei an ihren Nägeln. Dann sieht sie zurück auf den Vorgarten, nimmt die Tasse schlammigen Tee und führt sie zu den Lippen.

»Weißt du noch«, sagt sie.

19.

Wie Blätter hat es damals die Menschen im Hochwassersommer weggespült. Lange davor schon hat das Wasser das Dorf im Tal bedeckt, bis das Tosen erdrückt war, und dann ist eben endlich auch die träge Donau, still wie sie war, über die Ufer getreten. Noch ein paar Jahre, dann ist das Meer zurückgekommen wie eine Wand, zuerst in Thailand, dann in Japan. Die Menschen wie Dreck aus den Ecken gespült. Und immer wieder, immer wieder wäscht das Meer die Menschen an die Strände, weil sie sich in kleinen Booten auf die Wellen setzten. Das Meer kümmert sich nicht darum, wie klein die Boote sind. Es stürmt.

Bis Judith endlich zurückgegangen ist und das Tosen wieder ausgegraben hat: Nein, so läuft das hier nicht ab, das hier ist keine Melodie. Keiner schert sich um die Gischt, die du am Grund deiner selbst gefunden hast. Keiner schert sich um deine Erwartungen an den nächsten Ton, und Karo meint sowieso, in der Sahara würde der Großteil der Flüchtenden verrecken. Nicht zu viel Wasser, nein. Der ausbleibende Regen wird noch viel mehr Menschen zu uns herauf schicken. Deregulierung des Klimas, Ernteausfälle – es regt sich.

Erika sagt: »Verkleinerung des Lebensraums«. Erika spricht von der Antarktis wie von einem Tier und davon, dass dieses Tier Klimageschichte gefangen hält, wenn es nicht gerade Eisberge gegen Norden schickt.

Erika dreht sich um auf der Picknickdecke, die Judith auf der Wiese des Campus ausgebreitet hat, um wie die anderen Studierenden einmal im Gras zu lümmeln, wenn sie auch nicht einmal mehr Studentin ist. Immer trauert sie allem nach ohne Grund. Erika ist riesenhaft wie ein Baum und findet doch selbst ausgestreckt auf dieser mickrigen Picknickdecke Platz. Sie wurzelt gut, ein Schnitt geht durch ihre Rinde. Nur ein Kratzer ist es, Karo sitzt barfuß und im Schneidersitz im Gras.

»Verkleinerung des Lebensraums«, sagt Erika dann wieder, »Verknappung der Ressourcen«, und Erika und Karo sind bald in einen Streit darüber geraten, ob eher politische oder klimatische Ursachen hinter den Fluchtbewegungen stehen. Weil aber die Menschen immer nach Herbergen suchen.

Ihre eigene, von ihrem Vater bezahlte Herberge hat Judith über Tage hinweg vom Schlamm gereinigt. In jeden Winkel hat sie mit dem Schwamm gehen müssen, ihn wieder und wieder über dem Kübel ausdrücken. Das Seifenwasser hat sich schnell braun verfärbt. Aber was für eine Wahl hat man, wenn der Schlamm kommt? Gehen oder bleiben und putzen.

Wie damals, hat sie gedacht, wie damals im Hochwassersommer, als sie sich freiwillig zu den Aufräumarbeiten bei Fremden gemeldet hat und dann doch nur dafür eingesetzt worden ist, ein Puppenhaus vom Schlamm zu befreien.

Überall hatte sich der Schlamm hingelegt, an jede Fläche, das gesamte Puppenhaus, Wände, Decke, Boden, war von einer getrockneten Schlammschicht bedeckt gewesen. Und das Haus, in dem sie das Puppenhaus putzte, war ebenso von einer Schlammschicht bedeckt gewesen, als wäre das Puppenhaus bloß eine Miniaturabbildung der ganz großen Realität.

Boden, Wände, Fenster, überall diese braune Decke, nicht dick, aber überall gleichmäßig, als hätte jemand das Dorf in einen braunen Farbtopf getaucht und sie, die jungen Mädels, müssten jetzt schrubben, bis die ursprünglichen leuchtenden Farben wieder zum Vorschein kamen. Und es war gar nicht zu glauben, wohin der Schlamm überall gekommen war, Gläser, Laden, Ritzen, Schränke, Puppenhäuser.

Bevor sie wieder heimgebracht wurden in Bussen, durften sie in großen Zelten essen, wo ihnen Knödel und Gulasch auf die Teller geworfen wurden. Die Burschen, mit denen sie und ihre Freundin am Tisch saßen, meinten, sie hätten sich das verdient, nachdem sie den ganzen Tag geschaufelt hätten. Solange den Schlamm aus dem Garten schaffen, bis der Garten wieder zum Vorschein kommt. Wenn das Wasser geht, bleibt Erde zurück.

»Und was habt ihr gemacht?«

»Fenster geputzt.«

Das beeindruckte sie nicht. Judith hätte auch lieber geschaufelt und später gesagt, sie habe sich das Essen verdient. Sie war auch so hungrig, aber das Gefühl, dass sie sich das Essen verdient hatte, das kam mit dem Hunger nicht. Es war gleich am Anfang schon gesagt worden, wir brauchen soundso viele kräftige Männer zum Schaufeln, die Männer waren auch gleich weg, und sie und ihre Freundin waren dagestanden und hatten gefragt, und wozu braucht ihr uns?

Dabei verstand sie es. Sie war nicht kräftig, oder zumindest glaubte sie das nicht von sich. Konnte sie überhaupt Berge von Schlamm wegschaufeln? Sie hatte es noch nie versucht. Was für eine Wahl hat man aber, wenn der Schlamm kommt?

Die Hand in den Sand graben. Durch die Schale brechen, bis der *Kern*, die Gischt wieder zum Vorschein kommt: *Noyau*.

Deshalb auch in ihrer Wohnung die Gläser putzen. Jedes einzelne aus dem Schrank nehmen. Es ist schwierig mit nur einer Hand, und sie hat Angst dabei, Angst, die zweite zu öffnen. Es könnte passieren. Hat sie deshalb so lange gewartet? Sie hat bis jetzt gedacht: Vielleicht darf sie es nicht. Vielleicht ist es ihr nicht erlaubt, so wie ihr nicht erlaubt gewesen war, sich umzudrehen, bevor der Tropfen Zeit gehabt hatte zu gehen. Dann hat sie gelacht, wie lächerlich sie manchmal ist, und das Lachen ist aus ihr geperlt in silbrigen, kleinen Blasen. Flüchtig, aufwärts fliehend. Umgekehrte Ernte.

Was du dir alles verbieten lässt.

Aber jetzt mit dem Schwamm über die Wände streichen. Über die Plakate streichen, die unter dem Schwamm reißen, aufgeweicht, wie sie sind. Die ewig klaffenden Löcher in den Os reißen weit und weiter auf, größer werdende Münder. Sie zerknüllt die Flipcharts schließlich, das mit der Diplomarbeit ist ohnehin vorbei. Das mit dem Studium. Was immer jetzt beginnt, es ist nicht das. Sie ist untergegangen, sie ist aus dem Wasser geholt worden, sie ist ausgenommen worden und doch noch immer am Grund. Sie ist ein Fluss geworden, oder aber von ihm verschlungen worden, von kastanienbraunen Locken, draußen ist das Schiff und sie steht hier drin und putzt. Das riesenhafte Schiff dröhnt noch immer über die See und rostet doch gleichzeitig an dem Strand, gegen den man es gefahren hat, und an dem schon die Menschen warten. Wie Maden klettern sie auf den Schiffskadaver, das ausgediente Raubtier beginnen sie langsam aufzubrechen. Was das Meer über Jahre ausgehöhlt hat, wird jetzt zerteilt. Und sie ist verlorengegangen in diesem Schiff und steht doch auch daneben, sie fließt hinab, hinab ins Tal, und ist doch immer noch am Grund des Sees.

Es macht sie lachen, und die Luftblasen ihres Lachens breiten sich auf dem Weg nach oben immer weiter aus. Und putzen. Was soll man tun als putzen? Über die Möbel fahren, bis die leuchtenden Farben wieder zum Vorschein kommen. Das Grün der unreifen Früchte des *noyer. Nussbaum.* Zittzittezittzittezittzitt. Das Grollen. Sie horcht hin, sie weiß, es ist bloß die Straßenbahn, und doch. Es tost wieder. Es tost.

20.

»Wir könnten eine kleine Aufführung machen, was meinst du? Oder einen Schnupperkurs?«

Sie steht mit Cécil neben dem Tauchloch, das in das Eis gebrochen worden ist. Der Himmel ist gleißend blau, Erika fragt sich, wie sehr sie selbst diesen paar Metern Meereis unter ihren Füßen trauen will, mitten im antarktischen Sommer, denkt an die Ponys, die während der britischen Expedition 1911 hinaus aufs Meer getrieben sind, weil sich zwischen den Schollen die Spalten öffneten. Man meint, so was geht langsam, aber so langsam geht es dann doch wieder nicht. Und Cécil zwängt sich in den Rest seiner Ausrüstung, muss dabei auf so viel achten, und hat doch nichts Besseres zu tun, als mit ihr Aikido-Pläne zu schmieden.

»Es haben schon einige angefragt, Peter insbesondere, der ist darauf schon länger spitz«, sagt er.

»Ich weiß nicht.«

»Komm schon, stell dir das vor, der erste Aikido-Lehrgang auf dem antarktischen Kontinent. Wir sind Pioniere!«

Erika lacht.

»Na dann!«

Er streift sich Schicht nach Schicht über, Unterzieher hat er schon an, jetzt Trockentauchanzug, Vollgesichtsmaske, sieht kurz zu den anderen Tauchern hinüber, ob er denn noch Zeit hat, und dann gleich wieder zu ihr. Sie kennt das schon von ihm, auch die Nachlässigkeit, fast stolpert er im Sommer in seinen Neopren-Anzug hinein, und doch führt er alle notwendigen Schritte aus, hat immer alles dabei, hat am Ende immer alles abgehakt auf der Liste. Er ist wohl für Achtsamkeit schon zu eingeübt, Achtsamkeit ist wohl für Anfänger. Oder aber, denkt sie, als Cécil sich über seinen Tauchtank beugt, ganz nebenbei einen Verschluss kontrolliert, vielleicht versteht Cécil sich nur besonders gut darauf, seine Konzentration zu verbergen.

Cécil, der Hampelmann.

Cécil faltete seinen Körper um Erika, als sie es brauchte, und sagte zu ihr unter der Platane: »Ich bin ein Handlanger, mehr nicht.«

»Und man sucht ja immer eine Abwechslung für die Abende«, sagt er jetzt.

Ja, man sucht immer eine Beschäftigung. Ablenkungen von der Weite. Filmabende, Tischfußballturniere, Weihnachten hat sie schon hinter sich gebracht. Weihnachten mit dem Plastiknadelbaum, den ausgedruckten Menükarten, den E-Mail-Einladungen an andere Stationen, doch zum Essen vorbeizukommen, es sind ja nur ein paar hundert Kilometer durch die Wüste, ein Katzensprung. Gemeinsames Punschtrinken. Gemeinsames Liedersingen. Gemeinsames Geschenkeauspacken, wenn das Schiff welche mitgebracht hat. Aber hier unten ist das anders, sagt man ihr noch immer. Hier unten braucht man das. Erika ist schon unten, Cécil aber will noch tiefer gehen.

»Wo stellst du dir das überhaupt vor? Wo sollten wir denn Platz für das Fallen haben?«

Cécil zuckt mit den Schultern: »Na, in der Messe natürlich, wo sonst?«

Die Messe, in der der große Esstisch steht, die Sofas, der Tischfußballtisch, Regale voll mit Büchern, Videos, DVDs, Getränkeflaschen, dazwischen der kleine veraltete Computer, der die aktuellen Wetterdaten anzeigt: das Fenster zur Außenwelt. Die Messe mit dem immer wahrnehmbaren Vibrieren und Brummen der nahen Generatoren. Aber wenn man das alles auf die Seite räumen würde? Das Brummen kann man nicht zur Seite schieben.

»Woher die Matten nehmen?«

»Da fällt uns schon noch was ein.«

Damit wendet er sich von ihr ab, weil er in die Kathedrale muss. Heute geht er hinunter und seine Kollegin Kim macht den Sicherheitstaucher, dorthin gehst du alleine, aber mit einem Zweiten, der an der Oberfläche bleibt und dich im Notfall holen kann, einem Dritten, der den Einsatz leitet und die Leinenführung kontrolliert, die Kommunikation.

Erika ist nicht dabei gewesen bei der Aushebung der Tauchlöcher, aber sie hat die Geschichten darüber gehört. Wochen hat es allein gedauert, dem Meereis eine Wunde zu schlagen. Zunächst musste der Pistenbully den Schnee fortschieben, dann hat das Tauchteam begonnen, mit einer Kettensäge Schicht für Schicht das Meereis in Stücke zu schneiden, sie haben Brechstangen benutzt, um es herauszuhebeln, haben es mit dem Kran aus dem Loch gehievt. Je tiefer sie gruben, desto schneller füllte sich das Loch mit Wasser, das sie wiederum herauspumpen mussten, später dann eine Leiter benutzen, um immer wieder hinunterzuklettern, sägen, brechen, heben, schleppen, bis sie zum Meer durchbrachen.

»Dort hat dann das Plättcheneis auf uns gewartet«, hat Cécil gesagt und gelacht, »das Plättcheneis, das wir alle so sehr hassen und lieben.«

Die Taucher hassen es. Es wartet unter dem Meereis, drängt sich an dessen Bauch, jedes einzelne zerbrechlich und leicht, aber eine mehrere Meter dicke Schicht davon wie tausende aufgehäufte Casino-Jetons, die man nur mit Netzen und Keschern aus dem Loch fischen kann, Stunden über Stunden, bis endlich keine Eisscheiben mehr nachdrängen von unten.

Die Taucher lieben es. So dunkel ist es in der Kathedrale, aber die Scheiben funkeln und glitzern im Schein der Tauchlampe, sie weichen schnell zur Seite. Sie sammeln sich zu Hügeln und zu Domen, zu Stalaktiten, in ihnen versteckt sich das Leben, kann dort via Mikroskop gefunden und in Proben mitgenommen werden.

Pfannkuchen, Eisblumen, Eisplättchen, Schollen, Platten, Gletscher, Berge, denkt Erika, und versteht Köhler inzwischen besser in seiner Obsession mit dem Eis, versteht Monika besser. Eine Gemeinschaft von ineinanderwachsenden, sich ineinander verwandelnden Geschöpfen. Wir gehören alle zu dir, Leviathan. Leviathan, der du unter unseren Füßen schläfst, aber langsam, langsam, beginnst du zu erwachen.

Cécil ist inzwischen zu Kim und Arnim getreten, sie besprechen noch einmal den Tauchgang, und jetzt ist auch eine Ruhe über Cécils Gesicht gekommen, er horcht, er stellt ein paar Fragen, er blickt hinunter in das Loch. Er hat Angst, glaubt Erika zu erkennen, zugleich zieht es seinen ganzen Körper schon dorthin, ganz schief steht er schon. Hinab will er, und wenn er dafür Proben nehmen muss, wird er das tun. Sieht er sich deshalb nicht als Forscher, weil er nicht für die Proben dorthin geht? Wer tut das schon? Sie muss ihm einmal sagen, dass er sich nicht dafür verurteilen darf. Schon gar nicht, wenn er sie dann an sich drückt, ihr eine Liste ins Ohr flüstert, die ihr kleinlich vorkommt, irrelevant. Aber Cécil tritt schon zum Loch, und eingerahmt in notwendige und mit Achtsamkeit auszuführende Schritte ein wenig Raum für: das Klacken.

Später sitzen sie um Cécils Computer, an den Erika ihre Lautsprecher angeschlossen hat, und sehen die Videoaufnahme an, die er an diesem Tag gemacht hat. Die Eisplättchen schlagen aneinander, ganz leicht, ein Geräusch wie kaum eine Berührung, kaum da, und wieder vorbei, dabei aber so oft, dicht aneinander, dieses leise Klicken. Erika sieht am Bildschirm Cécils in den Trockentauchanzug gehüllte Hand durch einen schwimmenden Dom transparenter Plättchen fahren, es klackert und klickt. Die Bläschen, wie sie beim Tauchen aus dem Mundstück rinnen. Und dort auf dem Bildschirm verschieben sich immer noch die Plättchen, schlagen aneinander, mit einer Vorsicht, die kaum mehr auszuhalten ist. Prickeln auf der Haut.

»Wunderschön, nicht?«, sagt Cécil. »Und danke noch mal für die Kalibrierung des Hydrofons.«

Erika nickt.

»Irgendwie will ich dich ja doch noch da runterbringen. Würde dir guttun, Nussbäumchen.«

Cécil fährt ihr durch die Haare, hat von dem Bild gehört, das Judith sich von Erika gemacht hat, es aufgenommen, als wäre nichts weiter dabei. Er hat genickt, gesagt, ich hatte immer schon den Verdacht, dass Erika in Wahrheit kein Heidekraut ist. Außerdem hat er, vor der Expedition und auch seit Erikas Ankunft, immer wieder angedeutet, er würde sie doch noch gerne mit hinab nehmen. Erika steigt auf Cécils Vorschläge häufig ein.

»Kims Ausrüstung müsste dir fast passen, ihr habt eine ähnliche Statur.«

Der Moment nach dem Sprung – du weißt, der Boden wird in jedem Fall kommen, und das meiste schon entschieden. Ihre Finger brennen, sie will lächeln.

Ja, Cécil. Gehen wir noch weiter hinunter, wir zwei. Immer ein bisschen zu tief, immer ein bisschen zu früh. Wir sind unvernünftiger, als man denkt. Es kann uns nichts geschehen.

»Sehr witzig«, sagt sie trotzdem. »Du weißt genau, wie undurchführbar das in jeder Hinsicht ist.«

Cécil sagt: »Immer musst du Vernunft zeigen«, aber Erika weiß, dass er diesmal nur ein wenig mit ihr spielt. Selbst er fordert den schlafenden Kontinent nicht gerne heraus. Im Video klackt es indes weiter, sie will immer noch sagen: Ja.

Du solltest das Mundstück weggeben.

Ja, der Tiefenrausch. Und dennoch muss sie nur den Eisplättchen in ihren Zusammenstößen und Verschiebungen zuhören und sie weiß: keine Sorge.

21.

Sie beschließen dann tatsächlich, die Tische und Sofas zur Seite zu räumen, Platz zu schaffen für Erika und Cécil, die zeigen sollen, was sie in einem Jahrzehnt Aikido oder mehr gelernt haben. Matten waren nicht aufzutreiben gewesen, deshalb möchte Cécil die Würfe nur andeuten, überhaupt möchte er, wie er ihr ein paar Tage davor noch erklärt, ganz langsam arbeiten, ganz sanft.

»Und das ergibt für dich Sinn?«

Cécil zuckt mit den Schultern, lehnt sich wie sie an die Kommode hinter ihm – der Esstisch und das Sofa sind mal wieder belegt. Die Generatoren brummen, und Erika spürt die Vibration der Kommode an ihrem Rücken.

»Peter will einfach einmal ein paar Grundprinzipien in der Praxis gesehen haben«, sagt er.

Peter und Cécil, denkt Erika. Auch wieder so zwei, die immer Zeit füreinander finden, sich beim Abendessen nebeneinandersetzen, mehr reden als essen. Cécil holt weit aus mit den Armen, verschränkt sie dann vor der Brust und lacht, und Peter ist tief vorgebeugt, den Kopf mit einem Ohr zu Cécil gedreht, sodass er ihm am besten zuhören kann. Und dann spricht er, Erika versteht ihn nicht, weil sie zu weit weg von den beiden sitzt, aber selbst an den Lippenbewegungen erkennt sie, Peter spricht langsam. Er hat seinen Zeigefinger ausgestreckt und klopft auf den Tisch, als wollte er durch reine Hartnäckigkeit ein Loch in den Tisch schlagen. Und Cécils Lachen noch da, aber er sitzt schief, er will kein Wort verpassen.

Wie er das macht, denkt Erika, auf diese Weise zu horchen, die immerzu sagt: Mich kann ich nicht ernst nehmen, aber du, du hast meine ganze Aufmerksamkeit bis zum nächsten schlechten Scherz.

Das stille Wasser Peter ausloten. Eine Freundschaft, gemessen in Neuberger-Sommersaisonen. Cécil ist ein Tiefenmesser für alle Menschen, und alle lassen sie ihn ein.

»Außerdem will er dich auch mal in Action sehen, denke ich«, sagt Cécil.

Was hast du von mir? Eine geflüsterte Liste, die Erika immer noch nicht ganz versteht: gemeinsam kochen. Lachen, wenn Erika die Geschirrschublade wieder nicht zukriegt und flucht. Cécil will doch in Wahrheit nichts anderes als alle seine Menschen auf einem Fleck, und alle sollen sich verstehen. Wie ein Schäferhund, nur immer das Rudel zusammenhalten, und dann freundet er sich ausgerechnet mit Erika, Karo und Judith an. Er könnte es sich leichter machen. Er tut es nur nicht.

»Wird ja immer besser.«

»Komm schon, Erika – du darfst ruhig mal zeigen, was du kannst.«

Was sie kann – in den Monaten vor der Expedition hat Erika kaum mehr Aikido gemacht. Die Schulterverspannung ist nicht verflogen, und die Brust hat gebrannt. Sie hat ausgeatmet, das Brennen weggeatmet. Langsam, kleine Luftbläschen machen. Nur um zwei Uhr nachts, wenn man nicht einschlafen kann, ist auch das Wegatmen nicht mehr so leicht.

Das Aikido hätte vielleicht geholfen. Vielleicht. Am Schluss hat das Rollen ihr nur noch wehgetan.

Auch eine Ausrede. Sie hätte anders trainieren können, ohne fallen. Zu viele Bergkurse und Überlebenstrainings vielleicht, zu viele andere Projekte, die sie dazwischen abschließen musste. Zu viele Geschichten über Nussbäume, Schneekugeln, Risse in Wänden. Wenn Judith sagt: »Die Welle kommt bestimmt, auch wenn du dich bückst, zu den Muscheln«, was hat das schon mit ihr zu tun?

Judith hat ihr vom Staudamm erzählt, vom Nussbaum, »noyer«, hat sie einmal gesagt und dann wieder die deutsche Entsprechung verwendet und dann von »noise« gesprochen, der aus Nüssen bricht, als wäre der Sprachenwechsel für sie kaum mehr hörbar. »Französisch und Deutsch, Schale und Kern, Kern, also noyau, also eau, also Wasser, deshalb auch noyer für Ertrinken«, hat Judith auf Erikas Nachfrage gesagt, was nicht viel erklärte. Als Erika weiter nachhakte, was dann das Englisch dazwischen machte, was »noise« mit »noix« zu tun hätte, war Judith nur verwirrt, als wäre der Zusammenhang offensichtlich. Sie hat Erika von den Möwen in den Zwischenwänden der Straßenbahn erzählt. »Mouettes«, hat sie gesagt, statt Möwen. Dann von einem Zoo, von Gitterstäben, Elefanten und Wasserbewegungen. Wie man das so leicht miteinander verwechseln kann. Möwen, ein Lieferwagen, der um die Ecke biegt.

Aber Judiths Wahnsinn gehört Judith und nur ihr allein. Erika darf ihn ihr nicht wegreißen, ihn für sich beanspruchen, herumzittern deshalb, und Cécil belegen.

Er hätte sich in derselben Zeit um Judith kümmern können.

»Und was die Leute immer sagen, von wegen Aikido muss schnell sein und dynamisch und mit Ukemi, das ist auch Blödsinn«, redet Cécil weiter und Erika blickt auf, blickt weg von Gitterstäben, Lieferwägen. »Langsam und ohne Fallen trainieren, ist genauso Aikido, einfach nur eine andere Form.«

Noch so eine Definition der Sportart, eine, die Erika im letzten Jahr entgegengekommen wäre. Vielleicht hätte sie es aber auch nicht ins Training geschafft, wenn sie sich gesagt hätte, dass sie nicht fallen muss, nicht immer.

»Man kann immer etwas lernen.«

»Natürlich«, sagt sie, nickt dazu, aus Prinzip, und weil Cécil natürlich recht hat damit, man kann immer etwas lernen. Das ist es doch, worum es ihr vor allem geht, oder nicht? Und damit, weiß sie, ist es beschlossen. Sie werden die Tische und Sofas wegräumen und Cécil wird mit ihr ein paar Techniken vorzeigen und laut erklären, warum er macht, was er macht, und warum er damit Erika aus dem Gleichgewicht bringen kann, was auch so und ohne Technik ganz gut geht. Erika wird versuchen, nicht ganz so steif und aus der Übung auszusehen, wie sie sich fühlt. Sie wird versuchen, sich zurück in eine Vertrautheit von Bewegungen zu schmiegen, die fremd geworden sind. Wenn sie selbst eine Technik machen soll, wird sie stocken, plötzlich nicht mehr sicher, wie weiter. Der Name der Technik, Katadori Menuchi Shihonage Omote, und die dazugehörige Bewegung, einmal dicht ineinander verwoben, werden sich getrennt haben wie Judiths Worte von den Dingen, und Erika wird wie Judith nach den Fransen von beidem haschen, nicht immer die Richtigen erwischen: Welches Pärchen gehört hier noch einmal zusammen, welche automatisierte Körpererinnerung mit welchem eingeprägten Namen? Trotzdem nicht zu vergleichen. Sie wird etwas lernen dabei.

»Wir sollten besprechen, was wir machen«, sagt sie, füllt ihr Glas mit dem Mineralwasser, das auf der Kommode hinter ihnen in Plastikflaschen langsam auftaut. Es kommt frisch vom unbeheizten Dach der Container, auf denen jene Lebensmittel gelagert werden, die man Temperaturschwankungen aussetzen darf. Noch schwimmen Eisbrocken darin.

Was wird Peter von dem ganzen Spektakel haben, fragt sie sich. Eine Bestätigung der Freundschaft zu Cécil, oder geht es ihm tatsächlich um die Kampfkunst? Dann könnte er doch jederzeit in Deutschland in den nächsten Verein zum Schnuppertraining gehen. Oder will er sich beeindrucken lassen von Erika: Aufpassen muss man bei der, die kann sich wehren! Oder aber sich denken: Noch so eine Hobby-Kampfsportlerin, die durch ein paar einstudierte Bewegungen ihr sanftes Gemüt zu verbergen sucht. Cécil hingegen.

Denkt Peter denn so, überlegt Erika, trinkt. Oder denke nur ich so von mir? Immer wollen wir das Bild selbst zeichnen, das die anderen von uns haben, aber wollen wir das denn? Es entgleitet uns dann ohnehin. Macht es das weniger schlimm?

Sei nicht dumm, denkt sie, denkt zugleich, sie sollte auch mal mit den anderen reden, nicht immer nur mit Cécil, sie muss schon wieder ganz verschlossen und überheblich wirken. Das alles ist überhaupt eine schlechte Idee, was erhofft sie sich denn davon außer Scherereien? Sei nicht dumm, du bist doch ohnehin so furchtbar harmlos, wovor hast du Angst?

Und wenn du dich schon blamierst. Und wenn du schon beeindruckst. Was soll passieren?

Hier aber sollte Erika nicht weiterdenken. Sie weiß schon, wenn sie sich selbst die Zeit gibt, zu antworten, dann werden auch Antworten kommen. Es gibt immer etwas, das schiefgehen kann, und immer bezieht sie alles auf sich selbst. Schneekugeln, Peters Aikido-Ambitionen.

Und doch: Sie wird Cécils Griff spüren, wie er sie dreht, eine stilles Gespräch, Frage und Antwort. Anders als die Techniken und ihre Benennung, hier kann Erika nie verlorengehen, nicht wirklich. Hier muss Erika nur horchen, auf Cécils Stimme, die ein Hebel ist, ein Schritt nach vorne, in ihren Schwerpunkt: Schau, in diese Richtung will ich, dass du gehst. Die Welt ist einfach, wenn du sie in ein paar Bewegungsabläufe zwängst.

Sie sieht zur Durchreiche, Milan ist in der Küche bei der Abwasch, allein?

»Milan!«, ruft sie, er sieht tatsächlich auf.

Ist ihre Stimme so laut?

»Was ist, kannst du noch jemanden fürs Abwaschen gebrauchen?«

22.

Zittzittezittzittzittezittzitt. Das metallische Rufen des Vogels gleich dort bei der Brücke, beim *Nussbaum*, *noyer*. Man spricht lauter, nahe am Fluss. Der schneidet, eine Klinge aus Gischt und Licht, durch das Tal. Die Klinge zeigt immer auf dich.

Die Straßen schlängeln sich zum Dorf, zuerst glaubt man, der See ist klein, nur ein Daumennagel Blau. Dann aber, nach der nächsten Kurve, sieht man:

Stiller ist es geworden.

Jetzt sucht Judith den Stausee wieder, auf den zusammengeklebten Fotos der Erde im Internet, dort im Süden Frankreichs, wo sie ihn vermutet. In den französischen Alpen, aber die französischen Alpen breiten sich aus. Vielleicht ist er tatsächlich durch die Ritzen der Karten getreten, ausgeronnen? Er muss aber doch zu den sichtbaren Stellen gehören, Mama, Papa, Matthias, alle reden sie von ihm. *Lac Serpençon.* Aber der Urlaub dort, schön ist der gewesen.

Dann hat sie ihn gefunden. Oder einen anderen See, sie ist sich nicht sicher. *Serre-Ponçon.* Sie hätte in diesem Wort nie einen Bindestrich erwartet. *Serre – Treibhaus.* Was aber bedeutet *Ponçon*? *Ponçant, poncer, polieren.* Ein *poliertes Treibhaus*, so hat man diesen See genannt? Er schien tatsächlich die Hitze der Berge in sich zu sammeln.

Judith lehnt sich zurück, hört auf das Tosen in den Zwischenwänden. Wie ist sie auf *serpent*, die *Schlange*, gekommen? *Serpentinen* eben. Aber ob das tatsächlich der See ist, den sie gesucht hat? Sie ist sich nicht sicher. Sie müsste ihren Vater fragen. Ihre Mutter sagt: Der Richard, der war auch so ein Träumer. Und dann haben sie ihn ausgenommen bis auf die Knochen. Aber der Urlaub, beim *Lac Serpençon*. Schade, dass er dann ertrunken ist, an seinen Nierengeschichten.

So viele Geschichten. So viele Melodien.

Judith muss an Bernadette denken, und dass außer ihr wohl nur Bernadette noch weiß, wie das geklungen hat, das Flattern des Huhns vom Boden auf die Kommode, von der Kommode zum Boden. Und zwischen dem Geflatter des Huhns das Tosen des Flusses. Oder hat Bernadette das nie so gehört? Was ist, wenn sie dann sagt: *Je ne sais pas de quoi tu parles? Ich weiß nicht, wovon du sprichst?* Was, wenn sie, wie der See, doch noch zu finden ist, in den sozialen Netzwerken auftaucht, auch wenn sie damals während des Urlaubs am *Lac Serpençon* nicht mehr aufgetaucht ist? *Kastanienbraune* Locken. *Marron*, unter der Schale. Vielleicht kann Judith doch noch mit ihr *Maroni* klauben, an einem anderen Ort, dann gemeinsam mit Bernadette auch noch das Flattern des Huhns wiederfinden. Vielleicht.

23.

»Du hast doch hier ohnehin schon Wurzeln geschlagen.«

Cécil steht schon vor dem Flugzeug, das ihn wegtragen wird, mit seiner rosa Einhornhaube auf dem Kopf, und macht selbst hier noch Nussbaumwitze.

Erika geht einen Schritt auf ihn zu und drückt ihn an sich, denkt dabei, werde ich auf dem Eis ausrutschen? Die Piste für das Flugzeug ist so glatt planiert worden.

»Mach dich nicht über mich lustig«, sagt sie.

Das Flugzeug wartet schon vor ihr auf der Piste, die Treppentürme hinter ihr, dunkle Kisten, die sie später wieder verschlucken werden. Wenige sind sie geworden, jetzt fliegen die Taucher auch noch ab. Genug Proben sind genommen worden, genug Speicherplatz mit Videos und Fotos bespielt, genug Leben in das stationseigene Aquarium überführt. Die Aikido-Vorführung auch schon vorbei und erledigt, die Tische und Sessel wurden weggeräumt, Cécil hat Kreise in die Luft mit Erikas Körper geschrieben, sie hat versucht zu folgen. Sie hat etwas gelernt. Es wurde geklatscht, es wurden Tische und Tischfußball wieder hergeräumt. Gesprächsstoff für ein paar Tage, dann verebbte auch das. Die Sonne geht jetzt auch schon jeden Tag auf und unter, es kommt die Nacht.

»Du weißt genau, dass du mich nicht wirklich brauchst«, sagt Cécil.

Die Nacht kommt, und Cécil wird nicht mehr da sein, um sich über den Tischfußballtisch zu beugen, an ihrem Ärmel zu ziehen, ihr die Fotos zu zeigen, die er da unten gemacht hat in der Kathedrale: Plättchen, zu Domen geschichtet. Seesterne, Fische mit Gefrierschutzmittel im Blut.

»Gerade du nicht.«

Gerade sie nicht. Gerade sie.

»Cécil, du bist kein Handlanger. Und auch kein Hampelmann.«

Er antwortet nicht, und sie fühlt, wie sich seine Haltung verändert, er richtet sich etwas auf.

Du wirst doch nicht schon wieder wütend auf mich werden?

Vielleicht sollte auch sie ihm einmal eine Liste aufsagen, von all dem, was sie von ihm hat, die er dann nicht hören will, sie weiß nicht. Sie weiß nicht, was es so wichtig für ihn macht, ausgerechnet an diesem Selbstbild festzuhalten, sie weiß nicht, wie danach fragen. Sie hat in Wahrheit keine Ahnung von nichts, und als Cécil sich schließlich aus ihrer Umarmung löst, um in das Flugzeug einzusteigen, ist es, als wendete er sich damit von ihr ab.

Es tut mir leid, denkt sie, während sie ihm winkt. Ich lerne eben langsam.

Noch am selben Tag, nachdem die letzten Sommergäste gestartet sind auf der eisglatten Piste, als Cécils Einhornhaube nicht mehr an einem der Kleiderhaken vor der Messetür hängt, breitet sich die Restgruppe in der Station aus, leer wird diese Station auf einmal, und groß, und auf einmal bekommt jeder sein eigenes Acht-Quadratmeter-Zimmer. Sie holen die Kisten von den Gängen, Liubov, Monika und Erika. Sie kleben Namensschilder auf den Zimmertüren um, Leander, Udo und Peter. Sie öffnen die Kisten, die monatelang geschlafen haben, holen seit langer Zeit dort verwahrte Gegenstände ans Licht, Hermann, Olli und Milan. Erika sitzt auf ihrem Bett und holt die Kartonmappe mit Cécils Tauchfotos unter zwei bunten Dekotüchern hervor, öffnet sie, die Fotos fallen schwer in ihre Hand. So glatt und dick dieses Fotopapier, sie streicht über das Grün des Wassers, auf das Papier wie Lack gestrichen. Die Kanten des Fotos hart. Sie biegt den Packen in ihren Fingern, spürt die Spannung, schiebt sie dann wieder zurück in die Mappe, legt sie auf ihren Schreibtisch. Später.

Sie kramt tiefer, eine Kuscheltierrobbe, Judiths Schneekugel, der Film, den Judith ihr mitgegeben hat, als Antwort auf eine Frage: »A Spell To Ward Off The Darkness«.

»Worum geht es dann?«

Als Antwort ein Zauberspruch, ausgerechnet gegen die Dunkelheit, sie hat sich den Film immer noch nicht angesehen: diese kraftlosen Stimmen der Metalsänger. Die kommen doch kaum gegen die Instrumente an.

»Darum geht es doch gar nicht«, hat Judith daraufhin gesagt. Stattdessen geht es um:

Ein Buch fällt ihr in die Hände, »King Kong Theorie«. Also hat sie es doch mitgenommen. Karos Anmerkungen an den Seitenrändern.

Sie sieht sich um in ihrem Zimmer, das nun wirklich das Ihre ist, für den Rest des Jahres. Danach wird es jemand anderem gehören. Schmutzig weiße Plastikwände, blauer Noppenboden. Alles abwaschbar. Ihre Gegenwart ist abwaschbar, jeder Fingerabdruck. Lass nichts zurück. Zwischen ihren Fingern eine Girlande mit blauen Plastikblumen, statt Pollen LED-Lämpchen. Sie denkt an das Interview mit Judith vor so langer Zeit, Judiths Schallplatten. Erika hat gedacht: Materialität lastet schwer auf den Schultern. Hier unten ist das anders? Sie weiß nicht. Sie weiß nur, dass Cécil fort ist, dass die Station so groß ist auf einmal, und sich die übrig gebliebenen Üwis heute das erste Mal in der Messe sammeln werden, das erste Mal alle um den Messetisch sitzen werden, den Generatoren lauschen. Aufgaben neu verteilen.

Was werden sie mit den vielen Räumen machen? Das Fotolabor ist selbst im Sommer kaum mehr benutzt worden, als Cécil noch da war, und er ist der Einzige, der sich das mit der analogen Filmentwicklung noch manchmal antut. Der Raucherraum dagegen immer voll, im Zigarettennebel sind sie da drin gesessen, die Stimmen laut und durcheinander, Erika manchmal unter ihnen. Sie hat ein oder zwei Züge genommen, sich dann an die Wand zum Raum der Schneeschmelze gelehnt. So eine dünne Wand nur, und auf der anderen Seite liefen die zwei Waschmaschinen im Schleudergang. Die Vibration machte die Wand schwingen, Rückenmassage nach dem gebeugten Sitzen vor dem zu kleinen Bildschirm. Das hätte sie in ihre Metallkisten einpacken sollen, denkt sie jetzt, und zieht stattdessen den »Fänger im Roggen« und einen großen Bildband zu Aikido-Techniken hervor: einen anständigen Bildschirm. Immerhin ist da noch ihr privates Notebook – sie könnte nachsehen, ob Judith geschrieben hat, oder Karo. Selbst Karo kann ihr die Abreise doch nicht ewig übelnehmen.

Sie hat sich noch nicht daran gewöhnen können, dass auch in der kleinen Sardinenbüchse unter dem Eis E-Mails, Nachrichten und Blogposts ankommen können. Es sollte nicht so sein. Sie sitzt am eigentlich nicht vorhandenen Rand der Welt, ist weiter geflohen, als möglich sein sollte, und hat doch noch vor Judith von den Schüssen in der Pariser Konzerthalle Bataclan gehört, ausgerechnet Metal. Wie konnten all diese Schlagzeilen und Interviews überhaupt zu ihr vordringen, durch den drückenden, gefrorenen Moment? Es hält noch nicht einmal die Decke der Neuberger das ganze Eis aus, sie senkt sich herab, in den Gängen, bis sie die gewellten Metallplatten entfernen mussten. Die Decke aus Eis sprengt die Metalldecke aus ihrem Rahmen. Nimmt ihren Platz ein. Aber die Fotos zu den Attentaten kann Erika trotzdem sehen. Einen Tweet schreiben #jesuisparis, #eisblog, #neubergerII. Das sollte nicht so sein.

Die Plastikblumengirlande noch im Arm, beugt sie sich vor und nimmt Judiths Schneekugel wieder auf, das Wasser darin noch nicht ganz aufgetaut, beschlagen ist sie in der Kälte. Aus Plexiglas musste sie sein, echtes Glas wäre zersprungen, hat Judith gewusst und darauf geachtet beim Kauf. Sie verschmiert den Beschlag mit dem Finger, dreht sie um, sieht Plastikfetzen beim Fallen durch Wasser und Eisbrocken zu, sie verhängen sich, in einer Ecke zu Klumpen zusammengedrängt. Der Baum steht kopf. Noch so eine Antwort. Dass Judith dieses Geschenk machen kann, bedeutet – aber was bedeutet es schon? Triumph der Selbstironie über ihre Halluzinationen? Erika weiß es nicht. Witze kann jeder machen, vielleicht dann umso besser. Was für einen Unterschied macht es schon. Nur dass sie ein E-Mail erhalten will von Karo oder Judith weiß sie, von Karo einen Link auf einen Artikel, den sie gefälligst endlich gelesen haben soll, Judith schrieb ihr vor einigen Wochen: Manchmal wird eben doch ein Raum abgetrennt, wenn man zu hoch springt. Sie zerteilen das alte Schiff, nein, das stimmt nicht, aber du weißt, was ich meine.

Erika weiß nicht, was Judith meint, wenn sie auch, im Kreisen ihrer Gedanken um zwei Uhr nachts, in Judiths Metapher das Boot der Tiefseefischer erkannt hat, aus dem Film »Leviathan«, schon wieder. In Judiths Metapher hat es bereits ausgedient. Trotzdem kratzen die Netze noch über den Grund. Erika weiß nicht, was Judith meint, obwohl auch sie einmal einen Lieferwagen mit Möwen verwechselt hat und ein paar Monate vor ihrer Abreise in der U-Bahn auf der Rolltreppe gestanden ist, einen Kratzer beobachtet hat, der quer über eine der Stufen ging, und in dem sich das Licht fing.

Sie hat den Kratzer angesehen, eine Nadel aus Licht, an einem dieser Tage, an denen die Gedanken an das Krachen des Eises, das Fallen von Menschen auf Matten und das Rufen der Wale einander gejagt hatten, nie zu einem Ende, nie zu einem Schluss –, du bist nur eine Last, du wirst vom ersten Wind verweht, und in einer plötzlichen Verschiebung von allem, was war, schien die Nadel aus Licht, ein kleiner Kratzer im Metall, all diese Geräusche in sich zu verfangen, ihr zurück ins Gesicht zu schlagen. Und zuerst erschrak sie, wollte sich abwenden von dem bisschen Licht. Zu laut. Erst dann fiel ihr ein: Dieser Kratzer und dieses Licht waren nur deshalb zu all diesen Geräuschen geworden, weil sie selbst gerade dorthin gesehen hatte in genau diesem Moment. Ein Zufall nur, nur sie selbst, die all diese Laute, all diese Gedanken, in diese Nadel gebündelt hatte, und ist Judith sich dessen auch bewusst, oder ist das die Grenze zwischen Erika und ihr? Die Grenze zwischen der Idee, Wasser zu atmen, und es zu tun.

Erika weiß außerdem, Judith ist erst vor Kurzem wieder auf ein Metal-Konzert im Gasometer gegangen. Ob sie den Konzertsaal in Paris deshalb auf sich selbst bezieht, ihn sich überzieht wie Erika sich Judiths Wahnsinn überziehen will, sich nur um sich selbst dreht dabei, statt auf Judith zu blicken, sich zu fragen, was sie braucht? Erika schreibt: Das Bataclan ist vom Gasometer weit entfernt. Judith antwortet darauf: Das hier ist keine Melodie. Und zumindest damit hat sie wohl recht.

Wie lange, bis Cécil zurück in Kapstadt ist und ihr wieder eine Nachricht schicken kann?

Sitze am Strand von Kapstadt und hole mir einen Hitzschlag, es gibt ein neues Flufflepuff-Video, sogar mit Cupcakes.

Link anbei.

24.

Bernadette Boucan bleibt zwischen den Ritzen verschwunden, und mit ihr das Flattern des Huhns, vom Boden auf den Kasten, vom Kasten zurück auf den Boden, kastanienbraune Locken. Vielleicht ist es auch Judiths Schuld. Judith verwechselt die Dinge, kann sich Namen nicht merken, sucht den *Lac Serpençon*, weil sie bei gewundenen Straßen an Schlangen denkt. Vielleicht wird *Bernadette Boucan* auch ganz anders geschrieben, *Bernadette Bouxcans* vielleicht, das ist doch möglich? Ihr Französisch ist nicht das der anderen, das weiß sie sehr gut. Wen könnte sie fragen, um sich zu vergewissern? Auf ihre Mutter ist kein Verlass. Ihre Mutter sagt: »Du bist immer schon das Sorgenkind gewesen – immer ein bisschen fremd.« Sagt sie jetzt, wo Judith ihr den Beweis dafür liefert. Früher hätte sie andere Wörter in den Mund genommen.

Bernadette bleibt jedenfalls verschwunden, vielleicht vom

Netz aufgegriffen und verschleppt, und auch die Klarinette bleibt verschwunden, obwohl Judith versucht, den Käufer wieder zu kontaktieren.

»Wozu willst du überhaupt deine Klarinette wieder?«, fragt Mama, weil Judith hin und wieder doch etwas von sich selbst erzählt. »Du wirst sie nicht mehr spielen können.«

Judith wäre schon mit dem Klarinettenkoffer zufrieden. Dem Innenteil aus Samt, der sich teilweise schon ablöst, Plastik darunter. Ein hohles, hartes Geräusch, wenn man mit den Nägeln über das freigelegte und ganz glatte Plastik fährt. Mit der kleinen Schachtel, in der sich die Rohrblätter von einem Zugband gehalten gegen die Wand drücken, wäre sie schon zufrieden. Mit der Donut-Geldbörse. Aber manchmal sind E-Mails wie Flaschenpost und man erhält keine Antwort.

»Ich bekomme sie ohnehin nicht zurück«, antwortet Judith.

Manchmal sind E-Mails wie Flaschenpost, und seitdem Erika auf ihrem Schiff ist, antwortet sie auch nicht mehr so häufig. »Grüße von der FS Polarstern, wir sind in den screaming sixties, das heißt Stürme. Nicht einmal der Pool, Judith, hält sich hier an seine Grenzen. Ein Video anbei.« Und so ist Erika verschwunden, wie der Klarinettenkoffer, das Flattern des Huhns, sie wird wieder auftauchen, vielleicht auch nicht.

Dazwischen sich mit Karo treffen, und Karo schimpft beim Bier in dem Pub mit den zu hohen Wänden über die historische Vorbelastung von Runen und das Johann-Werner-Institut.

»Mehr als ein Jahr«, sagt Karo. »Aber soll sie sich nur marginalisieren, in ihre Privilegien gehüllt!«

»Ich vermisse sie auch.«

Karo beugt sich zu ihrem Bierglas.

»Cécil müsste doch schon reichen«, sagt sie dann. »Aber die beiden picken ja aufeinander wie Sticker. Was, Cécil will im Eismeer erfrieren? Das muss ich ihm gleich nachmachen. Kindisch ist das!«

Judith fasst nach Karos Hand, die neben dem Bierglas den Tisch greift, Karo zieht sie zurück, bevor Judith sie noch greifen kann. Was nun – sie lässt sie dann einfach auf dem Tisch liegen, dreht sie nach oben, offen.

Karo runzelt die Stirn, hebt das Bierglas, trinkt, Judiths Hand bleibt offen liegen.

Später, als sie schon gezahlt haben, bleibt Karo noch sitzen, blickt statt auf ihr Bier auf ihre Geldbörse, fragt dann, ob Judith ihr nicht einen Artikel gegenlesen könnte, faltet sich zusammen dabei, eben noch hat sie Arm und Geldbörse weit von sich gestreckt.

»Du kennst dich mit Prog-Rock besser aus als ich«, sagt sie.

Judith nimmt ihren Mantel, bezweifelt das.

»Bist du sicher?«

Aber Karo nickt, zieht sich ihren Pulli über.

»Ich brauche diesmal deine Rückmeldung.«

Ihre Stimme ist durch den Pulli hindurch gedämpft.

25.

In dem Durcheinander aus weißem Sand stoßen sie die Schaufeln in den Schnee, hoch die Schaufeln, hoch, werfen den Schnee hinein in das Loch, er fliegt, fliegt weit. Eisdrift ist, wenn sie da ist, überall, kriecht in jede Ritze, zwischen Handschuhen und Tempex in den Anzug, kriecht unter die Mundtücher und in die Skibrillen hinein, kriecht fast unter die Haut. Sie haben die Schneeschmelze heute freilegen müssen wie eine Verschüttete. Zumindest geht dann das Befüllen schnell, in diesem Überfluss von Weiß um sie. Was immer sie trinken, muss erst vom Schelfeis in das Loch der Schmelze geschaufelt und dort aufgetaut, erhitzt und durch die Station geleitet werden.

Erika kommt sich unbeholfen in der dicken Polarkleidung vor, also wie immer. Sie trägt die kleinste verfügbare Größe, aber sie füllt sie immer noch nicht aus. Du wirst hier doch vom ersten Wind verweht. Cécil müsste sich wohl wieder über sie ärgern, wüsste er, was sie gerade denkt.

Aber auch Leander keucht neben ihr, und sie schaufeln und schweigen.

Neben Udo oder Olli kriegt Leander seinen Mund nicht zu, hat immer noch ein Wochenende auf dem Watzmann oder eine Radtour mehr vorzuweisen, auch beim Gletscherkurs ist er überall der Erste gewesen. Er erinnert sie an Christian mit seinen vielen Aikido-Lehrgängen, und Erika hat zuerst angenommen, er würde immer so aufgescheucht bleiben, aber wenn er mit ihr alleine arbeitet, schaufelt er zuerst noch zu schnell, dann senken sich seine Schultern. Darauf darf sie sich aber nichts einbilden – es ist nur, weil sie klein ist und er gegen sie in jedem Fall gewinnen wird. Zumindest bei diesem Spiel.

»Mehr nicht«, sagt er jetzt gegen den Wind. »Sonst wird sie zu voll und dann friert sie wieder zu.«

Dann muss von unten oder von oben gehebelt werden, um den Pfropfen zu bewegen. Vorsichtig, weil die Bewegungen des Schelfeises in seiner ständigen Wanderung nach Norden das Rohr der Schmelze schon verbogen haben, verzerrt. Die Wände haben sich abgelöst, stehen in das Rohr hinein, man muss sie mit Sorgfalt behandeln, wenn man weiter trinken will.

Sie gehen die Laufleinen entlang zurück zu den Treppentürmen. Die Nacht legt sich jeden Tag länger auf den schlafenden Kontinent, die Sonne scheint jeden Tag niedriger, auf den Laufleinen und auch überall sonst sind Eiskristalle gewachsen. Auf Türschnallen, Fahnen, Leitersprossen. Spitze, scharfe Gebilde, die klirren, wenn Erika sie berührt. Heute verdeckt der feine Schnee die Sicht auf die Dämmerung, die sonst stundenlang den Horizont des Himmels färbt, und die Wolken orange und rot, auch wenn die Sonne selbst ausbleibt. Schöner, denkt sie, als im Sommer, der hart ist und scharf, grellweiß und grausam.

Sie hält es länger draußen aus inzwischen, blickt manchmal in die Weite, ohne ihr gleichzeitig den Rücken zuzukehren, vielleicht fühlt sie sich jetzt auch wohler, weil die Laute sich verbreitert haben wie Fächer. Im Sommer hat es unter den Stiefeln geknautscht, wie sie es kannte, feuchter Schnee. Jetzt aber, mit den fallenden Temperaturen, hat sich das Eis gehärtet und seine Rufe sind mal ein trockenes Knirschen, mal knarrt es oder es reißt unter ihren Füßen auf wie Papier. Heute ist es, als würde sie über dünne Glasscherben steigen.

Sie gehen an der Rampe vorbei, die seit Beginn der Drift geschlossen ist. Es ist ein großer, schwerer Deckel, der auf die Einfahrt gelegt werden kann, die hinunter ins Eis geschlagen wurde, hinunter in die Station. Dieser Deckel muss von Hand aufgelegt werden, wenn die Drift kommt, die sonst ihren Weg zu leicht in die Fahrzeughalle findet, in alle Ritzen der Maschinen, Pistenbullys und Skidoos dringt, feine harte Körnchen. Und wenn die Drift abflaut, muss der Deckel wieder abgenommen werden, davor meist erst aus dem Schnee ausgegraben. Damit man hier leben kann, muss man viele Verschüttete aus dem Eis bergen, immer wieder. Der Leviathan will unter die Decke kehren, was hier passiert, die Üwis decken es wieder auf. Deshalb Einteilung der Stunden in wissenschaftliche und Stationsarbeit. Einteilung des Tages in genau abgemessene Beete, von denen die meisten dazu da sind, zu füttern.

»Zu Hause geht es nicht gut.«

Erika dreht sich zu Leander um, er ist nah an sie herangekommen, sonst hätte sie ihn vermutlich gar nicht gehört. Zu Hause geht es nicht gut. Das kann vieles bedeuten. Leander aber in seinem Frieden lassen? Es gibt einen Abstand, der ist ungefährlich. Trotzdem muss Erika zeigen, dass sie nahbar ist, angreifbar: Sich natürlich geben, gleichzeitig keine Schwächen zeigen? Aber so funktioniert das nicht, Judith. Nicht wirklich. Das weißt auch du.

»Was Ernstes?«

»Udo sollte die Schnauze halten bei Sachen, von denen er nichts versteht. Was geht ihn an, was für mich und meine Freundin okay ist? Findest du nicht?«

Seine Stimme ist laut. Sie weiß, er gibt ihr gerade etwas, und sie will es auch nehmen, aber sie weiß so wenig von Leander. Immer der Erste am Watzmann will er gewesen sein. Und es wundert sie, dass er so etwas hier sagt, im Freien. Die Antarktis trägt Geräusche seltsam, schneidet sie so knapp an dir schon ab und wirft sie dafür meilenweit in eine Richtung, die du nicht erwartest. Manchmal sind die anderen schon weit weg, man kann sie kaum mehr sehen, und immer noch jedes Wort genau verstehen. Sie haben sich daran gewöhnt, über manches im Freien nicht mehr zu reden. Zimmer: Hüllen um Privatgespräche, heimliche Wutausbrüche, Geheule? Aber auch die schmutzig weißen Wände ihrer Zimmer sind dünn. Man muss den Moment gut abpassen, den man braucht, um sich Luft zu machen.

»Er glaubt, er kann sich überall breitmachen«, sagt Leander trotzdem. »Im Büro, dann quatscht er mir wieder bei meiner Arbeit rein, und jetzt will er mir noch vorschreiben, was ich mir gefallen lassen kann.«

Es gibt einen guten Abstand, Udo hat ihn wohl unterschritten.

»Ich glaube, nur du und deine Freundin könnt wissen, was für euch in Ordnung ist.«

Zu scharfe Worte? Nein, Erika hat ihn kaum berührt. Was noch?

»Warum, glaubst du, macht er das?«, fragt sie.

»Na, du kennst ihn doch, weil er immer alles besser weiß, der Vollkoffer! Mir quatscht er die Ohren voll und bei Olli macht er große Augen, hockt stumm bei ihm in der Werkstatt und schaut ihm beim Löten zu. Und in der Messe ist das Sofa zur Hälfte von Liubovs Büchern belegt, und ihre Kaffeetasse steht auf dem Messetisch, und sie ist längst woanders. Und Hermann sitzt in der Funkbude und Peter lächelt, hält den Kopf schief und hat mal wieder von nichts etwas gesehen.«

»Lagerkoller?«

Leander zuckt müde mit den Schultern.

»Ist nur ein Moment.«

Nur ein Moment, einer, der vergeht, während der Kontinent an ihnen zerrt und sie zudecken will. Die Tür zum Treppenturm ist überwuchert von Eiskristallen, und das Innere des Treppenturms ist überwuchert von Eiskristallen. So spitz recken sich die Zacken hervor, wachsen dort, wo man sie nicht abstreift, der Treppenturm bewaffnet sich gegen die Berührung. Aber wenn Erika darüberfährt, immer dasselbe Klirren, die Klingen rieseln messerscharf zu Boden, zerbrechen sofort in Stücke. Sie versteht es nicht – wie kann etwas so scharf sein und zugleich so verletzlich, kaum hat sie hingefasst? Natürlich versteht sie es, sie denkt: die Nadel des Schallplattenspielers. Auf deren Spitze sitzt doch ein Diamant. Wird der die Platten nicht zerschneiden?

Sie greift gerne hin, und zugleich. Es tut weh, wie leicht sie das Stiegenhaus entwaffnen, abstumpfen kann. Sie kann nicht sagen, warum.

Aber soll sie um alle Menschen wie um Eiskristalle tanzen?

Sie finden Udo tatsächlich bei Olli in der Werkstatt in der Fahrzeughalle, diesem Raum, der wie ein kleines Pappkartonhaus in die hohe Röhre gebaut worden ist. Udo sitzt auf einem Schemel und sieht Olli zu, wie der an einem defekten Skidoo schraubt, hinter ihm löst sich das Plakat mit dem Wasserfall im tropischen Regenwald langsam von der Wand. Nur für einen Moment ist es, als würde Olli vor einem Fenster stehen, das dabei ist, in sich zusammenzufallen, dann gleitet das Plakat zu Boden. Erika zeigt darauf, Olli dreht sich um, lächelt und nickt.

»Keine Tropen mehr.«

Nein, keine Tropen mehr. Die Eiskristalle wachsen, diese Bewaffnung, die nicht einmal sich selbst schützt. Es wird kalt, und vielleicht ist es in Ordnung, dass Cécil und Karo wütend auf sie sind, beide auf einmal. Vielleicht wird nichts geschehen.

»Wir müssen noch die Daten von heute nach Deutschland schicken«, sagt Leander zu Udo, und der sagt: »Sicher.«

»Wo ist Hermann?«, fragt Leander.

»In der Funkbude«, sagt Olli, und Leander lacht.

Liubovs Kaffeetasse steht aber nicht auf dem Messetisch, sondern auf dem Sofa, auf dem Monika sitzt und das kleine Büchlein liest, »King Kong Theorie«, das Erika ihr geborgt hat. Erika hat es auf der Neuberger nur noch einmal durchgeblättert, hat für eine Weile Karos Diskussion mit Despentes verfolgt, bis Monika sie darauf angesprochen hat. Und so hat Erika es eben Monika in die Hand gedrückt. Manche Bücher sind zum Wandern gemacht.

26.

»Der Kampf da draußen wird immer härter. Mit der Arbeit fängt der Ernst des Lebens erst richtig an. Du wirst sehen.«

Aber Judith könnte nicht sagen, ob der Ernst des Lebens bereits begonnen hat, Anstellung hin oder her.

Sie arbeitet, ja, zwei Tage die Woche, im Institut für Anthropologie und Biologie. Sie hat den Job bekommen, Hand hin oder her. Sie hat gesagt: »Das ist chronisch«, und mehr ist nicht nachgefragt worden.

Sie arbeitet, verdient gerade so viel, um den Anspruch auf Notstandshilfe noch zu behalten und mit Lohn und Notstandshilfe die Wohnung endlich selbst bezahlen zu können. Karo ist mit ihr die Formulare durchgegangen, hat aus dem

Heuhaufen des Internets diese und jene Bestimmung hervorgezogen. Hat ihr gesagt, was sie ankreuzen soll, geh dorthin, hat sie gesagt, knall ihnen das da auf den Tisch. Sie hätte Judith sogar auf das Amt begleitet, wenn Judith nicht Sorge gehabt hätte, Karo könnte dort tatsächlich Formulare auf den Tisch knallen, und ihre Faust noch dazu.

Und jetzt sind all ihre Anträge und Gutachten in Arbeit, sie ist ein weiteres Mal in die Mahlmaschine der Bürokratie geworfen worden, wird vielleicht auch dieses Mal wieder heil ausgespuckt werden, vielleicht auch nicht, und sie überquert die Kreuzung der Althanstraße, drückt die Türen der Biologie auf, geht die Stiegen hinauf, hört dem hellen Geräusch zu, das ihre Schuhe dabei machen. Oben wartet der lange Korridor auf sie, von einem Ende zum anderen stehen Glaskästen an den Seiten, in denen ausgestopfte Vögel, Wölfe und Rehe den wenigen Vorübergehenden hinterherblicken. Wo sind all die Studierenden, fragt Judith sich. In der Mitte des Korridors hängen die Skelette von Robben an der Decke, vielleicht haben sie Angst vor den toten Tieren?

Judith jedoch bezahlt man dafür, in diesen leeren Gängen ihre Runden zu drehen, Schritt für Schritt. Schritt für Schritt an den ausgestopften Adlern und Rotkehlchen vorbei zum ersten PC-Raum, sich dort in der Online-Zeiterfassung anmelden, sagen: Man ist da, man wird sich ab jetzt kümmern. Nachsehen, ob noch genug Kopierpapier da ist, ob die Druckerpatronen voll sind, wieder die Tasche nehmen, die Türschnalle hinunterdrücken. Sie tritt auf den Gang, geht ihn entlang, an den Rehen und Wölfen vorbei, unter den schwebenden Skeletten von Delfinen und Walen. Schritt für Schritt zum nächsten PC-Raum, den Packen Kopierpapier an ihre Brust gedrückt. Nachsehen, ob genug Papier in den Druckern ist, nachlegen. Weitergehen.

Tante Elena meint, sie sei für den Job überqualifiziert, und Mama sagt, das ist doch nichts, nichts Wirkliches, wenn du mal richtig arbeitest, sagt sie, dann wirst du sehen, was Arbeit bedeutet. Aber wie soll das auch etwas werden, mit deiner Geschichte.

Das Gebäude ist langgestreckt und man muss wissen, welche Tür man nimmt, und welche Treppe, um vom einen zum anderen PC-Raum zu kommen, die Gänge gleichen sich. Es ist Erikas Institut, und auch sie muss diese Gänge auswendig kennen, den Weg von einem Hörsaal zum anderen. Hat auch sie ihren eigenen Schritten zugehört, als sie noch in Wien war, hat auch sie jedes Mal dem Wolf in die Augen gesehen, als sie an ihm vorbeigegangen ist? Hat auch sie sich gedacht: Hier zu sein ist schon deshalb gut, weil ich immer wieder diese Schritte höre, immer wieder das Schaben der Tür, wenn ich sie aufdrücke, immer wieder das satte Klicken, wenn die Tür sich schließt? Immer wieder das Klacken, wenn die Papierlade des Druckers dann doch nachgibt, sich doch öffnet, umso schneller dann? Ein Kreisen, ein Kreisen, ein Einüben von Wegen, dann ein Variieren, wenn du eine andere Tür nimmst, eine andere Treppe. Wieder fällt eine Tür ins Schloss, und es klingelt dabei fast, weil so viele Hebel vibrieren. Wieder öffnet sich eine Tür, und fast klingt es wie ein Schmatzen, wenn die Hebel sich lösen. Wiederkehr, hat Erika geantwortet, als Judith ihr davon geschrieben hat.

Was aber lernt man beim Abgehen der Gänge, immer und immer wieder? »Zwecklos, das Vermieten seiner selbst für ein wenig Geld«, sagt Karo. »Du gibst ihnen deinen beweglichen Körper, du gibst ihnen soundso viele Stunden deiner Zeit. Sie geben dir dafür deine Entlohnung.« Karo sagt: »Man geht zugrunde, wenn man beginnt, seine Lebenszeit für stupide Handreichungen zu vermieten. Man geht zugrunde daran.«

Judith öffnet die Tür zum nächsten PC-Raum, der Geruch der heißen Rechner, das Surren. Immer das Surren. Aber es ist nur ein Raum, sie betritt ihn und sie wird ihn verlassen. Nur Geduld. Sie geht zum Drucker, drückt den Knopf tief hinein, ein Widerstand, dann springt die Lade auf wie eine Feder, mit einem Klacken, dumpf. Hier ist nachzufüllen. Den

Packen Papier hält sie im linken Arm, zum Papierhalten ist er noch gut genug, und sie legt diesen schweren Packen auf den Tisch neben dem Drucker, so hartes Plastik die Tischfläche, wenn sie mit dem Nagel darüberfährt. Das Papier aufreißen, wie durch Schnee brechen, ein Moment. Das Papier aufreißen und das Papier darunter befreien, alle seine Ecken. Und das Papier darin, dabei doch eigentlich so viele einzelne Blätter, ist noch ganz zusammengeklebt. Würde Judith den Packen so, wie er ist, in die Papierlade legen, dann würde der Drucker bestimmt stauen. Also ihre Faust auf den Packen stemmen, ihn leicht über die Kante des Tisches schieben, nach oben biegen, nach unten. Die Blätter lösen sich voneinander, murren dabei: ein Moment. Sie nimmt den Packen dann, kann das schon gut mit einer Hand, muss nur darauf achten, ihn am Kopfende ein wenig zu biegen, damit er ihr nicht zerfällt, und schiebt ihn in die Lade. Ein Schaben. Danach kontrolliert sie noch einmal, wie der Packen liegt, schließt die Lade, ein Widerstand, dann ein Klacken: ein Moment. Der nächste kommt, und wird ihn ablösen. Der nächste Moment, in dem sie dem Drucker und dem Surren der PCs den Rücken kehrt, zur Tür des Raums geht, sie öffnet, ein Schmatzen, wenn sich die Hebel lösen, sie hinter sich wieder schließt, fast ein Klingeln. Das Surren ist fort. Eine Abfolge, keine Melodie? Schritte auf dem glatten Boden. Seine Zeit vermieten. Aber ist es das? Stattdessen, als würde sie Erika endlich verstehen können, die am Grund des Schwimmbads taucht, Zug um Zug, bis ihr die Luft ausgeht, auftaucht, bloß die Hälfte des Sportbeckens hat sie geschafft. Erika blickt zum anderen Ende, noch so fern, die Stirn gerunzelt, schwimmt eine Länge oder zwei, taucht wieder ab, versucht es wieder. Stattdessen, als würde Judith jede Woche zwei Tage lang in jeder ihrer Handlungen genau so etwas versuchen, etwas bestätigen, etwas sagen, oder … aber Komposition funktioniert so nicht. Sagt wer? Bloß die Stimme, die ein Kind geblieben ist. Mit dem Ernst des Lebens hat das jedenfalls nichts zu tun?

Mit dem Ende des Studiums fängt der Ernst des Lebens erst richtig an. Am Ende des Studiums kommen fertige Menschen heraus, die wissen, wie man Notstandshilfe beantragt und wie man Jobs und Wohnungen sucht. Weiß Judith und hat sie sich oft genug gesagt, genau wie:

Das Leben ist ein hungriger Mund und du wirst ihm schmecken. Jeder muss allein ums Leben kämpfen. Der Kampf wird immer härter. Als Frau wird es dir noch schwerer fallen, dich durchzusetzen. Wer braucht schon Musikwissenschaftlerinnen, außer um Kopierpapier nachzufüllen?

Wie lange, glaubst du, wird man dich noch dafür bezahlen, deinen eigenen Schritten nachzuhören?

27.

Der Kontinent reißt an ihnen und deckt sie beständig zu, sie tun so, als wäre das nicht so, legen Hüllen über Hüllen um sich, graben hingegen Schneeschmelze, Rampe und Skidoos wieder aus, und lachen rund um den Tischfußball, lachen gegen die leeren Räume, lachen gegen das Eis an. Auch den Ausflug zur Kaiserpinguinkolonie haben sie schon erledigt, wie es dutzende Überwinterer vor ihnen erledigt haben. Im Winter sind die Vögel noch dazu in ein rosa-rotes Dämmerlicht getunkt mit ihren rosa-roten Bäuchen. »Karies kriegt man von dem Anblick«, hat Milan gesagt und in diesem Sinne gleich darauf für das Abendessen Kakao mit Marshmallows versprochen. Gestank und ohrenbetäubendes Geschrei. Das Schwanken von Fuß zu Fuß beim Gehen, das Ausstrecken der Flügel dabei, das Menschen an Kinder erinnert, die eben gehen lernen: charismatische Megafauna. Dann wird auch gern verschwiegen, dass manche Pinguinarten zur Nekrophilie neigen. Aber natürlich hat auch Erika das Gewirr von Vögeln und Exkrementen süß gefunden, süß bis zum Karies, wenn es denn sein muss. Die endlose Dämmerung macht alles weich und selbst den Leviathan warm, und warum sollte sie sich auch den Pinguinen verschließen, wenn sie ihr Herz den anderen herzigen Antarktisbewohnern, den Walen und Robben, geöffnet hat? Dir will ich nun mein restliches Leben widmen.

Später denkt sie: In Wahrheit aber geht es um etwas anderes. In Wahrheit geht es um das Filtern. Da, der Ruf der Wedellrobbe.

Erika hat sich in ihr Zimmer zurückgezogen, dort aber erst recht wieder zu arbeiten angefangen, sie spielt die Aufnahme etwas zurück, ein Jagdruf, fern zwar, aber sie hat ihn gehört. Da kommt der langgezogene Schrei. Wie Synthesizermusik der Achtziger, hat Judith einmal gemeint. Erika hat genauer hingehört, erst dann genickt. Ein zweiter Ruf, diesmal ganz deutlich: nah. Mehr Rufe folgen, der Lautraum füllt sich mit den jagenden Robben, die sich gerne dort herumtreiben, wo JERA im Meer versenkt worden ist und wo außerdem Fische schwimmen.

Durch einen kleinen, ins Eis gebohrten Gang verläuft die Leine der Abhörstation, bis das Mikrofon in das Wasser taucht, in dem die Robben ihre Beute suchen, rufen und immer wieder rufen, einander finden müssen in der Weite, und ihr Futter. JERA, das Rad der Zeit. Vor zwei Wochen ist sie dort gewesen, das Eis war dünner als bei der Neuberger II, aber alt und deshalb glatt und tiefblau. Wenn man den Kopf an den Boden hielt, aber dazu musste man in einen Liegestütz gehen, um dem Eis möglichst wenig Auflagefläche des eigenen Körpers zu bieten, konnte man die Robben durch all das gefrorene Wasser hindurch noch hören. Pulsierende Schreie. Das Mikrofon der THURISAZ hingegen, das nördlich der Station im Wasser hängt, nimmt selten Robben auf, dafür Wale. Und auch sie rufen, suchen einander, werfen sich gegenseitig Namen und Herkunft zu. Ein Kauderwelsch der Dialekte, und bei den Pottwalen kann man die Kulturen und Clans schon an den Lautgebungen erkennen. Die Pottwale, die jungen Männchen, die in die Polarmeere reisen, dann wieder zurück zu ihren Familien. Und Erika muss nur die Kopfhörer aufsetzen, durch die Daten gehen, Laute mit Spektogrammen vergleichen. Eine Reihe von notwendigen Schritten ausführen, um ein wenig Raum zu finden für: Dort kann dir nichts geschehen. Dort schickst du deine Stimme weit hinaus, und horchst, und horchst.

»Du bist die Wächterin«, hat Judith geschrieben, »du hörst auf *noise* und trennst: THURISAZ.« Judith springt von Metapher zu Metapher, und Erika versucht ihr zu folgen, springt ihr nach.

Und hat Judith nicht recht, ist es nicht das, was sie tut? Trennen, unterscheiden. In Tiere und Motoren einteilen. Zählen, bis alle Laute aussortiert sind. Sie hat Judith zurückgeschrieben: Die guten ins Töpfchen, die schlechten ins Kröpfchen? Und wann darf ich zum Ball?

Das Grollen der Schiffe ist selbst im Polarmeer noch wahrnehmbar, wenn auch vom menschlichen Ohr nicht mehr von anderen Meeresgeräuschen zu unterscheiden. Die fernen Motoren zerfließen hier in den ambienten Geräuschpegel, der alles dämpft. Die weiche, fusselige Wand der marinen Lärmverschmutzung. So viel Raum nehmen wir uns, halten kaum ein paar Minuten unter Wasser aus, und dringen doch überallhin vor. Raum ist Macht. Hier hingegen hat der Leviathan die paar Überwinterer in der Hand: Je tiefer du gehst, desto mehr drängt es auf dich ein. Es widerspricht sich, Erika weiß, es widerspricht sich gar nicht. Sie kann sich in der Weite der Antarktis verloren vorkommen und doch zu denen gehören, die den Kontinent erwärmen, bis er erwacht.

Alles muss langsam gehen hier unten. So langsam geht es dann doch wieder nicht.

Sie nimmt die Kopfhörer ab. Sie sitzt in ihrem Bett, den Laptop auf dem Schoß, den Rücken an die Wand gelehnt. Um sie herum das dekorierte Zimmer, beklebt mit Cécils Bildern von Tauchgängen, von Korallen, Oktopussen, Seesternen, der

Kathedrale, den Eisgebilden tief im Wasser, die den Boden mit dem darüber schwimmenden Meereis verbinden, ein zerbrechlicher Händedruck. Zwischen den Fotos windet sich über ein paar in die Wand eingeschlagene Nägel die blaue Blumenlichterkette. Die Schatten überschneiden sich auf der Wand, ineinander gespießte Dreiecke. Dazwischen fallen die Tücher herab, die Erika damals gekauft hat, bloß um einen weiteren Punkt auf ihrer Packliste abhaken zu können.

Hier unten ist das anders. Hier unten brauchst du solche Dinge. Ja, vielleicht.

Sie sieht zu Judiths Schneekugel, die umgekippt neben ihr auf dem Schreibtisch liegt, der Baum darin reckt seine Äste in die Luft, an denen noch teilweise die weißen Flocken kleben. Eingetrocknet.

Das gefrorene Wasser, so viel Platz nimmt es sich, selbst das Plexiglas konnte es nicht halten. Es muss sich verbogen haben, gedehnt? Jedenfalls war die Schneekugel leck, erkannte Erika noch an dem Abend, an dem sie sie aus der Kiste geholt hatte – eine kleine Lacke bildete sich um sie herum auf dem Schreibtisch, das Wasser wellte bereits die Seiten des Buches, das sie danebengelegt hatte.

Erika drehte und wendete die Schneekugel, bis sie endlich die Stelle fand, an der sich dicke Tropfen aus dem Inneren drückten, anschwollen, dann brachen und den Sockel hinabrannen. Nur an einer Stelle hatte sie sich geöffnet.

Jetzt, wo sie auf der Seite liegt, ist das Leck in der Luft, und die Luft schützt, und nichts rinnt mehr aus. Erika hat den Baum dafür zwar fällen müssen, oder zumindest kippen – aber immerhin ist die Hälfte der Kugel noch mit Wasser gefüllt.

Ist das ihr Zweck? Ihr Zweck ist, dass man sie schütteln und den Flocken beim Fallen zusehen kann. Ist das denn so?

Judith ist nicht überrascht gewesen, als Erika ihr davon geschrieben hat. Wie sollte sie auch? All das passt für Judith doch viel zu gut zusammen, und sie hätten es beide vorhersehen können, wenn auch vielleicht aus unterschiedlichen Gründen. Alles eine Frage des Raums, des Drucks. Vielleicht auch einfach nur ein Witz, der erst jetzt zu Ende erzählt ist.

Karo antwortet immer noch nicht auf E-Mails. Ein Projekt, oder aber sie ist immer noch beleidigt. »Du gehst weg von mir, nur um dann mitten im Eis zwischen drei Nazi-Runen zu sitzen.«

»Nicht alles, was Rune ist, ist auch Nazi«, hatte Erika gemeint, und Karo hatte nur den Kopf geschüttelt und gesagt, dieses Thema nicht aufzuwerfen, hieße, anachronistisch zu denken.

Erika vermisst sie ja auch und will ihr recht geben, in allem. Wenn du nur antwortest. »Schau, meine Worte sind auch ganz stumpf, Karo.«

28.

Die Stewardess flüstert, das ist wichtig. Ihr Flüstern gehört dazu, genau wie die langen Fingernägel, mit denen sie auf das Teepäckchen schlägt. Das Knistern von Chipspackungen, von Krepppapier, das Geräusch, wenn Nägel auf eine hohle Holzkiste tappen, nicht zu schnell. Eisplättchen, die aneinander schlagen, einander berühren und wieder verlassen, klicken und klacken, wenn die Hand durch sie fährt. Erikas Hand, tief im Tigerfellhandschuh versteckt, wie sie über die Eiskristalle streift, die, kaum wehren sie sich, unter ihrer Hand springen, fallen, brechen.

Eine Türe, die sich mit einem satten Klicken schließt. Die Papierlade des Druckers, die aufspringt, der Widerstand überwunden. Schritte auf klebrigen Böden an ausgestopften Tieren vorbei.

Wie viele dieser Videos Judith im Internet findet, wie oft sie angesehen werden, Stunden von Knistern und Flüstern, Streifen über Stoff und Kratzen über Plastik. Millionen von

Usern klicken und klicken, als Antwort das Kribbeln. Die Antwort auf diese eine Geldbörse, die sie als Kind gehabt hat, die sie so gern abgegriffen hat. Mama hat sie daran erinnert: Ganz besessen bist du von dieser Geldbörse gewesen. Außen aus glattem Plastik, bedruckt mit blauen, pinken und grünen Donuts. Man konnte dieses Plastik drücken und kratzen. Das Knistern rann von ihrem Kopf tief in ihren ganzen Körper.

Sie kann sich inzwischen auch an die schweren Vorhänge erinnern, an den dicken Stoff. Ein abgehaktes, prickelndes Geräusch, wenn sie mit den Nägeln darübergekratzt hat. Rau.

Kein nachweislich beruhigender Effekt.

Judith sollte nach einer ernst zu nehmenden Anstellung streben, stattdessen baut sie jeden Dienstag und Mittwoch an einem Gespinst aus Lauten. Stattdessen geht sie zwei Tage die Woche immer dieselben Gänge ab, in kleinen Variationen, öffnet Türen und lässt sie zufallen, biegt Papier in ihren Händen, das murrt. Wiederkehr. Judith macht es wiederkehren, jedes Mal. Die Laute warten in der Stille und Judith geht hin und lockt sie hervor, mit ihren Schritten, wie sie die Klinke hinunterdrückt, wie sie die Tür loslässt. Neue Instrumente?

Es baut sich auf, das Lautgespinst, aus feinen Fäden, in ihren Händen, unter ihren Füßen, wie ein Spiel, wie ein Zaubertrick, es zerfällt wieder, sobald Judith die Biologie verlässt. So flüchtig. Vielleicht hat Erika recht mit dem, wozu das hier alles dient, aber was will Judith beschwören? Was ist es, das sie von der Welt will?

Eine Scherbe, eine Muschel, ein Messer ist es nicht. Warme Federn, sie kitzeln. Aber die Laute warten auf nichts. Kein Ton fürchtet den nächsten.

Judith tut nicht, wie sie es soll. Judith sollte anfangen, ihr Leben aufzubauen, stattdessen nimmt sie ihr Erspartes und kauft sich Mikrofone und Lautsprecher, um ihr Zimmer mit dem Klopfen von Fingern auf eine Melone zu füllen. Stattdessen nimmt sie ihr Erspartes und macht nun endlich etwas aus ihrem gefluteten Zimmer, wie Tante Elena es sich gewünscht hat, wenn auch aus anderen Gründen. Jeden Tag braucht sie die Bandage weniger lang, trifft sich mit Karo und greift nicht mehr nach ihrer Hand, schreibt Erika einhändig Mail nach Mail, über Wiederkehr und Zaubersprüche, Erika antwortet mit dem Foto der umgekippten Schneekugel, mit Videos vom Eis. Erika schreibt dazu: »Ein Zauber vielleicht im Sinne von Wiederholung einer bestimmten Bewegung, Einhaltung bestimmter Regeln, darin Erschaffung eines Raums, der anders ist: Was ich tue, ist gleichzeitig das, was ich erreichen will.« Judith hüllt ihre Wohnung ein, schlägt einhändig Nägel in die Wand, an die sie Tücher hängt, dämpfen, dämpfen. Dann aber ist es vielleicht gut.

29.

Heute keine Polarlichter angesagt. In den letzten Tagen sind die grünen Schleier immer wieder über den Himmel gehuscht, haben anderes verdeckt, aber heute nur der Sternenhimmel, ohne jeden Schleier. Viel zu viel. Erika blickt hinauf, nachdem sie die Tür der THURISAZ hinter sich geschlossen hat, blickt in dieses Übermaß an Sternen und überlegt, ihre Stirnlampe einzuschalten. Nicht um den Weg zurück zu finden, denn das Licht reicht aus dafür. Nein, nur um sich vor diesem Anblick zu schützen, vor diesem Gedränge.

Du wendest dich ab, du bist in der Antarktis, du bist dort und wirst es doch verpassen. Aber dann, immer wieder, der Schlag in die Magengrube wie eben jetzt, als sie hochblickt und alles in Wahrheit wie auf sie niederfällt. Auf einmal ist sie hier, wirklich hier, und spürt, wo sie ist, spürt den Leviathan unter sich, und dass es in alle Richtungen einfach weitergeht und weiter, und blickt in den Himmel über sich, und er ist zu groß, zu groß! Es ist eigentlich unerträglich, wirklich hier zu sein, in aller Schärfe.

Du könntest die Stirnlampe einschalten.

Sie schaltet die Stirnlampe nicht ein, schiebt stattdessen den Schal noch höher, um den Schlitz zwischen Haube und Schal möglichst zu verkleinern. Schichten über Schichten und alles, was herausschaut, dick mit Melkfett eincremen. Dicht an dicht stehen die Sterne, als würden sie sich die Rücken wärmen aneinander, aber das tun sie nicht. So stellen wir uns das nur vor, wir dummen Kinder. Manchmal bräuchte sie eine Pause, aber der Leviathan hört einfach nicht auf, in keine Richtung.

Mich wirst du nicht verschlingen. Etwas schwindlig ist ihr, etwas schlecht.

Dann schließt sie die Augen, greift nach dem Geländer.

Genug.

Sie ist für heute fertig mit der Wartung der Station, und fertig mit ihrem Glockenspiel. Nirgends wachsen die Eiskristalle so hoch wie im Inneren der THURISAZ, wo sie ungewärmt und vom Wind geschützt sind. Nirgends klingt es so sehr wie feine Glocken aus Glas, wenn sie darüberstreicht. Rieseln auf der Haut, in mit Achtsamkeit auszuführende Schritte gehüllt ist dieser Raum:

Sie hat das Klingeln für Judith aufgenommen, wird es heimschicken mit dem nächsten Mail, als Antwort auf die Videos, die Judith ihr jetzt manchmal schickt. ASMR, nach Trent Reznor, John Cage, Bernie Krause jetzt Autonomous Sensory Meridian Response: Klicken und Klacken. Videos, in denen eine Stewardess vorsichtig und mit langen Nägeln Teepäckchen berührt, dabei mit leiser Stimme erklärt, um welche Sorte es sich handelt, um welchen Geschmack. Ein Geschenk wird von seiner knisternden Verpackung befreit. Eine Frau greift auf einer Chipspackung herum, flüstert dabei von ihrem Tag am See. Die Belohnung: ein Kribbeln auf der Kopfhaut, ein Rieseln, das manche spüren, und manche nicht. Entspannung. Wieder verlegt sich Judith auf ein wissenschaftlich zwielichtiges Gebiet, weil sie immerzu dem Ohr folgt und nie den Zitaten.

Das Schlagen der Eisplättchen aneinander, wenn Cécils Hand durch sie fährt. So vorsichtig, als hätten sie sich kaum berührt. Wie sich die Eisplättchen ineinander und übereinander verschieben. Das ist Erikas erste Antwort auf Judiths Teepäckchen-Video gewesen.

Sie öffnet die Augen, steigt die Stufen hinunter auf das Eis. Laufleinen führen sie zurück zur Station, schwielige Metallstäbe, Ketten dazwischen gespannt. Leinen von einer einsamen Kiste in der weiten Ebene zur anderen einsamen Kiste in der weiten Ebene, damit die Forscher nicht verlorengehen zwischen Sternenhimmel und Weiß.

Sie geht los, und ihr eigenes Knirschen und Knarren, Klingeln und Klirren ist laut in dieser Nacht, die windstill ist. Sie atmet Dampf, das Eis hat sich längst an ihren Augenbrauen festgesetzt. Auf halbem Weg zur Station bleibt sie jedoch stehen. Ihr ist kalt, selbst mit den zwei Handschuhen und dem Tempex und all den Hüllen ist ihr noch so kalt. Vorne schon die dunklen Kisten der Treppentürme, immer das erste, was man von der Station sieht, aber sie bleibt stehen und horcht, weil sie weiß, jetzt kann man es hören.

Da, Schritte. Zuerst links von ihr, dann rechts. Zuerst fern, dann ganz nah. Als würde jemand auf dem Eis gehen, von einem Ort zum nächsten hüpfen, mit Leichtigkeit, meilenweit. Aber es geht niemand auf dem Eis, auf der Ebene ist sie ganz allein. Weit und breit keine Seele hier. Das Eis reißt. Sie weiß, es ist bloß das Eis, das reißt. Es regt sich. Wenn keiner geht, ist es wie einer, der da draußen geht, in der Nacht.

30.

Die Gischt brandet gegen den Staudamm, schlägt Judith gegen den Staudamm wie einen Lappen, einmal, zweimal, füllt den See mit ihrem Brodeln. So viel Kraft, und die Schlangen und Aale drängen sich an den Wänden, und die

Hand geschlossen. Weiche Federn, es kitzelt. Ein Messer ist es nicht. *Noix,* die *Nuss* hat sich geöffnet, ist aufgebrochen, und immer mehr Lärm bricht aus ihr heraus, in einem Übermaß. Das Tosen peitscht gegen die Mauer. Mit Karos Fingern, Lichtklingen, schneidet Judith in die Staumauer, um nicht an ihr erdrückt zu werden, tief: bestimmt ein Plagiat.

Alles, was du vergräbst, gräbt sich wieder aus. Wie eine Klinge hat der Fluss in das Tal geschnitten, jetzt schneidet er durch Beton. Nur Geduld. Der *barrage* ächzt, dann ein dumpfes Grollen, als sich die ersten Nieten lösen, als die Lichtfinger immer tiefer stechen in den Zement, sich gegen die Schale drücken, drücken, drücken, es muss die Schale sprengen. Die Schale muss brechen, weil sie immer bricht unter Karos Lichtklingen, durch jedes Milchglas, jede Schale schneidet sie, bricht sie auf, mit einem Donnern, die Kartonfaltung öffnet sich, die Kiste hält nicht mehr, brodelt die Gischt hinaus, fällt.

Sie fällt auf das Dorf hinter der Mauer, bricht an der Kirchturmspitze, zerschlägt sich in die Gassen und Wege, die Häuser und die Kirche, drückt Scheiben ein, und legt sich auf die Gärten. Sie zerfließt in die Wälder und Bergfalten.

Hinab, hinab will der Fluss: eine Klinge. Und die Hand noch geschlossen, sie kann es spüren. Die Muschel. Die Scherbe, weich die Federn. Keine Angst: Ich kann euch halten.

Einatmen, am Wasser ziehen, von den Bergen zu sich ziehen. Ausatmen, sich darin biegen, und sie hebt sich vom Boden, schwingt, hoch und nieder biegt sie sich neben *noyer.* Das ist die Wegscheide, einatmen und das Wasser zu sich ziehen, bis es weiß wird und wütend, Gischt wird und Tosen, bis sie schmal wird und lang, ausatmen, und hinab, hinab, zu einer Klinge, die sich biegt, die schwingt vom eigenen Rauschen, immer schon fort, weil es sie weiter drängt, weiter, weiter ins Tal. Peitscht. Zu viel Kraft, der Fluss, er reißt sie mit, reißt sie fort, wohin? Hinunter, hinunter! Sie wird aufgerieben werden zwischen den Steinen! Nur halten, nur die

Hand nicht öffnen. Einatmen, ausatmen, du wirst dich ins Meer ergießen, du wirst ankommen. Du wirst die Steine wie eine Decke über dich ziehen. Es kitzelt an deiner Handinnenfläche. Nur Geduld.

31.

Sie wacht auf, richtet sich auf, schiebt es weg, mit dem Arm, sie schiebt es weg. Mit einer weiten Bewegung drückt sie es von sich, trifft dabei die Wand. Wieso ist diese Wand da, die sollte da nicht sein, Erika schiebt die Decke von sich, setzt sich an den Bettrand, legt die Hände auf die Augen.

Soll sie das Licht anmachen? Aber sie möchte sich nicht blenden. Nur immer wieder dieses plötzliche Gefühl in der Nacht, als drücke etwas auf sie, das ihr schaden möchte, sie muss es wegschieben, weg. Es drückt so schwer auf sie, so schwer.

Sie ist tief unten im Wasser gewesen, in diesem halben Traum, der sie treiben hat lassen, immer muss ich singen, euch amüsieren. Ihr ungeduldiges Publikum. Nicht die Luft anhalten! Nicht verstummen.

Das ist nur, weil du heute in den Gängen unterhalb der Container warst, denkt Erika, in denen man einmal gehen konnte und heute nur noch kriechen. Der Schnee drückt, drückt. Er drückt die Decken ein.

Sie legt sich wieder hin, atmet ein, atmet aus. Ein steter Strom an Luftbläschen soll deinen Mund verlassen, es perlt, es kann dir nichts geschehen. Immer muss ich euch schmeicheln, euch becircen.

Warum diese Enge? Immer diese Enge hier unten, immer der Schnee, der von allen Seiten drückt. Warum diese Weite? Immer diese Weite da draußen, die Ebene, die sich nach allen Seiten ausbreitet, in der man verloren geht ohne Leine. Es ist, als falte man sich auf, bis man zum Zerreißen dünn ist, und fliege nach allen Seiten davon. Und alles bewegt sich um sie, langsam, aber es bewegt sich, streckt sich gegen Norden, und das Eis reißt in diesem Strecken, es reißt und reißt. Erika hört gemeinsam mit Monika den Aufnahmen zu, des drückenden Eises und des reißenden Eises, des brechenden und des kalbenden Eises, alles, was ISA schickt, ISA, die an der wichtigen Störlinie liegt, horcht, aufnimmt, horcht. Das hier ist das Ziehen des Gletschers, das hier ein Eisberg, der sich regt. Alles regt sich, langsam, aber so langsam auch wieder nicht, und sie, sie werden mitgezogen, gegen Norden.

Sie weint, warum das jetzt wieder? Bloß weil das gefrorene Wasser Judiths Schneekugel dann doch gesprengt hat, zumindest ein bisschen? Bloß weil sie mit Monika dem Eis zugehört hat, bloß weil sie mit Monika darüber gesprochen hat, was die Geräusche bedeuten, aber der Pessimismus verbreitet sich unter Naturwissenschaftlern wie Schnupfen. Wir sind es nicht gewohnt, den Leviathan als etwas wahrzunehmen, das sich in irgendeiner Form bewegt. Aber statisch ist er nicht mehr, weiß Erika, weiß jeder hier, und wenn man ihn personifiziert, so kann man trotzdem nicht mit ihm verhandeln. »He is broadcasting change to the world.« Beim Sonntagsfrühstück wird inzwischen über marine Todeszonen und Plastikstrudel gesprochen. Immer, immer sprechen sie darüber, immer kreisen sie um diese Themen, und wenn sie sich auf sonst nichts einigen können, nicht darauf, wo Liubovs Kaffeetassen stehen sollen oder was für einen Film sie ansehen wollen, auf das einigen sie sich schon!

Hüllen um Hüllen, aber es ist trotzdem da, drückt dir die Luft ab. Sie sieht es nicht ein.

Erika weint, sie weiß, dass sie sich um dieses Problem jetzt kümmern muss. Sie kann nicht die halbe Nacht herumliegen und heulen, sie muss morgen tippen, horchen, schaufeln. Es ist doch bloß eine Sardinenbüchse. Sie weiß genau, worauf sie sich eingelassen hat, und Cécil ist diesmal nicht da, um seinen Körper um sie zu falten.

Andere schaffen das doch auch. Es ist noch nicht einmal Halbzeit, und sie friert nicht, eine echte Panikattacke kann das also gar nicht sein. Du willst dich nur wichtigmachen. Reiß dich zusammen, du hast noch nicht einmal die Hälfte geschafft.

Oder glaubst du, es kommt dich jemand holen?

Immer muss ich euch amüsieren, um noch ein wenig länger geduldet zu werden, nur noch ein wenig länger. Nicht verstummen. Was ich verdrängt habe, drückt jetzt auf mich ein.

Sie lacht, legt sich die Hand auf die Stirn, was zum Teufel soll sie tun? Mitten in der Nacht lässt sich nichts so leicht wegatmen, was also soll sie tun?

Es war ein Fehler, sie hier hinunterzuschicken. Sie ist nur eine Last, sie wird hier doch vom ersten Wind verweht. Sie schafft es nicht einmal bis zur Halbzeit, sie heult sich in den Schlaf, weil sie es nun doch nicht mehr erträgt, wenn die Wolken sich herabsenken und sich jeder Kontrast verliert, wenn die Farben verblassen und selbst das Orange der Tempex verwaschen wirkt. Die Wolken senken sich herab, und die Welt geht fort, mit einem Schritt. Und du stehst, wo? Sie weiß es nicht. Es bleibt nur, den anderen nachzugehen, auf das GPS sehen. Die Enge, die Weite.

Also atme aus. Lass die Luftbläschen perlen. Singe, verstumme nicht. Hör zu. Ist es still oder schlägt es in der Halle? Schlagen noch die Matten auf den Boden, oder haben sie die Matten schon aufgelegt und es schlagen die Menschen auf die Matten? Horch, es klingt anders.

Du stehst in der Umkleide und horch, es sind noch die Matten. Du kannst deinen Hakama in Ruhe binden, du hast Zeit. Hast du alle Hüllen um dich gelegt? Sport-BH, Hose, T-Shirt, Gi, Gürtel, Hakama, du kannst jetzt in deine Sandalen schlüpfen. Nimm deinen Rucksack, nimm deine Waffen, nimmt deine Kleidung in der Garderobe auch nicht zu viel Raum ein? Nein? Gut, dann dreh dich um, geh durch die Garderobe zur Halle, in der die anderen beinahe fertig sind mit dem Auflegen der Matten.

Sie dreht sich auf die Seite, lässt das Bett los. Die Weite, die Enge. Die Schritte da draußen auf dem Eis, die keine sind. Aber trotzdem, schau hin: Die Matten sind bereits aufgelegt, jetzt kann sie den Rucksack ablegen und die Waffen. Sie achtet darauf, dass der Waffensack geöffnet ist, dass Stock, Holzschwert und Holzdolch sichtbar in der Öffnung des Waffensacks liegen, dass die Klingen richtig ausgerichtet sind. Die Enge, die Weite.

Sie schließt die Augen. Zur Matte gehen, sich umdrehen, aus den Schuhen schlüpfen, sich wieder zur Matte drehen. Sie verbeugt sich. Schau, die anderen sitzen schon in einer Reihe. Sie kniet sich neben die anderen, faltet die Hände im Schoß. Den Rücken gerade halten. Auf einen Punkt am Boden zwei Mattenlängen vor dir blicken, den Blick ruhen lassen. Auf den Atem achten. Den Alltag fallen lassen, um ganz anwesend zu sein. Juri betritt schon den Raum. Wer weiß, wie lange er sie heute sitzen lässt.

Atmen, sich zusammenrollen. Weiter denken, weiter an Würfe, an das Fallen, Aufstehen, Wiederkommen. Ja sagen. Vielleicht diesmal. Vielleicht. An Menschen, die sich beim Fallen wie Fächer öffnen. Die Beine, die wie Fächer zusammenschlagen. Und dazwischen überlegt sie und findet keine Antwort, warum ausgerechnet das sie beruhigen kann, wenn sie sich doch immer vor jedem Training gefürchtet hat. Sie könnte sich die Schulter, den Ellbogen, das Genick brechen, heute, jetzt, gleich. Aber heute ist es anders. Ich kann nicht anders weiterkommen oder am selben Fleck bleiben als über die Wiederkehr. Warum dann aber nicht an ihre Arbeit denken? Wenn es schon um Routine geht. Aber sie denkt das Training trotzdem weiter durch, stur Technik nach Technik, das Verbeugen vor dem Partner. Das Schlagen der Menschen auf die Matten, wie Fächer, wie Fächer. Die von Matten vollständig bedeckte Fläche. Die von Matten vollständig bedeckte

Fläche. Sie hat es Judith geschrieben, sie weiß: Das, was ich tue, ist gleichzeitig das, was ich erreichen will. Ein Zauberspruch gegen die Weite: das Schnappen, als ihr Arm auf die Matte schlägt. In genau diesem Moment ist es gut. Die von Matten vollständig bedeckte Fläche.

32.

Erika hat sich dann wieder auf den Rücken gedreht, auf der Wiese des Campus, hat noch gesagt: »Und deshalb solltest du zumindest dieses Kapitel lesen, zumindest die Weihe, lass den Rest von mir aus sein«, und Karo wiegte den Kopf, das Kratzen aber schnitt durch Karos Kopfwiegen.

»Judith?«, fragte Erika.

So trocken dieser Tag, das Kitzeln in der geschlossenen Hand, die *mouettes* flackerten über den Himmel. *Möwen.* Erika vor ihr auf der Picknickdecke, auf der sie vollständig Platz fand, mit ihrer Geschichte über ein Schiffswrack in der Flaute, das auch Platz fand, mitsamt dem Meer, das Erika umspülte, in Judiths Rücken das Schaben, langsam und wiederkehrend, immer kann man noch etwas finden, was sich festsetzt, was sich an den Grund klammert. Ich will nicht gehen.

»Judith, ich habe dich gefragt, ob du Joseph Conrad kennst.«

Judith schüttelte den Kopf, Erika richtete sich auf. »Geht es dir gut?« Aber sie sah schon weg von Judith, ihr Blick glitt zu etwas hinter ihr. Zu den Netzen? Unmöglich, die gehörten nicht zu den sichtbaren Stellen. »Sollen wir woandershin gehen?«

Hatte Judith sich verraten? Sie merkte, dass sie zurückgelehnt saß, den Kopf leicht nach hinten gelehnt – horch doch, horch! Wie willst du sonst wissen, ob die Netze näher kommen? Rechtzeitig flüchten.

Das Schaben klang fast hohl, als wäre der Untergrund schon glatt, vollständig ausgehöhlt. Es war nah. Erika nickte dorthin, an diesen Ort, der Judith im Rücken saß. Wieso? »Ist sie es, die dich stört?«

Judith drehte sich um. Sie erkannte es nicht sofort, schämte sich dann umso mehr. Nur eine Studentin auf der Wiese, auf einer Picknickdecke wie sie. Ein Buch lag neben ihr im Gras, die Seiten verbogen, eines lag auf ihrem Schoß, und sie hielt einen Joghurtbecher in der Hand, aus dem sie die letzten Reste kratzte. Sie drückte ihn ein, so fest hielt sie ihn. Das Schaben war das Schaben ihres Löffels.

Zuerst die *Elefanten*, und jetzt das. Judith hatte Erika dann doch erzählt, von diesem Nachmittag im Zoo, um zu sagen: Matthias' rutschende Schritte, die Großkatzen und die *éléphants*, damals hat sie schon gewusst: Sie hat das Wasser nie wirklich verlassen.

»Was genau, sagst du, hast du gehört?«

»Gehört habe ich gar nichts – nur gespürt, bei den Elefantenkäfigen. Das Wasser, ich war im Wasser. Es hat sich gegen mich gedrückt.«

Schritt für Schritt zu unlogischen Schlüssen, die vor Erika keinen Bestand haben konnten. Sie war die Wächterin, sie trennte wahr von falsch, sie trennte Geschichten, die dichthielten, von solchen, die leck waren. Sie hatte gesagt: »Infraschall. Elefanten verwenden zur Kommunikation Infraschall, den hört man nicht, den spürt man kaum, vielleicht gerade noch als Vibrieren von Gitterstäben, das könntest du gespürt haben.« Sehr wohl also etwas, das von außen kommt und nicht aus dir selbst: Aufteilung der Verantwortungsbereiche, für das Schwingen der Gitterstäbe kann nicht allein der Kopf der Zoobesucherin verantwortlich gemacht werden. »Du wirst da nur etwas verwechselt haben.«

Immer verwechselte sie alles, selbst die Wand war tatsächlich nass gewesen. Zu viel war sichtbar in dieser Welt.

»Ich sollte gehen.«

Sie stand auf, auch Erika und Karo kamen auf die Beine, sie sammelten gemeinsam die Kekspackungen und das leere Stängelgewirr der Weintrauben ein, Erika blickte dabei immer wieder zu ihr, Kontrolle? Du siehst mich zu gut in letzter Zeit, siehst alle Risse, die Tropfen, die aus ihnen treten. Erika hatte ihr im Gegenzug zur Zoogeschichte eine Geschichte über einen Lieferwagen und Möwen erzählt: Sieh, auch meine Wurzeln gehen nicht so tief, wie du denkst. Auch ich kann rutschen, auf dem Eis oder den Worten. Judith faltete die Picknickdecke, versuchte, auf deren Knistern beim Knicken zu hören, merkte dann, dass das Schaben ohnehin aufgehört hatte, drehte sich noch einmal um. Die Studentin hatte den Joghurtbecher neben sich auf der Wiese abgestellt.

Als sie an der Studentin vorbei zurück zu den Wegen gingen, die sich durch die Grünflächen zogen, stieg Erika auf den Joghurtbecher wie aus Versehen. Er knickte und krachte unter ihrem Tritt. Es war nur ein Moment, aber Judith konnte das Plastik reißen hören.

Erika ist der Wächter am Rand. Erika trennt.

Das Plastik riss, und Judith spürte ein Kribbeln auf den Armen, ihren Scheitel entlang.

»He!«, schrie ihnen die Studentin hinterher, aber sie waren schon weiter.

»Nein, recht geschieht ihr«, meinte Karo, blickte über die Schulter noch einmal zurück. »Hat Derrida auf der Erde und ›Sophies Welt‹ im Schoß. Habt ihr das gesehen?«

33.

Mittwinterfest.

Noch nicht einmal Halbzeit, aber trotzdem feiern sie die Hälfte, die Hälfte ist nicht geschafft und doch: Ab heute dreht es sich. Richtungswechsel.

Heute ist die Sonne von ihnen am weitesten entfernt, ab heute kommt sie wieder näher. In ein paar Wochen wird sie, wenn es die Wolken und das Wetter so wollen, wieder über dem Horizont zu sehen sein. Vermutlich werden sie es nicht wollen, August ist Schlechtwetterzeit, sagt Liubov und hat damit wohl recht. Sie ist die Meteorologin, sie kündigt jeden Wetterumschwung an, bestimmt, wann der Moment für eine Expedition günstig ist und wann nicht, lässt im Raucherzimmer ihre Nagelfeile und im Kraftraum ihr Handtuch liegen. Sie geht jeden Tag hinaus, richtet den Wetterballon her mit nur einer Schicht Handschuhe, und Erika weiß inzwischen, wie sehr das schmerzt, sie weiß es gut genug. Liubov lacht, wenn es ihr gelingt, den Wetterballon aufsteigen zu lassen, wenn er nicht vom Wind gegen den Container geschlagen wird, sich nicht dort verhängt. Liubov zieht Statistiken hervor und sagt: »Der August wird spannend.«

Aber heute noch Juli, heute klarer Himmel angesagt.

Mittwinterfest, das bedeutet, die bemalten Schilder, die sie in den letzten Wochen in der Werkstatt gebastelt haben, am Wegweiser anzubringen. In dem kleinen Haus in der großen Röhre der Fahrzeughalle, vor dem tropischen Wasserfall, der sich immer wieder von der Wand ablöst, zwischen Säge und Schraubstock, haben sie Holz bepinselt, ihren Heimatort daraufgeschrieben und die Entfernung in Kilometern. Jeder hat einen Heimatort, Erika hat Wien, und sie malt daneben das Wiener Wappen, das rot-weiße Muster, und denkt: Wieso muss man eigentlich in einem internationalen Team auf einem Kontinent, der zumindest theoretisch niemandem gehört, dann doch wieder Farbe bekennen? Gerade hier das Kochen lokaler Speisen, jeden Sonntag eine andere Region, die zukunftspessimistische Wissenschaftler in den Süden schickt.

Das größte Fest der Antarktis, das von all ihren Bewohnern jedes Jahr pünktlich begangen wird, bedeutet, wieder einmal digitale Essenseinladungen an die Stationen anderer Nationen zu versenden, Einladungen, die auch zu Mittwinter niemand annehmen kann und die doch ausgesprochen werden müssen, weil die Tradition es so will. Es müssen die Menükarten verschickt werden, es müssen Fotos vor der Webcam gemacht werden, #mittwinterfest, #neubergerII.

Sie ziehen Hüllen über ihre Körper, setzen die Stirnlampen auf, um dann die Schilder auf dem Wegweiser anzubringen, der verloren im Dunkel zwischen den paar verstreuten Containern im Eis steckt und schon zu viele Schilder auf sich genommen hat – dieses Jahr mussten sie ihn verlängern, um überhaupt noch Platz zu finden.

Unter dem Sternenhimmel, zu dem sie nicht mehr blicken will, die Stirnlampe zwischen sich und diesem Himmel, reicht sie Hermann ihr Schild hoch, das ganz oben angebracht werden soll, bis andere Üwis ihre Schilder noch weiter oben annageln werden, und sie denkt, sie sollte der Neuberger II ihre Traditionen nicht übelnehmen, gerade sie nicht. Sie sucht nach Sicherheit und findet die Regeln einer Trainingseinheit, Rituale, die jedes Mal von Neuem wiederholt werden, als wäre es das erste Mal, oder als würde sonst alles zerstäuben, in der Drift. Ein Zauberspruch, der wie Judiths Wege durch das Institut der Biologie nur wirkt, indem man ihn immer und immer wieder nachspricht, a spell to ward off what?

Endlich hat sie sich den Film angesehen, den Zauberspruch gegen die Dunkelheit, den Judith ihr als eine Art Antwort mitgegeben hat, gemeinsam mit den anderen Üwis an einem der Filmabende, und Monika ist dabei eingeschlafen. Erika hat sie verstanden, auch sie ist im Sofa schwer geworden, und als der Lärm des Metal-Konzerts am Ende des Films gemeinsam mit den Geräuschen des Lokals ihre kleine Forschungsstation gefüllt hat, Stimmen, das Klirren der Gläser, kam sie zum Schluss: Solange sie spielen, kann dir nichts geschehen. Als zögen die Musik und die Schreie der Sänger einen Bannkreis um jeden, der sie hört. Wie aber kann das sein? Was genau können sie vertreiben? Erika hat Judith geschrieben: Was ich tue, ist genau das, was ich erreichen will.

Ein Schlagen auf Matten, ein Klingeln von Türen, Lärmen und Schreien. Aber wenn Judith Erika bitten würde, zu erklären – was heißt das jetzt genau? Ich weiß nicht, ich weiß nicht, macht es denn einen Unterschied? Es hilft, für die Zeit der Trainingseinheit, des Films ist es gut. Kann es gut bleiben. Auch Erika hat nach dem Film jedenfalls wieder durchschlafen können. Kein nachweislich beruhigender Effekt, und doch.

Heute aber muss ein Gruppenbild gemacht werden: neun Zwerge in der Schwärze. Und es werden beim Abendessen die Weinflaschen geöffnet, die nur für diesen Anlass gespendet wurden, wie jedes Jahr, jedes Jahr der Ablauf wie im vorherigen Jahr und wie im kommenden Jahr, und vielleicht auch all das nur ein Zauberspruch, aber eben, gegen was?

Sie essen Braten und das letzte frische Gemüse, trinken den Mittwinterwein, Monika sitzt neben ihr und will unbedingt über »King Kong Theorie« diskutieren, will wissen, was genau Virginie Despentes eigentlich gegen die Institution der Ehe hat. Sie sehe den Vergleich mit der Prostitution nicht ein.

Peter lacht und meint, auf diese Diskussion lasse er sich lieber nicht ein, Leander lacht und es klingt nervös. Erika weiß, wenn sie jetzt das Falsche sagt, wird sie einen Stempel aufgedrückt bekommen, der bleibt. Wie schnell sich die anderen von diesem Gespräch entfernen, stattdessen den Faden der Veränderung in den antarktischen Krillbeständen wiederaufnehmen, der beim Frühstück gesponnen wurde. Eine Studie, die auf der FS Polarstern durchgeführt und eben auf der Website des Johann-Werner-Instituts veröffentlicht worden ist. Erika aber weiß, sie muss Monika trotzdem antworten und dabei vorsichtig sein: sagen, dass auch sie nicht mit allem einverstanden ist. Beschwichtigen. Die Gruppe redet längst über ein anderes Thema, aber Erika weiß, Monika hört ihr zu.

»Despentes ist ganz schön provokant«, sagt sie. »Ich habe auch viel mit ihr gestritten.«

Schau, ich nehme deine Kritik auf, drehe mich mit dir.

»In manchem stimme ich mit ihr auch nicht überein. Was sie sagt, ist teilweise schon recht überholt.«

Gemeinsam sehen wir in dieselbe Richtung.

»Aber manches trifft sie schon recht gut.«

Während Liubov zwischen die sinkenden Krillbestände ihre Spurenstoffe wirft, driftet Erika ab, versucht zu erklären, was ihr damals an dem Buch wichtig war, was Despentes mit Aggression als unerlaubter Emotion meine, warum gerade Frauen sich oft erst gar nicht gegen körperliche Gewalt wehren, redet vom Raufen in Schulen, warum das nur Burschen machen, davon, wieviel Platz Bubenspiele wie Fußball sich nehmen, und wieviel Platz Mädchenspiele wie Seilspringen. Nichts davon ist neu, Erika holt es aus den Erinnerungen an verstaubte Lektüren hervor, die sie selbst zu spät gelesen hat, selbst dann nur dank Karo: Ich öffne dir die Türen zu einer Sprache, Erika, die du bisher zu taub warst zu hören. Ich gebe dir Instrumente in die Hand, um die Welt neu zu vermessen. Du aber schaust mich nicht einmal an im Gegenzug, hörst mir nicht zu, wenn ich sage: Du lässt mich zurück, um dich hinter Kopfhörern und Daten zu verkriechen. Du sagst stattdessen: Das ist eben Karo. Sie ist eben so. Ein Näherkommen ließe sie ohnehin nicht zu.

Feigling.

Und währenddessen redet sie weiter, zieht dann noch Judith Butler aus der Tasche, die in überschlagenen oder weit geöffneten Beinen in der U-Bahn, Erikas Lieblingsbeispiel, eben auch nichts anderes sieht als ein sich ständig wiederholendes Ritual, das die Geschlechter aus der Drift in die Realität beschwören soll: a spell to ward off what? Burschen sind eben wild, müssen sich austoben. Mädchen hingegen.

Erika stockt hier. Sie blickt zu Peter, der sich weit zurücklehnt in seinem Sessel, während er Milan zuhört, der breitbeinig vor dem Tisch steht, die Arme vor der Brust verschränkt. Peter lächelt nur ein wenig, und sie denkt an das eine Foto, das ihr Assistent Leon einmal von ihr gemacht hat, in dem Zodiac. Erika mit der Horchboje in den Armen, und es wirkt noch besser, da es aussieht, als ob sie sie kaum halten könnte. And who says girls don't like gadgets. #girlswithtoys. Einfache Regeln, Erika bestätigt sie, indem sie die Ausnahme ist? Sicherheit.

»Hast du deshalb mit dem Kampfsport angefangen?«

Sie blickt zurück zu Monika, den anderen herumwirbeln, ein paar Autoren, ein paar Theorien. Schwindlig kann einem werden davon, dabei ist alles ganz schnell nachzulesen. Was weiß Erika schon? Karo müsste hier sein, sie ist die Expertin. Karo kennt alle Begriffe und setzt sie richtig ein. Aber Karo spielt ja lieber beleidigt, monatelang. Lässt Erika sich ganz allein in eine Ecke denken. Lässt zu, dass Erika denkt: Das ist eben so. Und Monikas Frage:

»Ach nein«, sagt Erika, obwohl das so nicht ganz stimmt. »Selbst nach zehn Jahren würde ich bei einem echten Angriff wahrscheinlich erstarren, im besten Falle schreien.«

»Deshalb hast du also gemeint, weglaufen und schreien sei immer die beste Strategie?«

Erika lacht, alles eng. Monika nimmt Erikas Worte wieder auf, die sie vor Monaten beim ersten Zusammentreffen der Üwis hat fallen lassen, wirft sie ihr zurück. Wenn du etwas sagst, können die anderen es sich merken. Jahrelang.

»Nein. Diese Aussage stimmt ganz generell. Kampf ist eine Frage des Abstands. Bring genug Abstand zwischen dich und den anderen, und der Kampf findet einfach nicht statt.«

Wenn Erika einfach still bliebe. Die anderen reden ließe. Etwas sagen heißt, sich verurteilbar machen. Wenn aber die Welt nur einen Schritt zurückgehen könnte. Ihr diesen Raum lassen. Was ihr die Brust eng macht, weiß sie, ist immer nur um die Ecke. Was ihr die Brust eng macht, ist doch das, was sie sucht – warum sonst ist sie hier? Sie hat sich gesehnt nach der Sardinenbüchse. Sie macht sich etwas vor, wie immer.

Mädchen hingegen sind vernünftig – aber sie weiß, wenn sie sagt, gehen wir tiefer, Cécil, wird er es tun. Und sie will sagen: Ja. Ich setze mich ins Eis, ich horche auf sein Drücken. Wenn ich die Kopfhörer aufsetze, verstehe ich umso mehr:

Liubov kommt jetzt auf die Einlagerungen der Spurenstoffe im Schnee zu sprechen, und hier wechselt Monika das Gespräch, hier mischt sie sich ein. Das ist ihr Gebiet, die kleinen Ärmchen der Frostblumen gehören auf dieser Station Monika und sonst keinem. So viel halten sie gefangen, ihre verzweigten, klirrenden Ästchen, und so viel halten sie gefangen, die Eisplättchen unter den Schollen, und dann redet Monika schon von Köhler und den Eisbewegungen, welche Tendenzen sie mit Erika gemeinsam beobachtet oder besser gesagt hört. »He is broadcasting change to the world.«

Das Ziehen und Stöhnen, wenn die gepackten Massen aneinandergeraten, zusammenstoßen, auseinanderreißen. An manchen Orten schichtet der Druck das Eis zu wirren Labyrinthen auf unter einem Himmel, über den fast flackernd die Wolken jagen.

Später breitet Erika noch ihre Wale und Robben vor den anderen aus, die auf dem Esstisch der Messe kaum Platz finden und doch zahlenmäßig zurückgehen, daran besteht kaum mehr Zweifel. Vor ihrem Vortrag über ambienten Lärm und seine Konsequenzen in den Ozeanen zuckt niemand so sehr zurück wie vor ihren Despentes-Kommentaren, dabei rollen sich alle Vorgänge mit einem schrecklichen Gewicht auf sie. Vielleicht gerade deshalb, alle sitzen sie, und lassen auf sich rollen.

Ich will doch nehmen, was du mir gibst. Aber dann doch lieber sich drehen, die Wahrheit gehen lassen.

Auf die Seite schieben mit noch mehr Gläsern Wein, mit Lachen, mit Geschichten darüber, wozu man Wetterballons noch benutzen kann, warum Physiker stricken und was Peter während seines Turnus im Krankenhaus in Ärschen gefunden hat. Fortschieben mit Musik, mit KIZ aus Smartphone und Lautsprecher, zu »Hurrah, diese Welt geht unter« tanzen sie um den Messetisch. Erika hat längst ihr Weinglas abgestellt, dreht sich wieder und wieder, schließt die Augen, breitet die Arme aus, stolpert gegen Olli. Ihr Rock schlägt gegen ihre Beine und sie streckt sich, bis sie auf den Zehenspitzen steht. Sie springt und springt, erinnert sich einen Moment lang zurück an den einen Abend, daran, wie Judith gesprungen ist, damals, als hätte sie alles abgeworfen. So viel Gewicht. Kurz denkt sie: Muss sie sich wirklich unter fünfzehn Meter Eis verstecken, nur um ebenso leicht zu werden? Wie ausgesetzt auf den zu leichten Plastiksesseln im Bad. Dann dreht sie sich schon wieder und grölt mit KIZ, im Atomschutzbunker singen sie gemeinsam, weit hinaus ihr Lied:

Ich will doch nehmen, was du mir gibst.

Einmal noch wegdrücken, mit einer weiteren Drehung, in der ihr Rock flattert, was das heißt.

34.

»Wolltest du mir nicht noch etwas von Mother's Cake vorspielen?«, fragt Judith ihren Bruder, als Elena sagt, dass das alles doch furchtbar schade sei, furchtbar traurig.

Sie sitzen im Wohnzimmer auf demselben Sofa vor demselben Tisch, wie damals beim Schreiben der Parten, die Glassteine liegen noch immer in der Schale, und vielleicht steht die bunte Muranoglasvase auch noch in der Küche, mit all ihren vollgesogenen Blumen, vielleicht nicht. Judith möchte nicht nachsehen, nicht dorthin gehen, die Fenster dort offen und groß, am Himmel drängen sich Wolken. Und auf dem Tisch die Vase, die mit jedem Schlag klirrt, bis zum Rand voll mit Wasser, aber ein trockenes Rinnsal zieht sich durch ein Blütenblatt. Dunkle Risse im bunten Glas, ihre Hand auf den Wasserfilm legen, dicht, bis das Wasser über die gespannte Haut rinnt, die Eiswürfel, die sich wehren, sich dann doch lösen. Sie knacken, als sie in den Krug fallen: Widerstand gegen das Tauen. Aber dann doch.

»Wo du die Hand jetzt doch nicht mehr verwenden kannst.«

»Aber ich verwende sie doch.«

Ich verwende sie doch die ganze Zeit. Ein Missverständnis. Aber was Judith in Wahrheit tut, darf nicht sichtbar werden in Elenas Welt, das weiß sie, und Judith wendet sich an ihren Bruder neben ihr, solange sie nur nicht in die Küche geht, solange sie nicht nachsieht, ob die Vase dort noch steht, oder bereits in Scherben im Müll, und wolltest du nicht, Matthias? Ganz bestimmt!

Und Matthias, weil er nun wieder weiß, zu wem er halten muss, steht vom Tisch auf in dem Wohnzimmer mit den Fenstern, die bis zum Boden gehen, zieht Judith weg von diesem Wohnzimmer und der Küche mit ihrer bunten, zerbrochenen, vielleicht noch gekitteten Vase, hinunter in seinen Keller mit dem dunklen Sofa und den runden Kanten, dem alten eingerissenen In-Extremo-Plakat und zu der Musik, die Judith nicht kennt, weil sie nicht Bescheid weiß, weil sie nie Bescheid gewusst hat, in Wahrheit.

Auf alles stößt sie nur durch Zufall, weil ihr das System fehlt. Von der Harmonie der Tierlaute springt sie zum Kribbeln der Kopfhaut als Antwort auf ein Tappen, ein Klackern, einen Plastikbecher, der zerreißt. Glitschige Steine. Lass mich eben springen.

»Dreh leiser«, sagt sie zu Matthias, weil sie alles dämpfen will und Mother's Cake mit Widerhaken fischt. Es reißt, es reißt dich fort ins Tal. Es berührt dich kaum. Außerdem ist sie selbst das Tosen gewesen.

Matthias dreht nicht leiser, er blickt kurz zu ihr und schneidet dann der Band die Stimme ab, mit einem Klick nur auf den Media-Player, der nicht einmal über einen Fortschrittsbalken mehr verrät, wie lange das hier noch geht. Er schneidet der Band die Stimme ab, er blickt zu ihr. Seine Hand hat beim Konzert ihre geschlossene umgriffen, sie hat gesagt: »Nicht, du drückst sie noch auf!«

Er hat sie losgelassen, und einen Moment hat sie gedacht, sie wird ihn verlieren. Doch seine Hand schloss sich umso fester um ihr Handgelenk.

»Ist schon in Ordnung«, sagt Judith. Er glaubt wohl, er hätte etwas falsch gemacht. Dabei ist sie Elena nur wegen ihm besuchen gekommen.

»Danke noch mal, dass du mich auf das Botch-Konzert mitgeschleppt hast«, fügt sie deshalb hinzu. »So was hab ich mal wieder gebraucht.«

»Ja, war geschmeidig«, meint er.

Sie nickt hinüber zu der Konsole, die wie beim letzten Mal auf dem Boden vor dem Bett liegt, vor dem Fernseher. Daneben diesmal aber eine Schüssel mit Resten von Popcorn.

»Wie weit bist du?«

Es ist so lange her, dass sie über Silent Hill geredet haben, sie erwartet nicht, dass er noch weiß, was sie meint.

Aber er sagt: »Den zweiten Teil hab ich durch, echt oft genug. Ich hab schon mit dem dritten angefangen.«

Nur weil sie ihn mitgenommen hat auf diese Wege, begleitet vom Radiorauschen und von Akira Yamaokas Musik, hat er später Tage und Wochen vor dem Bildschirm verschwendet, die nie wieder zurückkommen, weil alles einfach immer weitergeht. Wolken halten nicht an Grenzen, und wenn du alle Chancen verpasst, kommen sie deshalb nicht wieder.

Halt den Mund, sagt sie zur Stimme, zu Matthias sagt sie: »Bist du mit Heather schon auf dem Weg nach Hause?«

»Willst du sehen?«

Silent Hill war niemals still, und die U-Bahn-Station, die weit entfernt von der verfluchten Stadt liegt und doch schon zu ihr gehört, ist es genauso wenig. Das Radio, das Heather Mason mit sich trägt, beginnt zu rauschen, sobald sich nähert, was Heather öffnen will, sich holen, was in ihr ist. Hunde, gliederlose Rümpfe und hinkende Krankenschwestern haben dabei alle ihren eigenen Lärmteppich, der in das Computerspiel bricht, sobald sie näher kommen: Horch doch, horch!

Matthias führt Heather durch die Kanalisation, manchmal schleicht er an den anderen Bewohnern dieser Welt vorbei, manchmal muss er um Heathers Leben kämpfen, und Judith sieht diesmal ihm über die Schulter, denkt daran, dass Heather auf verrosteten Metallgittern läuft, und dass allein dieser Klang, der Klang von Schritten auf Metallrosten, vielfach aufgenommen wurde, zu einer Abfolge zusammengesetzt, dann variiert, um dem Spieler zu sagen: Hier magst du viele Chancen haben, aber du wirst sie alle brauchen.

Wo du Schwachstellen hast, werden sie anfangen zu schlagen, zu stechen, zu beißen, zu drücken.

Sie lehnt sich zurück in die Kissen von Matthias' Bett, so weich ist dieses Zimmer, so dunkel. Sie nimmt den zerfledderten Roman, der aufgeschlagen neben ihr liegt, blättert ihn durch, streicht über die weichen Seiten, während Heather sich über viele Umwege Schritt für Schritt der Stadt nähert, die sie aufschneiden will, hineinfassen, auskratzen.

Und sie erkennt den Klang dann doch wieder, hohl, wie er ist. Sie kennt ihn schließlich gut. Ihr eigener hohler Schritt im Stiegenhaus, kopiert von Heather in ihrer rostigen Welt, wenn sie auf den Metallgittern geht. Vielfach aufgenommen, geschickt kombiniert. Matthias drückt die Knöpfe der Konsole, Heather tritt auf den Nacken des Hundes, der sie angegriffen hat, einmal muss man immer nachtreten. Und nicht einmal hier tut Judith etwas anderes, als abzuschreiben. Sogar hier stiehlt sie Metaphern.

Bestimmt ein Plagiat.

Matthias sieht zu ihr: »Hast du was gesagt?«

»Nichts«, sagt sie, weil sie Runden dreht, in der Universität auf der Althanstraße, in Gedanken. Du kannst das nur einmal richtig machen. Aber Heather durchläuft ihren Weg vom Einkaufszentrum nach Silent Hill mehrmals, das Spiel sieht das mehrmalige Durchlaufen bereits vor und belohnt dich für das Wiederkommen mit neuen Waffen, neuen Details, neuen Geschichten. Lässt du Heather oft genug auf

Rost treten und oft genug ihre Doppelgängerin töten und oft genug einen Gott erbrechen, so landen am Ende endlich Ufos und Heather findet sogar ihren verlorenen Vater wieder. Nur Geduld.

»Warte«, sagt Judith, und Matthias bleibt in dem Gang stehen, durch den sich auch das Abwasser drückt.

»Hier ist die Stelle«, sagt sie. »Hier musst du dein Metallrohr in die Kanalisation werfen.«

»Hier ist es gewesen?«

Wo du das Metallrohr, deine Waffe, verlieren musst, musst du dir merken, weil nichts sonst es dir sagt. Du kannst das nur einmal richtig machen. Beim nächsten Mal wirst du es richtig machen. Vielleicht.

Die Fee kommt auch wie erwartet, sobald Matthias das Rohr im Wasser versenkt hat, wie sie immer kommt, mit ihrem langen, wallenden Haar, hält Heather ein goldenes Rohr entgegen und fragt sie, ob es dieses Rohr ist, das sie verloren hat.

»Sag nein«, sagt Judith.

»Ich weiß«, sagt Matthias. »Ich hab nicht alles vergessen.«

Das goldene Rohr musst du ablehnen, das silberne auch. Wenn du nur das Metallrohr akzeptierst, dann wird sich die Fee über deine Ehrlichkeit freuen und dir alle drei Rohre schenken. Das Metallrohr aber, wenn die Fee es dir hinhält, musst du nehmen, sonst bist du alle los.

Dass die Fee auftaucht, ergibt keinen Sinn. Sie passt nicht in die Welt von Silent Hill, die sonst nur aus Rost und Zähnen und Fleisch besteht. Sie hat keine Bedeutung für die Geschichte und ist doch da. Die Welt schert, schert sich nicht, aber diese Welt wurde von Menschen geschrieben. Eine Geschichte, Schritt für Schritt zu ihren logischen Schlüssen, dann wieder von vorn, aber das zweite Mal wird sie anders erzählt. Ton für Ton.

»Willst du eine Weile übernehmen?«, fragt Matthias dann.

Judith schüttelt den Kopf.

»Mit nur einer Hand könnte ich ja doch nicht spielen.«

Heathers Radio hat begonnen zu rauschen. Wird Matthias ihr jetzt auch noch sagen, wobei sie sich selbst im Weg steht?

»Weiß nicht«, sagt er stattdessen. »Konsolen für Einarmige oder so, da muss es doch schon eine Lösung dafür geben. Müsst ich mal schauen.«

Konsolen für Einarmige. Knöpfhilfen in allen Formen und Größen. Wieso auch nicht? Wieso nicht die Internetforen durchforsten, Tipps für Menschen wie sie, Ratschläge, wie man sich helfen kann? Wieso nicht die Welt so lange biegen, bis sie einem passt?

Wer sollte es ihr verbieten?

»Mach dir keinen Stress. Dir dabei zuzusehen ist mir auch mal ganz recht.«

Und sie horcht auf das Rauschen, auf das metallische Dröhnen, auf die hohlen Schritte, blickt auf Matthias' Rücken, er sitzt da, drückt seine Knöpfe, Heather läuft.

Sie weiß, die Welle kommt, die Vase hält ihr Wasser nicht, und die Wolken halten nicht an den Grenzen. Scherben muss man in den Mistkübel kehren, manchmal wird doch der Raum abgetrennt, in dem du springst. Und das Meer stürmt auch, wenn du in einem Gummiboot sitzt. Du bist ihm ganz gleich.

Aber was soll's? Judith wird dennoch immer ihre Runden ziehen und ins Meer laufen, aufheben, was glitzert. Zweimal die Woche baut sie ihr Gespinst aus Lauten, für sich, für alle, für niemanden, das in sich zusammenfällt, sobald sie aufhört zu spielen. Du denkst, du wirst sicher sein: schillernde Musik. Zwecklos vielleicht, aber kein Ton fürchtet die Stille, die seinen Platz einnimmt. Es ist ihm ganz gleich.

Sie umarmt Matthias zum Abschied, drückt ihn fest an sich mit der rechten Hand, klopft mit der linken auf seinen Rücken, schließt die Tür hinter sich. Winkt Elena bloß durch das Küchenfenster zu und geht dann zu Fuß die dunkle Straße

Richtung Bahnhof. Sie geht über den Beton, sie geht durch den Schlamm und hinterlässt leicht zu verfolgende Spuren.

Sie hat die Muschel aufgehoben, sie kitzelt ihre Handinnenfläche, ein Messer ist es nicht. Karo hat ihre Hand zurückgezogen, ruft Judith aber am nächsten Tag an, will sich treffen: Wenn du willst, wir können auch noch einmal die Bestimmungen zur Notstandshilfe durchgehen. Selbst Erika wird vielleicht wieder auftauchen vom Grund des Schwimmbeckens, nach der Hälfte des Beckens oder mehr, wird zum anderen Ende blicken, das sie wieder nicht erreicht haben wird, sich dann zu Judith drehen, sagen: »Dort unten habe ich gehört: Das rostende Schiff stöhnt, und die Bäume in den Vorgärten rauschen.«

35.

Sie zieht das letzte Foto von der Wand, es bleiben keine Reste. Jede Präsenz leicht abwaschbar. Nur vom Fotopapier selbst muss der Klebefilm vorsichtig entfernt werden, dann legt sie es zu den anderen zurück in die Kartonmappe, legt die Kartonmappe zurück in die Kiste, zu den Tüchern, der LED-Blumengirlande, schließt den Deckel. Ein helles, kurzes Geräusch, als die Verschlüsse zuschnappen. Sie geht auf die Knie und schiebt die Kiste unter das Bett, richtet sich dann auf, sieht sich noch einmal um in dem Zimmer, die kahlen Wände, Judiths Schneekugel noch umgekippt auf dem Tisch. Besser so. Der Traum des Mittwinterfestes ist vorbei, der Schlaf ist weggegangen, die Ebene reißt und reißt, etwas muss sie tun. Sie weiß nicht was, in all den wachen Nächten während der langen Nacht. Nur die Wände freilegen. All die Tücher, die ihren Aufenthalt hier weicher machen sollten: Sie hat sie nicht mehr ausgehalten. Hier unten ist das anders, sagt man ihr. Hier unten müssen sie fort, sagt Erika. Für sie der falsche Zauber.

Am Gang nimmt sie Jacke, Überhose, Tempex, Handschuhe, Überhandschuhe vom Haken neben der Zimmertür, Funktionsunterwäsche, Hose, Pulli, Socken, lange Socken hat sie schon an, für Schuhe, Überschuhe muss sie sich bücken.

Schichten über Schichten, um aufzusteigen, hinaus: Festgewand.

Später steigt sie aus dem Treppenturm, schließt die Tür hinter sich. Am Geländer Eiskristalle, sie fährt darüber, sie brechen, fallen zu Boden, zerklirren in Stücke. Es tut ihr weh, wie leicht das geht. Es sollte nicht so sein.

Die Laufleinen sind Schnüre zwischen dem Treppenturm und den Außenstationen, von einer verlorenen Kiste auf der weiten Ebene zur anderen verlorenen Kiste auf der weiten Ebene. Bald kommt die Sonne wieder, noch ist sie nicht zu sehen. Die Nacht ist lang und klar und riesenhaft. Die Eiskristalle wachsen inzwischen weiter.

Sie steigt die Stufen hinunter, geht los, Richtung THURISAZ, Knirschen und Knarren, Klingen und Klirren. Kein Wartungstag heute, sie hat keinen Grund dafür.

Sie hatte keinen Grund, ihre Wände zu entkleiden. Sie hat keinen Grund, stehen zu bleiben, dann die Laufleinen zu verlassen. Abweichen vom Weg zwischen Station und THURISAZ, der dazu da ist, nicht verloren zu gehen in –. Einem Horizont entgegengehen, an dem vielleicht Berge stehen, vielleicht auch nicht. Hunderte Kilometer Eis vor ihr, und hinter ihr, selbst unter ihr geht es so weit gefroren in die Tiefe.

Nein, es ist besser so, denkt sie, geht und geht. Lieber kahl, lieber sehen, was wirklich ist. Besser in die Weite gehen, es ist kein Sturm angesagt, sie wird schon nicht verloren gehen, sie wird –.

Ausfalten bis zum Zerreißen auch so.

Sie bleibt stehen, weil sie es hört.

Da, fern, die Schritte. Wenn keiner geht, ist es wie einer, der da draußen geht, in der Nacht.

Ihre Lunge tut weh, auf ihren Augenbrauen und in den Haaren hängt sich das Eis schon fest, aber sie will den Schal nicht höherziehen. Es knirscht um sie, weil keiner geht, versetzt über die Ebene hinweg. Es reißt. Es wandert.

Augen schließen, ausfalten bis zum Zerreißen auch –.

Dem Ächzen zuhören, dem Knirschen. Dem eigenen Atem. Du glaubst, du stehst auf sicheren Füßen. Aber der Boden unter dir – nach Norden, nach Norden.

Das Mundstück ausspucken. Nicht mehr ausgeschlossen werden. Was ihr die Brust eng macht –.

Aber von so vielem muss sie sich abwenden. Wenn es den anderen auch Sicherheit bringt, und wenn schon. Andere Hüllen um sich legen.

Weitergehen, in die Nacht? Es macht nichts. Die Nacht wird einmal aufhören, weil alles immer weitergeht, weil die Dinge einfach nie aufhören zu geschehen. Die Nacht wird aufhören, weil Moment für Moment die Sonne wiederkommt, und mit der Sonne die Stürme, und Tag für Tag, und dann die Sommergäste. Weil Erika zum Alt-Üwi werden wird und Werner zum Neu-Üwi, weil Cécil wiederkommen wird, sagen: »Du solltest einmal mit in die Kathedrale kommen. Würde dir guttun, Nussbäumchen.« Weil sie lachen wird und sich denken, ja, und sagen wird, nein, oder vielleicht wird es die Grenze dann schon nicht mehr geben zwischen dem einen und dem anderen. Wer weiß. Wir beide, wir sind nicht so vernünftig. Weil Tage vergehen werden und die Nächte verschwinden, weil sie Werner einschulen wird und dann ihre sieben Sachen zusammenpacken, überlegen, was soll sie mit der Schneekugel tun, sie zu retten versuchen oder aber –. Und dann über die glatte Piste zu dem Flugzeug gehen, das sie zurück nach Kapstadt bringen wird, vom Unknown International Airport. Weil sie ihren Koffer über dieselben Straßen heimwärts rollen wird, stehen bleiben, weil sie das Klopfen am Metallrohr hört – Rückkehr ins Revier des Spechts. Weil sie sich in der Garderobe des Dojos wieder den

Hakama zubinden wird und auf die Matte steigen. Werfen und sich werfen lassen. Weil sie Karo anrufen wird und zur Versöhnung überreden, mit einem Bier und einem kleinen Streit über nichts, das eine von beiden wirklich berührt: Abstand eingehalten. Weil sie Judith treffen wird, gemeinsam dem Klacken zuhören, Judith erzählt vom Kleben ihrer Schritte auf dem Boden des Biologieinstituts: Komposition. Weil Erika zittern wird vor jedem Wort, das sie spricht: Wie leicht kannst du zerbrechen? Weil Cécil sich an Erikas Schulter lehnen wird, bei einem Serien-Abend mit Wein und Popcorn. Weil es nicht nur Töpfe und Deckel gibt, sondern auch Eisplättchen, die aneinanderschlagen, ganz leicht, kaum da, und wieder vorbei, dabei so oft, das leise Klicken. Schieben sich über- und untereinander, mit einer Vorsicht, die kaum auszuhalten ist. Prickeln auf der Haut. Und das muss doch auch in Ordnung sein, das muss es doch auch geben. Weil das Eis unter ihr klirrt wie Glasscherben und sie weiß, dass Menschen keine Eiskristalle sind. Nicht immer.

Weil sie zum Neufelder See fahren wird, in den Neopren-Anzug steigen. Prüfen, ob die Tarierjacke richtig angeschlossen ist und ob nichts Laute macht, das schweigen muss. Im Wasser auf den Lungenautomaten wechseln, Cécil das Okay geben, Luft aus der Jacke lassen. Eintauchen in das, was sie ausschließen will. Die ersten Töne atmen. Umsingen, umschmeicheln: Hier kann dir nichts geschehen.

Weil das Eis krachen wird und brechen, nach Norden wandern, nach Norden, und es geht langsam, und gerade deshalb geht es schneller, als man denkt.

Erika stolpert, fällt.

Keine Sorge.

Was ist passiert?

Es ist nur die Weite, die an ihr reißt, in alle Richtungen, die Weite schert sich nicht, sie hat sich nie geschert. Ihre Hand tut weh, ihr Unterarm auch, ihr Gesicht so knapp über dem Eis, aber sie hat den Kopf rechtzeitig zur Seite gedreht, wie sie es soll, sie hat abgeschlagen mit der Hand nicht auf der Matte, sondern auf einem härteren Untergrund diesmal, der Kälte strahlt, knirscht, er regt sich. Umsingen, dich umschmeicheln, aber du hörst mir nicht zu, Leviathan. Ich bin zu klein, du kannst mich nicht hören.

Sie stößt sich ab vom Eis, bis sie kniet, die Kälte wird Stück für Stück durch ihre Schichten dringen. Sie muss umdrehen, zurückgehen. Zurück in die Station, die Treppentürme hinunter, zu den anderen, zurück in das Regelwerk der Neuberger, das nicht ihres ist, Schichten überziehen, die ihr fremd sind, bis sie zu Sinnen kommt – Tiefenrausch. Wo ist da die Grenze zwischen dem Gedanken, du musst in die Weite gehen, immer weiter und weiter, und –.

Sie sollte Judith fragen.

Judith, die überschwemmt wird, die noch im Ertrinken ihre Hand um das schließt, was sie retten will, und hält und hält, während sie fortgerissen wird, angespült. Aufgegriffen von den Fischern, sagt sie. Tosen. Jeden Moment, von einem Moment zum nächsten. Nie die Hand öffnet, nie fallen lässt. Nie.

Aber das, das kann Erika ihr nicht nachmachen. Das kann sie nicht, das hat sie nie gekonnt. Erika lässt immer fallen.

Sie springt nicht, obwohl sie es sollte, sie geht den Weg nicht, den man ihr zeigt. Jemand sagt: »Hilf mir«, und sie legt auf, sie bringt Menschen durch Worte zum Schweigen, sie denkt sich: Ich werde nicht um die Kurve kommen. Ich sollte das Lenkrad verreißen. Erika stolpert im Eis.

Die Flammenflecken springen über die Hügel, und sie überlegt, fahren sie gerade am Feuer vorbei oder fahren sie ins Feuer hinein? Sie kann es nicht sagen.

Die Wächterin am Rand? Sie wird niemanden fangen.

Alles nur Metaphern, denkt sie, lächerlich. Judith beweist es: Am Ende ist es das Letzte, was uns noch bleibt.

Aber Judiths Zauber gegen das Dunkle kann ihr nicht helfen, Peters Zauber genauso wenig, Monikas oder Leanders.

Der Preis zu hoch: Die Hand nie öffnen, nicht einmal aus Versehen, nie fallen lassen, keinen Moment, oder aber die Beine schließen in der U-Bahn, sagen: Mädchen hingegen. Nein, das kann sie nicht, nicht mehr. Den Leviathan umschmeicheln, mit ihm verhandeln: Dulde mich nur noch ein wenig länger, aber der Leviathan hört sie nicht, sie ist zu klein, und jede Magie ist letztendlich schmutzig. Man muss sich immer überlegen, will man den Preis zahlen, oder –.

Das Eis reißt. Wenn keiner geht, ist es, wie wenn einer geht, und die Nacht lang und klar und riesenhaft. Hebt sie hoch, mit einer Hand, wirft sie weit fort, ganz ohne Aufwand. Der Boden kommt, das meiste schon entschieden.

Ich will doch nehmen, was du mir gibst. Es ist nur zu viel.

Was bleibt?

Nichts. Immer dasselbe.

Abrollen, den Boden weitergeben, von der Handkarte zum Arm, vom Arm zur Schulter. In den Boden steigen, als wäre man einen Schritt nur gegangen. Überlegen: Was ist passiert? Wieder aufstehen. Umdrehen, zurückkehren, die dunklen Kisten der Treppentürme suchen. Es wieder versuchen, es ganz versuchen. Ich sage Ja, ich nicke doch, ich wende mich dir zu, aber ganz, um dich über den Kipppunkt und auf den Boden zu bringen. Jedem sein eigener Zauber. Jedem seine eigene Illusion.

Vielleicht dieses Mal.

Vielleicht.

Hinweis

Folgende Werke haben der Autorin als wichtige Inspirationsquelle gedient:
Lucien Castaing-Taylor/Verena Paravel (Regie): *Leviathan* (2012, FR/UK/USA).
Apsley Cherry-Garrard: *The Worst Journey In The World* (1922).
Maile Colbert: *Listening to Disaster: Our Relationship to Sound in Danger* (2012). https://soundstudiesblog.com/2012/07/18/listening-to-disaster-our-relationship-to-sound-in-danger/
Joseph Conrad: *The Mirror Of The Sea* (1906).
Michelle Fournet: *Acoustic Ecology and Marine Mammal Research. Listening To The Oceans Past And Present.* https://mfournet.wordpress.com/
Nora Graser: *Kalte Füße inklusive. Mein Jahr in der Antarktis* (2008).
Hannah Green: *Ich hab dir nie einen Rosengarten versprochen* (1973).
Hartwig Hansen (Hg.): *Der Sinn meiner Psychose. Zwanzig Frauen und Männer berichten* (2013).
Werner Herzog (Regie): *Begegnungen am Ende der Welt* (2007, CAN/USA/DE).
Bernie Krause: *Das große Orchester der Tiere. Vom Ursprung der Musik in der Natur* (2015).
Christine Läderach: *Überwinterungslogbuch 2007.* http://polarstationen.at/000001985c0a4f46e/000001985c0a6e97f/index.html
Arnhild Lauveng: *Morgen bin ich ein Löwe. Wie ich die Schizophrenie besiegte* (2005).
Peter Lembke/Stephanie von Neuhoff: *Der gefrorene Ozean. Mit FS Polarstern auf Winterexpedition in die Antarktis* (2014).
Ben Rivers, Ben Russell (Regie): *A Spell To Ward Off The Darkness* (2013, FR/EST/DE).
Hal Whitehead/Luke Rendell: *The Cultural Lives Of Whales And Dolphins* (2015).
Louis Wolfson: *Le Schizo et les langues* (1970).
Virginia Woolf: *The Waves* (1931).
Virginia Woolf: *To The Lighthouse* (1927).

Sowie die *Silent-Hill*-Computerspielreihe von Konami, die Performance *19 days (hand-bred quail)* von Sebastian Gärtner, der Roman *Ich nannte ihn Krawatte* von Milena Michiko Flasar für das Bild der gekitteten Vase, und die Website und der YouTube-Kanal des Alfred-Wegener-Instituts.
Das Erlebnis der Erika auf dem norwegischen Gletscher bezieht sich auf eine Anekdote in Maile Colberts Artikel *Listening to Disaster*. Die Aussage des Antarktis-Forschers Köhler: »He is broadcasting change to the world« bezieht sich auf folgende Aussage des Glaziologen Douglas MacAyeal in Werner Herzogs Dokumentation *Begegnungen am Ende der Welt*: »I'd be happy to see Antarctica as a static monolithic environment, a cold monolith of ice, sort of the way the people back in the past used to see it. But now, our comfortable thought about Antarctica is over. Now, we're seeing it as a living being that's dynamic, that's producing change, change that it's broadcasting to the rest of the world.«

Langenscheidt